입술
끝이
닿으면

입술 끝이 닿으면 2

1판 1쇄 찍음 2021년 9월 8일
1판 1쇄 펴냄 2021년 9월 16일

지은이 | 강혜
펴낸이 | 고운숙
펴낸곳 | 봄 미디어

기획 · 편집 | 박나영, 임지윤, 정지은

출판등록 | 2014년 08월 25일 (제387-2014-000040호)
주소 | 경기도 부천시 소향로13번길 14-11, 203호
영업부 | 070-5015-0818 편집부 | 070-5015-0817 팩스 | 032-712-2815
E-mail | bommedia@naver.com
소식창 | http://blog.naver.com/bommedia

값 12,000원

ISBN 979-11-6632-309-6 04810
979-11-6632-307-2 04810(세트)

※파본은 구입하신 서점에서 교환하여 드립니다.

입술 끝이 닿으면 2

강혜 장편 소설

Contents

16장

먼저 도착한 직원들이 프레젠테이션 준비를 마쳐 놓는 동안 문영 역시 부지런히 움직였다.

사내 행사나 그룹 간 화합을 목적으로 한 현식 기술 발전 도모 콘퍼런스에서 몇 번 마주친 덕에 일면식이 있는 성산의 직원들이 이내 회의실에 들어섰다.

빈자리를 채우는 사람들이 끊임없이 들어오는 동안 회의실의 조도가 낮아지고, 스크린이 내려졌다.

며칠 전부터 프로젝트에 편성된 성산의 협업자 명단을 꼼꼼하게 확인했지만, 문영은 의문이 들었다.

프로젝트 팀원들의 입에 심심찮게 오르내리던 상무보의 존재였다.

"OLED에 LCD까지 양산 라인에 적용했으니 뭐 제품 개발에 무리는 없겠어요. 그나저나 성산 쪽에선 누가 오려나."

"듣자 하니, 그쪽 상무보가 진급 앞두고 실적에 목을 매고 있다는 얘기를 들었던 것 같은데."

"그렇다고 상무보나 되는 사람이 이런 작은 프로젝트에 참여하겠어요?"

"뭐, 스페셜 S에 비하면 작은 프로젝트이긴 하지만 해 볼 만하죠. 성산, TS 측이랑 한참 소송 전쟁 중이잖아요."

관심 없는 척, 한 귀로 흘려들었으나 호기심이 생기는 건 어떻게 막을 도리가 없는 부분이었다.

"권 대리님도 여기 이 빈자리의 주인이 궁금하신가 보네요."

공백으로 남긴 서류의 한 부분을 물끄러미 내려 보는데, 옆에 앉은 연우가 넌지시 말을 걸어왔다.

"뭐, 어떤 사람인지 가늠이 안 되니까."

"나는 영영 공석으로 남았으면 좋겠는데."

"사적인 감정을 끌어넣은 말은 아닐 테고."

온전히 공적인 말이라면 이해가 되지 않았다.

프로젝트가 끝난 후에 받을 고과나 혜택 따위에 전혀 관심이 없지만, 본인이 직접 참여한 프로젝트가 엉망진창으로 마무리 짓게 되는 건 원치 않았다.

기왕 시작한 일은 무슨 수를 써서라도 완벽하게 매듭짓고 싶은 그녀에게 능률 좋은 팀원이 편성되는 건 기쁜 일이거늘, 어쩐지 연우는 그와 반대되는 입장인 듯 보였다.

"사적인 게 아예 없진 않죠."

"이상하네요, 이번 일에 서연우 씨가 사적인 마음을 넣을 필요는 전혀 없는 것 같은데."

모든 준비를 마친 문영이 서류 위에 펜 하나를 덩그러니 올려놓고, 연우를 돌아보았다.

마침 그녀를 돌아보던 그와 시선이 마주쳤다.

"글쎄요."

창백할 정도로 하얀 피부와 달리, 저를 향한 뜨거운 눈빛을 보자 괜한 긴장감이 들며 발가락 끝에 바짝 힘이 들어갔다.

"같이 일을 한다는 건 어려운 것 같네요."

제약받는 게 너무 많아서.

"공사 구분만 확실히 하면 되는 일인데, 어려울 게 뭐가 있을까요?"

그때였다. 회의실 한편에 세워 놓은 단상에 누군가 올랐다.

마이크를 잡고, 곧 시작될 프레젠테이션에 대한 간략한 설명이 이어졌다.

어느샌가 비어 있던 자리가 촘촘하게 채워졌다. 문영은 문을 열고 들어오는 사람들이 저마다 자리를 찾아가는 모습을 무감하게 흘겨보다가 다시금 서류를 내려 보았다.

"……그것만큼 큰 제약이 없죠."

연우의 목소리를 듣고 고개를 들었다. 단조로운 말투가 마음에 걸려 한마디 하려는데, 느지막이 회의실 문을 열고 들어서는 남자를 보았다.

보기 좋은 체격과 깔끔한 슈트를 입은 것으로 보아 대강 직급이 유추됐다. 사실 촘촘하고 세밀하게 재봉되어 있는 재킷만 봐도 누구나 다 알았을 테다.

막 채용된 신입 사원은 아니었다. 재킷 주머니에 행커치프 대신 만년필을 꽂아 넣었다는 건 그만큼 결재해야 할 일이 많다는 뜻인데.

흥미로운 눈빛으로 스크린 앞을 지나쳐 걸어오는 남자를 유심히 살폈다. 눈이 마주치는 대로 정중하게 고개 숙여 인사하는 남자는 늦어서 죄송하다는 말을 끝으로 연우의 맞은편에 착석했다.

내내 비어 있는 자리가 신경 쓰이지 않았다면 거짓말이었다. 그 자리가 그의 자리였다면 무심하게 외면했을 텐데.

"그럼 곧 프레젠테이션을 시작하겠습니다."

단상에 선 사회자의 말에 사람들은 분주하게 자료를 확인했다.

이내 발표자로 지목된 박 대리가 자리에서 일어나 단상 쪽으로 걸어갔으나 분산된 문영의 신경은 맞은편에 앉은 남자로 하여 프레젠테이션을 깨끗하게 잊게 만들었다.

"……!"

그에게서 예전의 흔적을 찾아볼 수 없었다. 그래서 처음 문을 열고 들어온 순간, 쉽사리 그를 알아보지 못했다.

남자는 세월이 흐름에 따라 전보다 중후한 분위기를 풍기고 있었다. 변하지 않은 것을 찾기가 어려웠다. 그나마 세련된 분위기만이 그대로 남은 듯했다.

모르겠다. 이렇게 만날 거라고는 생각조차 한 적 없었다. 아니, 앞으로 살면서 그와 다시 재회할 일이 없을 거라 믿었었다.

문영의 사고 회로가 그대로 굳어 버렸다.

"권 대리님."

옆 사람과 작게 인사를 나눈 그가 자성 측 팀원들과도 짧은 인사를 주고받았다.

그 모습을 주시하던 문영이 보이지 않게 입술을 짓씹었다.

한없이 미안한 얼굴을 한 그의 순순한 태도가 모두 거짓이라는 걸 그녀만이 아는 듯했다.

예부터 그는 연기에 능통한 사람이었으니까.

하나도 미안하지 않으면서, 가식적으로 구는 그의 이중성에 조소가 나왔다.

"권문영 대리님."

이태섭. 그는 오만하고, 무례하며 이기적인 남자였다.

한때는 달콤한 밀어를 속삭이며 문영을 속수무책으로 빠져들게 만들었던 남자였다.

"권문영 씨."

몇 번이고 저를 부르는 연우의 목소리를 뒤늦게 알아챘다. 소스라친 문영이 몸을 곧추세우며 연우를 돌아보았다.

걱정스레 자신을 지켜보는 그의 눈빛이 물큰했다. 무슨 말이 하고 싶은 건지 모르지 않기에 문영은 담담한 표정을 지어 보였다.

책상 아래로 숨겨진 그의 손이 점잖게 무릎 위에 놓여졌다. 슬그머니 문영의 무릎을 감싸는 그 큰 손에 힘이 실렸다.

"……그래서 내가 말했잖아요."

전등이 완전히 소등되었다. 그 어둠 속에서 은은하게 다가오는 태섭의 눈빛과 연우의 목소리에 문영은 크게 숨을 들이마셨다.

그래서였구나. 사적인 감정을 배제하지 못한 연우의 말이 조금은 이해가 됐다.

명단의 공백을 채워 줄 이름 석 자가 이태섭의 이름이었다면, 그 사실을 진작 알고 있었더라면 서연우가 뭐 마려운 강아지처럼 안절부절못하는 것도 충분히 이해가 가는 일이었다.

그렇다면 너는 어떻게 알고 있는 거니, 연우야.

"제약받는 게 너무 많다고."

"……."

"내가 그랬잖아요."

혼란 속에서 프레젠테이션이 시작됐다.

박 대리의 목소리가 마이크를 타고 넓은 회의실을 가득 울렸다.

군더더기 없이 깔끔한 목소리는 청중들을 사로잡는 힘이 있었다. 겨우겨우 스크린 쪽으로 고개를 돌린 그녀에게 별안간 익숙한 남자의 목소리가 흘러 들어왔다.

"늦어서 죄송합니다."

구구절절 해명하지 않는 그가 간결하게 말했다.

문영은 태섭의 목소리를 듣고도 모른 척을 했다. 프로젝트의 시작부터 불편한 마음을 안고 싶지도 않아 외면하려는데, 그가 한 마디를 더 덧붙여 왔다.

"이번 프로젝트, 잘해 봅시다."

태섭은 성산 SDI 전지 개발 팀 사업부장이라고 자신을 소개했다.

개발 팀 상무 진급을 앞둔 정체불명의 상무보가 그였다는 사실에 문영은 적잖이 놀랐으나 애써 덤덤하게 굴었다.

"……권문영 씨."

그녀만이 들을 수 있는 나직한 목소리로 저를 부르는 연우와의 재회만큼이나, 태섭과의 재회가 충격적이지도 않았을뿐더러, 그렇다고 애틋함이 남은 관계도 아니었다.

굳이 불필요한 감정의 불순물을 만들 필요가 없었다. 설령 남았다고 해도 찌꺼기는 가볍게 치워 버리면 그만이었다.

이태섭은 그녀에게 딱 그 정도의 존재였다.

애써 스크린을 응시하는 문영은 어둠 속에서 느껴지는 태섭의 시선을, 그리고 가까이서 다가오는 연우의 시선을 무시하고자 애썼다.

시간은 더디게 흘러갔다.

성산의 프레젠테이션까지 마치고서야 본격적인 회의가 시작됐다.

말이 거창해 회의였지, 사실상 가벼운 미팅이나 다름없었다.

당사의 기술력을 토대로 프로젝트 제품을 기획하는 것이 협업의 목적이었다.

가볍게 시작된 자기소개 시간은 지루함의 연속이었다.

"성산 전지 개발 2팀 문정민입니다."

"PDP 사업부 정성우입니다."

"자성 기술 개발 2팀 이주원입니다."

그 외에도 많은 직군에 있는 사람들이 자신을 소개했지만 직군과 연차가 아니고서야 더 할 말이 없는 자기소개는 금세 끝이 났다. 새삼 할 말이 없다는 사실에 감사하게 됐다.

"그나저나 이태섭 부장님이 직접 프로젝트에 참여할 줄은 몰랐네요."

"그렇습니까?"

박 대리의 말에 선선히 웃으며 대꾸한 태섭에게 모두의 시선이 옮겨졌다.

상석에 앉은 그는 잘 배운 사람처럼 흐트러짐 없는 자세를 유지한 채 당연한 것처럼 질문을 받았다.

원체 태섭은 말수가 많은 편이 아니었다. 필요한 말이 아니고서야 입을 떼는 일이 거의 없어 연애를 할 적에도 대부분 종알대는 것은 문영 쪽이었다.

그녀라고 말이 많은 건 아니었지만, 그땐 억지로라도 할 말을 쥐어짰다. 젖은 수건의 물기를 짜듯 실없는 이야기까지 다 털어놓곤 했었다.

그런데 어쩐지 쉴 새 없이 조잘대는 입술보다는 마음이 더 아팠다. 쉴 틈 없이 말을 쏟아 내는 탓에 목이 잠긴 것보다 그에 대한 마음이 심연 아래로 깊이 잠겨 드는 것 같았다.

"증권가에 떠도는 말로는 진급이 얼마 남지 않았다고."

"그래서 울며 겨자 먹기로 본 프로젝트에 참여했다는 말이 나도는 거로 알고 있습니다."

그의 단언이 핵심을 찔렀는지, 움찔한 박 대리가 어색한 미소를 지어 보였다.

"이번 프로젝트가 중요한 건 사실이지만, 내키지 않은 일을 억지로 강행할 만큼 무모한 사람은 아닙니다."

"아하……."

"서로 좋자고 시작한 일인데, 회사를 위해서라도 열심히 해야겠죠. 이번 프로젝트만 성공적으로 마무리 짓는다면 서로 이득 보는 건 매한가지일 테고요."

칼같이 대화를 갈무리하는 그의 말씨는 차가웠다. 부드럽게 미소를 지으며 유순한 얼굴을 한 사람이 꺼낸 말이라고는 믿을 수 없을 만큼

냉기가 어렸다.

별안간 태섭이 시선을 돌려 침묵하고 있는 문영을 응시했다. 서류를 채운 활자들만 반복해서 읽던 그녀가 천천히 고개를 들었다.

"권문영."

눈이 마주치자 그의 입술이 부드럽게 열렸다. 시선은 아래로 내려와 목에 걸린 그녀의 사원증을 확인했다.

"……대리님도 그렇습니까?"

쏟아지는 질문에 대한 답변을 거만하게 내놓던 그가 처음으로 말문을 열었다.

사람들의 무익한 관심을 기껍게 받아들이던 남자의 물음에 문영이 가만히 그의 얼굴을 쳐다보았다.

"개인적인 이익만 따지는 사람이었다면, 애초부터 이 프로젝트에 참여하는 일은 없었을 겁니다."

"오로지 애사심만으로 참여했다는 말로 들리는데, 그렇습니까?"

재미있다는 듯 입꼬리를 끌어당겨 웃는 그의 표정에 문영의 눈초리가 차가워졌다.

"글쎄요. 오늘 처음 뵌 부장님에게 일개 직원의 애사심에 대해 구구절절 떠들 필요가 있을까요?"

꽤 공격적인 말투에 멀리 앉은 박 대리의 표정이 당혹감으로 물들었다. 정확하게는 연우를 제외한 모든 팀원들이 놀란 눈치를 보였다.

문영은 유일하게 침착한 연우를 힐끔 곁눈질을 하다가 다시금 태섭을 바라보았다.

빤히 그녀를 바라보던 그의 눈빛이 잠시나마 연우에게 닿았던 것 같다.

무료한 얼굴로 서류만 내려다보는 연우는 무슨 생각을 하고 있을까. 샘이 많은 녀석이라 그와 말을 섞는 이 순간조차 못 견디게 싫을 텐데.

공사를 분명히 하자고 그토록 당부했던 건 자신인데, 정작 그 선을 흐리는 건 연우가 아니라 그녀인 것 같았다. 이 와중에도 그를 염려하고 있는 걸 보면.

"뭐, 그렇죠."

이윽고 태섭이 조용히 웃으며 대화를 갈무리했다. 멋쩍을 법도 한데 그는 태연하게 웃으며 능란하게 상황을 넘겼다.

화제가 업무 관련 이야기로 바뀌었다. 끊임없이 대화가 오고 간 끝에 회의가 종결됐다.

함께 식사를 하기 위해 외부로 이동해야 하는 일정을 앞둔 문영의 걸음이 무거웠다.

"가죠."

연우의 보필을 받는 사람처럼 그의 곁에 서서 회의실을 나서려는데, 옆으로 가까이 다가온 태섭이 말했다.

자연스럽게 그녀의 손목을 움켜잡은 연우가 제 쪽으로 문영을 잡아당겼다.

태섭의 시선이 연우에게 잡힌 그녀의 손목에 닿았다가 연우의 얼굴로 향했다.

"……처음 만나 뵙는 자리인데, 식사 정도는 같이 해야죠."

분명 그녀에게 하는 말인데, 눈길은 연우에게 박혀 꼼짝도 하지 않았다.

경직된 입매를 억지로 끌어 올리는 태섭의 표정은 꽤 볼 만했다. 애써 태연한 척하지만 그 역시 놀랐을 테지. 아직도 그녀 곁에 연우가 남아 있을 거라고는 전혀 생각하지 못했을 테다.

그녀조차 예견하지 못했던 일이었으니 말이다.

"괜찮겠습니까?"

등 뒤에서 들려오는 연우의 침착한 목소리에 문영이 고개를 뒤로 돌렸다.

집착적으로 태섭을 응시하는 연우의 눈빛이 탁했다.

"식사 자리에 시간을 할애해도 괜찮겠냐는 말입니다."

"……."

"우리가 하는 일에는 제약이 많잖아요."

"아."

문득 그가 애가 타게 되뇌던 말이 떠올랐다.

같이 일하는 것만큼 큰 제약이 없다는 그 말의 속내를 바보같이 뒤늦게 헤아리게 되었다. 협업 기업의 프로젝트 편성원으로 태섭을 만나기 전까지만 해도 선뜻 이해할 수 없던 말을, 그와 재회하고서 이해한 건 연우의 말이 지금 이 상황과 딱 맞아떨어졌기 때문이다.

제한된 게 많은 만큼 한꺼번에 폭발할 가능성이 큰 그의 감정을 생각해 보았다.

"시간적 규정이 있어 시답잖은 일에 애꿎은 시간을 낭비할 필요는 없다고 보는데."

아마 그는 지금 불안한 만큼 화가 날 테다. 안지 못해 서러울 테고, 잡지 못해 억울할 것이다.

그 마음을 당장 위로해 주지 못하는 그녀 역시 속이 쓰렸다.

"권 대리님 생각은 어떻습니까?"

그녀의 빤한 눈빛에 문영을 내려다보는 연우가 희미하게 미소 지었다.

대놓고 겸상하기 싫다며 분명한 선을 긋는 연우의 태도는 그녀가 봐도 불손했다.

한때 그녀를 울고 웃게 했던 상대에 대한 경계심 때문이라면 이해는 됐지만 지금은 온전히 공적인 상황이었다.

앞으로 함께 일을 할 팀원이자 상사인 태섭에게 굳이 이렇게까지 날을 세울 필요는 없었다.

"서연우 씨, 그만……."

"서연우 씨라고 했던가."

경솔한 그의 언행을 제지하려 말을 꺼내려던 문영의 입이 그대로 다물렸다.

말을 가로챈 태섭이 느긋하게 웃으며 그에게 시선을 돌렸다.

"식사 한번 하는 게 어려운 일도 아니고, 지나치게 선을 긋는 느낌이네요."

"불미스러운 일은 사전에 예방하는 게 좋죠. 그래야 피차 껄끄럽지 않고 좋지 않겠습니까."

"아아. 내가 불편한 겁니까?"

"불편하고, 말고 따질 필요가 있겠습니까."

일말의 자극도 받지 않은 사람처럼 유순하게 웃어 보인 연우가 말했다.

"이태섭 부장님이 뭐라고 제가 그런 생각까지 하겠습니까."

태섭의 속이야, 잘 모르겠지만 연우의 생각은 누구보다 잘 아는 문영이 그에게 잡힌 손목을 빼냈다.

반대로 그의 재킷 소매를 살며시 붙잡았다. 그러자 냉소를 짓던 그의 표정이 순식간에 풀어졌다.

그러나 봄눈처럼 사르르 녹은 듯 보였으나, 아직 그의 속에는 화기의 잔재가 남아 있는 듯했다.

"그만하죠."

조소하는 연우와 그녀를 번갈아 쳐다보던 태섭에게서 작은 웃음소리가 났다.

"같이 식사 하……."

경솔한 연우를 대신해 사과하려는데 전화가 울렸다. 그의 시선이 그녀의 눈이 아니라 연우를 잡은 손등 위를 서성이고 있음을 느낀 문영이 슬그머니 손을 내려놓았다.

"실례하겠습니다."

정중히 인사하고 돌아선 문영이 전화를 꺼냈다. 회사 측에서 온 연락이었다.

"네, 전화받았습니다."

과장님의 긴급한 외침이 곧장 귀를 때렸다. LCD 양산 기업에 문제가 생겨 다급히 회사로 돌아오라는 그의 호출에는 앞뒤가 없었다.

맥락 없는 말의 요점은 당장 회사로 들어오라는 것뿐이었다.

무심하게 끊긴 전화를 보며 어이없다는 듯 실소를 터뜨린 문영이 설설 고개를 저었다.

프로젝트 일정이 빠듯한 와중에 기존 업무까지 겹치니 한동안 업무량에 밑도 끝도 없을 것 같다는 불길한 예감이 들었다.

"죄송하지만 식사는 다음번으로 미뤄야겠네요."

대치 중인 군인들처럼 날을 세우고 있는 두 남자의 곁으로 다가간 문영이 태섭을 보며 말했다.

"회사에 일이 생겨 서연우 씨와 저는 급히 돌아가 봐야 해서요."

"아. 그렇군요. 아쉽게 됐습니다."

그가 선하게 웃으며 말했다. 문영은 비교가 될 만큼 확연히 다른 얼굴을 한 채 그에게 인사했다.

마치 오늘 처음 본 사람처럼, 나누어 줄 정이 없는 사람처럼 사무적인 태도를 유지했다.

"팀원들에게 인사만 하고 바로 돌아가죠, 서연우 씨."

"네."

대답하는 연우의 표정이 부드러웠다.

"먼저 가 보겠습니다."

어차피 가는 길은 같았다. 그런데도 굳이 그에게 선을 그었다.

"없는 선까지 만들어 그을 기세네요, 권 대리님."

태섭과의 거리가 멀찍해졌을 때쯤 밀착하듯 옆에 붙어 선 연우가 농담처럼 말을 건넸다.

정면을 응시한 채 또각또각 걸어 나가는 문영이 단조롭게 대꾸했다.

"할 수만 있다면 선이란 선은 다 그어 차단하고 싶은 심정이네요."

"여러모로 대단하네요, 이태섭 씨."

"응?"

10층에 머무는 엘리베이터를 계기판으로 확인한 문영이 비상계단 쪽을 턱짓했다. 태섭이 걸어오는 방향과 반대로 걸어가는 그녀의 뒤를 맹목적으로 쫓는 연우가 의미심장한 목소리로 말했다.

"권 대리님한테서 그런 말도 나오게 하는 사람이잖아."

"서연우 씨, 어떤 마음으로 그런 말을 하는지 알겠는데 사적인 얘기는 나가서 하죠."

이 계단만 걸어 나가면 회사 밖이었다.

"괜찮아요?"

문 앞에 선 문영을 대신해 직접 문고리를 잡아 돌린 연우가 그녀가 먼저 나갈 수 있게 옆으로 한 걸음 물러났다.

비켜나는 그를 흘겨본 문영이 앞을 지나치는 찰나, 그에게 손목이 잡혔다.

"저 남자, 의식하고 있잖아요."

문이 닫혔다. 이음새가 부드럽게 맞물린 탓에 문이 닫히는 소리를 듣지 못했다. 그래서 불쑥 다가온 연우의 얼굴을 보고 까무러칠 뻔했다.

"평소보다 더 쌀쌀한 것 같아 마음에 드는데, 반대로 너무 덤덤한 것 같아 또 불안해요."

"질투하는 건 좋은데 안팎은 구별해 가면서 해 줬으면 좋겠네요. 나가서 얘기할까요?"

"마음이 급해서 그래요. 한 걸음만 더 나아가면 당장 둘만 있을 수 있는데, 그 한 걸음이 꼭 천 리처럼 멀게 느껴진다니까."

일그러진 눈썹이 불쾌함을 적나라하게 드러냈다. 숨을 크게 들이마신 문영이 내쉬는 호흡을 하며 입을 열었다.

"서연우 씨는."

"……?"

"그러는 서연우 씨는 괜찮아요?"

"괜찮아 보입니까?"

두 눈으로 직접 확인하라는 듯 그가 낮게 몸을 낮췄다. 그녀가 제대로 확인할 수 있게 눈높이를 맞추는 그의 친절을 어떻게 받아들여야 할지 모르겠다.

회의를 하는 동안만큼은 오로지 일 생각만 했다. 곁의 연우도, 눈앞의 태섭도 완벽하게 차단했다고 생각했는데, 지나치게 냉담하게 굴었다는 연우의 말을 들으니 그녀도 모르게 태섭을 의식했던 것도 같다.

그렇다고 연우가 불안해할 만큼 잡념에 빠지지도 않았는데.

"봐요, 괜찮아 보이는지."

누가 볼까 두려워 주변을 살폈으나 두 사람의 말소리만 비상계단을 웅웅 울렸다.

"보라니까."

턱을 잡아 눈을 맞추는 그의 행동이 다소 거칠었다. 강압적인 모습에 기분이 나쁠 법도 한데 종일 불안했을 그를 생각하면 한편으로 이해도 갔다.

"괜찮아 보여요?"

일그러진 이마와 굳게 다물린 입술.

짐승 같은 이채가 감도는 눈빛이 답지 않게 차가웠다.

제대로 옷을 껴입었는데 몸에 한기가 도는 기분이었다.

"아니."

하나도 괜찮아 보이지 않는 서연우 때문에 그런 기분을 느끼는 거라고 생각했다.

"잘 봤네요, 괜찮을 리가 없죠."

"오늘은 전혀 귀엽지 않은 질투네요, 서연우 씨."

"귀여워 보이고 싶은 마음이 전혀 없으니까."

"좀 비켜 줄래요? 누가 들어오기라도 하면 곤란할 것 같은데."

"나는 이해심이 바닥이에요. 혼자 생각하고 혼자 판단하고, 단정 짓는 나쁜 버릇은 고치려 해도 잘 안 돼."

"서연우 씨."

"일하는 내내 화가 났어요."

그가 문영에게 주는 눈길조차 할 수만 있다면 모조리 차단하고 싶었다.

앞이 보이지 않는 암막으로 주변을 차단하고 싶었다. 온전히 그녀와 둘만 있는 곳으로 떠나고 싶은 연우에게 회사가 주는 공간적 제약은 너무도 컸다.

문영에게 말을 건네는 태섭의 입을 막을 수 없으니 마지못해 대꾸하는 그녀의 입술을 틀어막고 싶었다. 작은 자극만으로도 크게 반응하는 그에게 있어 문영을 향한 감정은 그저 맹목적이었다.

집착적인 생각만 꼬리를 물고 늘어졌다. 할 수만 있다면 당장 문영이 무슨 생각을 하고 있는지 머릿속을 파헤치고 싶었다.

태섭과의 우연한 재회에 문영이 남다른 감회를 느꼈을지 궁금했다.

만약 그렇다면 어떡하지. 질투에 눈이 멀어 프레젠테이션이 진행되는 동안 몇 번이나 혼자 끓어오른 열기를 식히려 애썼다. 지나친 감정 소모였다.

불필요한 감정 소모라고 생각하면서도 그조차 아깝지 않은 건, 그 대상이 권문영이기 때문에, 권문영을 향한 자신의 무한 가지 감정 중 하나이기 때문이었다.

아직 다 주지 못한 감정이라 화가 나는 거라고. 애써 자기 위로를 해 보았지만 답은 하나였다.

싫은 건 싫은 거였다.

"나는 권문영 씨가 그 남자를 쳐다보는 것만으로도 화가 치밀어요."

그 남자를 생각하는 그녀가, 미치도록 야속했다.

"다시 보니 꽤 귀여운 질투였네요."

"머릿속에 담는 것조차 토악질이 날 정도로 싫은데……."

프로젝트가 끝날 때까지 원하든, 원치 않던 어쩔 수 없이 그와 만나야만 하는 상황이 싫은 건 순전히 그의 이기심이었다.

치기를 부리는 스스로가 더없이 한심스러웠다.

문영은 자조적으로 웃는 그를 지그시 바라보다가 조심히 머리를 쓰다듬었다.

"내 일이라면 원할 때마다 개입하라고 했는데. 뭐가 그렇게 불안해요, 서연우 씨는?"

"……."

"그 사람을 그리워한 적도 없지만 막연한 핑크빛 사랑을 했던 것도 아닌데."

동그랗게 뜨인 그의 눈이 느리게 감겼다 뜨였다. 손을 대면 감길 것처럼 길고 풍성한 그의 속눈썹이 잘게 떨렸다.

억지로 주먹을 말아 쥔 손에 힘이 들어갔다. 서류를 챙겨 든 손가락으로 살며시 그의 손등을 쓸어 만졌다.

"난 아무렇지도 않은데, 왜 서연우 씨가 그래요."

서투르게나마 위로해 주고 싶은데 어떤 말을 해야 할지 아직 찾지 못한 채였다.

"가져 본 적이 없어서 그래요."

고난은 중첩이라는데, 이번에도 눈 뜨고 코 베일까 두려운 거라고 그가 말했다. 얼토당토않은 말에 문영이 작게 웃음을 터뜨렸다.

"여자 울리는 남자는 답이 없죠. 그런 남자한테 마음 주는 여자만큼 미련한 여자도 없다고 보는 사람입니다. 나."

"……난 울리고 싶은데."

"뭐야."

처연한 얼굴로 웅얼대는 그의 머리를 쓰다듬어 주다가 미끄러지듯 손을 내려 어깨를 다독였다. 그녀의 손짓에 몸을 바로 세운 그를, 문영이 고개를 들어 올려보았다.

크고 장대한 남자의 순진한 얼굴은 언제 보아도 낯설었다.

강압적으로 굴어도 이상할 것 없는 녀석이 이렇게 순순하게 나올 때면 알 수 없는 감정이 복받쳤다.

제 입으로 싸가지 없다고 말하던 사람치고 퍽 착한 연우는 여전했다.

태섭보다 조금 작은 듯했던 키가 그보다 더 커졌다는 것을 제외하면 말이다.

"아무튼, 걱정 안 했으면 좋겠어."

"……응."

"이제 그만 내려갈까요? 늦장 부릴 시간 없습니다."

"그럴까요."

전혀 괜찮지 않은 얼굴을 한 연우가 마지못해 그녀를 따라 움직였다.

"일 끝나고 밥이나 먹어요."

1층에 당도한 그가 당연한 것처럼 문을 열었다. 요즘 문영은 당연한 것 같은 연우를 당연시하지 않으려 노력하는 중이었다.

익숙해지는 것과 당연시하는 것은 엄연히 달랐다. 세상에 당연한 건 없었다.

태섭 때문에 다친 마음을 연우를 통해 치유하는 게 당연하다고만 생각하던 그녀에게 그가 없던 7년이란 생각보다 더 공허하고 외로운 시간이었다.

"저녁에 먹는 브런치."

북적대는 센터의 로비를 지나쳐 휴대폰을 꺼냈다. 박 대리의 위치를 파악하기 위해 그의 전화번호를 찾는데 그가 조용하게 물어 왔다.

"난 그게 먹고 싶은데."

둘만 아는 암호 같은 말은 비밀이었다.

비밀이 가진 뜻은 은밀했다.

"괜찮아요?"

버튼을 눌러 통화를 시도한 문영은 통화음이 길게 이어지는 동안 그와 끈끈한 시선을 나누었다.

섹스를 요구하는 그의 암묵적인 말에 언제 그랬냐는 듯 건조한 얼굴을 한 문영이 짧게 고개를 끄덕거렸다.

✧ ✦ ✧

"정말 그냥 가시게요? 그래도 식사는 하고 가지."

아쉬운 투로 말하는 박 대리에게 한껏 미안한 표정을 지어 보였다.

"그럼 서연우 씨도 같이 가는 건가?"

"아무래도 그래야 할 것 같네요."

하나라도 더 주지 못해 미안한 사람처럼 문영이 연우를 돌아보며 씁쓸하게 웃었다.

프로젝트 팀원들이 있는 센터 근처 중식집을 찾은 후로 연우의 표정에는 달리 변화가 없었다. 아마도 그 자리에 당연한 것처럼 사람들과 섞여 있는 태섭 때문일 테다.

적당히 대화를 갈무리하려는데, 말 많은 박 대리가 연신 질문을 하는 통해 선뜻 돌아설 수 없었다.

눈길만 주어도 방긋거리던 연우의 냉담한 얼굴은 언제 보아도 적응이 안 됐다.

문영은 말없이 빤히 자신을 바라보는 태섭의 눈빛이 더 불편해서라도 서둘러 자리를 벗어나고 싶었다.

"그럼 먼저 가 보겠습니다."

태섭과의 그 어떤 접촉조차도 차단하려는 사람처럼 제 앞을 가로막은 연우의 너른 등을 힐끔거리던 문영이 한 걸음 옆으로 물러나 인사했다.

탐탁지 않아 할 게 분명한 서연우의 얼굴은 일부러 돌아보지 않았다.

"가죠, 서연우 씨."

들어온 문을 열고 나서려는데 등 뒤에서 반갑지 않은 목소리가 다정하게 말을 건네 왔다.

"다음엔 같이 식사합시다, 권문영 대리님."

대답을 안 하기도 뭐한 상황이라 적당한 웃음으로 대답을 대신한 문영이 돌아서자 기다렸다는 듯 연우가 그녀의 등 뒤에 따라붙었다.

주차장으로 내려와 스마트 키를 꺼낸 문영이 버튼을 눌러 차 문을 열었다.

운전석에 올라타려는 그녀의 어깨를 잡아 세운 연우가 대신 차 문을 열었다. 단순히 에스코트를 해 준다고 생각했거늘 그게 아니었다.

"서연우 씨."

대뜸 운전석에 올라탄 그가 문영의 부름에 눈을 동그랗게 뜨며 차 문 앞에 서 있는 그녀를 바라보았다.

"그러고 보니 내가 깜빡 잊고 있었네요."

"뭘 말입니까?"

"자차 보험도 안 되어 있는 서연우 씨가 운전하다 사고라도 나면 어쩌려고 그래요?"

"모아 둔 돈 한 푼 없을까 봐 걱정돼요?"

"그건 서연우 씨 사정이니 거기까진 내가 관여할 필요가 없겠지만, 몸 아플 때 큰돈 깨지는 것만큼 서러운 것도 없죠."

충고하는 거예요.

그 말에 연우가 부드럽게 미소 지었다.

"걱정해 주는 건 고마운데, 권문영 대리님이 옆에 있을 거잖아요."

"그건 당연한 거고."

말하고서 아차 싶었다. 생각을 거치지 않고 튀어나온 말은 그녀가 한 대답치고 상당히 민망했다.

순간 피가 확 올라왔다. 얼굴과 귀가 동시에 후끈거렸다.

"그래요?"

먼저 시동을 켠 그가 차 문손잡이를 잡았다.

"뭐, 그렇게 말해 주는 건 기분 좋은데 세상에 당연한 건 없죠."

"……."

"당연하게 생각하는 것만큼 안일한 것도 없고. 그래서 더 각별하게 주의하며 운전할 생각이니까 걱정은 접어 두어도 괜찮겠네요."

"……말은."

"응?"

눈매를 접어 웃는 그를 보며 한숨을 내쉰 문영이 고개를 흔들었다.

"말을 잘한다고."

"말이라도 잘해야죠. 그런데, 안 타요?"

"……."

"내 무릎 위에 앉아 갈 거 아니면 얼른 타요."

비어 있는 자리를 턱끝으로 가리키는 그의 말에 문영이 뒤늦게 조수석에 올라탔다.

"아, 벨트 매 줘야죠. 그건 당연한 건데."

이내 긴 팔을 뻗어 벨트를 매 주려는 그의 어깨를 문영이 붙잡았다. 그것조차 당연시되는 건 불공평했다.

내 집 가득 번져 있는 서연우의 흔적만으로도 순간마다 그를 떠올리느라 곤욕을 치르고 있는데, 그의 존재 자체가 생활화가 되면 안 될 것 같았다.

"나도 손 있어."

보란 듯이 열 손가락을 펼쳐 그의 눈앞에서 흔들었다.

"그러네요."

순순하게 대꾸한 그가 그녀의 왼손을 붙잡았다. 뭘 할 생각인가 싶어 가만히 그를 지켜보았다. 왼쪽 네 번째 손가락에 쪽 입을 맞추고 나서 손을 놓아 주는 그가 만족스러운 듯 환하게 웃어 보였다.

"그 손, 그 손가락은 내가 예약해 뒀다고."

낯부끄러운 고백 같은 말이었다.

출차만큼 입차도 많은 주차장에서 겁도 없이 스킨십을 하는 그가 미친 것 같았다.

놀란 문영이 사색이 된 얼굴로 그를 쏘아보았다. 천장 곳곳에 붙은 감시 카메라만 수십 대였다.

미쳤냐고 무어라 말하려다 참고 밉지 않게 그를 흘겼다.

"서연우 씨, 겁이 없네요."

"그럴 리가요. 난 뺏길 게 많은 사람이라 겁도 많거든요."

"그런 사람이 무서운 줄도 모르고 스킨십을……."

"이런 것쯤이야. 더한 것도 할 수 있어요, 권 대리님이 원한다면."

서연우에게 취약하다는 건 진즉 알았지만 위험한 언행을 보고도 할 말을 잊을 정도로 멍청하게 굴 거라고는 생각지도 못했기에 문영은 스스로에게 무척 놀란 터였다. 네 번째 손가락에 닿았던 뭉근한 감촉이 잊히지 않았다.

비어 있는 왼손을 보며 그간 그가 어떤 생각을 해 왔는지 단편적으로 알 수 있는 순간이었다. 자잘한 입맞춤에 큰 감격을 받았다면 그건 그녀가 정말 멍청하거나 감성적인 사람이라는 말이 된다.

그게 아니라면 뭐든 서연우이기에 용서가 되는 건가.

"알고 있었지."

"응?"

주차장을 빠져나온 차가 혼잡한 강남의 도로로 끼어들었다.

"그 사람이 성산에 있다는 거, 알고 있었던 거지?"

"모르는 게 많이 없는 편이긴 해요."

"그 정도로 널 해박한 사람이라고 보기에는 무리가 있는 것 같고."

"음, 그런가."

그가 가볍게 웃으며 백미러를 확인했다.

"그래서, 언제부터 어떻게 알았는데?"

"사람 뒷조사하는 게 취미는 아니니까, 날 세워서 물을 필요 없어요."

"……."

"그게 더 기분 나빠, 꼭 그 남자 걱정하는 것 같잖아."

"말 돌리지 말고 대답해 줬으면 좋겠다."

"그냥, 봤어요. 우연히."

"우연히?"

그러고 보면 그는 자성 인턴 교육이 있던 날에 우연히 그녀를 만났다고 했다.

"넌 무슨 우연이……."

"좀 됐죠. 스타트업 기업 발전 도모 콘퍼런스 장에서 우연찮게 만났으니까."

"……."

"그때 스타트업 기업이나 중소 벤처 기업의 투자 유치를 지원하는 대기업이 그리 많지 않았는데, 몇몇 기업에서 투자를 하겠다고 나섰어요. 그중 하나가 그 남자가 있는 성산 그룹이었고, 기업 이사단과 함께 참석한 그 남자를 정말 우연하게 만났던 거예요."

"그게 정말 우연이라고 생각해?"

"그럴 리가. 그건 악연이죠."

내가 먼저 그 남자를 알아봤거든.

"지금은 액땜했다고 생각해요. 그러고 나서 운명처럼 권문영 씨를 만났으니까.”

“…….”

“그나저나 배 안 고파요? 회사 들어갔다 다시 나오려면 꽤 걸릴 것 같은데.”

과장님 호출이라면서요. 연우가 걱정스러운 듯 물었다.

“피곤하진 않아.”

말끝에 휴대폰을 꺼낸 문영이 익숙한 앱을 켰다. 보란 듯이 휴대폰을 흔드는 그녀를 보며 연우가 작게 탄성했다.

“수시로 확인하게 되네.”

“마치 내 생각을 꾸준히 하고 있다는 말처럼 들리는데, 잘못 들은 거 아니죠?”

“잘 알아들었어.”

“기분 좋네요.”

“하.”

문영은 그의 반응에 어이가 없어 결국 소리 내어 웃음을 터뜨렸다. 제 말 한마디에 서연우가 천국과 지옥을 수시로 오간다는 게 새삼 믿기지 않았다.

한편 연우는 평소에 이래도 되나 싶을 정도로 문영 앞에만 서면 치기를 부리는 어린아이가 되고 마는 자신이 못마땅했었다.

그런데 지금처럼 예상하지 않았던 상황에서 그녀의 마음을 확인하는 순간이 찾아올 때면 만족감에 잡념이 부지불식간에 사라졌다. 그렇게 권문영만 바라보는 개가 되는 듯했다.

“그 날, 그 날 피로도를 확인할 수 있으니 괜찮은 것 같아.”

“퍽 믿을 건 안 되는 것 같으니 너무 맹신하지는 말아요.”

“응?”

“그깟 숫자가 알면 뭘 알겠어요. 내 몸은 내가 잘 안다고, 권문영 씨 몸 상태는 누구보다 내가 제일 잘 알고 싶으니까 매일 말해 줘요.”

"보고하는 취미는 없는데."

"연애의 기본은 보고죠. 보고는 곧 연락이라 볼 수 있고요."

매끄럽게 질주하던 차가 신호에 걸려 멈췄다. 문영을 향해 고개를 돌린 연우가 핸들을 끌어안으며 그녀를 빤히 바라보았다.

"난 권문영 씨에 대해 열이면 열, 백이면 백 다 알고 싶은 사람이에요."

사뭇 진지한 눈빛에 어떠한 동요도 없었다. 언뜻언뜻 순수한 치기가 스쳤다.

"하다못해 이태섭을 볼 때 무슨 생각을 하는지, 어떤 감정을 느끼는지 모조리 다 알고 싶어."

투기하는 그의 마음에 뿌듯함이 넘쳐흐르는 건 자신에 대한 그의 감정에 확신이 들었기 때문이겠지.

"점쟁이가 될 걸 그랬어요."

어쩌다 이렇게 됐을까.

어쩌다 서연우가 이렇게 좋아졌을까.

태섭을 처음 보았을 때 가슴에 미미한 동요가 인 건 사실이었다.

연우에게 말했듯 예쁜 감정은 아니었다.

악연으로 끝난 옛 연인에 대한 미련이 남은 것도 아니었기에 감정적으로 크게 흔들리지도 않았다.

그렇다고 전혀 당황하지 않은 것도 아니었다.

단지 놀라워서.

살면서 다신 안 볼 사람처럼 헤어진 사람과 프로젝트라는 이름 아래 또 엮이게 되었다는 사실이 믿기지 않아서였을 뿐.

오랜만에 보는 얼굴인데도 전혀 달갑지 않았다.

반면 연우와의 재회는 어땠던가.

"그럴 필요 없어."

알은체하지 않는 그에게 설움을 느껴 아이처럼 투정을 부린 건 외려 그녀였다.
나만 아는 서연우의 얼굴로 다시 나를 돌아봐 달라고 애원하는 사람처럼 몸짓했다.
차마 소리를 낼 수 없어 가슴으로 부단히도 외쳤던 것 같다.
"굳이 네가 그렇게 하지 않아도 다 말해 줄 생각이니까."
"그래요?"
"연애의 기본이 보고라면서."
"……우리 지금, 연애하는 거예요?"
그가 기분 좋게 웃으며 물었다. 의외라는 듯 놀란 기색을 보이면서도 내심 흡족한지 말려 올라간 입꼬리가 내려올 기미를 보이지 않았다.
문영은 차근차근 생각을 정리했다.
그간 용기가 나지 않아 에둘러 표현하기만 했는데, 지금까지 그와 보냈던 시간을 돌이켜 보면 이건 누가 뭐래도 '연애'였다.
아낌없이 시간을 내어 주었고, 곁을 주었다.
"그게 연애가 아니면 뭘까요."
"음."
부러 대답을 뜸 들이지만 운전 중인 그의 표정은 더없이 행복해 보였다.
숨김없이 감정을 드러내는 그가 신기한 건지, 일말의 변화에도 서연우의 기분 변조를 파악하는 자신이 눈치 빠른 건지 모르겠다.
뭐가 됐던 적당히 합이 맞는 것 같으니 기분이 좋은 건 매한가지였다.
"하긴. 난 마음에도 없는 여자랑 섹스 같은 거, 죽어도 못 해요."
"그러는 나는 마음에도 없는 남자랑 쉽게 섹스하는 줄 알아?"
저 멀리 회사가 보였다. 입사한 지 얼마 안 됐을 때는 저 웅장한 건물 외관을 올려다보는 것을 좋아했다.
프랑스의 유명한 건축가와 일본의 인테리어 디자이너가 협업해 완공했다고, 그 가치가 상당하다는 건물을 보는 것만으로 보잘 나위 없는 자신이 반짝거리는 기분이었다.

자성의 사원증을 목에 매고 길을 걸어 다닐 때마다 자연스레 들러붙는 사람들의 시선에는 부러움과 동경, 약간의 투기가 어지럽게 섞여 있었다.

그런 눈빛을 즐겼던 것도 같다. 주재원이나 해외 지사 발령에 달리 관심이 없는 건 그녀가 금욕적인 사람이라서가 아니었다.

이만하면 충분하다는 생각이 들어서였다. 내가 원해서 시작한 게 아닌 일에 이만하면 됐다고, 문영은 무던히도 생각했다. 일종의 합리화였다.

"지조야, 있죠. 권문영 씨."

가볍게 웃으며 연우를 바라보았다. 지조라, 사실 그 말은 그녀가 그에게 해 주어야 할 것 같은데.

지고지순한 건지, 정조 관념이 독특한 건지. 가끔은 연우의 감정에 의구심이 들었다.

떨어져 지낸 7년이 무색할 정도로 변함없는 그가 신기했다.

아쉬움이 남아 잊지 못했다 했던가.

빤히 그를 바라보며 차근차근 이목구비를 뜯어보았다. 매일 보는 얼굴이지만 매번 새삼스러웠다.

더 이상 자신의 못난 과거나 어린 서연우의 모습이 겹치지 않는 걸 보면 그에게 단단히 미친 모양이다.

"할 수만 있다면 권문영 씨 머릿속을 한 번쯤 열어 보고 싶어요."

어엿한 남자였다. 도를 넘은 그의 질투마저도 사랑스러운 걸 보면 그녀야말로 중증이었다.

"응?"

"그 작은 머리 안에 대체 무슨 생각이 그렇게나 많이 차 있는지 궁금하잖아."

"걱정할 만한 생각은 안 해."

"그건 모르죠. 내가 직접 본 게 아닌데."

익숙하게 주차장으로 들어서는 그가 불퉁하게 대꾸했다.

이태섭의 이름이 언급된 것도 아닌데 살짝 심통이 난 듯한 서연우의 태도로 인해 그의 얼굴이 자연스레 떠올랐다.

아닌 척해도 그의 존재가 마음에 돌부리처럼 박힌 모양이다. 신경 쓸 게 너무 많은 연우가 새삼 걱정스러웠다.

피곤하지도 않은지, 늘 불필요한 잡념을 머리에 달고 다녔다.

"우리 서연우 씨는 혼자 생각하는 게 버릇인가 봐요. 좋은 버릇은 아닌데."

"예민해서 그럽니다. 권문영 씨 일이라면 나도 모르게 민감해지거든요. 이미 습관화되어 버려서."

"그래요? 나에 대한 믿음이 부족해서 그런 거라면 연애 시작부터 많이 삐걱대겠어요."

"그렇게 되도록 가만있지 않죠."

마땅한 자리가 없어 드넓은 주차장을 천천히 주행하다가 한 층 아래로 차를 몰던 그가 단정적인 어조로 확신했다.

"어떻게 될지 모르는 게 사람 일이죠?"

"어떻게 될지 몰라 뭐든 천천히 해 볼 생각입니다."

적당한 자리에 주차를 한 그가 기어를 잠그며 말했다.

유심히 그를 쳐다보고 있던 문영을 돌아본 연우가 그녀의 눈을 똑바로 마주하며 눈매를 접었다.

못 해 본 게 너무 많아 다행이라는 말을 언뜻 들었던 것도 같다.

"나 근데 기분 좋아요."

잽싸게 말을 바꾸는 탓에 대답을 잊었다. 고개를 갸웃대는 것으로 반문한 문영의 앞으로 불쑥 다가온 그가 느긋하게 손을 내밀었다. 다소곳이 맞잡은 그녀의 손등 위에 손을 포개고는 이내 소중하다는 듯 느리고, 부드럽게 지분거렸다.

"근데 아까 일만 생각하면 피가 거꾸로 솟는 거 있죠."

"오늘따라 말이 많네요. 걱정도 많고."

"그 남자가 권문영 씨를 쳐다보는 눈빛이 머리에서 잊히질 않아요."

"……!"

"그러니까, 도와줘요."

"뭘……."

너무 가까이 붙은 것 같아 민망했다. 입을 맞춘 것도 아니었는데 심장이 입 밖으로 튀어나올 듯 거칠게 뛰어 댔다.

문영은 숨소리가 흐트러지는 것 같아 입안의 여린 살을 꾹 깨물며 제 미약한 소리마저 차단했다.

"지금."

그가 다시 입을 열자, 동시에 좁은 차 안의 공기가 순식간에 농밀해졌다.

대낮처럼 휘황한 눈빛을 피하지 못해 마주친 순간, 그가 씩 웃음 지었다.

"키스할래요."

서연우는 모순적이었다.

묻는 말씨는 분명한 부탁이었는데, 말끝에 걸린 건 단호한 경고였다.

버릇처럼 주변을 살피려는 그녀보다 한발 앞선 그가 태연하게 차창 밖을 내다보았다. 넌지시 창 너머를 주시하던 그가 짓궂은 악동처럼 히죽거렸다.

"선팅이 잘 되어 있어요. 그리고 권문영 씨도 알겠지만 사람들은 생각보다 타인에게 무관심하죠."

손등에 닿은 손이 아래로 미끄러졌다. 그 커다란 손이 활짝 펼쳐졌다가 손가락을 하나씩 접어 그녀의 손목을 움켜잡았다.

살짝 잡아당겼을 뿐인데 멍해 있는 문영의 몸이 그의 품 안으로 끌려 들어갔다.

"이 시간에 남의 차창 안을 들여다볼 정신 나간 놈은 없을 거예요."

한가로운 손이 어깨를 감싸 안았다. 꽉 힘을 주는 팔에서 조급함이 느껴졌다.

17장

문영은 조심스레 고개를 들었다.

요즘은 매사에 혼란이 찾아왔다. 어느 순간 회피하려는 경향을 띤 행동을 자주 보였다.

"키스하면, 아까 그 일이 다 잊혀져요?"

가까워지는 그의 입술이 입술 끝에 닿을 듯 내려왔다. 열띤 숨이 매끈한 피부 안으로 스며들었다.

뜨거운 숨결이 주는 열기에 소름이 돋는 기분이었다. 두 사람을 감싼 공기가 순식간에 훗훗해졌다.

미세한 자극에도 예민해진 교감 신경이 온몸을 천천히 달아오르게 했다.

"뭐 잠깐은 그렇겠죠."

"……단순한 건가."

피식, 웃음을 깨문 그의 입술이 입 끝에 맞닿았다.

"아마도 그럴 거예요."

난 권문영 씨 때문에 잘 웃고 잘 우는 놈이라.

난감한 그의 말에 대답할 타이밍을 찾지 못했다. 아슬아슬하게 맞물린 입술이 언제 저를 삼킬지, 조바심을 느끼며 기다리는 그녀는 조금 안달이 난 상태였다.

"윤 대리님. 지금 나가는 길입니다. 네, 그럼 그 앞에서 뵙는 걸로 하겠습니다. 네, 감사합니다."

외근 일정이 잡혀 바쁘게 주차장을 가로지르는 사람들의 말소리와 발소리가 수런대는 가슴만큼이나 정신없이 들려왔다.

문영은 고개를 살짝 돌리면 보이는 차창 밖을 내다볼 엄두가 나지 않았다.

바짝 신경이 곤두섰다. 뭐 때문에 이렇게 예민해졌는지 모르겠다. 눈앞의 서연우가 정답이라는 걸 아는데, 습관처럼 회피하는 그녀는 그 사실을 부정하려 했다.

"서연우 씨, 회사……."

말은 그렇게 했지만 숨을 죽인 채로 그를 기다렸다. 말 잘 듣는 충견처럼 얌전히 그의 손길을 고대했다.

뒷덜미를 세게 끌어안아 주어도 좋을 거라는 생각이 차오르는 순간, 그의 입술이 문영의 여린 아랫입술에 부드럽게 닿았다.

"관음하는 변태 새끼가 아닌 이상, 누구도 이 차 근처엔 얼씬도 안 할 거라니까요."

"아……."

"그런데 그거 알아요? 한편으론 우리가 무슨 짓을 하는지, 누군가 몰래 엿봤으면 하는 마음이 들어요. 내가 짓궂은 거죠?"

"……서연우."

생각한 대로 이루어지는 마법에 걸린 기분이었다. 손등을 지분거리던 그의 손이 그녀의 뒷머리를 조심스럽게 감쌌다.

이내 서슴없이 머리카락 사이로 손가락을 끼워 넣고는 꽉 힘을 주었다.

"벨트, 안 풀었네요?"

"뭐……."

불쑥 혀를 넣어 입안을 휘저을 것만 같은데, 평소보다 더 침착한 그는 고저 없는 목소리로 실없는 이야기만 늘어놓았다.

애가 타는 건 이번에도 그녀 쪽이었다. 머뭇대던 손이 그의 양 손목을 붙잡았다.

"내가 불건전한 건지, 권문영 씨가 자극적인 건지 모르겠어요."

자꾸 이상한 상상만 하게 된다니까요.

싱긋 웃으며 꾹 입술을 내리누르는 그가 차츰차츰 얼굴을 움직였다. 끈적하게 문질러지는 입술이 한 치의 오차 없이 포개지는 순간이었다. 문영의 목울대가 흔들렸다.

"다 벗긴 상태에서 묶어 놓고 하는 것도 나쁘진 않을 것 같네요."

누군가 지켜보고 있을지도 모르는 위험한 장소에서 은밀하게 입을 맞추는 행위는 꽤나 짜릿했다.

머릿속에서 폭죽 같은 짜릿함이 펑펑 터지는 기분이었다. 모든 신경이 올올이 일어났다. 할 수만 있다면 빨판처럼 그에게 찰싹 엉겨 붙고만 싶었다.

"……건강하지 못한 생각이네요."

"키스할 것처럼 굴고서 아무 짓도 안 하는 게 더 불건전한 행동이지 않나?"

"서연우 씨."

"하고 싶으면 하고 싶다고 솔직하게 말해요."

"……."

"부끄러워서 그러는 거면 부탁을 해도 좋고, 명령을 해도 좋으니까 아무 말이라도 해 줘요."

결국 애원하는 쪽은 그가 되었다.

그녀에 대한 믿음은 본능적이었기에 막연했다. 그럼에도 불안감을 숨기지 못하는 건 순전히 제 탓이었다.

하필 오늘 그녀의 눈앞에 그 남자가 나타났다. 그녀를 울고 웃게 하던 남자라는 사실만으로도 적대감이 맹렬해졌다.

처음부터 마음에 들지 않는 놈이었다. 맨 처음 그녀의 옆에 선 그를 보았을 때부터 본능적인 경계와 함께 분노가 폭발했다.

한순간 내 것을 빼앗겼다는 충격은 허탈감과 공허감을 동시에 선사했다.

내내 무감정하게 있던 그녀의 모습에 마음을 놓으려 해도 호시탐탐 문영을 쳐다보는 이태섭의 시선은 자꾸만 그를 나락으로 밀어뜨렸다. 마음 같아선 진행 중인 프로젝트를 당장 중단시키고 싶었다.

불안해서 죽을 것만 같은데, 여상하기만 한 그녀가 원망스러울 따름이었다.

"응? 해 줘요."

정이라는 건 불씨 같았다. 언제라도 옮겨붙을 수 있는 위험한 불씨. 마치 천재지변 같아서 언제 어떻게 일어날지 모를 일이었다.

담담한 척하려 했으나 눈빛이 잘게 떨렸다. 그에게 권문영이란 언제나 깊이를 알 수 없는 연못 같은 존재였다. 그저 초조함이 역력한 얼굴로 바라볼 수밖에 없게 만들었다.

그녀는 모르겠지만 지금 그는 두려웠다. 그녀를 지켜보던 남자의 눈빛은 연우를 수심에 잠기게 했다.

"싫은데."

"해 줘요."

기다렸다는 듯 곧장 대답한 그녀의 가까이에서 진득하게 눈을 맞추던 그가 싱긋 눈웃음을 지었다.

찰나적인 머뭇거림도 없이 입술과 입술이 다시 한번 맞물렸다. 시간이 촉박한 탓에 느긋하게 입을 맞추지 못한다는 걸 아는지, 평소보다 거칠게 입안을 휘젓는 그가 문영의 턱을 단단하게 붙잡은 채 여린 살을 길게 빨아 당겼다.

난잡하게 움직이는 혀가 혀를 잡아챘다. 뱀처럼 똬리를 튼 채 거칠게 빨아 당겼다.

뿌리까지 송두리째 뽑을 것처럼 압박을 주어 올려 당길 때면 연약한 그녀의 신음과 타액으로 젖은 소리가 질척하게 터졌다. 그 소리가 더없이 야릇했다.

서연우는 음험한 상상을 부추기는 소리를 쉼 없이 자아냈다. 질척하게 젖어 들 때까지 물고 놓아 주지 않는 그의 손이 자연스럽게 그녀의 블라우스를 들추었다.

소름이 오소소 돋은 매끄러운 살결을 어루만지며 제 온기를 전했다. 동그란 언덕 끝에 열린 작은 열매를 손끝으로 살살 돌리며 그녀의 허리에 감싼 손을 바짝 끌어당겼다.

제 손길에 움찔하는 그녀가 사랑스럽다. 힘없이 딸려 오는 몸이 알맞게 안기는 촉감이 좋았다. 매일 안고 싶은 마음만 충만해졌다. 욕심과 비례한 투기와 경계심도 욕망을 좀먹으며 방대하게 자라났다.

애초부터 적당한 선 따위 지킬 인내 같은 건 없었는데.

"읏……!"

섹스를 목전에 둔 여자가 바르작거리자 그의 맥동이 빨라졌다. 당장 입에 넣어 빨 수 있게 브래지어만 밀어 올리면 봉긋한 젖가슴을 원하는 만큼 입안에 담고 굴릴 수 있었다.

다급하게 바지를 내리면 삽입까지는 수월했다. 이미 오래전부터 체액으로 젖어 있던 선단을 그녀의 비부에 대고 달래듯 조금만 문질러 주면 그만인데.

"미안해요."

부풀 대로 부푼 성기가 노한 맹수처럼 포효하는 게 느껴졌다. 좁다란 파스너 안에서 답답한 듯 몸부림치는 탓에 아래가 뻐근했다. 아플 정도로 발기한 제 것에는 눈 둘 겨를이 없었다.

"……회사에서는 싫죠. 내가 과했어요."

사실상 키스만 한다는 건 불가능했다. 눈만 마주쳐도 꺼덕거리며 위용스레 커지는 것을 막을 방도는 달리 없었다. 그렇다고 그녀를 눈앞에서 치울 수는 없는 노릇이었다.

흐트러진 그녀의 블라우스를 내리고, 더듬더듬 매무새를 정리하는 연우의 표정이 처연했다. 문영은 차라리 그런 그의 마음을 몰랐으면 좋겠다고 생각했다. 그랬다면 눈치 없이 입이라도 맞추었을 텐데.

"뭐가 미안할까요. 서로 좋아서 한 키스인데."

"하마터면 때와 장소도 못 가리고 할 뻔했어요. 짐승도 아니고."

"말대로 짐승은…… 아닌 것 같은데."

애매모호하게 말끝을 흐렸다. 입을 맞추는 동안 흥분감이 고조되어 어쩔 줄 몰라 하던 그녀도 짐승이나 진배없었다.

아직도 몸 안에 남은 열기는 해소되지 못한 채였다. 그 떨림의 여운이 남아 그의 손끝이 언뜻언뜻 어깨를 스칠 때마다 허벅지 안쪽에 힘이 들어갔다.

"이런 식으로 하는 건 싫어요."

"응?"

"내가 꼭…… 권문영 씨를 존중하지 않는 것 같잖아요."

그런 게 아닌데.

그저 당장의 욕구를 해결하기 위해 장소의 구애도 받지 않고 달려드는 건 형편없는 놈들이나 하는 짓이었다.

유달리 그런 부분에 있어 융통성이 없는 것도 그렇지만, 그냥 싫었다. 자신이 아닌 누군가가 그녀의 맨몸을 훔쳐볼지도 모른다고 생각하면 덜컥 겁부터 났다.

언젠가 지금과 비슷한 상황에 놓인 적 있었다. 아무리 문영의 도발에서 비롯된 일이라고 해도, 연우는 그때 절제하지 못한 음심으로 그녀를 안은 것을 지금까지 후회하고 있었다.

나는 그런 마음인데.

"내가 실수한 거야."

스르르 손을 떼어 내는 연우를 가만히 바라보았다. 스스로의 행동에 놀란 듯한 기색이 완연해서 문영은 멋쩍은 얼굴을 했다.

"네가 그러면 내가 뭐가 돼."

"응?"

매무새를 정리한 문영이 마무리로 블라우스 소매에 묻은 먼지를 털어 냈다.

"요즘 서연우 씨 때문에 엄청 일탈하는 거 알아요? 나답지 않게 행동하는 게 당연시되어 버린 것도 같고. 그래도 나는 좋았는데."

"음……."

"이해 못 하는 거 아닌데 그 반응은 뭘까요. 사람 민망하게."

마지막까지 꼼꼼하게 차림새를 확인한 문영이 벨트를 풀었다. 손잡이 쪽으로 팔을 뻗는 순간, 그의 커다란 손이 문영의 손목을 붙잡았다.

응? 눈을 동그랗게 뜨며 뒤돌아보자 자못 심각한 표정으로 자신을 주시하는 서연우가 그녀와 시선을 마주했다.

"……나랑 엉망진창으로 섹스하는 게 좋아요? 안팎 구분도 없는 짐승처럼?"

"그렇다고 대답하면, 나한테 실망할 거예요?"

"아니. 그럴 리가 없잖아요. 그래도 이런 식으론 아니에요. 단둘이 있을 때라면 언제든 환영이지만."

"어쩐지 대화가 이상한 쪽으로 빠지는 것 같은데, 일단 내리죠. 이러다 정말 늦겠어요."

"키스만 했는데도?"

그런데도 늦은 거냐고 묻는 듯했다.

"많이 늦었어요."

"늦은 김에 더 늦어도 상관없잖아요. 나 아직 할 말도 다 못 했는데."

문을 열다 말고 그를 돌아본 문영이 눈썹을 꿈틀댔다. 마음이 터질 듯이 뛰어 댔다.

온몸이 후끈거려 참을 수 없었다. 계속 그의 곁에 있다간 정말 목을 끌어안고 먼저 안아 달라고 조르기라도 할 것만 같았다.

제 안에 박힌 채 따뜻하다며 들뜬 숨을 내뱉던 서연우만큼이나, 자신 역시 그가 주는 벅찬 충만감에 어찌할 줄 모르고 열감 어린 신음을 내질렀으니까.

화기처럼 솟구치다가 거짓말처럼 사그라지는 느낌이 싫어 계속 그의 품에 안겨 있던 기억이 선연해졌다.

"우리, 연애하는 거예요."

혹여나 없는 일이 되어 버릴까 조바심을 느낀 사람처럼 그가 단호한 눈빛으로 그녀를 바라보았다.

시작부터 걱정스러운 남자의 마음이 딱해 문영이 부드럽게 미소 지었다.

"질투가 많아서 권문영 씨의 일이라면 사사건건 간섭할지도 몰라."

시트에 등을 묻은 채로 있는 그의 말은 분명한 경고였다.

그러니 알아서 잘하라는 말 같기도 했고.

"그래도, 버리면 안 돼요."

아닌 것 같기도 했다.

"난 계속 오늘 같은 기분만 느끼고 싶거든."

글쎄, 버리고 싶어도 쉽게 떨어져 줄지 모르겠다.

"나도 서연우 씨가 애달픈 건 싫어요. 그러니까, 앞으로 우리 잘해봐요."

설령 그녀가 이별을 말한다 해도 순순하게 문영을 놓아줄 서연우가 아니었다.

크게 기쁜 내색 않는 그녀는 특유의 무감한 얼굴을 했다. 반면 두근대는 가슴은 그와 연인으로 보낼 앞으로의 날들을 막연하게 상상하고 있었다.

오늘은 그와 뭘 먹으면 좋을지를 고민하는 그녀의 입가에 이내 미소가 번졌다.

"큰일이에요."

차에서 내린 그가 차량 뒤쪽으로 돌아와 문영의 앞에서 보란 듯이 멈춰 섰다.

차마 손을 잡지 못해 애석함을 느낀 그의 손이 바지 주머니를 찌르며 모습을 감췄다. 눈길을 줄 데 없어 애먼 곳을 바라보는 연우의 귓불이 조금 붉었다.

"권문영 씨한테 발정하는 놈이라는 거, 만천하가 알겠어요."

슬쩍 훔쳐본 그의 아래는 아직도 굵직한 형상을 하고 있었다. 죽이지 못한 그것이 분한 듯 꺼덕대고 있는 모습이 상기됐다.

"그렇게 되면 곤란한데."

"응?"

답지 않게 볼을 붉힌 문영이 황급히 돌아섰다. 엘리베이터를 향해 걸음을 옮기는 그녀의 곁으로 연우가 곧장 붙어 섰다.

"매일 발정할 거 아니에요."

농담인 듯하나 농담 같지 않아 웃을 수 없었다. 청각적인 자극은 불순한 상상력을 키우는 거름과 마찬가지였다.

"하."

한숨이 새어 나왔다. 끈적한 체액이 아랫배를 꽉 채운 기분이었다.

그의 손이 살짝만 스쳐도 그대로 속옷을 적시며 흘러나올 것 같아 문영은 바닥을 짚고 선 다리에 힘을 주어 견딜 수밖에 없었다.

"자다 말고 발기하는 것만으로도 충분히 괴로운 사람이거든요, 나."

체면이 말이 아니게 된 건 꽤 오래전 일이다.

그런데 서연우를 다시 만나고서부터 꼬인 하루하루가, 싫지만은 않았다.

태섭과의 재회는 까맣게 잊었다. 굳이 기억하고 싶지 않았다.

"오늘은 뭐 먹을까요. 먹고 싶은 거 있습니까?"

엘리베이터에 오른 문영이 버튼을 누르며 묻는 말에 그녀의 등 뒤로 다가온 그가 은밀하게 몸을 맞붙이며 고개를 내렸다.

얇은 블라우스를 뚫고 숨결이 떨어졌다. 파인 둔부 사이로 파고든 그의 것이 대번에 떠오를 만큼 노골적인 감각이 하반신을 자극했다.

모로 보이는 감시 카메라의 렌즈가 붉은빛으로 반짝거렸다. 가슴에 핀 위험 신호처럼 새빨간 불빛에 겁먹은 문영의 뒷목이 빳빳해졌다.

그러나 빈틈없이 맞붙여 온 그의 몸을 떼어 낼 재간은 없었다.

"서연……."

나직한 목소리에는 힘이 없었다. 그를 떼어 놓고 싶은데 아래로 느껴지는 존재감이 피부에 선연해서 바보처럼 마른침만 삼키게 됐다. 시간이 지날수록 대범해지는 서연우를 따라 그녀도 미쳐 가는 것 같았다.

사각지대가 어디였더라. 언젠가 그가 물었던 말이 떠올랐다.

엘리베이터를 벗어나면 꼭 말해 주어야겠다고, 문영은 침착하게 생각을 정리했다.

이윽고 엘리베이터가 멈췄다.

문이 열리는 찰나에 아쉽다는 듯 한숨을 내쉰 그가 곁에서 한 걸음 물러났다.

18층을 찾는 사람들이 이내 엘리베이터에 올랐다.

"권 대리님, 안녕하세요."

타 부서 사람들의 인사에 형식적인 미소를 지어 보인 문영이 고개 숙여 인사했다.

연우는 고개를 숙인 그녀의 표정이 어떤지 확인하고 싶은 마음이 굴뚝같았다. 뭐 마려운 사람처럼 초조한 얼굴이었으면 싶다.

아니, 사실은 그런 표정을 보여 주는 것도 원치 않았다. 할 수만 있다면 얼굴을 숨기고 싶었다. 큰일을 겪은 사람처럼 낯빛이 흐려지진 않았을까, 내심 걱정이 됐다.

"네, 안녕하세요."

밀려드는 사람들로 인해 자연스럽게 뒤로 물러난 문영이 찾을 곳이라고는 그의 곁밖에 없었다.

그녀가 다가오자 연우는 보이지 않게 손가락을 엮어 손을 잡았다 놓기를 반복했다.

아찔한 순간은 16층에 도착할 때까지 계속됐다. 작게 으르렁거렸지만 막 연애를 시작한 남자에게 위협이 될 만큼 공격성을 갖진 못한 모양이었다.

그야말로 주객이 전도된 느낌이었다.

태섭과의 재회는 서연우와의 재회만큼이나 큰 여파를 남기지 못했다.

그렇다고 아예 그를 생각하지 않았던 것은 아니었다. 그저 큰 의미 없는 과거의 일부였을 뿐이다.

저녁 식사를 마친 두 사람은 당연한 수순처럼 집을 찾았다. 받아도, 받아도 부족함을 느끼는 아이처럼 그녀를 품에 안은 그는 끊임없이 사랑을 갈구했다.

내가 왜 좋아요, 라거나 내가 언제부터 좋아졌어요, 하는 식상한 질문을 남발했으나 문영은 평소처럼 그의 물음을 외면하지 않았다. 아니, 못 한 것이다.

"대답, 해요."

"흐으……. 읏!"

문영은 그가 묻는 말에 착실하게 대답했다. 그렇지 않으면 집요하게 그녀의 예민한 부분만을 골라 자극했으니까.

온몸을 집어삼킬 듯한 쾌락으로 인해 괴로울 지경에 이른 몸은 그가 조금만 움직여도 터진 과일처럼 체액을 울걱울걱 토해 내기 바빴다. 살짝만 치근해도 자지러지는 부위만 건드리는 그에게 마침내 항복한 문영은 실토하듯 제 감정을 줄줄 입으로 내뱉었다.

시간이 기억하는 그 시절로 되돌아가 그에 대한 자신의 감정을 친절하게도 설명해 주었다.

그러다 태섭과의 다툼보다 연우와 서먹하게 지내는 게 더 싫었던 것 같다는 생각에 당도했다. 생각이 거기까지 닿자 답을 찾는 게 한결 수월해졌다.

그 또한 사랑이었을지 모르겠다는 말을 희미하게 남겼다. 헤어지던 날 밤, 수차례 전화를 걸었던 자신의 연락을 고의적으로 회피한 태섭보다 모르는 사람처럼 낯선 눈빛을 하던 그 시절의 서연우가 그녀를 더 못 견디게 만들었다.

그의 집 앞을 지키고 있던 여학생들을 보면 이유도 모르게 부아가 치밀었다. 그랬던 기억이 선연한 문영의 조용조용한 말은 자욱한 안개처럼 불분명하고, 흐릿했지만 똑똑한 서연우는 곧잘 알아들은 모양이었다.

"정말 그 남자 생각은 전혀 안 하는 것 같아 안심이네요."

결국 그가 원한 것은 그거였나 보다.

"주객이 전도된 기분이야. 그때 내가 얼마나 마음고생을 했는데."

아마 권문영 씨는 모를 거예요.

"그런 걱정은 안 해도 되는데."

형식적인 말이기는 했지만 그녀의 입장에선 해 줄 수 있는 말이 한정되어 있었다.

머리를 반으로 갈라 속을 보여 줄 수도 없는 노릇이었으니 다소 성의 없는 대답이라도 그는 믿어야 했다.

물론 한시도 가만두지 않는 연우 덕분에 그가 곁에 있는 동안만큼은 태섭에 대한 생각이 머릿속에 비집고 들어올 틈이 없었다.

기호품 같은 서연우는 향미가 있는 사람이었다. 특별히 자극성을 가지고 있어 같이 있는 동안에는 그녀의 오감에 끊임없이 쾌감을 주었다. 그런 그가 곁에 있는데 시답잖은 고민의 깊이를 느낄 겨를이 있을 리 만무했다.

그가 떠난 뒤, 문영은 잠시 상념에 빠졌다. 인정하고 싶지 않았지만 설핏 태섭이 떠오른 탓이었다. 이럴까 봐 서연우는 저를 혼자 두지 않으려 했던 것일 테다.

오랜 시간이 지난 탓에 희미하게 남아 있던 감정의 잔재마저 흔적 없이 사라졌다.

태섭과의 이별을 완전하게 받아들이지 못했던 시절. 함께했던 시간에 어떠한 의미라도 남아 있을까, 무던히도 찾으려 애쓰곤 했다.

알찬 여름 방학을 보내는 아이들처럼 보람차고 뜻깊은 시간은 아닐지언정 그 비슷한 의미는 갖고 있을 거라고 믿었지만 미련함을 달고 산 끝에 깨달았다.

끝이 난 남녀 관계에 의미 같은 건 없다는 사실을.

그만큼 쉽게 잊히는 사람이라 종국에는 문영도 순순히 인정하게 됐다. 그녀에게 태섭은 생각만큼 의미 있는 남자가 아니었던 것이다.

만약 이 사실을 그가 알게 된다면, 다른 사람도 아닌 연우로 그의 빈자리를 대신 메우려 했던 그녀를 손가락질할 테다.

"……모르겠다."

끊임없이 몰아치는 서연우에게 휘말려 가뜩이나 어지러움을 느꼈다. 그런 와중에 태섭을 다시 만났다.

프로젝트를 명목으로 시작된 짓궂은 우연이 다시 그녀의 앞에 그를 데려다 놓았다. 첩첩산중이었다.

이렇게 마주칠 거라곤 전혀 몰랐던 일이라 적잖이 당황하고 말았다.

좋고, 싫고를 떠나 불편할 수밖에 없는 상대였다.

원하지 않아도 프로젝트가 끝나기 전까지는 억지스럽게 대면해야 하는 남자의 얼굴이 섬광처럼 떠올랐다.

내내 저를 따라다니던 그의 눈빛이 생각나자 문영의 입매가 한일자로 굳어졌다.

"……후."

한숨이 나는 건 그녀밖에 모르는 서연우가 부단히도 걱정스러워서였다.

순진한 남자 같다가도 너무도 쉽게 투기에 눈이 멀고 마는 그는 소유욕이 짙은 수컷이었다.

내 것에 대한 애착심과 집착으로 범벅이 된 감정을 드러낼 때면 자신이 아는 서연우가 맞는지 낯설게 느껴지곤 했다.

결국 그도 어엿한 남자였다. 문영은 서연우의 순수한 마음이 변질되는 것을 원하지 않았다.

어쩐지 졸지에 중요한 임무를 맡게 된 것 같았다. 알 수 없는 책임감이 하나 더 늘어났다.

서연우, 서연우, 서연우.

태섭으로 시작된 생각은 연우로 끝을 맺었다.

머릿속은 온통 그의 얼굴로 가득했다.

이 마음을 그대로 그에게 꺼내어 보여 주고 싶지만 작은 일에도 쉽게 질투하는 서연우가 퍽 좋아할 것 같진 않았다.

그에게는 불필요한 존재인 태섭이 작은 비중으로나마 그녀의 상념에 끼어 있으니 탐탁지 않아 할 게 뻔했다.

"모르겠다, 나도."

잡념만 쌓여 가는 밤이었다.

✣ ✣ ✣

성산의 배터리 성능을 극대화한 보급형 제품을 기획해야 하는 프로젝트 팀원들은 시작부터 난관에 부딪쳤다.

국내의 대기업 반열에 오른 두 기업의 협업이 이례적인 만큼, 보다 완벽한 제품을 완성시켜야 하는 부담감은 생각보다 더욱 컸다.

어떤 제품에 어떠한 성능과 기능을 탑재할 것이며, 소비자들의 워스트 항목에 든 외관 문제는 어떻게 해결할 것인지, 저마다 의견을 제시했지만 답을 찾기란 쉽지 않았다.

요즘 휴대폰은 최첨단 기술의 집약체라고 할 수 있는 기술 발전의 증례였으니까.

"기존의 배터리 방전, 발열 문제를 최소화하기 위해서는 리튬 폴리머 배터리가 나을 것 같은데요. 확실히 IT 시장에 보편화된 리튬 이온은 높은 온도에서 폭발할 수 있는 단점이 있다 보니, 자칫 장시간 충전으로 배터리가 과열될 경우 큰 사고로 이어질 수 있으니까요."

그렇게 되면 기업 가치를 떨어뜨리고, 막강한 손실을 입힐 수 있다고 덧붙인 팀원이 자신의 의견을 소상히 밝혔다.

"중국의 카베이가 글로벌 최초로 리튬 폴리머 배터리를 사용한 제품을 출시해 큰 화제가 되었다는 건 다들 알고 계시겠죠. 물론 리튬 폴리머 사용 여부는 연구 개발 팀의 제품 프로세스 설계 단계를 거친 후에야 확정되는 부분이기 때문에 지금 당장 단정 지을 순 없지만 자성 제품의 유통망을 확충하기 위해선 김정현 씨 의견대로 리튬 폴리머 배터리를 사용하는 것도 괜찮을 것 같다는 게 제 의견입니다."

지금껏 경청하던 연우가 그의 말에 동조하며 자신의 뜻을 소신껏 드러냈다.

맞은편에 앉은 문영과 멀찍이 떨어진 곳에 있는 태섭의 시선이 동시에 그를 향했다.

사실 회의실을 채운 모든 이들의 눈빛이 일제히 서연우를 향했으나, 유난히 문영과 태섭의 시선이 의식적으로 다가왔다.

문영은 낮게 잠긴 연우의 목소리에 이상한 듯 고개를 갸웃댔다. 어제까지만 해도 멀쩡하던 그의 목소리가 잔뜩 가라앉아 잠긴 것처럼 들렸다. 꼭 자다 깬 사람처럼.

감기라도 걸렸나. 회의를 하는 동안 그의 안위를 걱정하고 있는 그녀는 지금 자신이 무슨 생각을 하고 있는지조차 의식에 없는 것 같았다.

"기존의 틀을 완전히 바꾼다는 것은 다소 위험한 도전이라는 생각이 드는군요."

이번에는 모두의 시선이 태섭을 향했다. 두 사람의 의견에 반대되는 입장을 보인 그의 말을 모두가 숨죽여 기다렸다.

"비용적인 측면에 있어 부담감을 낮출 수 있다는 장점 외에는 특별한 강점을 찾기 어렵다고 봅니다. 아직 국내에서 리튬 폴리머를 사용한 제품은 없습니다. 그렇다는 것은 실패 확률조차 계산할 수 없다는 건데, 우리는 승부사가 아닙니다. 성공 여부도 모른 채 무턱대고 제품을 출시하게 됐을 경우에 받을 손실 규모까지 치밀하게 계산해야 하는 게 우리의 일입니다."

충분히 납득이 될 만한 그의 말에 모두가 서류 위로 시선을 떨어뜨렸다. 자못 무거운 분위기가 회의실에 감돌았다.

"그렇다고 천재도 아니죠. 0.0001%의 확률까지 세밀하게 따져 분석하는 천재였다면 뭐든 시작했을 겁니다."

"……."

"이태섭 부장님의 의견대로라면 승부사는 천재의 판단을 읽습니다. 하지만 우리는 승부사도, 천재도 아닙니다."

기업의 플래그십으로 통하는 보급형 스마트폰 브랜드를 출시해 소비자의 반응을 끌어내고 판촉을 벌이는 게 그들의 근본적인 업무였다.

100만 원이 훌쩍 넘는 비싼 스마트폰을 구입할 여건이 되지 않는 학생들도 부담 없이 구입할 수 있는 보급형 제품은 최초의 제품보다 눈부신 발전을 해 왔다.

플래그십과 성능 차이가 크지 않다는 장점이 있으며 금액적인 측면에 있어서도 부담이 덜 했다. 게다가 폴리머는 배터리의 모양을 성형하기가 쉽고, 안전성이 높은 장점을 가지고 있었다.

"어차피 폴리머는 리튬 이온 배터리의 하부 개념입니다. 리튬 이온으로 표기해 출시한다 해서 틀린 표현도 아닐뿐더러, 애초에 우리의 목적은 기존의 크고 무거운 스마트폰을 크지만 가벼운 제품으로 재창조하는 일이었습니다. 궁극적인 목적을 생각했을 때, 아무래도 이온보다는 폴리머 사용이 적합하다고 판단됩니다만."

태섭의 의견에 맞서는 그의 말에 회의 분위기가 점차 달라졌다.

"이태섭 부장님이 반대하는 이유가 뭔지, 구체적으로 듣고 싶은 건 아마 제 이해력이 부족한 탓이겠지요."

잠자코 있던 태섭의 표정이 찰나적으로 굳어졌다. 대놓고 그를 비꼬는 게 분명한 연우의 말에 문영도 자못 놀란 눈치를 보였다.

굳이 자신을 비하하는 말을 할 필요는 없었다. 물론 연우가 자신을 그렇게 말했다고 해서 그를 깎아내리는 사람은 없을 테지만.

"서연우 씨의 의견을 묵살할 생각은 아니었습니다. 다만 나는 이번 프로젝트를 기존의 기술적 연구 개발과 노하우를 토대로 소비자 유치 및 IT 부문 유통망을 확대하기 위한 수단적 방법이라고 생각합니다. 폭넓게는 ICT와 첨단 산업 분야를 망라한다고 볼 수 있죠."

기존의 소재와 부품, 성능을 한 단계 발전시킴으로써 연결성과 지속성, 휴대성 결점을 보완해야 했다. 그러기 위해서는 실패 확률을 제로화해야 했다. 0.00001%도 용납할 수 없는 그에게 연우는 물론 자성 측에서 내놓은 의견과 제안은 무모한 도전이었다.

"이렇게 하죠. 서연우 씨와 김정현 씨의 의견 제안서가 통과된다면 폴리머 배터리 전지를 사용하는 것으로 합시다."

그는 의견이 분분한 가운데 언쟁만 생길 뿐, 합의점을 찾을 수 없다고 덧붙였다. 문영은 가만히 생각에 잠겼다. 사실상 연우의 의견 제안서가 통과된다 하더라도 연구 개발 팀에서 연구 승인을 받지 못하면 무용지물이었다.

“두 사람의 의견대로라면 폴리머를 이온으로 표기하는 데 아무런 문제도 없을 테니 말입니다.”

회의가 끝났다. 언제 그랬냐는 듯 냉담한 얼굴을 한 태섭이 먼저 회의실을 벗어났다.

얼어 있던 팀원들이 하나둘 서류를 챙겨 자리를 떴다. 느지막이 랩톱을 챙긴 문영이 몸을 일으키자 잠시간 표정을 굳히고 있던 연우가 그녀를 따라 몸을 세웠다.

“굳이 그렇게 공격적으로 나올 필요는 없었잖아요.”

문영이 회의실을 걸어 나가며 말했다.

“알아요, 아는데 화가 나서 그랬습니다.”

“서연우 씨가 화가 날 이유가 뭐가 있었을까요.”

같은 공간에 있었지만 잘 모르겠다.

“혹시 서연우 씨의 눈에도 이태섭 부장이 자신의 실적을 내는 데만 급급해 보이는 사람처럼 보였을까요.”

그가 조심스럽게 고개를 끄덕거렸다.

“실패하는 게 두려워 기존의 방식을 고수한다는 게 도저히 이해도 안 갔지만.”

“……?”

“도둑놈처럼 몰래 권 대리님을 훔쳐보는 것도 열받게 하는 데 한몫했죠.”

“아. 그랬어요?”

“그다지 마음에 드는 대답은 아니네요. 가까이 있는 사람이 당신을 훔쳐본다는 데도 몰랐다는 건 말이 안 되잖아.”

부서로 돌아가는 길이었다. 걸음을 세운 그가 돌연히 그녀의 손목을 붙잡았다.

"조심성 없는 사람은 아니니까 크게 걱정은 안 해요."

"음."

"그 남자, 눈이 멀지 않는 이상 앞으로도 권 대리님한테 시선을 둘 텐데."

그게 문영의 잘못이 아니라는 걸 아는데도 화가 치밀었다.

"무서운 말은 그만해요. 서연우 씨 말대로 조심성 많은 사람입니다, 나. 그런데 이태섭 씨가 나를 보고 있는지는 정말 몰랐네요."

내 의식에 없어서 그런가.

"……."

"회의하는 내내 머릿속에 서연우 씨 목소리가 이상하다는 생각밖에 없어서, 미처 몰랐나 봅니다."

"네?"

"감기 걸렸나 봐요. 어제까지만 해도 괜찮았던 것 같은데."

"아."

잠시 할 말을 잃은 그가 커다래진 눈으로 가만히 문영을 내려다보았다.

"내 걱정한 거예요?"

그녀를 붙잡은 손을 떼어 내고, 기다란 손가락으로 자신의 얼굴을 콕 가리키며 말하는 그가 자못 놀란 표정을 지어 보였다.

"네, 뭐……."

대단한 일을 한 것도 아닌데 금세 안색을 밝히는 그를 보니 멋쩍어졌다.

"나, 목이 조금 따끔거려요."

"그래요?"

어젯밤, 한바탕 질펀한 섹스를 하고 나서 따뜻한 차 한 잔이라도 내어 줄걸 그랬다. 괜히 미안해진 문영이 겸연쩍은 얼굴을 지었다.

"그래서 사실 오늘 고민 많이 했어요."

"응?"
"나는 권 대리님한테 항상 좋은 것만 주고 싶어요. 감기라도 옮으면 큰일이잖아요."
그런데 키스는 하고 싶고.
"서연우 씨, 누가 들으면 어쩌려고."
조심성이 없는 건 외려 그였다. 문영이 눈을 치뜨며 짐짓 다그치듯 말했다.
"입술을 물고, 빨 순 없으니까 대체할 뭔가가 필요한데."
"……서연우 씨."
"사실 그 대체할 게 벗겨 놓지 않는 이상 찾을 순 없으니까."
"재미 들렸죠. 내가 난처해하는 게 보기 좋은 거죠."
"재미있어요. 이전에는 볼 수 없던 모습이라 색다르게 느껴지거든."
못 살아. 혼잣말을 구시렁댄 문영이 고개를 설설 저으며 그에게서 돌아섰다.
"잘 생각해 보면 그 남자를 만날 때에도 본 적 없는 모습인 것 같아 뿌듯하기도 해요."
부지런히 걸어가는 그녀의 뒤를 연우가 놓치지 않고 따랐다.
"나는 그런데서 권문영 씨가 나를 좋아한다고 느끼니까."
아슬아슬한 간격은 확 좁혀졌다 멀어지기를 반복했다. 밀고 당기는 줄다리기를 하듯 그는 그녀의 보폭에 맞춰 걷다가 느리게 움직이기를 반복했다.
가까이 다가서면 화들짝 놀라 하는 그녀가 귀여웠다.
그가 생각했던 것과 달리 그녀에게 이태섭은 아무것도 아니었다. 회의를 하는 내내 자신을 바라보던 그녀의 고집스런 눈빛이 미치도록 좋아서 할 수만 있다면 당장 그녀의 품 안에 안겨 들고 싶었다.
그런 욕구가 강렬해질 때마다 회사 일이 지겨워졌다.
"감기 걸리지 않게 조심해요."

팀원들이 옹기종기 모여 있는 문 앞에 당도해 문영이 조용하게 속삭였다.

버튼을 누르기 전, 그를 슬쩍 돌아보니 기분 좋은 소리를 내며 웃고 있는 연우가 보였다.

"제안서 쓰는 데 어려움이 있으면 언제든 얘기해요."

함께 일해서 좋은 점이 있었다. 조금이나마 그의 고민을 덜어 줄 수 있다는 데 흡족함을 느끼는 문영이 아닌 척 건조한 얼굴로 툭 한 마디를 던졌다.

마침내 문을 열고 부서실로 들어서자 먼저 와서 서류를 검토하던 팀원들의 시선이 의무적으로 두 사람을 향했다가 거두어졌다. 유일하게 남아 있는 태섭의 눈빛을 문영은 애써 모르는 척 외면했다.

그의 시야에서부터 지워 내려는 사람처럼 앞을 가로막은 연우의 너른 등이 보였다. 오래전부터 봐 왔던 그 뒷모습이 오늘따라 유난히 크게 다가왔다.

예나 지금이나 그녀밖에 모르는 서연우는 이태섭으로부터 그녀를 보호하는 철옹 같았다.

가끔은 무너지지 않는 그의 마음이 걱정스러웠다. 굳이 그렇게 애를 쓰지 않아도 될 텐데.

자리로 돌아온 문영도 곧장 서류를 펼쳤다. 자성에서 선보인 기존의 보급형 제품 로드 맵을 살피는 동안 연우는 태섭의 지시대로 의견 제안서를 준비하고 있었다.

폴리머 배터리와 관련해서 다양한 정보를 수집 중인 그는 대표적인 제품으로 널리 알려진 카베이 제품을 꼼꼼하게 확인하고 있었다.

별안간 연우에게서 메신저가 도착했다.

[잠깐 나갔다 올게요.]

[어디 가?]

감기 기운이 있는 것 같더니 병원이라도 가는 건가 싶었다.

[회사 좀 나갔다 오려고요.]

[응? 회사?]

[문서실, 확인할 게 있어서요.]

키보드를 두드리려다 스윽 그를 돌아보았다.

[내 전화 잘 받아요.]

그녀의 시선을 알면서도 화면을 응시하는 그가 씩 미소 짓는 게 보였다.

[귀찮을 정도로 걸지도 몰라.]

다시 화면을 확인하니 그새 그에게서 두 통의 메시지가 전달돼 있었다.

[나 없다고 수작이라도 거는 것 같으면 바로 연락해요.]

[그럴 일 없을 거라고 했죠.]

[사실 회의 중엔 말을 못 했는데, 나는 천재예요.]

[0.0001%의 확률까지 계산해서?]

[눈치가 좋네요.]

정적이 흐르는 부서 안에 짧게 웃음을 터뜨린 그의 목소리가 울렸다. 당황한 문영이 힐끔 그를 곁눈질했다. 따끔한 눈총에도 고집스럽게 정면을 바라보는 그의 손이 자판 위에서 바쁘게 움직였다.

[금방 다녀올게요. 혼자 두고 가서 미안.]

[별게 다 미안하네.
연락하면 날아올 것처럼 굴면서.]

[별게 다 고마운 만큼 미안한 거죠.]

[말은 잘 하네요.
됐고, 날아오는 길에 시간 나면 병원이라도 다녀와요.]

[키스하면 안 돼요?]

허, 문영이 실소했다.

[감기라도 옮으면 안 된다고
말했던 사람이 누구더라.]

[어떡해요, 당장 물고 빨 게 없는데.]

할 말 없는 답장에 굳은 듯 있던 그녀의 메신저가 곧 바로 깜빡였다.

[남자는 애 아니면 개라는데, 나는 애인가 봐요.
그래서 물고 빠는 데 집착하는 것 같아.]

개도 잘 빨죠, 아주 잘 핥고.
섹스할 때 서연우 씨는 정말 개 같아요. 그 말이 하고 싶었다.

[아. 개인가.]

비슷한 생각을 했는지, 연우에게서 놀라운 메시지가 전달됐다. 화들짝 놀란 문영이 그를 돌아보았다. 마지막 하나를 송신하고서 그녀를 돌아본 그가 씩 웃고 있었다.

그가 사라지고, 차마 입소리를 내지 못한 문영이 황급히 휴대폰을 꺼냈다.

[잘 다녀와.]

메시지를 남겨 놓고 다시 화면을 응시한 문영은 터지려는 한숨을 꾸역꾸역 삼켜 냈다. 좀체 일에 집중이 되지 않았다. 하루 이틀 일이 아니라서 이제는 스스로를 자조하는 것도 지겨웠다.

"권 대리님이 이런 실수를 다 하고, 웬일이래요?"

하지만 오늘은 단단히 미친 모양이었다.

점심시간 5분 전, 그녀를 찾아온 김 대리가 문영이 작성 중이던 보고서 마지막 단락을 가리키며 놀란 투로 말했다.

마지막 줄 문단에 적힌 말은 그녀를 경악으로 물들여 놓았다.

내가 정말 미쳤나 보다. 온통 그 생각뿐이네. 밥은 잘 챙겨 먹겠지. 약은? 병원은? 미치겠다.

한탄에 가까운 한마디가 그녀의 속내를 훤히 보여 주는 것 같았다.

창피함에 얼굴을 들 수 없었다.

"권 대리님, 남자 친구라도 생겼어요?"

질문을 받았으나 아니라는 말도 할 수 없었다. 잠깐 자리를 비웠을 뿐인데, 비어 있는 그의 자리가 그녀에게 공허함을 옮긴 듯 했다.

"아……."

✣ ✣ ✣

태섭과 겸상을 할 만큼 비위가 좋은 편은 아니었다.

“아. 서연우 씨는 부재중인가 봅니다.”

간단하게 샌드위치로 배를 채울 생각이었다. 생각 이상으로 진척이 없는 보고서도 작성해야 했고, 제품 기획 단계에 접어든 제안서도 완성해야 하는 문영은 최대한 시간을 절약해야 했다.

“모처럼 다 같이 점심이나 하죠.”

난데없는 태섭의 제안에 모두가 환호했다. 근처에 괜찮은 일식당에서 비싼 만큼 좋은 음식으로 두둑이 배를 채우자는 그는 지나치게 호기로웠다. 회의 중에 보여 주었던 냉담한 태도와는 사뭇 다른 모습이었다.

“권문영 씨도 같이 먹죠.”

정중히 그의 마음을 거절하려 했으나 곁에서 재촉하는 김 대리가 자꾸만 훼방을 놓는 탓에 태섭의 성의를 밀어낼 수 없었다.

“그래요, 이 부장님이 쏜다잖아요. 같이 가서 먹어요. 서연우 씨도 없는데 혼자 남아 있으면 적적하잖아.”

“혹시 권문영 씨는 내가 불편한 겁니까?”

태연하게 표정을 고치며 묻는 그의 말에 문영 대신 김 대리가 대꾸했다.

“그럴 리가요. 부장님 대하기가 어려워서 그런 거겠죠. 그렇죠? 응? 같이 가서 먹어요.”

하, 한숨이 쏟아졌다.

먼저 나간 사람들이 문 앞에 모여 있는 걸 창문에 비친 그림자로 확인했다.

“가죠, 다 먹고 살자고 하는 일인데 배는 채우며 해야지.”

그렇게 무리하다 쓰러집니다.

마지못해 자리를 박찬 문영은 신이 난 듯 떠드는 김 대리를 옆에 둔 채 근처에 있는 일식당을 찾았다. 부담스러워하는 팀원들을 대신해 직접 메뉴를 주문한 그를 문영은 물끄러미 바라보았다. 당최 그의 속내를 알 수 없었다. 하필 연우도 없는 날에 팀원들에게 식사를 대접하는 그의 저의가 이상하게 불순하게 느껴졌다.

하루 점심값치고 상당히 부담스러운 금액이었다.

밥을 먹는 건지, 모래알을 삼키는 건지, 모를 식사 시간이 예상됐다.

"많이 먹어요, 권문영 씨."

하필 그는 그녀의 맞은편에 앉아 있었다.

주문한 메뉴가 차례차례 테이블 위에 차려졌다. 식전에 속을 달래라는 의미에서 차려진 전복죽을 가만히 내려 보았다. 목이 칼칼하다고 말하던 연우가 생각났다.

종일 문서실에서 시간을 보내는 건 아닐는지 걱정이 됐다.

"안 먹어요? 죽 식겠는데."

다른 생각에 잠겨 휴대폰만 만지작대는 그녀에게 별안간 태섭이 넌지시 말을 붙였다. 천천히 고개를 든 그녀와 태섭이 시선이 부딪쳤다.

"알아서 먹겠다는 말인가."

"아무 말도 안 했습니다."

"권문영 씨 눈빛이 그래요. 내 관심이 불필요한 관심이라고 생각하는 것 같은 눈빛."

차가운 시선으로 그를 응시하던 문영이 눈을 내리깔았다. 왼편에 놓아진 숟가락을 쥐었다.

"불필요한 관심, 맞죠. 알아주니 고맙네요."

"단순한 동료애라고 해도 그렇게 생각할 겁니까?"

"단순한 동료애를 나누어 줄 만큼 한가한 분은 아니라고 생각합니다."

어차피 프로젝트가 끝나면 언제 그랬냐는 듯 끊어질 관계였다. 그러니 서로에게 동료애를 느낄 필요가 없었다. 원하는 바가 상응하여 협업 관계를 맺은 그들 사이에 자질구레한 감정을 섞을 필요도 없었다.

"내가? 아니면 권문영 씨가?"

"피차일반이죠."

하하, 그가 소리 내어 웃음을 터뜨렸다.

"권문영 씨는 내가 전혀 반갑지 않은 모양입니다."

"……."

"하긴, 나도 나를 반가워할 권문영 씨는 전혀 기대하지 않았습니다."

"멀티가 잘 안 돼서요."

에둘러 말한 문영이 그와의 대화를 차단했다.

"밥 먹을 땐 밥만 먹자 주의입니다. 흥미 없는 이야기를 시시콜콜하게 떠드는 것도 별로 좋아하진 않고요."

"어떻게 해야 흥미가 생길까."

숟가락질을 멈춘 문영이 천천히 고개를 치켜들었다.

반대로 식사에 전념한 사람처럼 묵묵히 죽을 뜨고 있는 그가 보였다.

품위와 예절을 중요시하는 엄격한 집안에서 태어난 사람답게 고고한 자태로 식사 중인 태섭에게서는 특유의 권위적인 분위기가 느껴졌다.

예나 지금이나 다를 게 없었다.

시종일관 같은 태도로 일관하던 그는 지금도 마치 그녀의 우위를 독점한 독재자처럼 일방적인 모습을 보이고 있었다.

그런 태섭으로 인해 문영의 미간에 잡힌 주름이 좀 더 깊어졌다.

"나는 이 대화에 흥미가 있어서."

태섭이 입을 열수록 심기가 불편해지는 문영이었다.

"물론 엉뚱한 오해는 안 했으면 합니다. 단순히 권문영 씨가 반가워서 해묵은 오해를 풀고 싶은 것뿐이니까."

"해묵은 건 해묵은 채로 두는 게 가장 안전하죠. 쓸데없이 건드려서 먼지만 날리게 되면 고생만 하니까요."

"프로젝트가 진행되는 동안만큼은 좋든 싫든 잘 지내고 싶은데. 아무래도 권문영 씨 생각은 나와 반대되는 모양입니다."

같은 대학 동문으로서 그렇게 날 세울 필욘 없지 않나.

계속되는 이야기에 그나마 남아 있던 밥맛조차 뚝 떨어졌다. 조용히 숟가락을 내려놓은 문영이 식사 중인 팀원들의 눈에 띄지 않게 자리를 정리했다.

"식사는 다 한 걸로 치죠."

그와 더 말을 섞었다간 먹은 것들이 그대로 속에 얹힐 것 같았다.

대충 자리를 갈무리하고 먼저 자리를 떠나려는데, 몸을 일으켜 세우기도 전에 그가 말을 건네 왔다.

팀원들이 눈치채지 못하게 더없이 친근하고 상냥한 목소리였다.

"따로 식사할 거 아니면 그냥 먹죠. 분위기를 그르치는 건 권문영 씨 답지 않은 행동이잖아."

제멋대로 짧아진 말이며 그녀를 잘 아는 것처럼 지껄이는 헛소리에 순간적으로 열이 오른 문영의 맥박이 빨라졌다.

테이블 아래로 감춘 손이 주먹을 말아 쥐었다. 여전히 이기적이고 뻔뻔하다. 그의 태도에 기가 찼다.

오해를 풀고 싶다고 말하는 뻔뻔함에 치가 떨렸다.

더욱이 화가 나는 건 그의 말에 대꾸 한 번 못 하고 자리를 지키고 있는 자신이었다.

태섭과의 관계가 팀원들에게 알려져서 좋을 게 없다는 생각이 그녀의 발목을 붙잡고 있는 탓이었다.

같은 대학 동문이라고 둘러대면 그만이었으나, 그것조차 싫었다.

어떤 이유든 그와 조금도 엮이고 싶지 않았다. 그렇기 때문에 풀어야 할 오해도 없었다.

"꽤나 놀랐습니다. 권문영 씨가 여전히 주변 의식을 잘하고 있을 줄은 몰랐네요."

"무슨 말이 하고 싶은 건지 잘 모르겠습니다."

"내가 아는 권문영 씨, 그대로라는 말입니다."

언젠가 연우에게서 들어 봤던 말이었다. 분명 같은 말인데 그의 입을 통해 들었을 때와는 상당히 다른 뉘앙스가 그녀를 불쾌하게 만들었다.

이태섭이 아는 권문영은, 진짜 권문영이 아니었으니까.

그의 앞에만 서면 벙어리가 되는 그녀는 그야말로 태섭의 꼭두각시였다.

인성보다는 평판과 이미지를 중요시하던 남자였다. 다른 여자들과 달리, 속 깊고 이해심 많은 문영의 성숙함이 끌린다며 끊임없이 다가오던 그였다.

문영 역시 어른스러운 그에게 호감을 느꼈던 건 사실이지만, 정식으로 교제를 시작한 후 점점 달라지는 그의 모습에 조금씩 지쳐 갔다.

태섭은 늘 그녀가 자신을 이해해 주길 바라면서 정작 문영의 말에는 귀를 기울여 주지 않았다. 오히려 서운함을 표현하는 그녀를 시답잖은 이유로 보채는 어린애 취급했다.

연인에게 사랑을 바라는 게 잘못된 행동인 걸까.

문영으로선 아직도 이해하기 힘든 일이었다.

"이태섭 부장님도 크게 변한 건 없어 보입니다."

그래서 더 달갑지 않은 걸지도 모르겠네요.

사납게 대꾸한 문영의 말에 그가 여유롭게 미소를 지었다.

"서연우 씨와는 내가 생각했던 그 이상으로 돈독하게 지낸 모양입니다."

아직도 그녀 곁에 머물고 있는 그의 존재에 자못 놀랐다는 듯 태섭이 연우의 이름을 언급했다.

"이태섭 부장님에 비하면 의미 있는 사람이죠. 떼려야 뗄 수 없는."

"그런 것 같네요."

순순하게 인정한 그가 문영의 접시 위로 가리비 초밥 한 개를 놓아 주었다.

좋아했잖아. 그녀만 들을 수 있게 목소리를 낮춘 그의 말에 따뜻한 장국을 마시려던 문영이 순간 멈칫했다.

문득 설움이 차올랐다. 그의 앞에 있는 내가 어디까지 비참해질 수 있는지, 절실하게 알게 된 순간이었다.

이태섭과 만나는 동안 한 번도 '나' 자신이었던 적이 없음을 다시금 기억하게 됐다.

모두 그가 좋아서 했던 일이었기에 그녀의 의사는 전혀 반영되지 않았다.

날것을 좋아했지만 크게 앓은 후로부터 기피하게 되었다. 그 이전부터 조개류라면 입에 잘 대지 않았다.

"조개류는 즐겨 먹지 않아서요. 마음이라도 받고 싶지만 그마저 불편하네요."

하필이면 기억하고 싶지 않은 시간이 떠올랐다.

어떤 시간을 추억해도 구질구질하고 비참하기만 한 그림이라 잊으려고 했는데, 그동안의 노력이 우스운 듯 굳이 그가 옛 기억을 파헤쳐 놓았다.

불현듯이 떠올랐다가 잠식되었으나 그 여운은 그리 쉽게 가시지 않았다.

"이런 불필요한 친절, 사양합니다."

18장

“권 대리님, 커피 좀 마시면서 해요. 그런데 서연우 씨는 늦네요?”

억지로 일에 집중하다 보니, 두 시간이 훌쩍 지나 있었다.

유명 커피 브랜드의 테이크아웃 잔을 들고 선 김 대리가 친근하게 말을 붙여 왔다.

연우라면 아직도 회사 문서실에 있을 터였다. 한 시간 전에 연락한 게 마지막이었고, 아직까지 휴대폰이 잠잠한 걸 보면 분명 그럴 것이었다.

점심도 못 먹었을 게 뻔해 식사를 마치고 돌아오는 길에 간단히 먹기 좋은 샌드위치를 샀다.

그가 오는 대로 전해 줄 생각이었는데, 아무래도 늦어지는 모양이었다.

“네. 그런가 봐요. 고마워요, 잘 마실게요.”

“감사 인사는 나 말고 이 부장님한테.”

“네?”

“이것도 이 부장님이 쏘는 거거든요.”

“아.”

단순히 김 대리의 성의였다면 거절하지 않았을 텐데.

"권 대리님, 아메리카노 좋아한다고 전해 달라던데요. 이 부장님도 참 관찰력 좋은 사람 같지 않아요? 하긴, 개발 팀에 있는 사람이니 주의력이 깊을 수밖에 없는 건가."

문영의 표정이 눈에 띄게 굳어진 걸 김 대리만 모르는 모양이었다.

원래 그녀는 쓴맛을 좋아하지 않았다. 자기 관리에 투철한 이유도 아픈 게 싫어서였다.

체력적 한계에 금방 부딪힐 뿐만 아니라 입에 대기 싫은 약을 꼬박 복용하는 것도 싫어서 남들보다 건강 관리에 신경 쓰는 것뿐인데, 갑자기 마주친 태섭이 자꾸만 과거의 한심스러웠던 제 모습을 꺼내 놓는 것 같아 속이 쓰렸다.

그는 단맛을 질색했다. 그런 그에게 맞추기 위해 무던히 노력했던 문영은 그를 만날 때마다 평소의 식습관을 바꿔야 했다.

자극적인 맛이 당겨 조심스럽게 말이라도 꺼내는 날이면 그는 언제나 그녀의 의견을 아프게 무시했다. 단순히 외면한 거였다면 그토록 가슴이 아프지도 않았을 텐데.

사람의 품위는 식탁 앞에서 확인할 수 있다고 누차 말하던 그의 앞에서 그녀는 언제나 보잘것없는 존재가 되었다.

그런데도 좋아한다고 믿어 의심치 않았던 건 순전히 그녀가 어렸고, 순진했고, 멍청해서였다.

사랑에도 배움이 있다면 그런 남자는 애초부터 만나지 않았을 텐데.

"안녕, 네가 문영이지?"

그녀가 만들어 낸 꽤 괜찮은 남자의 탈을 쓰고 나타난 그는 베일이었고, 그녀가 만들어 낸 허구였다.

어쩌면 자신을 첫사랑이라고 말하던 연우의 감정을 등한시하던 것도 태섭 때문이었는지도 모른다.

변명에 불과하지만 그땐 연우도 자신처럼 혼동하는 거라고 오인했다.

태섭에게 찰나적인 호감을 느꼈던 그녀처럼 아주 잠시 눈이 먼 것이라고.

"……아, 네."

마지못해 커피를 건네받은 문영이 억지로 미소 지었다.

"아메리카노는 좋아하지 않지만, 잘 마실게요."

김 대리가 돌아서고, 손에 쥔 잔을 책상 한편에 놓았다. 말없이 커피 잔을 바라보는 그녀의 눈빛이 차갑게 식었다.

✦ ✦ ✦

성의도 봐 가면서 받아야 하는 법이었다.

누군가 베푸는 호의를 받는 것도 신중해야 하는 시대에 문영은 태섭의 정성을 순순하게 받아 줄 의사가 전혀 없었다.

얼음이 다 녹은 잔을 들고 화장실을 찾은 문영은 비어 있는 자리에 들어가 뚜껑을 열었다. 잔을 기울여 변기 안으로 커피를 쏟아부었다.

한 방울도 남김없이 모조리 버리고서야 세면대 앞으로 걸어 나온 문영은 거울 속에 비친 제 얼굴을 요모조모 뜯어보았다.

매사에 무료함을 느끼는 사람처럼 따분해 보이는 것도 같고, 기분이 언짢아 보이기도 한 얼굴은 말 그대로 무미건조했다.

서연우가 보는 얼굴이 매일 이런 얼굴이었을까.

전혀 사랑스럽지 않은 얼굴이었다.

"……바쁜가."

회사로 들어간 이후 소식 없는 연우가 걱정돼 휴대폰을 꺼냈다.

[밥은 잘 챙겨 먹었어요?]

[뭐 맛있는 거 먹었을까요.]

두 시간 전에 온 메시지가 마지막이었다.

[초밥.]

[넌 밥 먹었어? 병원은.]

어릴 때부터 원체 몸이 약했던 연우였다.

나이가 들면서 체질이 바뀌었을지도 모르지만 아직도 문영은 그가 잔기침이라도 할 때면 막연하게 걱정이 됐다.

고열에 곧잘 시달리던 유년 시절의 그의 표정이 어찌나 괴로운지, 다시 생각해도 마음이 아팠다.

[몸은 괜찮아? 많이 바쁘더라도 무리하지 마.]

언제 올지 모르는 답장을 기다리며 또 한 통의 메시지를 남긴 문영이 휴대폰을 들고, 화장실을 걸어 나왔다.

플라스틱의 테이크아웃 잔은 개발원으로 돌아가는 길에 정리할 생각이었다.

"권문영 씨 생각보다 많이 무섭습니다."

그냥 화장실에 버리고 올 걸 그랬나.

"빈틈이 없는 건지, 원래 누구에게나 그렇게 적대적인 건지."

얽히고 싶지 않은 남자의 목소리에 한숨이 새어 나왔다. 걸음을 세우고, 비스듬히 뒤를 돌아보니 커프스를 매만지고 있는 태섭이 보였다.

문영의 눈매가 가늘어졌다. 그의 모습에 짜증이 일었다.

"그런 생각이 드네요. 어쩌면 나는 생각보다 권문영 씨에 대해 더 몰랐던 건 아닌가, 하는 생각."

친근한 척 말을 붙여 오는 태섭이 껄끄러울 따름이었다.

딱히 목적이 있어 이러는 건 아닐 테다. 불편한 일 만들지 말고 편하게 지내자는 의도로 넉살 좋게 구는 것도 아닐 텐데.

뭐가 됐든 연우와 비슷한 듯 다른 사람이라 문영은 최대한 그를 멀리하고 싶었다.

"빈틈이 없는 걸로 할까 봐요."

"그렇습니까?"

"처신을 잘해야 하는 입장이라, 전 이 부장님과 이렇게 말 섞는 것조차 불편합니다."

"음, 내가 막연하게 어려운 건 아닐 테고. 어렵게 생각할 필요도 없고."

"……."

"어차피 프로젝트가 끝날 때까지는 원하지 않아도 자주 부딪칠 텐데. 그때까지는 불편함 없이 지내도록 하죠."

"포용심이 큰 편은 아닙니다. 아량이 넓지도 않고요. 불편한 사람에게 호의를 베풀 만큼 착하지도 않습니다. 그런 사람과 잡담을 나누는 건 질색을 하고요. 저는 이태섭 부장님과 일 얘기 외에 나눌 대화가 없습니다."

한마디로 꼭 필요한 이야기가 아니라면 쓸데없이 말 걸지 말라는 소리였다.

경고성 다분한 말에 그가 피식 웃음을 터뜨렸다.

"일 얘기면 되는 겁니까?"

"제 말이 그리 어려운 소리는 아닌 것 같습니다만."

"아무래도 이해력이 수준 미달인 건 서연우 씨가 아니라, 나인가 봅니다. 나는 권문영 씨를 다시 만나게 돼서 굉장히 반갑습니다. 그간 어떻게 지냈는지 조용히 회포라도 풀고 싶은 심정인데."

늘 권문영의 곁엔 그가 있었다.
서연우.
"그런데 권문영 씨는 그럴 마음이 전혀 없는 것 같네요. 물론 이해를 못 하는 건 아니지만."
말끝을 묘하게 흐리는 그가 의미심장하게 미소 지었다.
문영의 표정이 단번에 확 구겨졌다.
"내가 서연우 씨 의견에 반대하는 게 마음에 안 드는 겁니까?"
"왜 그렇게 생각하는지 모르겠네요."
답지 않게 흥분한 어조로 대꾸한 문영은 말을 뱉고서 흠칫했다.
단순히 회의 중에 있던 일을 언급했을 뿐인데, 그의 입에 연우의 이름이 오르자 저도 모르게 발끈하고 말았다.
"하."
한숨이 터졌다. 연우를 만나 지금에 오기까지 문영은 수도 없이 흔들렸다.
적재적소의 부서에 배치되어 승승장구하는 동기들과 달리 순탄치만은 않은 회사 생활이었다.
부지런히 실적을 내도 쉽게 인정받지 못하는 그녀의 2팀은 늘 1팀의 그림자 신세를 벗어나지 못했다. 그래서 맡은 일에 누구보다 최선을 다했다.
그렇다고 해서 업무적 능률이 눈에 띄게 좋아진 건 아니지만 큰 폭으로 떨어진 것도 아니었다.
내 몫은 하고야 말겠다는 집념이 그녀를 지독히 사무적인 사람으로 만들었다.
그런 그녀를 너무도 쉽게 흔들어 놓는 연우를 만나 문영은 달라졌다. 처음에는 그 낌새를 알아차리지 못할 만큼 희미했지만 지금은 괄목할 정도로 변해 있었다.
집중력은 너무도 쉽게 흐트러졌고, 취미에 없던 망상에 잠기는 일은 그 빈도수를 차츰차츰 높여 가고 있었다.

불감에 가까울 정도로 관심 없던 스킨십에 쉽게 무너지는가 하면 퇴근 후 그와 함께 보낼 시간을 혼자 계획하기도 했다.

그것만으로도 충분히 미칠 지경이었다.

그런데 난데없이 나타난 태섭으로 인해 일상에 또 다른 변수가 생기자 뜻하지 않은 반응을 보이게 됐다.

무시하면 그만인데 철저하게 그를 외면하지 못하는 문영은 스스로에게 문제가 있다고 판단했다. 알 수 없는 보복 심리 때문일까.

"권문영 씨는 원체 서연우 씨를 각별하게 생각하던 사람이니까."

하, 반사적으로 코웃음을 쳤다.

"각별하죠. 그래서 말씀드렸을 텐데요. 처신 잘해야 하는 입장이라고."

"그렇습니까?"

"이태섭 부장님이 서연우 씨의 의견에 반대하는 데에는 분명 이유가 있겠죠. 그 이유가 단지 이 부장님의 사회적 지위 때문만은 아니기를 바랄 뿐입니다."

차갑게 일갈한 문영이 치뜬 눈으로 그를 올려보다가 등을 돌렸다. 그의 시선이 등허리에 다닥다닥 붙는 기분이었다.

불쾌감을 느낄 만큼 노골적인 눈빛은 아니겠지만 단지 그 시선의 주인공이 이태섭이라는 이유만으로 기분은 바닥을 쳤다.

몇 번을 생각해도 그가 연우의 이름을 입에 담는 건 싫었다.

아직도 그를 제게 특별한 사람으로 기억하는 것도 싫었다.

"그럴 리 없는데."

그가 연우를 그렇게 기억하고 있을 리가 없는데, 잘 아는 것처럼 구는 태도가 찜찜함과 불쾌함을 안겼다.

✢ ✢ ✢

태섭과 한창 연애 중일 때 연우와 서먹하게 지내던 문영은 그의 소식을 들어도 모르는 척 시치미를 떼기 일쑤였다.

이상하게 연우에게 그의 이야기를 하는 게 꺼려졌다. 눈에 띄게 달라진 연우의 감정을 알기에 마음 편히 태섭의 이야기를 늘어놓을 수 없었다.

분명 처음에는 그랬다.

"잘 만나고 있어요?"

어느 순간부터 태섭과의 만남에 대해 아무렇지 않은 척, 씩씩하게 웃는 연우의 태도에 마음이 놓였다.

그때부터였을까. 문영은 태섭에 대한 시시콜콜한 이야기까지 몽땅 연우에게 털어놓았다.

속 시원히 말할 데가 없어 마음 앓이만 하던 그녀였기에.

서연우는 태섭으로 인해 울고 웃는 그녀의 이야기를 언제나 귀 기울여 들어 주었다.

그 말소리가 그의 가슴으로 흘러 들어가는지도 모르고, 문영은 하루에도 몇 번씩 태섭의 이야기를 전해 주곤 했다. 반대로 태섭에겐 연우의 이야기를 최대한 자제하려 했다.

"어린애랑 어울려서 무슨 재미를 보겠다고. 배울 점이 많은 사람을 곁에 두는 게 현실적으로 너한테 더 도움이 된다는 거, 모르겠어? 지금 당장 네 앞가림도 못 하는 애가 그런 애송이를 옆에 둬서 무슨 득을 보겠다는 건지."

연우를 한없이 어린아이로만 취급하던 태섭에게 괜히 그의 이야기를 하고 싶지 않았다. 자신으로 하여 연우가 욕보이는 게 싫었던 것 같다.

그 착한 서연우가 얼마나 예쁜 사람인지도 모르고, 함부로 그를 속단하는 태섭의 경솔함에 화가 치밀었다.

참을 수 없는 격정에 몇 번 그에게 언성을 높였다. 연우는 모르겠지만 그 때문에 종종 다툼이 생기곤 했다.

그래서 각별하다는 건가.

연우를 두고 여러 번 말다툼을 했으나 그다지 심각한 상황은 아니었기에 금방 갈무리가 되었다.

상대가 연우라서가 아니라 사람을 쉽게 생각하는 그의 경박한 판단에 화가 났던 것뿐인데.

아무래도 태섭의 눈엔 그게 아니었던 모양이다.

"후……."

자리로 돌아와 정신없이 일에 매진했다. 정신을 차리고 보니 세 시간이 훌쩍 지나 있었다.

커피를 주거나 말을 붙이는 등, 대수롭지 않은 친절을 태섭이라면 날부터 세우고 보는 연우 때문에 너무 과하게 해석한 건가.

그럴지도 모르겠지만 차라리 이렇게 하는 게 마음 편하다고 생각을 고쳐먹었다.

누군가의 이유 없는 친절을 아무런 의심 없이 받아들일 만큼 바보도 아니었지만, 그 상대가 태섭이라면 더더욱 기피하고 싶었다.

문영은 앞으로도 그에게만큼은 매몰차게 굴 생각이었다.

기본적인 제품 기획안의 틀을 구상한 문영이 제게 주어진 보고서를 작성하고서 키보드에서 손을 뗐다.

아직도 연우에게서는 연락이 없었다.

자료를 수집하는 데 난항을 겪는 그가 딱해 가만히 있을 수가 없었다.

최 대리와 평소 가깝게 지내던 연구진들에게 개별적으로 연락을 남겼다. 아직 국내에선 시도해 본 적 없는 폴리머 배터리 사용 제품과 관련된 이야기를 듣고, 폴리머 전지를 최초로 탑재한 카베이 그룹에 대한 정보를 수집했다.

자성의 기존 전략 스마트폰과 확연히 다른 슬림형의 제품을 선보였을 때 기존 출시 제품에 끼칠 영향과 성공적 거행 확률까지 치밀하게 계산해 문서화했다.

프린트로 출력한 서류만 십 수 장에 이르렀다. 그녀의 개인적인 견해까지 담긴 보고서가 그에게 얼마나 큰 도움이 될지는 모르겠다.

어쩌면 이미 그가 수립한 자료일지도 모르겠으나, 그녀가 아는 서연우라면 분명 기뻐할 테다.

좋아하는 크림빵에 생일 초 하나만 꽂아 주어도 세상에서 가장 행복한 생일날이라고 말하던 소박한 사람이 서연우니까.

대충 서류를 엮어 자리로 돌아온 문영은 문득 고요해진 부서실을 빙 둘러보았다. 시간 가는 줄 모르고 집중한 탓에 퇴근 시간이 되었는지도 미처 모르고 있었다.

뭐, 진척 없는 프로젝트 때문에 밤새 기획안을 계획해도 모자랄 팀원들에게 퇴근 시간이 어디 있겠냐마는.

먹고살자고 하는 일을 죽자고 달려들어 할 필요 없다는 팀장의 전언하에 팀원들은 칼같이 퇴근 시간을 지키고 있었다.

찬찬히 주변을 살피던 문영의 시선이 비어 있는 태섭의 자리에서 멈췄다.

한참 전에 퇴근했는지 그의 책상이 깔끔하게 정리되어 있었다.

다행이었다. 종일 붙어 있는 것도 마음에 안 드는데 퇴근길까지 동행하고 싶진 않았다.

거기까지 생각을 갈무리한 문영도 대충 책상 정리를 마치고는 겉옷과 가방을 챙겼다.

연우를 생각해 모아 놓은 자료는 두고 갈까 싶다가 혹시 몰라 챙겨 보기로 했다. 그를 위해 사다 놓은 샌드위치도.

마지막으로 남아 있던 그녀마저 개발원을 나오자 건물이 전체 소등되었다.

문영은 넓은 주차장을 가로질렀다. 후문 쪽으로 걸어가는 길에 주차되어 있던 차에 부드럽게 시동이 걸렸다.

갑작스럽게 켜진 헤드라이트가 아니었다면 차 안에 사람이 있었는지도 몰랐을 테다. 주차된 차량을 의식하는 사람이 누가 있겠냐마는 개발원을 나오며 연우에게 전화를 걸던 찰나였던지라 자연스레 눈이 갔다.

그 차가 태섭의 차라는 걸 알았다면 무심히 지나쳤을 텐데.

"데려다줄까요?"

기다렸던 건 아닐 테고.

물론 그가 자신을 여태 기다리고 있었다 하더라도 아무런 감흥도 없을 그녀지만.

문영은 대답 대신 그를 쳐다보았다. 태섭이 불순한 목적을 갖고 제게 치근대는 것 같지는 않았다.

하지만 대학 동문으로서의 친분 유지를 위해서라면 그가 이기적인 거였다. 그녀에겐 그럴 마음이 전혀 없으니까.

"……."

문영은 물끄러미 태섭을 바라보았다. 작은 얼굴에 들어찬 이목구비는 남자답게 시원시원했다.

쌍꺼풀이 짙은 저 눈을 한때는 정말 좋아했었다. 서연우와 다른 눈이 바라볼 때 느끼는 색다름이 좋았던 것도 같다.

그러나 지금은, 글쎄.

그는 사회적 지위가 주는 특유의 중압감을 몸에 향수처럼 뿌리고 있는 남자였다.

태섭의 오만한 눈빛이 그저 거북스럽기만 했다.

돌아선 문영이 그대로 앞으로 걸어 나갔다.

"아직도 내가 불편합니까?"

할 수만 있다면 귀를 막고 싶었다.

"나는 네가 반가운데."

프로젝트는 괜찮은 핑계였다.

"다른 뜻은 없어. 네가 불편해할 만큼 거창한 이유로 이러는 것도 아니야."

그저 감회가 새로웠을 뿐이라고 덧붙여 말하는 그의 말을 완강히 무시했다.

연락 없는 서연우만 억지로 머릿속에 밀어 넣었다. 그의 목소리가 멀어질 때까지 성큼성큼 걸어 나가던 차였다.

커다란 인영이 정면으로 다가왔다. 어렴풋하게 보이던 실루엣이 차츰차츰 가까워질수록 그 형상을 분명히 했다.

마침내 코앞으로 훌쩍 다가온 남자를 피해 지나치려는 찰나였다.

돌아서려는 그녀의 어깨를 잡아 세운 큰 손에 꾹 힘이 들어갔다.

"……내가 너무 늦게 왔죠."

익숙한 목소리, 익숙한 체취.

"중간에 일이 좀 생겨서 해결 보느라 늦었어요."

연락 소홀히 해서 미안해요, 기다렸을 텐데.

내내 걱정하고 있었을 그녀의 마음을 안다는 듯 잡은 손에 힘을 풀고, 부드럽게 끌어안았다. 멍청한 얼굴로 눈앞의 서연우를 올려보고 있을 게 뻔했다. 눈이 휘둥그레졌다는 걸 뒤늦게 자각했다.

"너, 뭐……."

"일찍 온다는 게 그만."

입가에 떠오른 그의 미소가 희미했다. 낮과 비교했을 때 핼쑥해진 얼굴이 푸석해 보였다.

"너 아파?"

"응, 아니."

히죽 웃으며 고개를 젓는 그가 귀여워 보인다면 단단히 미친 걸까.

"뭘 그렇게 들고 있어요, 무겁게."

"아."

연우를 만나는 대로 전해 주려 했던 샌드위치부터 부피가 큰 서류 더미가 그녀의 작은 품을 가득 채웠다.

"저건 또 뭔데."

당연하다는 듯 그녀에게서 서류를 건네받은 그의 시선이 문영의 어깨 너머로 움직였다. 잠깐이었지만 연우의 눈빛이 탁해진 것 같았다.

……그의 정면에서는 태섭이 있었다.

"나 자격 있죠, 이제."

"응."

"그럼 말해 줘요, 권문영 씨가 직접."

여전히 그의 시선은 태섭에게 박힌 채로 굳어 있었다.

억지로 화를 삭이려는 기색이 역력한 얼굴이었다.

문영은 딱딱하게 굳은 서연우의 아래턱을 멍하니 올려보다가 서둘러 정신을 차렸다.

"내가 데려다주는 게 맞는 거잖아요."

내가 애인이잖아.

"응."

"그럼 말해 줘요, 데려다 달라고."

태섭에게서 눈을 떼지 못하는 연우의 목소리가 평소와 달리 사뭇 고압적이었다. 명령조에 가까운 목소리였지만 그럼에도 듣기 좋았다.

컨디션이 좋지 않아 잔뜩 쉬어 버린 목소리라고 할지언정 그녀에게 떨림을 전하기에는 충분했다.

"데려다줘요, 서연우 씨가."

"그럴까요?"

낮게 잠긴 목소리로 속삭이는 그의 시선이 느지막이 문영을 찾아왔다.

누가 봐도 퇴근길이었다.

어쩌다 태섭과 마주쳤는지 성격상 묻지 않으면 답답해서 견딜 수 없어 할 녀석이 이상할 정도로 조용했다.

자신의 뒷모습을 바라만 보고 있을 태섭은 잊어버린 지 오래였다. 어두워서 잘 보이지 않았지만 상기된 듯한 연우의 안색만 걱정스레 지켜보았다. 어깨를 감싸듯 붙잡은 그의 손이 떨어졌다.

갈까요, 하며 부드럽게 속삭인 그를 따라 돌아섰다.

멀지 않은 곳에 연우의 차가 있었다. 그의 차에 오르기 전 무심결에 돌아본 그곳, 그 자리에 태섭이 서 있었다.

문영은 덩그러니 남아 있는 그를 멀거니 바라보다가 시선을 접었다. 눈이라도 마주칠 새라 화장을 고치던 때가 분명 그녀에게도 있었던 것 같은데.

같은 대학 동문이라는 사실조차 내키지 않은 문영은 묵묵히 벨트를 걸어 잠갔다.

그리고 부드럽게 차를 모는 연우에게 눈을 두었다. 퍽 어두운 낯빛이 신경 쓰였다. 아무리 봐도 몸 상태가 영 좋지 않은 것 같았다.

"서연우."

"네."

나직이 그를 부르자 곧장 대답이 돌아왔다.

"나 좀 볼래."

개발원 근처를 빠져나온 차가 신호에 걸린 터였다. 마음이 급했다. 잠깐 돌아본다고 해서 문제가 될 건 없다는 생각이 덜컥 들었다.

태섭으로 인해 오물이라도 뒤집어쓴 것 같았던 기분이 서연우로 인해 나아졌다.

정말 그가 치유책이라도 되는 듯했다.

"너 열나."

물론 지금 그에게는 그녀만 한 명약이 없겠지만.

혹시 하는 마음에 그의 이마를 짚었다. 가만히 대고 있는 손바닥에 미미한 열이 퍼졌다.

"감기 걸렸어? 그러게, 병원 가라니까. 종일 회사에 있었던 거야?"

"그런 것 같아요, 아픈 것도 같은데 방금 막 다 나은 기분이에요."

"뭐?"

"괜찮아졌다고, 이제 괜찮아요."

"……괜찮기는."

손을 떼려는 찰나 그에게 손목이 잡혔다. 신호가 이렇게 길었나 싶을 정도로 시간이 더디게 흘렀다.

"정말인데. 권문영 씨가 걱정해 주니까 기분도 말끔해졌어요."

"네가 미련한 건 알았지만 이렇게 멍청한 줄은 몰랐네."

"단순한 거죠. 사소한 일을 예민하게 받아들인 만큼 그만큼 금방 풀어지잖아요."

"약은 먹었어? 병원 가 봐야 하는 거 아니야?"

이러다 쓰러지는 게 아닌가 걱정이 됐다. 크게 내색하지 않았지만 막연하게 그를 걱정하고 있는 게 역력했다. 바보 같은 남자는 그런 여자의 모난 표정도 사랑스러운 모양이었다.

"먹었어요, 내일이면 괜찮아질 거야."

그녀의 손을 잡아 제 얼굴을 감싸게 하자 훗훗한 열감에 문영이 까무러쳤다.

"너……."

생각보다 열이 상당했다. 당장 해열제를 먹어도 열이 떨어질지 확신할 수 없었다.

환절기의 스산한 기온을 무시하는 듯했던 그동안의 차림새가 문제였을까.

아니면 아직도 서연우는 크고 작은 잔병치레를 하고 있는 걸까.

"자주 아픈 만큼 금방 나아요, 알잖아요."

"아."

그랬던 것도 같다. 철이 바뀔 때마다 꼭 앓아눕던 녀석은 며칠 뒤 언제 그랬냐는 듯 씩씩한 모습으로 나타났다.

"잊은 건 아니죠?"

그럼 서운할 것 같은데.

신호가 바뀌자 얼굴에 댄 그녀의 손을 조심스레 떼어 놓은 그가 차를 움직였다.

"그럴 리가."

단지 그가 아프다는 이유로 황망해졌을 뿐이다.

문영은 손을 놓아 준 그를 가만히 지켜보았다.

"나 언제 오나 기다리고 있었어요?"

"응?"

"샌드위치, 내 거 같아 보여서."

"아, 맞아. 점심 안 먹었을 것 같아서."

"맞아요, 그랬어요. 내가 너무 늦게 왔죠? 이럴 줄 알았으면 일도 뒤로하고 당장 달려왔을 거예요."

"응?"

"그새 빈집에 사람이 들 줄 누가 알았겠냐마는."

조금 전의 상황을 에둘러 말하는 것 같았다. 조용할 녀석이 아니라는 건 알았지만 예상과 어긋나지 않은 그의 태도에 문영은 웃음이 났다.

"왜 웃어요?"

쿡쿡대는 그녀를 연우가 불퉁한 얼굴로 곁눈질했다. 그는 퍽 심각한데 문영은 전혀 그렇게 보이지 않으니 언짢은 모양이었다.

"저 서류, 폴리머 관련 자료던데."

"응. 봤어?"

"대충 눈으로 훑어본 정도. 내 생각해서 정리해 놓은 거예요?"

"응."

그러니까 나는 온종일 네 생각뿐이었어.

그에게 이렇게 말해 주고 싶었다. 같이 일하는 것만큼 큰 제약도 없을 거라던 연우의 생각과는 다르게 문영은 함께 일한다는 사실이 기쁨 그 자체로 다가왔다.

매일 볼 수 있다는 건 행복한 일이었다. 한시도 떨어질 새 없었으면 하던 때가 있었는데.

"내내 내 생각만 하고 있었을 텐데, 제때 연락 못 해서 미안해요. 그렇다고 옛 남자 친구와 붙어먹는 건 너무 해요."

"붙어먹는다는 표현은 좀 잘못된 것 같은데."

"사실 내가 봐도 붙어먹는 그림은 아니었어."

"근데 무슨 말을……."

그렇게 하냐는 말꼬리가 그대로 잘렸다.

"화가 나서 그래요. 그런 게 아니라는 걸 아니까 어떻게 화를 낼 수도 없어, 그런데 기분은 바닥을 쳐요."

"서연우."

문영이 조용한 목소리로 그를 불렀다.

"그 남자한테서 도망치는 사람처럼 걸어오는 권문영 씨를 처음 봤을 때, 눈이 돌아가는 줄 알았어요."

"……."

"얼마나 많은 생각이 들었는지 모를 거야."

한때는 누구보다 애틋했을 남자와 무슨 이야기를 나누었을까.

확 굳어진 얼굴로 다급히 걸어오는 그녀의 머릿속에 무슨 생각이 들어 있을지 하나부터 열까지 모조리 파헤치고 싶었다.

그녀도 모르는 새 미련한 감정이 눈을 떴을지도 모를 일이었다.

문영과 태섭의 마지막을 두 사람만큼이나 잘 아는 사람이 자신이었으니까.

너무 좋아해서, 사랑해서 차마 그 마음을 드러낼 수조차 없는 자신과 달리, 남자는 그녀를 너무나 쉽게 가졌고, 쉽게 자만했다.

받지 않는 그의 전화를 보며 울음을 참아야 했던 어린 문영이 눈앞에 선연했다. 그 남자의 앞에서 한없이 작아지던 여자였다.

태섭의 옆에서 차츰 제가 가진 빛을 잃어 가는 그녀를 볼 때마다 속이 쓰렸다.

스스로를 갉아먹는 자괴감에 괴로워하던 문영을 지켜만 볼 수밖에 없던 그때, 어떤 심정이었던가.

너무도 컸던 그녀를 좀먹는 그 쥐새끼 같은 놈을 자격도 없이 증오했다.

하루에도 십 수 번씩 충동적인 생각이 솟구쳤다.

걷잡을 수 없을 만큼 감정은 몸집을 키워 연우의 자존감마저 짓밟았다.

머릿속엔 문영에게 자신이 해 줄 수 있는 게 없다는 생각뿐이었다.

그녀가 좋아하는 아이스크림을 나누어 먹거나, 그저 감정을 꽁꽁 숨긴 채 묵묵히 이야기를 들어 주는 것.

평소와 다를 것 없는 시간을 보내는 게 고작이었다.

"별말 안 했어."

잠시간 말이 없던 문영이 천천히 운을 뗐다.

"잘 지냈냐는 안부를 묻더라."

하, 연우가 짧게 코웃음을 쳤다.

"그게 별말은 아니죠."

"알아, 헤어진 전 남자 친구가 묻기에는 퍽 의미심장하긴 하지."

그렇지만 섣불리 의심하고 싶지 않았다. 그만큼 태섭이 어떤 남자인지 잘 알기 때문이었다.

그는 제게 흠이 되는 행동은 철저하게 금하는 사람이었다.

자존심을 금같이 여기는 남자가 제게 미련을 품을 리도 없지만, 설령 그렇다 한들 그런 속내를 쉽사리 꺼내 보여 줄 이도 아니었다.
어쩌면 말 그대로 자신과 잘 지내고 싶은 건지도 모르겠다.
대학 동문으로, 함께 프로젝트를 진행하는 팀원으로서, 지난 일들은 잊고 얼굴 붉힐 일 없는 사이로.
"그래서."
"무시했어."
"때로는 침묵이 수긍의 뜻을 대신하기도 하죠."
"연우야. 불안한 네 마음, 모르는 거 아니야."
"그런데요."
대꾸하는 그의 목소리가 점점 낮아졌다. 쉬고 잠긴 목소리가 짧은 대답을 하니 꼭 화가 난 것처럼 들렸다.
"처음부터 내 말은 들어 줄 생각도 없어 보이는데, 넌. 그런 너한테 내 말이 사실처럼 들리기는 할까, 그런 생각이 드네."
"……그런 거 아니에요."
"정말 그랬으면 좋겠어. 기분이 불쾌한 건 알지만, 나도 좋아서 그 사람을 상대하는 건 아니니까."
"미안해요, 내 입장만 생각하고 너무 감정적으로 굴었어요."
이해했다. 그녀가 연우였어도 충분히 그랬을 테다.
게다가 컨디션까지 안 좋으니 평소보다 더 예민할 수밖에 없다는 것도 문영은 잘 알고 있었다.
"네가 이럴 때마다 솔직한 심정으론 기뻐."
그만큼 나를 좋아한다는 뜻이니까.
"정말 고맙지만 네가 불안해할 만큼 이렇다 할 대화가 오갔던 것도 아니고, 아주 만약에 그런 일이 생겼다고 해도 그건 사적인 감정이 있어서 나눈 말들이 아니야."
"……."
"그러니까, 서연우."

"같이 일하는 것만큼 싫은 것도 없어요."

"뭐?"

"권문영 씨 말대로 난 이미 자격까지 갖춘 사람인데, 같이 일하는 동안에는 내가 내세울 게 없으니까."

그녀의 입장이 곤란해지는 게 싫어 어떻게든 참으려 했지만 그게 잘 안 됐다.

권문영의 연인으로 당당히 곁에 서고 싶은데, 회사 사람들이 보기에 아직도 그는 그녀의 똘똘한 부사수였다.

특히나 다시 만난 태섭을 견제하는 연우로서는 그녀와 제 관계에 대해 공공연히 알리고 싶었다. 그래야만 이 끝없는 불안감이 조금은 사그라들 것 같았다.

태섭에게서 돌아서 성큼성큼 걸어오는 그녀를 주차장에서 처음 발견했을 때, 사실은 어깨를 잡는 게 아니라 허리를 으스러지게 끌어안고 싶었다.

그가 보는 앞에서 그대로 입을 맞추고 싶었다.

절절한 사랑을 하는 연인들처럼 부드럽고, 애틋하게.

은밀하고 부드러운 점막을 건드리고, 자극하며 동시에 폭발하는 본능을 억누르고 싶지 않았다. 있는 그대로 여실히 보여 주고 싶었다.

사위가 어두워졌다는 그럴싸한 핑계를 둘러대면서라도 그녀의 속살을 만지고 싶었다.

이태섭의 손이 닿았을지도 모를 여체에 제 체온과 지문을 덕지덕지 묻히고 싶었다.

생각이 강렬해지자 손이 닿는 곳에 고스란히 흔적이 묻어났으면 좋겠다는 욕심이 몸집을 키웠다.

머리가 터질 것 같았다.

짐승 같은 욕망이라며 스스로를 꾸짖으면서도 게걸스럽게 빨아서라도 그녀를 더럽히고 싶다는 열망이 아직 남아 있는 터였다.

"아무것도 아닌 존재라는 생각뿐이에요."

"그건 네 생각이지?"

"……?"

"네가 아무것도 아닌 것 같다는 그 멍청한 생각 말이야."

말을 하는 그녀의 표정이 사뭇 어두워졌다.

워낙 표정이 없는 그녀라지만 달라진 기분을 알아채지 못할 만큼 무감정한 사람은 아니었다.

권문영의 묘한 변화를, 서연우는 잘도 알아챘다.

"내 의사는 전혀 반영 안 된, 순전히 네 개인적인 생각인 거잖아."

짜증이 묻어 있던 그의 얼굴이 반대로 풀어졌다.

"똑같은 말 몇 번씩 하는 취미는 없어, 그래도 너니까. 네가 아무것도 아닌 사람이었다면 네 말대로 종일 네 연락을 기다리는 멍청한 짓은 안 했을 거야."

날씨가 쌀쌀함에 감사했다. 한여름이었다면 미리 사 둔 샌드위치가 그새 상했을지도 모르니까.

"처신 잘해야 하는 입장이라 말 섞는 것조차 불편하다고, 그렇게 말을 하면서도 온통 네 생각뿐이었어."

가뜩이나 하얀 얼굴이 더욱 창백해진 것 같아 얼마나 마음이 쓰였는지, 그가 알면 밑도 끝도 없이 기뻐할 게 분명했다.

문영이 주는 작은 것에도 감사할 줄 아는 그에게 그녀는 너무도 큰 선물이었다.

"있잖아. 나는…… 네가 생각하는 그 이상으로 너를 좋아해."

하나부터 열까지 그녀 생각에 빠져 있을 그보다 소중한 건 없었다.

자신에 대해 전혀 알지 못할뿐더러, 여전히 이기적인 태섭을 보고 더욱 확실해진 감정이었다.

이유 모를 비참함을 느끼다가도 권문영 씨, 하고 자신을 부르는 연우의 얼굴을 그리면 탁하게 시야를 가로막고 있던 안개가 순식간에 걷히는 기분이었다.

그제야 눈앞이 또렷해졌다. 그 앞에 우두커니 서 있는 서연우를 보았다.

지난 7년의 공백을 거짓말처럼 메우는 그가, 문영은 날이 갈수록 더 좋아졌다.

"네가 불안해하는 걸 이해 못 하는 것도 아니야. 내 입장에선 해 줄 수 있을 만큼 다 해 줄 생각인데, 그렇다고 매번 감정적으로 나온다면……."

"……."

"굳이 너 스스로를 괴롭히는 나쁜 생각은 안 했으면 좋겠어. 나를 좀 더 믿어 줄 수는 없겠니?"

"못 믿는 게 아니에요. 그냥…… 질투하는 거잖아요."

"알아."

"그냥, 투정 부리는 건데 그게 권문영 씨를 그렇게나 곤란하게 만드는 거란 생각은 못 했어요."

서연우. 문영의 부름에도 그는 들은 척하지 않았다.

"내가 권문영 씨의 연인이라는 걸 아무도 모른다는 게 서운해요. 이태섭도 모를 테니까, 나는 아직도 권문영 씨한테 미련 버리지 못한 한심한 패배자라고 생각할 테니까."

문득 태섭의 말이 떠올랐다.

"권문영 씨는 원체 서연우 씨를 각별하게 생각하던 사람이니까."

서연우는 꿈에도 모를 말이었다.

"자격만 있으면 뭐 해, 그 자격을 내세울 자리가 없는데."

"서연우, 너 오늘 왜 이렇게 예민해."

"오늘만 예민한 건 아니죠. 난 늘 이런 생각뿐이었는데."

"나한테 불만이 많았던 거라고 받아들이면 되는 건가."

혼잣말에 가까운 그녀의 말에 그가 핸들에서 손을 놓고, 곧장 그녀를 돌아보았다. 싸늘하게 굳은 얼굴이 문영을 매섭게 응시했다.

"권문영 씨의 오랜 동기들에게도 난 개처럼 뒤만 따라다니던 그 꼬마일 텐데, 내가 아는 권문영 씨는 나를 그렇게 생각하는 사람들에게 가타부타 떠드는 사람이 아니거든."

"다른 사람들에게 딱히 네 얘기를 하고 싶지 않은 것뿐이야."

제 마음대로 오인하는 연우에게 처음으로 화가 났다.

그의 순정은 알지만 그 못지않게 문영도 분명 그를 좋아하고 있다.

태섭의 입에 연우의 이름이 올랐을 때 얼마나 분했는지를 떠올리면 확실히 알 수 있었다.

문영은 그저 사람들이 잘 안다는 양 그에 대해 떠드는 게 싫었다.

게다가 연애 사실을 알렸을 때 이후 자신들을 어떤 눈으로 바라볼지 충분히 예상이 됐기에 더 조심스러울 수밖에 없었다.

"잘 모르겠어요."

다시 핸들을 붙잡은 그가 다소 거칠게 차를 몰았다. 평소답지 않은 거친 모습에 그의 감정 상태가 그대로 반영되어 있었다.

"하."

문영의 입에서 헛웃음이 나왔다.

"난 서운해요."

그녀의 집 앞에 다다라 그가 말했다. 평소처럼 들뜬 목소리가 아니었다.

부푼 기대감을 허망하게 잃은 사람처럼 기운 없는 목소리에 문영이 자못 놀란 눈을 했다.

종전까지 화를 억누르던 그의 눈이 우수에 잠긴 것처럼 쓸쓸해 보였다.

"권문영 씨 말이 다 맞아. 맞는데."

차가 불 꺼진 빌라 앞에서 멈췄다.

"말했잖아요, 난 혼자 생각하고 혼자 판단하는 놈이에요."

"서연우."

"오랫동안 권문영 씨 옆에 있으면서 생긴 버릇이에요. 고약한 버릇이죠."

자조적으로 웃는 그가 천천히 그녀를 돌아보았다.

노곤해 보이는 얼굴에서 눈을 떼지 못했다. 열감이 느껴지는 얼굴이 딱했으나 그를 바라보는 눈빛은 전혀 뜨겁지 않았다.

오늘은 그만큼이나 그녀도 그에게 실망한 채였다.

"싫은 건 싫은 거죠."

차게 식은 눈빛만으로 그녀는 자신의 마음을 분명히 보여 주었다.

싫은 건 싫다는 그의 말처럼 그녀도 화가 나는 건 화가 나는 거였다.

서연우가 미워지는 순간이었다.

✦ ✦ ✦

"아프잖아, 들렀다 가. 죽이라도 끓여 줄게. 집에 아마 약이 있을 거야."

"아픈 주제에 본능에 또 충실해요. 내가."

"뭐?"

"집에 들인 순간 얌전히 죽만 얻어먹고 갈 자신 없어요. 인내심이 좋은 편은 아니라서."

"……."

"갈게요. 못나게 구는 것도 여기까지니까 너무 걱정하지 말아요."

그가 씁쓰레하게 웃으며 시동을 켰다.

아픈 사람을 너무 몰아붙였나 싶어 미안한 마음에 보인 성의는 보기 좋게 거절당했다.

그 모습에 괜히 서운함이 들어 잘 가라는 인사도 없이 집으로 돌아왔다.

착한 서연우는 잘 들어가라며 웃어 보였고, 집에 도착하고서도 보고하듯 메시지를 남겨 놓았다.

[이제 막 집에 들어왔어요. 잘 자요.]

정직하게 도착한 메시지가 마치 연인으로서의 의무 같았다. 메시지를 확인했지만 어떤 답도 보내지 않았다.

기분이 불쾌하니 별것이 다 신경 쓰였다.

이런 사소한 일이 감정을 상하게 하는 원인이 될 줄이야. 문영은 그런 스스로가 낯설게 느껴졌다.

다음 날, 눈을 뜨고 나니 마음이 한결 나아졌다. 밤새 뒤척인 문영은 동이 틀 때까지 분에 겨워했다.

오늘은 날이 제법 추웠다. 애플리케이션으로 확인한 피로도는 며칠 수면 부족을 겪은 것치고 괜찮은 편이었다.

서운함이 한풀 꺾이자, 그의 메시지를 무시했던 일에 미안함이 들었다.

"몸은 좀 괜찮으려나……."

오늘은 남은 기획안을 정리해서 결재를 올려야 했다. 집중해서 일을 마친 뒤 그를 도와줄 생각이었다. 얇은 머플러를 챙겨 집을 나선 문영은 몇 걸음 걷다 말고 제자리에 멈춰 섰다.

기다렸다는 것처럼 눈앞에 나타난 연우가 카멜 컬러의 캐시미어 코트를 걸쳐 입은 채 그녀를 바라보고 있었다.

"왔어요? 날씨가 제법 춥죠?"

어색하게 미소 짓는 그가 어제는 미안했어요, 라고 말을 하는 듯 보였다.

문영은 평소 같은 얼굴로 그를 마주 보았다.

혹시나 해서 챙겨 나온 약이 생각났다. 오늘은 그가 약을 먹는 모습을 직접 두 눈으로 봐야겠다고 다짐했다.

미운 놈 떡 하나 더 주자는 심보였지만, 사실 좋은 놈이라 몇 개는 더 먹이고 싶은 마음이 더 컸다.

19장

문영은 수시로 연우를 돌아보았다. 생각보다 몸 상태는 좋아 보였다. 고작 하루 만에 열이 떨어졌는지, 혈색도 어제보단 좋아 보였다.

반대로 저와 연우를 흥미로운 시선으로 바라보는 태섭의 눈빛은 어제보다 더 강렬해졌다.

불쾌한 기색을 여실히 드러낸 채 일에 매진했다.

한동안 프로젝트는 차질 없이 진행되었다. 팀원들의 기획안은 완성되는 대로 상부에 보고되었고, 결재 승인이 떨어지는 즉시 개발 팀으로 전달되었다.

더딘 것 같던 진행 상황은 순조로웠다.

그렇게 며칠이 지났다. 나름 무탈한 시간이었다. 표면적으로 보이는 게 전부라면 평온한 시간이라고 할 수 있겠다.

문영은 그날 이후 알게 모르게 연우의 눈치를 보았다. 평소 그녀를 주의 깊게 살피지 않는 팀원들은 꿈에도 모를 일이었다.

태섭과 함께 일한다는 사실이 괜히 마음에 걸려 사사로운 일에도 그를 돌아보게 되었다.

그때마다 서연우는 표정이 없는 얼굴을 하고 있었다. 평소처럼 웃거나 싫은 기색을 드러냈다면 진땀을 흘리지 않았을 텐데.

상념에 잠긴 듯한 눈으로 멍하니 창문 밖을 내다보거나 모니터를 바라보고 있는 그를 보면 이유도 모른 채로 긴장감을 안게 됐다.

그러다 보면 문득, 연애는 짐이라는 생각이 뇌리를 스치고 지나갔다. 신경 써야 할 게 많은 골칫거리 같아서.

차라리 해결되지 않은 업무를 책임지고 담당하는 게 더 낫겠다 싶었다. 어쨌거나 일에는 답이 있었다. 서연우에게는 당장 해답이 보이지 않았고.

"아, 먼저 들어가세요."

팀원들과 함께 점심을 먹고 부서로 돌아가는 길에 전화 통화를 핑계로 그가 자리를 피했다.

멀어지는 서연우의 뒷모습을 멀거니 바라보다가 돌아선 문영은 금세 제 옆에 선 태섭을 보고 확 얼굴을 굳혔다.

의도하지 않았다는 것을 알지만 온종일 연우를 의식하고 있는 문영으로서는 자연스럽게 그와 붙어 걷거나 어쩔 수 없이 눈을 맞추는 상황도 꺼려지게 됐다.

죄를 지은 사람처럼 안절부절못하는 스스로가 우스웠다. 굳이 이렇게 할 필요가 있나 싶다가도 저도 모르게 그를 돌아보는 자신을 보게 됐다.

이상하게도 뒤돌아보지 않고 걸어가는 서연우에게 못내 서운함을 느꼈다.

평소의 그였다면 호시탐탐 그녀를 돌아보았을 텐데. 지금 그녀가 보는 서연우는 뒤를 모르는 사람처럼 앞만 보고 있었다.

그러고 보면 요즘 서연우는 조금씩, 조금씩 그녀의 기억을 왜곡시키고 있었다. 그녀밖에 모르는 것처럼 굴던 그가 자신에게 소홀해지고 있음을 체감한 것이 며칠이나 되었던가.

썩 기분이 좋지 않았다.

"목 빠지겠습니다."

불유쾌한 감정은 그녀에게 알 수 없는 상실감을 주었다. 팔다리가 없는 것도 아닌데 작아지는 서연우를 붙잡지 못했다. 저에게야말로 자격이 없는 것 같았다.

멀어지는 그가 완전히 눈앞에서 사라질 때까지 눈으로 좇던 문영의 곁으로 조심스레 다가온 태섭이 고저 없는 목소리로 말했다.

"권문영 씨, 그거 압니까?"

그가 모퉁이를 돌아 완전히 사라진 후에야 태섭을 돌아본 문영의 눈빛이 싸늘했다.

"가던 길을 멈추고 돌아볼 만큼 서연우 씨를 과보호하고 있다는 거. 알고는 있습니까?"

"……."

"오해의 소지가 충분하니 조심하는 게 좋겠군요."

"무슨 오해를 말하는 건지 모르겠네요."

냉랭하게 대꾸하고 돌아선 문영이 서둘러 걸음을 움직였다. 잠시 멈춰 서 있었다는 것조차 자각에 없었다. 정신없이 서연우를 바라보느라 그마저도 몰랐다.

제가 뭘 하는지도.

"전쟁 통에서도 사랑은 피어납니까?"

삼삼오오 모여 앞서가는 팀원들을 뒤따르던 문영이 걸음을 세웠다.

"나는 잘 모르는 분야라 문득 궁금해졌습니다. 왠지 권문영 씨는 잘 알고 있는 것 같아서."

돌아본 태섭은 이죽거리는 투와 달리 굳은 얼굴을 하고 있었다.

"잘 몰라도 알아야겠네요."

지나치게 사적인 질문이었다. 그냥 지나쳐도 될 법한데 오늘은 그게 잘 안 됐다. 문영이 피식 웃음을 내뱉으며 대답했다.

"오해의 소지는 이 부장님이 만드는 것 같습니다. 대수롭지 않게 넘겨도 될 법한 팀원의 사사로운 것에도 관심이 많아 보이는데, 관찰력이 깊은 건 알았지만 이렇게까지 좋을 줄은 몰랐네요."

"두 사람, 상당히 애틋해 보이더군요."

"애틋하죠. 그만큼 각별하니까. 쓸데없는 질문인데도 무시 못 할 만큼 특별합니다."

"나는 전쟁 중엔 전쟁만 합니다. 사활을 건 싸움에 피어나는 꽃 한 송이를 돌아볼 겨를이 있겠습니까."

"어련하시겠어요. 이 부장님은 자신의 커리어를 중요시하는 분이죠. 프로젝트를 진행하는 동안 일에 차질이 생기는 일은 없을 겁니다. 비록 전 피어나는 꽃 한 송이도 살아야 할 가치가 있다고 생각하는 사람이지만요."

차갑게 일갈하고 돌아선 문영이 그대로 복도를 걸어 나갔다. 애꿎은 시간만 낭비했다. 영양가 없는 대화에 기운이 빠졌다.

그가 무슨 의도로 그런 질문을 했는지 사실 제대로 파악하지 못했다.

사사로운 감정을 일에 개입시켜 낭패 보는 일이 없었으면 하는 마음에서 꺼낸 말인지, 아니면 연우와의 관계를 알고 넌지시 던진 미끼인지.

뭐가 됐던 태섭과는 전혀 관계없는 일이었다. 제 사적인 영역까지 간섭하려고 드는 그가 지나치게 무례하게 느껴질 뿐이었다.

문영이 자리로 돌아오고 얼마 지나지 않아 바로 태섭이 문을 열고 나타났다.

반면 누구와 통화를 하는지, 부재가 길어 그녀를 애타게 한 연우는 그로부터 10분이 지나 모습을 드러냈다.

다시 정신없이 일에 집중했다. 자리로 돌아온 후로 그가 자신을 한 번도 돌아보지 않았다는 사실을 깨달은 건 보고서의 마지막 장을 활자로 가득 채우고 나서였다.

그때쯤 부산스러운 부서실에 정적이 찾아왔다. 외근과 서류 출력, 자료 수집 등 다양한 이유로 자리를 비운 팀원들이 지우개로 지운 양 감쪽같이 사라졌다.
눈에 잘 보이는 곳에 있는 태섭의 자리도 비어 있었다.
다급하게 전화를 받으며 자리를 박차던 그가 생각났다. 몇 시간 전에 있던 그 일이 불과 5분 전에 있던 일처럼 느껴졌다.
“화성 연구 개발 팀 이 박사님과 차주에 미팅이 있어요.”
“응?”
갑작스러운 말에 문영이 화들짝 놀라 하며 그를 돌아보았다. 그의 이마가 땀으로 젖어 있었다.
“제안서도 어느 정도 마무리 지었고요. 전부 권 대리님 덕분입니다.”
“더워?”
그녀의 동문서답에 잠시 생각하는 듯했던 연우가 이내 가벼운 웃음을 터뜨렸다.
“응, 그런 것 같아요.”
자세히 보니 그의 얼굴에 불그스름한 홍조 빛이 떠올랐다.
단시간에 급격한 운동을 했을 리는 없고, 의자를 당겨 그의 앞에 가까이 붙어 앉으니 거친 숨소리가 선연하게 귀에 닿았다.
문영의 눈썹이 구겨졌다.
“너 아프니?”
“아뇨.”
“열이 좀 있는데……. 그때 이후로 계속 이랬던 거야?”
그의 뺨에 조심스레 손등을 얹었다. 곧장 훗훗한 열기가 얇은 피부에 스며들었다.
“아니.”
설설 고개를 젓는 그가 의자를 돌려 그녀를 마주 보았다.
“아니기는. 얼굴이 뜨거운데.”

"그래요?"

"네 몸인데 그걸 몰라? 지금 열나잖아."

걱정스럽게 일그러진 그녀의 표정을 보며 그가 희미하게 미소 지었다.

"그냥 손만 대 보는 걸로도 그걸 알아요?"

"네가 평소 몸에 열이 많았다면 대수롭지 않게 생각했을 거야."

섹스할 때가 아니면 그다지 뜨거운 남자가 아니었다. 그만큼 그녀에게 열정이 있다며 농담처럼 말하던 서연우가 떠올랐다.

그러고 보면 손, 손만큼은 따뜻했다. 추운 겨울날이면 유난히 그의 따듯한 체온이 절실해졌다.

"그래요? 그럼 여기는 어때요."

"뭐?"

막을 새도 없이 가까워진 연우가 그녀의 의자 팔걸이를 양손으로 붙잡았다.

등받이에 등을 기대고 앉은 그녀에게 철옹처럼 앞을 가로막는 서연우는 벽이었다.

밀리지 않을 몸이라는 것을 알기에 문영은 가만히 그를 올려보았다.

"여기도 뜨거워?"

그녀의 눈이 커다래질 때쯤 눈앞에서 그의 부드러운 머리카락이 흩날렸다.

붕 떠올랐다 차분하게 가라앉는 머리카락을 멍하니 바라보던 그녀의 입술에 그의 입술이 포개진 건 찰나적으로 일어난 일이었다.

어안이 벙벙해진 그녀의 눈에 차츰차츰 초점이 돌아왔다.

얼이 빠져 있던 탓에 무슨 일이 벌어진 건지도 몰랐다.

그가 닿았던 입술을 살짝 떼어 냈다. 볼만큼이나 뜨거운 숨결이 문영의 입술에서 멀어졌다.

"너……."

흔들리는 눈빛으로 눈앞의 서연우를 바라보았다. 너무 가까워 그가 어떤 표정인지 확인할 수 없었다.

다만 팀원들이 잠시 자리를 비운 틈을 타 대범하게 입을 맞춰 오는 서연우를 자신이 어떤 눈으로 바라보고 있는지는 알 수 있었다.

"불안해요?"

토라진 사람처럼 눈길도 주지 않다가 서운해하는 제 마음을 알고 사탕이라도 주려는 건가.

문영은 그의 간교함에 웃음이 날 것 같았다.

"너, 내가."

"이런 거 싫어하죠."

"그런데 알면서……."

"체온 재는 거잖아요. 키스를 할 거였으면 가볍게 입만 맞추진 않았을 거예요. 지저분하게 혀를 섞었을 거고, 이걸 어떻게든 해결하려 들었겠죠."

군더더기 없는 대답이었다.

마땅히 반문할 말을 찾지 못한 문영이 입안에서 혀만 굴린 채로 뜸을 들였다.

그러자 피식 웃어 보인 그가 다시금 입을 맞춰 왔다. 하나인 양 맞붙은 입술 새로 그의 목소리가 흘러 들어왔다.

"할 수만 있다면, 당장 벗길 수 있는 건 전부 다 벗겨 놓고 내 위에 앉혔을 거야."

불처럼 뜨거운 숨이 그대로 목울대를 넘어갔다.

지나치게 노골적인 말과 잘 어울릴 만큼 입안을 농락하는 혀가 음란하게 점막을 건드렸다.

지저분하게 뒤섞이는 혀가 뭉근하게 움직일 때마다 입안에 고인 침이 야릇한 소리를 냈다.

고개가 젖혀진 건 거칠게 혀를 빨아 당기는 연우의 손에 얼굴이 감싸졌기 때문이다.

몸을 일으켜 세운 그의 손에 잡힌 채로 고개가 비스듬해졌다.

다행인가. 커다란 서연우에게 가려진 문영의 모습은 아마 문 너머에서 잘 보이지 않을 테다.

물론 서연우가 제 앞에 우두커니 서 있을 이유가 뭐가 있겠냐마는.

문영은 입에 고인 침을 정신없이 삼켰다. 목에 걸려 잔기침이라도 나올 새면 서연우는 친절하게도 잠시 입을 떼어 주었다.

콜록, 단말마의 기침을 뱉고 나면 다시금 기다렸다는 듯 입을 부딪쳐 왔다.

"흐읏……."

음험한 욕망을 드러내듯 혀를 빨아올리다가 입술 끝을 핥았다. 입가에 흥건한 침은 그의 혀끝에 감겨 삼켜졌다가도 다시 젖어 들었다.

그의 입맞춤에 혼이 빨리는 듯했다. 정신을 놓을 것처럼 아찔한 키스는 순식간에 고요한 사무실 공기의 밀도를 높였다.

"잠, 잠깐……!"

아무도 없는 틈을 타 키스하는 그의 대범함에 까무러친 것도 잠깐이었다. 밀어내야 하는데 머리와 마음이 반대로 움직였다.

그를 제지해야 한다는 걸 아는데, 서연우의 자극에 익숙해진 몸은 자꾸만 다른 쪽으로 반응을 보였다.

농락하듯 입안을 휘젓는 그의 손이 동그란 어깨를 지나쳐 가슴 부근을 서성였다. 봉긋하게 오른 젖무덤에 은근하게 손끝이 문질러졌다.

"아."

신음 같은 탄식이 쏟아진 건 얼마 지나지 않아서였다.

이상할 정도로 성마른 그는 오늘따라 유난히 다급했다.

쫓기는 사람처럼 허겁지겁 입을 맞추는 것까진 이해가 갔으나 집요한 포식자처럼 그녀를 삼키려는 욕망은 받아들이기가 어려웠다.

겁 없이 구는 건 알았지만, 이 정도는 아니었는데.

번번이 조절에 실패하는 그는 그녀의 혀뿌리를 송두리째 뽑아내려는 사람처럼 맹렬하게 빨아 당겼다.

지금은 입가를 훑다가 송곳니를 세워 잘근 깨물었다. 자제력을 잃은 사람처럼 세게 문 탓에 입술 끝이 따끔했다.

비릿한 피 맛이 입안에 감돌았다. 살이 찢어져 피가 난 것도 같았다.

"……."

오늘 서연우는 이상했다.

잠시 후, 느긋하게 입을 뗀 그의 손안에는 여전히 그녀의 얼굴이 잡혀 있었다. 위에서 빤히 내려다보는 그의 눈빛이 흐렸다.

정신이 좀 들었냐고 물으려다 혀로 입가를 핥았다. 동시에 그의 엄지가 흥건하게 젖은 그녀의 입가부터 턱 아래까지를 다정하게 닦아 주었다.

씹어 삼킬 것처럼 입을 맞추던 종전과 사뭇 다른 태도에 웃음이 났다.

"개발원엔 CCTV가 없죠. 출입구를 제외한 곳엔 보안을 목적으로 설치 않았다는 거, 권문영 씨도 알잖아요."

"그래서 네 마음대로 이런 짓을 해?"

돌연히 태섭의 말이 떠올랐다. 전쟁 중에도 꽃이 피냐고 했다.

"좋아서 가만히 있던 거 아니야?"

"뭐? 서연우. 너."

"괜찮아요. 넣고 안 싼 것만으로 다행이잖아요."

그게 무슨 말이냐고 물으려다 고개를 내렸다.

눈가에 어른대던 그의 앞섶이 뚜렷한 형태를 띠고 있음을 발견했다. 한숨이 새어 나왔다.

"너는…… 아프다는 애가."

"아프다고 안 했어요."

"네가 아픈 걸 너도 모르면 어떡하자는 거야?"

병원을 가 보래도 쓸데없이 고집만 부리는 그의 심리를 도무지 알 수 없었다.

머리가 어지러워 이마를 손으로 짚은 채 설설 고개를 흔들었다. 입술에서 느껴지는 간헐적 통증에 그녀의 미간이 구겨졌다.

"서연우, 네가 왜 이러는지 알겠는데 며칠 전까지만 해도 괜찮았잖아."

"그래서, 뜨거웠어요?"

"……."

"열이 좀 나는 것 같아요? 그런 거면 아픈 게 맞는 것 같기도 하고."

"너 이상해."

"난 늘 이런 생각뿐이었어요."

그가 제 입가에 묻은 물기를 닦고 거대하게 부푼 제 아래를 무감한 눈으로 쳐다보았다.

고개를 젖혀 천장을 바라보곤 길게 한숨을 내쉬더니 주저앉듯 의자에 몸을 기대었다.

"매 순간 입 맞추고, 섹스할 생각밖에 없어. 오늘은 그런 생각을 아주 조금 표출한 것뿐이고."

"……."

"맞춰 가요. 권문영 씨가 내켜 하지 않는 걸, 나는 원하니까 조율해요. 그게 어려우면 양보하고."

그 대신 그만큼의 사랑을 무한하게 주지 않느냐고, 서연우는 말했다.

은근하게 드러내는 보상 심리 속에 그녀에 대한 집요한 소유욕과 애욕이 엿보였다.

서연우는 괜찮은 게 아니었다. 몸도, 마음도 온전치 않았던 모양이다.

문영이 기가 찬 눈으로 그를 바라보았다.

그녀에게서 시선을 거둔 그가 억지로 만년필을 손에 잡았다. 일이 될 리 만무했다. 아프도록 발기했을 몸으로 뭘 할 수 있을까.

집중력이 한계에 부딪쳤을 게 뻔한데 토라진 아이처럼 고집스레 서류를 바라보는 그가 왠지 우스웠다.

"……나도 그러려고 노력하고 있으니까."

이기심을 보이며 말하는 그의 목소리가 낮게 가라앉았다. 섹스 후 서로의 품 안에서 잠이 들기 전에나 들을 법한 목소리였다.

"내 멋대로 할 거였으면 모두가 있는 자리에서 입이라도 맞췄을 거예요."

그는 작게 으르렁거리는 새끼 맹수 같았다.

자존심밖에 남지 않은 미련한 사람 같기도 하고.

기분이 퍽 언짢을 법도 한데 평정을 찾은 문영이 호흡을 가다듬듯 길게 숨을 내쉬었다.

"그래서."

몸은 괜찮냐고 물었다.

동시에 손에서 펜을 놓은 그가 짧게 웃음을 터뜨리곤 문영을 돌아보았다. 평소처럼 생글생글 눈웃음을 짓는 그가 말했다.

"어떤 몸을 말하는 거야."

글쎄, 거기까진 생각해 보지 않았다. 딱딱하게 섰을 성기보다는 은근하게 미열을 앓고 있는 몸을 더 걱정한 것 같은데.

"내 좆 걱정이라도 하는 거면 괜찮아요. 혼자서 해결 보는 것쯤이야 익숙하니까."

얼마 지나지 않아 팀원들이 돌아왔다.

각자의 업무를 해결하기 위해 바쁘게 움직이는 그들의 눈에 부르튼 그녀의 입술은 관심 밖이었다. 그들의 무심함에 감사하기도 처음이다.

종일 사무 책상 앞에 앉아 있는 탓에 그의 달라진 신체의 변화도, 낌새도 전혀 눈치채지 못한 듯했다.

팀원들이 하나둘 자리를 채웠을 때, 문영과 연우도 억지로나마 일에 몰두했다.

한참 뒤 한숨 끝에 자리를 박찬 연우가 그대로 부서실을 걸어 나갔다. 문영의 시선이 자연스레 그의 뒷모습을 좇았다.

혼자서 해결 보는 게 익숙하다는 말은 가히 충격이었다.

한두 번 일이 아니기에 예사스럽다는 뉘앙스를 풍기는 그의 지난 시간을 떠올려 보았다.

발칙한 상상에 귓불이 후끈해졌다. 누가 볼까 무서워 책상에 고개를 박듯이 한 채로 마른침을 삼켰다.

아직까지 열이 떨어지지 않은 몸이 얼마나 묵직하게 느껴질까. 몸살이라도 난 거라면 충분한 휴식만 한 보약이 없을 텐데.

문영은 무리해서 일을 하는 그를 걱정하면서도 머릿속에선 파스너 밖으로 흉기 같은 그것을 드러낸 채 자위하는 서연우를 떠올렸다.

그의 손길은 무척 은밀했다. 길을 걷다 자연스레 손을 잡는 행위조차 야릇했다.

그의 손이 닿으면 온몸이 금세 나른해졌다. 술을 먹지 않았는데 머리가 비몽사몽했다.

그런 손으로 제 것을 잡아 문지르고…….

"미치겠다."

너무나 위험한 상상이었다.

"네? 권 대리님, 왜요."

프린터 출력을 위해 그녀의 발치에 서 있던 김 대리가 무슨 일이냐고 물어 왔다.

"아. 아무것도 아닙니다."

대답을 회피한 문영은 대화가 이어질 것을 우려해 서둘러 자리를 박

챘다. 걷다 보니 화장실 앞이었다.

그녀의 예상이 맞다면 지금쯤 서연우는.

남자 직원들이 드나드는 화장실 입구 앞에 멍청하게 선 문영이 자조적인 웃음을 흘렸다.

하다못해 이런 것까지 걱정하게 될 줄은 몰랐는데.

얼마간의 시간이 지났을까, 손에 물기를 닦으며 걸어 나오는 그를 맞닥뜨렸다.

당황한 사람처럼 걸음을 세운 그의 어깨가 흠칫 떨렸다. 이내 속을 훤히 꿰뚫듯 빤한 눈빛으로 그녀와 눈을 맞추며 미소 지었다.

"못 쌌어요."

한 걸음 다가와 몸을 낮춘 그가 그녀의 귓가에 조용히 속삭였다.

선후배 사이라고 하기에는 지나치게 가까운 거리감이 의심을 부르기 충분했다.

알면서도 몸이 굳어 움직이지 않았다. 뒷걸음질 치려다 만 문영은 연우의 어깨 뒤로 보이는 벽을 바라만 보고 섰다.

서연우가 원하는 게 이런 거였나. 심통이 난 이유가 결국 이런 거였나 싶은 생각에 머릿속이 멍해졌다.

"왜 왔어요, 제대로 서긴 했나 확인차 따라온 건 아닐 거고."

어디까지 그를 이해해야 하는지 모르겠다.

골몰하는 그녀의 속도 모르고, 그는 저를 마주 보고 선 채로 굳은 문영의 어깨를 부드럽게 감싸 잡았다.

"이제 혼자는 못 하겠네요."

그대로 몸을 돌려세운 그가 문영의 낮은 어깨 위에 턱을 괴었다.

"권문영 씨가 나 좀 도와줘요."

그의 말에 문영은 마른침을 삼켰다.

이해의 정의와 기준을 다시 바로 세워야 할 것 같았다.

지금 그의 말이 달게 느껴지지 않는 데에는 분명 문제가 있었다.

충분히 설명했다고 생각했다. 이해하기 쉽게 요목조목 따져 말했던 기억밖에 없었다.

연우와의 연애 소식을 달리 주변에 알리지 않는 건 단순히 타인의 관심이 싫어서였다.

지나친 관심은 때때로 화를 불렀다. 자연스럽게 연우와 대화를 나누는 것조차 색안경을 낀 채 바라보는 사람들이 생길 테고, 실수라도 할 때면 연애 후 나사 하나 빠진 사람 취급을 받을 게 뻔해 굳이 구구절절 떠들고 싶지 않았다.

무엇보다 회사 사람들에게 개인적인 이야기를 털어놓을 만큼 평소 그들과 두터운 친분을 쌓아 온 것도 아니었기에 최대한 말을 아끼려는 것뿐이었다.

더구나 태섭과의 재회는 피차 당황스러운 일이다. 그와 이렇게 만날 거라는 걸 그녀는 알았겠는가.

그가 왜 심통이 났는지 모르는 건 아니었다. 무심한 그녀에게 서러움을 느꼈겠지.

자격을 운운했던가. 그녀에게 연우는 자신의 영역 안에 거리낌 없이 들어온 첫 사내였다. 그만하면 충분하다고 생각했는데, 그거로는 부족한 모양이다.

태산 같은 그의 마음을 가득 채우려거든, 충만한 만족감을 줘야 하는데. 잘 모르겠다.

자신에 대한 설움이 복합적으로 터진 그를 어디까지 이해해야 하는지.

"식사부터 하죠."

"그럴까요? 그럼 고기는 제가 굽겠습니다. 하하."

무슨 이유에선지 퇴근 시간 20분 전, 느닷없이 저녁 식사를 제안한 태섭을 따라 개발원 근처에 있는 고깃집을 찾았다.

화로구이 전문점으로 알려진 이 집은 같은 자리에서 20여 년간 가게를 운영해 온, 제법 명성 있는 맛집이었다.

고기 맛이 좋아 자주 찾는다는 태섭의 입맛이 얼마나 깐깐한지 잘 아는 그녀로서는 먹기 전부터 고기의 품질을 짐작할 수 있었다.

'급'을 중요시하는 그가 상태가 떨어지는 고기를 입에 댈 리 없었다.

"무슨 생각해요?"

우습게도 서연우는 평상시와 다를 바 없이 행동했다.

물 흐르듯 자연스러운 연기력이 누구 못지않게 훌륭해서 문영은 잠시 할 말을 잃었다.

연우는 자신을 빤히 바라보는 그녀와 지그시 눈을 맞추었다. 이내 당연한 것처럼 재킷을 벗어 테이블 아래로 건네주었다.

"응?"

스스럼없는 행동을 의식하는 내가 문제인가, 거리낌 없이 구는 서연우가 문제인가.

장소를 이동하는 내내 문영은 그 생각뿐이었다. 과하게 생각하는 내가 예민한 건가.

직장 동료로서 당연히 베풀어야 할 친절을 서연우라는 이유로 거창하게 받아들인 건 아닌가.

"별생각 안 했습니다."

다리 위에 재킷을 덮어 놓고서 젓가락을 잡은 문영에게 그가 집요하게 대답을 종용했다.

"별생각이 아닌 것 같아서요."

"서연우 씨, 지금 집착해요?"

"아뇨. 작정하고 집착하면 감당 안 될 텐데."

"아직 시작도 안 했다는 말처럼 들리네요."

"응."

"말이 짧네요."

가볍게 어깨를 으쓱이는 그에게 눈을 흘기다 고개를 돌렸다. 저 멀리에 있던 태섭이 그새 연우의 맞은편으로 옮겨 앉았다.

"서연우 씨, 아직도 열이 있는 것 같은데."

"해열제 먹었죠."

괜히 말을 걸었으나 아니나 다를까, 그의 시선은 눈앞의 태섭에게 박혀 꼼짝도 하지 않았다. 입은 웃고 있는데 눈은 싸늘했다.

"술은 자제하죠."

"내 걱정해 주는 건 고마워요. 그런데 세 잔 정도는 건강에 좋다고 하잖아요."

"서연우 씨."

"내가 저 사람 쳐다보는 게 싫어요?"

"……싫다고 하면 눈 돌릴래?"

"난 권문영 씨가 싫은 건 웬만큼 자제하려고 해요."

아주 잠깐이지만 그의 눈길이 문영에게 닿았다.

"나만 봐 달라고 애원이라도 하면 좋겠네요."

"뭐?"

되묻는 말에 냉랭한 눈빛으로 태섭을 응시하던 연우가 그녀를 돌아보았다. 봄눈 녹듯 따뜻하게 풀어진 그의 눈가가 예쁘게 접혔다.

"농담이에요."

애원하는 건 나만 할 거예요.

덧붙인 말을 채 듣지 못했다. 다시 그녀에게서 시선을 거둔 그가 곧바로 태섭과 몇 마디를 나누었기 때문이다.

영양가 없는 이야기였다. 제안서 준비는 잘 되어 가느냐, 일은 할 만하냐. 지극히 형식적이고 의례적인 대화가 아닐 수 없었다.

"이태섭 부장님과 이런 이야기를 나눌 만큼 서로가 서로에게 친근감을 느끼는지, 문득 의문이 드네요."

자존심을 낮추고 다가오는 태섭에게 외려 연우는 냉담했다.

말끝에 적대감이 묻어 있었다. 화로 위에서 익어 가는 고기를 내려다보다가 고개를 든 태섭이 픽, 웃음을 흘렸다. 명백한 조소였다.

"짜여진 기계식 질문에 흥미를 느끼지 못해서요."

"서연우 씨마저 내게 적대감을 느끼는 모양입니다."

"적대감은 과한 감정이죠."

사치이고, 낭비라고 그는 짧은 단언으로 표현을 다 했다.

"뭐, 이해는 합니다. 서연우 씨에게도 권문영 씨는 지나치게 특별하고, 각별한 사람일 테니까."

그의 시선이 이번에는 문영을 찾아왔다. 벌써 술 몇 잔을 걸친 팀원들이 우애 좋게 대화를 주고받고 있었다. 같은 룸 안에 있었지만 분위기가 극명하게 달랐다.

한숨 끝에 억지로 고기 한 점을 집은 문영이 밥 한 숟갈과 함께 그대로 입안에 넣었다.

속이 타니 뭐라도 먹어야 했다.

딱히 서연우를 말리고 싶지도 않았고, 태섭과 말을 섞고 싶지도 않았다.

"다 지난 과거 얘기를 좋아하시는 모양입니다."

연우의 직접적인 말에 그가 부러 질색한 얼굴을 하며 고개를 가로저었다.

"외려 과거에 집착하는 사람은 서연우 씨 같은데, 내 착각이었나 봅니다. 뭐, 솔직한 마음으로는 좋아합니다. 과거 얘기."

다 지난 시간, 아무런 효력을 갖지 못해 더 미련을 갖게 됐다.

이를테면 그 시절의 나를 돌아보며 반성하고, 회개하는 일이 숱하니 현재에 와서 막연하게 후회막심하는 것이다. 지금의 태섭처럼.

거짓말 같겠지만 그녀와 헤어지고 2년 정도가 지나서부터는 성격에 맞지 않는 자아 성찰의 시간을 보냈다.
그간 오만하고 자기중심적이었던 사고를 고집스레 구축해 온 스스로가 더없이 한심스러웠다.
참을 수 없는 환멸을 느꼈다. 사춘기도 무탈하게 지낸 그는 살며 처음으로 꽤나 심각한 상황에 당면했다.
다시 만난 문영에게 다시금 순수한 연애의 감정을 느꼈다면 거짓말이다. 단지 대학 동문으로서, 선배로서, 직장 동료로서 잘 지내고 싶은 것뿐.
하지만 그 순수한 마음이 누군가로 하여 퇴색되었다. 문영의 곁에 아직도 그 어린놈이 남아 있다는 사실이 묘하게 화를 부추기기도 했다.
들쑥날쑥한 감정의 원흉은 죄다 서연우 때문이었다. 그럴 만도 했다.
"처음엔 좀 놀랐습니다. 아직도 권문영 씨 옆에 서연우가 있으니."
연애 시절 내내 그에게는 눈엣가시 같은 그녀의 이웃사촌이었으니까.
잘도 가족이라는 핑계를 붙여 놨다. 어처구니없는 명목으로 곧잘 놈과 어울리던 문영에게 차마 솔직하게 속내를 드러낼 수는 없었다.
그의 마지막 자존심이었다. 그래서 투기에 사로잡혀 치기 어린 행동을 보였다.
돌이켜 보면 그 시절은 그의 치욕이자 과오였다. 수치로 남은 시절이기도 했지만, 또 한편으론 살며 가장 솔직했던 때이기도 했다.
애증, 잘 어울리는 말이다.
아마 그에게 권문영은 그런 사람일 테다. 그녀는 그를 한없이 치졸하고 파렴치한 사람으로 만드니까.
저 개 같은 남자 때문에.
"충직한 개 같기도 하고. 아. 기분 나쁘게 듣지 말아요. 말 그대로 개를 말하는 거니까."
귀여운 강아지 정도로 하죠.

그렇게 말하는 태섭을 보며 연우가 송구한 표정을 했다.

"큰일이네요."

의연한 그의 모습에 듣는 태섭보다 상황을 주시하는 문영이 더 놀란 건 아무도 모르는 일이었다.

"그러는 이태섭 부장님은, 개보다도 못한 것 같아서."

자극받지 않은 사람처럼 태연하던 태섭의 표정이 미세하게 틀어졌다. 그 미묘한 변화에 연우의 입꼬리가 씩 말려 올라갔다.

"너무 상심하진 마시죠. 요즘은 흔하잖습니까. 개보다 못한 놈이나, 개 같은 놈이나."

"서연우 씨는 정말……."

한 템포 쉬었다 운을 떼는 그가 술병을 들어 보란 듯이 흔들었다.

연우는 대답 대신 빈 잔을 들었다. 문영은 테이블 아래로 그의 허벅지를 콕 찔렀다. 몸 상태도 몸 상태였지만 해열제를 먹은 채로 술을 마신다는 건 자살 행위나 다름없었다.

문영이 자못 화가 난 얼굴로 그를 바라보았다.

"여러모로 대단합니다."

대놓고 그녀를 외면한 연우는 기어이 그가 건네는 술로 잔을 채웠다.

"잘 무는 것도 같고, 아닌 것도 같고."

의미심장한 말이었다. 꼭 그녀의 입가에 난 상처를 짚어 말하는 것 같았다.

키스. 이기심에 눈이 멀어 겁도 없이 입을 맞추던 서연우를.

그렇다는 건 그가 자신과 연우의 관계를 익히 알고 있다는 말인데.

"오해하지 말아요. 표적이 생기면 집요하게 물고 늘어지는 승부사 성향이 있다고 말한 거니까."

"승부사라, 별로 관심은 없습니다. 매번 이기는 싸움에 흥미를 가지는 선수는 없잖아요?"

모르겠다. 문영은 조용하게 언쟁을 벌이는 듯한 두 남자가 못마땅했다.

애초에 이 자리에 오는 게 아니었다는 생각이 들었다.

슬쩍 자리를 피했다. 연우가 대각선으로 보이는 곳에 보란 듯이 앉았다.

시끄러운 소란에서 멀어졌지만 마음은 편하지 않았다. 끊임없이 술잔을 들이켜는 그가 탐탁지 않았다.

그의 건강을 생각하는 일도 지쳤다. 어느 순간 짜증이 오른 것 같았다.

✢ ✢ ✢

"마음에 안 들어요, 이태섭."

"아……."

"그래도 잘 참았죠, 칭찬해 줘요. 응?"

눈을 맞춘 채로 몸을 포개 오는 그가 사정했다. 간절한 투였지만 나긋나긋한 목소리는 꼭 그녀를 회유하는 것 같았다.

괜한 기우였던가. 얼큰하게 술에 취했을 그를 매시간 걱정 어린 눈빛으로 바라보았는데, 생각보다 서연우는 멀쩡했다.

"머리라도 쓰다듬어 줘요."

술기운이 올라 몸이 훗훗한 건지, 감기 기운이 돌아 그런 건지, 아니면 섹스를 목전에 둔 탓인지 알 게 뭐야.

"빨아 달라는 것도 아닌데 그게 그렇게 어려워요?"

짓궂은 손이 보드라운 그녀의 가슴을 잡아 쥐었다. 손가락 사이로 빠져나온 살을 묘한 이채가 감도는 눈으로 바라보는 그의 성기가 우악스레 곤두섰다.

가운데를 파고든 그로 인해 두 다리가 활짝 벌어졌다. 딱딱해진 그의 선단이 사타구니부터 비부를 은근하게 찔러 댔다. 세모꼴의 판판한 부위에 발기할 대로 발기한 성기를 걸쳐 놓고, 가볍게 허리 짓을 하는 그는 무척 음험했다.

성기만큼이나 딱딱해진 고환이 두드리듯 비부에 부딪치면 비명이라도 터질 것 같았다.

"흐읍……."

은근한 자극은 언제나 그녀를 안달 나게 했다.

문영은 게슴츠레한 눈으로 그를 올려보았다. 그의 얼굴이 가까워지는 순간 눈을 감았다.

볼에 닿았다 떨어진 입술이 쇄골을 타고 미끄러졌다. 이내 손가락 사이에 낀 채로 꼿꼿해진 유두에 뭉근한 촉감이 번졌다.

"아윽!"

개처럼 할짝대는 소리가 선연했다. 혀에 굴려지는 젖꼭지는 흠뻑 젖는 만큼 딱딱해진 채로 그에게 빨렸다.

젖무덤까지 송두리째 씹어 먹을 것처럼 잘근대는 이가 혀와 뒤섞여 정신없이 가슴을 농락했다. 무자비한 애무였다.

자제력을 잃은 사람 같았다. 서연우는.

좋아요? 섹스 중에는 입버릇처럼 묻던 질문이 생략되었다.

지금 그는 거나하게 술을 들이켠 상태였고, 태섭과의 언쟁으로 기분까지 저조할 텐데, 그런 것을 고려하면 이해가 갔지만 못내 서운한 건 어쩔 수 없는 일이었다.

"아파."

"개 같아서 그래요."

"……하아, 뭐?"

"개 같은 놈이라 물고 빠는 것밖에 할 줄 아는 게 없다고."

통증에도 아랑곳하지 않는 몸이 싫어지기는 처음이었다.

"넌 네가 지금 굉장히 잘하고 있는 줄 알지."

"못하는 건 아닌 것 같아요."

싱긋 미소 지은 그가 가슴 사이에 묻은 얼굴을 가볍게 흔들었다.

얄궂은 손은 꼿꼿한 유두를 툭 튕기고 나서 등허리를 어루만졌다. 둔부 아래로 내려온 손이 너무도 쉽게 음핵을 건드렸다.

"봐, 얼마나 젖었어."

아래가 얼마나 흥건한지 비부는 물론 몸에 닿은 그의 손과 아래까지 모조리 체액으로 촉촉해졌다.

엉덩이 아래는 얼마나 축축한지, 진창에 빠진 기분을 버릴 수 없게 했다.

"나더러 개 같다잖아."

묘한 수치심에 입술을 짓씹었다.

"도대체 왜 그러는지 모르겠다."

"……."

"며칠 동안 이상해, 서연우. 너."

……너.

"뭐가 이상해요?"

엉덩이 아래로 두 팔을 밀어 넣고 제 쪽으로 힘껏 잡아당긴 그가 가까워진 그녀의 입술을 훔치듯 덮쳤다.

"내가 변심이라도 한 것 같아요?"

"뭐가 문제인지 모르겠어."

"입에 난 상처가 문제인 것 같은데."

바보 같은 동문서답이었다.

"하, 뭐?"

"내가 만든 표식 같아서 기분은 좋은데, 흉이라도 질 것 같아서 또 마음이 아파."

"너, 대체 뭐 어쩌자는 거야."

"내가 키스해서 좋았어요?"

사무실에서의 일을 말하는 게 분명했다. 침대 위에서 서연우는 그때보다 더 노골적인 눈빛으로 그녀를 바라보았다. 열망으로 꽉 찬 눈동자가 뜨거웠다.

"서연우. 너 왜 이렇게……."

"싫진 않았잖아. 싫었으면 권문영 씨 성격에 가만있을 리가 없었는데."

그는 자신이 원하는 대답을 종용했다.

"내 착각인 건 아니죠?"

아니, 회유인가. 모르겠다.

서연우를 보면 인간의 욕심이 밑도 끝도 없음을 엿보는 것 같았다. 지나친 과욕은 화를 부르는 법인데.

비밀 연애라도 아무렴 좋을 것처럼 굴더니. 이제는 도리어 못마땅한 모양이다.

그래서 며칠 새 답지 않게 굴었던 건가.

태섭을 적대시하는 걸 이해 못 하는 건 아니지만 때때로 서연우는 지나치게 공격적이었다.

과할 정도로 날을 세우는 터라 곁에서 지켜보는 문영이 그 모습에 더 불안해지곤 했다.

외줄에 오른 건 서연우인데, 어째서 바라보는 그녀가 더 애가 타는 건지.

"웬만한 건 다 이해해."

나직하게 속삭인 그녀의 말에 그가 입으로 바람 소리를 냈다. 실소 같기도, 조소 같기도 했다.

"맥이 안 맞는 대답이네요."

사타구니 아래를 찔러 대던 그의 성기가 순식간에 피부에서 떨어졌다.

덮칠 듯이 그녀의 몸 위에 단단하게 상체를 세우고 있던 그의 고개가 낮아졌다. 편편한 배 위에 살이 연한 입술이 닿은 건 당연한 수순이었다.

물컹한 혀가 옴폭한 배꼽을 핥고 아래를 향했다. 겸령하는 폭군처럼 하체를 문지르는 입술이 타액으로 젖은 살결에 진득하게 달라붙었다.

쩍, 쩍 젖은 소리가 갈라진 비부 사이로 그의 혀가 집요하게 파고들자 더욱 선연해졌다.

"아!"

여린 음부는 너무도 쉽게 침공당했다. 위아래로 할짝대는 혀가 주는 쾌감은 맹렬했다.

갈증을 해소하려는 사람처럼 혀를 올려 속살을 빨아 댈 때마다 문영의 몸은 도마 위에 오른 물고기처럼 팔짝 튕겨 올랐다.

극심한 갈증을 호소하는 건 피차일반이었다. 고문 같은 쾌락에 시달리던 그녀의 손이 허겁지겁 그의 어깨를 붙잡았다. 손톱을 세워 박아도 아래에서 느껴지는 야릇한 감각은 좀처럼 멎지 않았다.

간헐적인 숨소리가 그만큼이나 거칠어지며 전신에 열이 올랐다.

곱아든 발끝으로 그의 척추를 따라 둔부까지 쓸었다. 본능만 남은 짐승처럼 그에게 삽입을 재촉했다.

눅진한 물기가 배어 흐를 때까지 아래를 빨아 대던 그는 한참이 지나 고개를 들었다. 게슴츠레한 시야에 번들거리는 그의 입가가 제일 먼저 보였다.

단단한 어깨 너머로 불 꺼진 샹들리에도 보았다. 그제야 문영은 그와 함께 정신없이 근처의 호텔을 찾았음을 떠올렸다.

쫓기는 사람처럼 다급하게 체크인을 하고 룸에 들어선 지 아직 한 시간도 채 되지 않았다.

술에 취해서인지, 태섭의 도발적인 발언에 바짝 약이 올라서인지, 자택이 아닌 호텔을 찾은 그의 의중을 아직도 문영은 알지 못하는 터였다.

"이제 넣어도 될 것 같아요."

잠깐 다른 생각에 잠긴 틈을 타 굵직한 손가락이 질구 안으로 밀고 들어왔다.

"아윽!"

까딱거리며 내벽을 긁자 저절로 아랫배에 힘이 들어갔다.

딱딱해진 하체만큼이나 수축한 근육이 충분함을 느끼기 위해 손가락을 꽉 조이는 게 여실히 느껴졌다.

안쪽까지 깊숙하게 찔러 든 손가락이 빠져나갈 때면 울컥거리며 체액이 쏟아졌다.

엉덩이 사이를 타고 아래로 흐르는 애액이 시트를 흠뻑 적시는 건 어렵지 않은 일이었다.

찌걱찌걱. 듣기만 해도 귓가에 열이 오르는 음란한 소리가 난무했다. 꽤나 자극적인 상황이 분위기를 고조시키는 것 같았다. 열기 어린 숨이 점점 가빠졌다.

"많이 젖었네요, 예쁘게도."

만족스러운 듯 웃는 그의 표정은 태연했다. 보기 안쓰러울 정도로 핏줄이 선 성기와는 확연하게 다른 얼굴이었다.

"너무 예뻐서 넣지 않아도 바로 싸겠어요."

벌써 사정감을 느끼고 있다고 말하는 사람치고 퍽 여상한 얼굴에 문영이 입술 끝을 잘근 깨물었다.

"물지 말아요."

다소 난폭한 손길이 그녀의 입술 사이를 비집고 들어왔다.

"아, 아흐읏!"

무자비하게 입에 물리는 손가락을 문영은 저도 모르게 두 입술 사이에 머금었다.

평소답지 않은 건 분명했다. 지나치게 사나웠고, 지나치게 난폭했다. 질구에 박힌 손가락처럼 한껏 성이 난 채 단단해진 페니스가 미끄덩거리는 음부에 가까이 맞닿았다.

“물 게 얼마나 많은데, 그런 걸 물고 그래요.”

페니스의 뿌리를 잡은 그가 벌름대는 음부에 맞춰 천천히 선단을 밀어 넣었다. 그러면서 내뱉는 말이 퍽 음험해서 문영은 긴장한 듯 침을 삼켰다.

“꼭 내가 권문영 씨를 굶기는 사람 같아 미안해지잖아.”

팽팽하게 발기한 그가 좁은 질구를 꽉 채우며 삽입했다. 동시에 쓰러지듯 기대어 오는 그의 몸이 그녀에게 포개졌다.

다른 날보다 더 뜨거운 그의 체온이 문영의 전신에 열을 퍼뜨렸다.

흥분감에 오른 체열이라고 하기에는 지나칠 정도로 뜨거웠다. 괜찮은 거냐고 묻고 싶은 말이 그대로 목울대를 넘어갔다.

느긋하게 허리를 움직이는 그의 몸짓에 간헐적인 신음만 터졌다.

“아윽.”

꿰뚫을 듯이 박혔다가 쇠뿔처럼 단김에 빠지는 움직임이 점점 더 거칠어졌다. 그의 허리에 감은 다리가 허공에서 힘없이 흔들렸다.

넘실대는 가슴이 그의 손아귀에 우악스레 붙잡혔다.

“아, 하아, 흣!”

아래를 빨아 줄 때와는 극명하게 다른 쾌감이었다.

나른한 감각에 온몸이 늘어지는 듯한 기분은 꿈속을 거니는 것만 같았다.

몸을 반 토막 낼 듯 거칠게 찔러 대는 지금과는 상당히 다른 느낌이라 괴이했다.

평소와 미묘하게 다른 서연우의 이상 행동은 침대 위에서라고 다르지 않았다.

“안 좋아요?”

중의적인 말이었다. 뭐가? 라고 반문하려는 입술이 그대로 그에게 삼켜졌다. 질펀하게 얽혀 드는 혀가 입안을 녹이는 것 같았다.

가슴을 꽉 쥐어 잡고 있던 손이 문영의 턱을 단단하게 붙잡았다.

우악스레 입을 벌린 채로 입술을 물어뜯는 그를 받아들이는 문영의 호흡이 빨라졌다. 그가 내쉬는 숨결을 삼키며 버둥거리는 그녀의 손이 그의 허리를 더듬거렸다.

헐떡거리며 타액을 나누는 입술은 잠시도 떨어지지 않았다. 끊임없이 치받는 아래처럼 하나인 양 맞붙은 채였다.

깊숙한 곳까지 가득 들이박힌 그가 안쪽을 쳐 댈 때마다 흔들리는 몸이 가냘팠다.

그의 입술에 막혀 교성조차 나오지 않았다.

"으음."

그녀로서는 버거울 정도로 집요한 움직임이 제법 오래 이어졌다. 열기를 가득 머금은 입이 목덜미로 떨어지고, 뭉근하게 비벼지는 하체가 느릿하게 빠졌다가 퍼즐처럼 음부에 끼워지기를 반복했다.

그의 허리를 감싼 듯했던 그녀의 손목을 연우가 억지로 잡아 제게 둘렀다.

왜 안아 주지 않느냐고 항의라도 하는 듯한 입술이 이를 세워 여린 목덜미를 잘근 씹었다.

"아!"

따끔한 통증보다 전과 다른 서연우의 태도에 마음이 더 아릿해졌다.

당최 모르겠다. 얼얼한 하체보다 알 수 없는 서연우가 그녀를 오리무중에 빠트리는 것 같았다.

어제와 오늘의 서연우는 판이하게 달랐다. 그에 대해 모르려야 모르지 않는 문영은 그래서 더 서러웠다.

때때로 아는 게 많은 건, 독이 되는 법이었다. 대수롭지 않게 생각해도 될 법한데, 좀체 서연우의 일이라면 그게 잘 되지 않았다. 예나 지금이나.

"좋잖아요."

쇄골에 입을 묻은 채 웅얼대는 목소리가 희미하게 귓가에 닿았다.

살살 자극을 주듯 느릿하게 움직이던 허리를 위로 치받으며 도독하게 오른 클리토리스를 노골적으로 건드렸다.

"흐으……."

입술 사이로 가느다란 신음이 터졌다. 그의 품 안에서 넘실대는 몸이 고열에 올랐으나 뜨거운 줄 몰랐다.

"아윽!"

그녀만큼이나 뜨거운 그가 있어 자각하지 못했다.

"오늘 이상해요, 권문영 씨."

그의 허리를 감고 있던 손이 시트 위로 힘없이 떨어졌다. 그 손을 잡아 다시 제 목에 두르는 그가 서운한 투로 구시렁댔다. 느른하게 풀린 눈빛이 그녀의 눈을 똑바로 응시했다.

문영은 아랫입술을 짓씹다 놓기를 반복했다.

"안아 줘요."

서운한 건 난데, 말이 떨어지지 않았다. 어떻게든 그를 이해해 보고자 하는 마음이 그녀를 침묵하게 했다.

그를 다 이해하고 나서 마음껏 서운해해도 늦지 않을 것이라는 생각이 들었다.

의연하게 행동하고 싶은데, 사실은 마음대로 잘 되지 않았다.

마주친 그의 시선을 외면했다.

심통이 난 사람처럼 억지로 그의 목에 팔을 두른 문영은 한시라도 빨리 이 시간이 끝나기를 바랐다.

20장

"후……."

숱한 밤을 보냈지만 간밤이 고문처럼 느껴지기도 처음이었다.

사사로운 일에도 항상 문영을 배려하던 남자의 이기적이고 제멋대로인 행동은 그녀를 지치게 했다.

선뜻 사정하지 못하던 그는 동녘이 어슴푸레 하늘에 걸릴 때까지 그녀의 몸을 탐했다.

푸르스름한 하늘이 밝아질 때쯤 미끄덩한 체액을 흥건하게 뿜어낸 그는 이내 그녀의 품 안에서 곤히 잠들었다.

색색대는 숨결에 마음 한구석이 뭉클해지는 건 어쩔 수 없는 일이었다.

느지막이 잠이 든 문영은 눈을 붙인 지 얼마 지나지 않아 깨어났다. 몸에 퍼지는 열기 때문이었다.

흐릿한 시야가 또렷하게 돌아올 때쯤 불안정하게 호흡하고 있는 그가 보였다.

"서연우."

열이 오른 얼굴이 수척했다. 괴로운지 미간을 구긴 채 잠을 자고 있는 그의 얼굴이 고통스러워 보였다.

"서연우, 괜찮아?"

너무 놀라 쇄골까지 덮고 있는 시트를 내리고, 몸을 세웠다. 조심스레 손을 뻗어 그의 이마에 대었다. 데일 듯 뜨거운 고열에 너무 놀라 소스라친 문영이 잽싸게 손을 거두었다.

"너……."

기어이 열병을 앓고 만 그를 문영은 치뜬 눈으로 내려 보았다.

밤새 뒤척이는 문영을 꽉 안아 주던 손이 다시금 그녀의 손을 찾아 맞잡았다.

눈도 뜨지 못한 채 괜찮다고 입소리를 속삭대는 그를 보며 헛웃음을 지은 문영의 입가가 딱딱해졌다.

한숨 끝에 널브러진 속옷을 갖춰 입은 그녀는 대충 마른 수건을 물에 적셔 그의 이마 위에 놓아 주었다.

조심스레 머리맡에 몸을 앉히는데 두 다리 안쪽이 욱신거렸다. 뻐근함을 호소하는 근육통은 간밤의 격렬했던 정사를 또렷하게 떠올리도록 만들었다.

문영은 아이처럼 뒤척이며 품에 안겨 오는 그를 가만히 내려다보았다.

아픈 사람에게 화를 낼 만큼 모진 성격은 아니지만 군말 없이 받아줄 만큼 너그러운 편도 아니었다.

웬만하면 그가 서연우라는 이유만으로 어르고 달랬겠지만 오늘 아침이 반갑지 않은 그녀에게 상냥함이 존재할 리 없었다.

"병원부터 가, 회사에는 내가 알릴 테니까."

다소 삭막한 목소리로 일갈한 문영이 자리에서 일어났다. 얼핏 벽걸이 시계를 확인했다. 부산스럽게 출근 준비를 해도 촉박한 터였다.

억지로 몇 걸음을 움직였다.

"……같이 가요."

손을 꽉 잡는 힘에 제자리에 멈춰 섰다. 욱신대는 다리에 순간 힘이 풀렸다. 하마터면 주저앉을 뻔했지만 고집스레 버티고 섰다.

비스듬히 그를 돌아본 문영에게서 묵직한 한숨이 흘러나왔다.

잔뜩 미안한 얼굴을 한 그에게 왜 그런 표정을 짓고 있는지 묻고 싶지만 시간이 부족했다.

많은 이야기는 이후에 나누어도 충분하다고 생각했다.

"병원부터 가. 안정을 취하든, 다녀와서 일을 하든 그건 네가 알아서 하고."

매정하게 손을 뿌리친 문영이 그대로 욕실로 들어섰다.

✢ ✢ ✢

못 미더운 그가 샛길로 샐까 직접 병원 앞에 세워 놓고 회사로 출근한 문영은 사무실에 도착해서도 내내 연우 생각뿐이었다.

일전부터 보였던 몸살 기운이 큰 화가 된 모양이다. 그가 갑작스러운 고열에 시달릴지 그녀라고 알았겠느냐마는.

아닌 척했지만 내심 놀랐다. 한 번 감기에 걸리면 크게 앓는 그를 알기 때문에 더 걱정스러웠다.

겉으로는 아닌 척 굴었지만 온 신경이 지금쯤이면 진료를 보고 있을 그에게 가 있으니 일이 손에 잡히지 않는 게 당연했다.

같이 있어 주지 못해 미안한 마음이 슬금슬금 차올랐다.

굳이 그런 마음을 느낄 필요도 없는데.

"그래서, 서연우 씨는 오늘 결근인 겁니까?"

"아."

요즘 들어 다른 생각에 빠지는 일이 빈번해졌다.

태섭에게 연우의 소식을 알리고 있는 중이었다는 것도 망각한 채, 막연하게 그를 걱정하고 있던 문영이 자못 놀란 얼굴을 한 채 태섭을 응시했다.
"네."
그녀의 간단명료한 대답에 그가 짧게 코웃음을 쳤다.
"언제부터 사수가 학부모 노릇까지 대신했는지 모르겠습니다."
대놓고 그녀를 비아냥대는 그의 말씨가 상당히 불손했다. 문영의 눈썹이 일그러졌다.
"갑작스러운 사정으로 출근이 어렵게 된 건 이해합니다만, 원래 그렇습니까? 서연우 씨의 개인적인 일에도 권문영 씨가 거리낌 없이 개입합니까?"
"이 부장님 생각이 어떤지 몰라도, 서연우 씨의 일에 거리낌 없이 개입했다는 생각은 들지 않습니다."
"사사로운 것까지 관여해서 책임지는 거. 그거 꽤 피곤한데. 주제는 적당히 넘는 게 좋을 것 같군요."
후, 문영은 터지려는 한숨을 억지로 삼켰다. 아무래도 어제 일로 단단히 자존심이 상해 괜히 트집을 잡는 것 같았다. 그게 아니라면 팀원들이 보는 앞에서 문영을 지적하지 않았을 테다.
그가 언제부터 이렇게 유치한 사람이었던가.
"그렇게 말하는 이 부장님이야말로 꽤 주제넘는다고 생각하는데요."
무미건조한 목소리로 대꾸한 그녀를 태섭이 날카로운 눈빛으로 바라보았다.
"서연우 씨는 제게 의미 있는 사람입니다. 여러모로."
그렇기 때문에 결코 주제 넘는 일이 아니라고, 선 그어 말한 그녀가 냉랭하게 돌아섰다.
비어 있는 연우의 자리가 멀리 보였다. 밤새 그녀를 괴롭히던 고약한 남자라도 걱정이 되는 걸 보면 답도 없을 만큼 좋아하는 게 분명했다.
왠지 웃음이 났다. 일도 손에 잡히지 않을 만큼 서연우를 깊이 생각하는 권문영이라니.

피식, 작게 웃음소리를 내며 자리로 돌아가는 찰나였다.

“서연우 씨 소식은 이미 전달받았습니다.”

언제 그랬냐는 듯 묵묵히 서류를 살피는 태섭에게서 생각지 못한 이야기를 들었다. 멈칫한 문영이 모로 보이는 태섭을 곁눈질했다.

“서연우 씨가 직접 상부에 전달했다는 말입니다. 그러니까 굳이 권문영 씨가 나서지 않아도 된다고.”

“…….”

“오해하기 십상이잖아요. 입술에 난 상처도 그렇고.”

고개를 든 그와 눈이 마주쳤다.

“주의하시죠.”

보란 듯이 눈웃음을 짓는 그를 보는 순간 허, 참아 왔던 웃음이 비집고 나왔다. 왠지 그에게 크게 한 방 먹은 기분이었다.

자리로 돌아온 문영은 최대한 자연스럽게 서류를 꺼내 살폈다. 몇몇 팀원들의 시선이 그녀를 향했으나 모르는 척 외면했다.

서연우가 직접 연락을 했다라.

다 죽어 가는 와중에도 그럴 정신은 남아 있던 모양이다.

“하.”

왠지 저만 그에게 안절부절못하는 기분이었다.

처음에야 제게 애걸복걸하던 서연우가 심상치 않게 느껴지던 최근 들어서 억지로 지우려 했던 생각이 비어 있는 공간에 크게 들어찼다.

문영은 스스로가 꼭 단물 빠진 껌같이 느껴졌다. 구질구질한 접착력만 남아 있는 껌.

끈기 있게 붙어 있던 서연우가 졸지에 떨어져 나간 기분은, 그다지 유쾌하지 않았다.

불쑥 화가 올랐다.

슬쩍 살펴본 휴대폰은 여전히 잠잠했다.

✣ ✣ ✣

서연우에게서 연락이 온 건 그로부터 두 시간 정도가 지나서였다.

몇 통의 부재중 전화를 확인했으나 문영은 일부러 모르는 척했다. 그러자 당연한 것처럼 연달아 메시지가 도착했다.

앞으로 한 시간가량 더 수액을 맞으면 된다는 내용의 지극히 당연한 보고였다.

어제 일은 까맣게 잊은 듯한 그의 나긋나긋한 말씨가 떠올랐다.

또 저 혼자만 속이 끓은 것 같아 억울하기도 했고, 자존심이 상하기도 했다.

연애를 자로 잰 듯 완벽하게 할 순 없다지만 이처럼 공연히 싱숭생숭한 기분은 언제 느껴도 불쾌했다.

[권 대리, 살아 있지?]

그러다 반가운 사람에게서 뜻하지 않은 연락이 걸려 왔다. 입사 동기, 최 대리였다.

[시간 날 때 전화 좀 줘.]

휴대폰을 챙겨 급하게 사무실을 나선 문영의 뒤통수에 여러 개의 눈동자가 박혔다.

"네, 최 대리님."

들으란 듯이 크게 소리를 내는 동시에 문이 닫혔다. 그 찰나에 어렴풋한 사람들의 말소리를 들었다.

"그러고 보니 말인데. 원래 권문영 씨 입술에 상처가 있었던가?"

서연우의 말은 틀렸다. 상상력이 풍부한 사람들은 타인에게 꽤나 많은 관심을 가지고 있었다.

더한 이야기를 듣게 될까, 지레 겁을 먹은 문영이 서둘러 문 앞을 떠났다.

“오늘요? 괜찮아요. 네, 그럼 그 앞에서 만나요.”

애써 씩씩하게 말하는 그녀의 기분은 말 그대로 형편없었다.

✦ ✦ ✦

서연우 때문에 되는 일이 없다고, 그렇게까지 막말을 하고 싶진 않았다.

“오늘은 데려다줘도 되겠습니까?”

퇴근 시간이 되어 부리나케 사무실을 벗어나려는 그녀의 곁으로 기다렸다는 듯 태섭이 다가와 말을 건넸다.

“이 부장님은 꼭 하이에나 같네요.”

“왜, 서연우 씨가 없는 틈만 노리는 것 같아서?”

노골적으로 짧아진 말에 불쾌해진 문영이 표정을 굳혔다.

“내가 좀 잘합니다, 틈새 공격.”

“그런 전략적인 모습은 일할 때 좀 더 보여 주시죠. 전 관심 없으니까.”

차갑게 대꾸한 그녀가 엘리베이터에 오르자 그가 뒤따랐다.

그와 동시에 로비 버튼을 누르려던 문영이 쭈뼛쭈뼛 손을 뒤로 감췄다.

“일전에도 말했지만 난 권문영 씨와 나누고 싶은 대화가 아주 많아요.”

“…….”

“아직도 나한테 시간 내어 주는 게 그리도 어렵습니까?”

“아뇨. 어려운 게 아니라, 아까운 겁니다.”

통유리 너머로 시선을 고정한 문영의 싸늘한 반응에 태섭은 마치 예상하고 있었다는 듯 미소를 지었다.

“오늘도 권문영 씨 시간 뺏기는 실패한 것 같은데, 그럼 이 자리에서 한 가지만 물어봐도 됩니까?”

안 된다고 말할 새도 없이 그가 넌지시 물었다.

“입술에 난 그 상처, 어쩌다 생긴 겁니까?”

“지나치게 사적인 질문에 대답할 필요를 못 느끼겠군요.”

“서연우 씨가 낸 상처, 입니까?”

굳은 듯했던 그녀가 천천히 돌아섰다.

“그렇다면요.”

“어쩔 도리가 있겠습니까. 두 번 지는 패배감만 느낄 뿐이겠죠.”

“네?”

로비 층에 도착한 엘리베이터가 멈췄다.

“내일 봅시다.”

문이 열리고, 먼저 나선 그가 곁을 스치며 인사했다.

얼결에 그를 따라 내린 문영은 멀어지는 태섭의 뒷모습을 멀거니 바라보았다.

그때였다. 때마침 연우에게서 전화가 걸려 왔다. 받아야 한다는 생각도 잊은 채 그를 지켜보고 선 문영은 태섭이 남긴 말을 곰곰이 곱씹어 보았다.

두 번 지는 패배감이라니.

멍한 생각에 빠져 있는 동안 전화가 끊겼다. 아차 싶은 문영은 로비를 가로지르며 키패드를 눌렀다.

아픈데 쉬지 않고, 왜 전화를 거느냐고 한 소리 하려다 걱정해 주는 마음을 생각해 차분히 메시지를 남겼다. 오늘은 조금 늦을 것 같으니, 연락 기다리지 말고 먼저 자라는 내용이었다.

✦ ✦ ✦

"최 대리님!"

"권 대리!"

약속 장소에 다다라서야 보이는 최 대리가 이토록 반가울 줄이야.

프로젝트다, 뭐다 해서 통 정신없던 와중에 평소 가깝게 지냈던 그녀를 보니 그간의 스트레스가 확 풀리는 기분이었다.

"몇 년 못 본 것도 아닌데, 우리 되게 반가워한다. 새삼스럽게. 그렇지?"

그녀의 넉살에 소리 내어 웃다가 가까운 곳에 있는 포장마차를 찾았다.

괜찮은 레스토랑이라도 갈까 싶다가 왠지 오늘은 허름한 장소에서 분위기를 내는 것도 좋을 것 같아 이따금 동기들과 찾곤 했던 회사 근처의 노점을 찾았다.

플라스틱 테이블에 놓인 거라고 해 봤자 평소 즐겨 먹던 순대볶음에 소주 한 병이 고작이었지만 9첩 밥상만큼 풍성해 보이는 건 맞은편에 앉은 최 대리 덕분일 테다.

"너무 단출하긴 하다."

"왜요, 전 괜찮은데."

"하긴. 이런 것도 운치라고 하면 운치라고 할 수 있겠지?"

씩 웃으며 병을 돌린 그녀가 능숙하게 첫 잔을 채웠다.

"술병 치는 솜씨는 여전해요."

"난 가끔 내가 아직도 대학 새내기 같다니까."

"좋네요. 젊게 산다는 거."

"그렇지? 별수 있나. 영혼이라도 젊게 살아야지."

내가 벌써 서른이 넘었다니. 농담 섞인 한탄을 들으며 가볍게 잔을 부딪친 문영이 단숨에 잔을 비웠다.

"그나저나 무슨 일 있어요?"

"응?"

"최 대리님도 바쁘시잖아요."

"뭐, 1년 365일, 매일이 성수기인데 안 바쁠 날이 있나."

되도록 사내 밖에서 만나는 걸 자중하는 그녀가 무슨 이유에선지 먼저 만남을 약속했다.

동기 모임이나 부서 회식이 아니고서야 따로 만나는 일이 드문 그녀에게 일이라도 생겼을까, 문영은 내심 걱정이 되었다.

"다름이 아니라."

"네."

"내가 하는 말, 절대 오해하지 말고 들어 줬으면 좋겠어."

"그럼요."

빈 잔을 채우는 최 대리의 얼굴 위로 난감한 빛이 떠올랐다.

"그게, 그러니까."

"네?"

"권 대리, 혹시 그 서연우 씨랑……."

"아, 네."

연우의 이름이 언급되자 문영의 표정이 사뭇 굳어졌다.

"아니다."

그런 그녀의 눈치를 보며 말을 아낀 최 대리가 돌연히 화제를 바꾸었다.

요즘 구내식당 음식 맛이 형편없다는 둥, 카페테리아에서는 예전만큼의 풍미를 느낄 수 없다는 둥 실없는 이야기를 떠드는 최 대리를 문영은 물끄러미 바라보았다.

"최 대리님."

"응?"

"하고 싶은 말이 있는 거 아니에요?"

"어, 뭐. 그게……."

"편하게 말씀하셔도 좋아요. 전 괜찮으니까."

고아하게 미소 짓는 문영을 최 대리는 떨떠름한 눈으로 쳐다보았다.

"그게, 그러니까."

"네, 말씀하세요."

"권 대리. 있잖아, 혹시 서연우 씨랑 그렇고 그런 사이 아니지?"

"그렇고 그런 사이라니, 그게 뭘까요?"

더없이 상냥한 말투와 부드러운 미소가 최 대리에게는 상당히 부담스럽게 다가왔다.

답지 않게 웃는 그녀의 얼굴이 어색해서 나오려던 말도 쏙 들어가 버리게 됐다.

"음. 연애를 한다거나, 그러니까 현재 비밀 연애 중이라거나, 사내 연애 중이라거나."

"다 같은 맥락인 것 같은데, 왜요?"

갑자기 그런 질문을 하는 저의가 뭐냐고, 문영이 단도직입적으로 되물었다.

"몇 번 두 사람과 관련해서 사내에 말이 돌긴 했었잖아. 사실 그때까진 나도 잘 몰랐는데, 최근 들어서는 조금 긴가민가하더라고."

"아, 네."

"권 대리 프로젝트팀으로 편성되고 나서 윤 차장님 아주 성화야. 그건 알고 있어?"

"아뇨, 금시초문인데요."

"어떻게든 권 대리 해외 지사로 돌리려고 고생 많이 하시더라고."

"……해외 지사요?"

뜬금없는 이야기에 문영의 눈이 동그래졌다. 해외 지사 발령 건과 관련된 이야기는 일절 들어본 적 없는 문영에게 최 대리의 말은 청천벽

력이나 다름없었다.

"이리저리 뛰어다니면서 압력 넣는데, 평소 권 대리한테 많이 미안했던 모양이다. 그나마 다행인 건 인사 팀에서도 윤 차장님에게 꽤나 우호적인 입장을 보였다는 건데. 뭐, 되든 안 되든 결과는 나중이 되어야 아는 부분이고."

"……."

"며칠 전에 서연우 씨, 잠깐 회사로 들어왔었잖아. 종일 문서실에 갇혀 있다시피 하던 날."

"아. 기억해요."

아픈 몸으로 문서실을 헤집었을 그를 오매불망 걱정하던 어느 날이 떠올랐다.

그때 그를 데리고 직접 병원을 찾았더라면 오늘처럼 열병에 시달리는 일은 없었을 텐데.

"그날, 서연우 씨가 어땠냐면."

"……."

"꼭 귀신이라도 본 사람 같았다니까."

"그게 무슨 문제 있나요? 저와 서연우 씨의 관계를 의심할 만큼."

"권 대리의 해외 지사 발령 소식을 듣고 나서 그런 얼굴을 한 거면 말 다 한 거 아니야?"

게다가 프로젝트팀이 편성되기 전, 휴게실에서 보았던 두 사람의 격없는 행동을 생각하면 충분히 오해할 만했다.

정작 본인들은 자각에도 없는 듯했지만 자연스럽게 머리카락을 떼어 주고, 옷에 묻은 먼지를 털어 준다는 것은 웬만큼 가깝지 않은 이상 보이기 어려운 모습이었다.

"……아."

문득 황망한 얼굴로 창밖을 내다보던 그가 떠올랐다.

최근 들어 미묘하게 달라진 서연우가 언제부터 이상해졌는지를 구체적으로 따져 보면 정확히 문서실을 다녀온 후부터였다.

그때부터.

그래, 그때부터였다.

어쩌면, 근거 없는 소문에 휩쓸려 그랬던 건가.

"나 버리지 말아요."

입버릇처럼 말하던 그의 목소리가 들리는 듯했다.

그래서 그랬나.

윤 차장의 바람대로 해외 지사 발령이 내려지게 된다면, 대리 1년 차인 그녀는 해외 연수 지망생으로 3년간 해외에서 근무하게 될 테다.

좋든, 싫든 연우와는 그 기간 동안 생이별을 해야 한다는 건데.

그게 싫어 그토록 투정을 부렸던 걸까.

"하."

기가 찬 문영의 입에서 헛웃음이 새어 나왔다.

"왜 그래?"

서연우의 순정적인 마음을 모르는 건 아니지만 고작 그런 이유로 그녀를 가슴앓이시켰다고 생각하니 어처구니가 없었다.

섣불리 속단할 수 없었지만 그녀가 아는 서연우라면 흘려들은 이야기만으로 흔들리고도 남을 사람이었다.

당장 일적으로 마주친 태섭에게도 그토록 사납게 굴지 않았던가.

"아뇨, 그냥."

"아. 그래. 참, 그리고 그날 서연우 씨 경호 보안 팀 직원들 아니었으면 큰일 날 뻔했어."

"네?"

"몸살이 심했었나 봐. 듣기에는 문서실 한편에서 시체처럼 쓰러져 있었다던데."

"……허."

첩첩산중이다. 들으면 들을수록 황당한 이야기에 문영은 거푸 실소했다.

"아무튼 그래. 혹시 권 대리가 서연우 씨와 그런 관계인가 해서."

"……."

"응? 아니야?"

"……맞을 거예요."

"응?"

"뭐가 됐든 개중에는 있을 거예요. 연애를 한다거나, 비밀 연애 중이거나, 사내 연애 중이거나."

"정말?"

되묻는 그녀의 눈이 환하게 빛났다.

"네……."

"그럴 줄 알았어, 역시! 내가 그럴 줄 알았다고."

신이 난 듯 웃으며 잔을 비운 그녀가 다시 잔을 채우며 말을 이었다.

"권 대리한테 할 말 있어."

"네. 말씀하세요."

"있지. 그게…… 나도 사실, 성 대리랑, 음……."

"교제 중이죠?"

"어, 어떻게 알았대?"

"모를 수가 없죠. SNS에 성 대리님만 쏙 잘라 내고 올린다고 해서 회사 사람들이 모를까 봐요."

연구진들도 다 아는 일을 문영이 모를 리 없었다. 당황한 최 대리의 낯빛에 문영이 풋, 웃음을 터뜨리자 그녀의 얼굴이 수줍게 물들었다.

"뭐, 그래. 어쩌다 보니 나도 그렇게 됐다고. 그런데 이게 맞나 싶은 거야. 막 입사한 신입 사원도 아니고, 사내 연애가 얼마나 골치 아픈 일인지 뻔히 잘 아는 내가 같은 직장 동료와 연애를 한다는 게 옳은 일인지. 요즘 부쩍 그런 생각이 들더라. 그런 와중에 권 대리가 생각이 나서……."

"동병상련한 사이가 필요했나 봐요."

"권 대리한테는 미안한데 뭐, 그렇지. 나만 그런 게 아니라는 생각에 안심도 됐고. 또 같이 사내 연애를 하는 입장이다 보니 다툼의 원인도 비슷할 테고, 그러다 보면 서로 힘이 되어 줄 수도 있을 것 같아서."

"네."

잠시간 침묵이 흘렀다.

"서연우 씨 몸은 좀 괜찮대? 그때 얼핏 보긴 했지만 상태가 영 아니더라."

"뭐 다를 게 있나요."

"왜? 설마, 아직도 그 상태인 거야?"

피식 웃은 문영이 가볍게 고개를 끄덕였다. 자연스럽게 잔을 부딪치고 술을 넘기는 그녀의 표정이 씁쓸했다. 머릿속 한편에는 철없는 서연우를 어떡하면 좋은지, 그 생각뿐이었다.

"서연우 씨, 보기보다 미련하네."

"그런가요."

"그렇지, 아픈 것도 모르고 계속 권 대리 옆에 있고 싶었던 거 아니야?"

"포장하는 기술이 남다르네요, 몰랐는데."

"내 연애는 서툴러도 남 연애는 잘하는 편이야."

"부럽네요, 전 둘 다 영 꽝이라."

실없는 대화가 계속됐다. 대체로 연우와 연관 짓는 이야기뿐이었다.

결혼까지 생각하느냐는 질문에는 왜인지 말문이 막혔다. 거기까진 생각해 본 적이 없는 터라 선뜻 대답을 꺼내기가 어려웠다.

머뭇대는 그녀를 보며 황급히 화제를 돌리는 최 대리는 과연 성 대리의 연인다웠다. 화술이 예사가 아니었다.

"……몰랐는데, 서연우 씨 꽤 남성적인 면이 있나 봐."

술자리를 마무리 짓고, 포장마차를 막 걸어 나왔을 때였다.

가방을 정리하던 최 대리가 넌지시 말했다.

"네?"

"권 대리 입술에 그 상처 말이야."

대충 접은 영수증을 가방 안에 밀어 넣고, 고개를 든 그녀가 문영을 응시했다.

"서연우 씨가 만든 자국 아니야?"

"아."

짧게 탄식한 문영이 머쓱한 듯 손끝으로 입가를 쓸었다. 상처가 난 줄도 모를 정도로 통증이 없었다. 그렇기 때문에 감춰야 한다는 의식도 없었다.

덕분에 최 대리는 물론, 함께 일하는 팀원들의 관심거리가 되어 입에 오르내리고 있다.

그러고 보면 오늘 그들은 그녀의 입가에 난 상처를 두고 어떤 무궁무진한 상상력을 말로 발현시켰을까.

"대범하네, 보통은 잘 보이지 않는 곳에 남기는데. 아주 내 거라고 잇자국을 제대로 내놨어."

민망해하는 그녀를 위로하겠답시고 불현듯 코앞으로 다가온 최 대리가 셔링이 달린 셔츠를 벌려 자신의 쇄골 부위를 적나라하게 보여 주었다.

"네?"

놀란 문영이 자연스레 뒷걸음질 치자 킥킥 웃는 그녀가 매무새를 가다듬었다. 찰나였지만 똑똑히 보았다. 그녀의 하얀 쇄골에 진 멍울 자국을.

"우리 성 대리는 간이 콩알만 해서 그렇게까지는 못하고."

"……다, 당황스럽네요."

"무튼, 얼른 돌아와. 권 대리 없는 2팀이 얼마나 쓸쓸한지 모르겠어."

"네, 금방 갈게요."

여전히 당혹스러움이 배어 있는 얼굴로 미소 짓는 문영이 조용조용한 목소리로 대답했다.

그녀를 먼저 택시 태워 보낸 후 뒤이어 도착한 차량에 오른 문영은 곧장 휴대폰을 꺼냈다.

간략하게 주소지를 말하고서 휴대폰을 살피니 연우에게서 수십 통의 연락이 와 있었다. 거짓말 하나 안 보태고 부재중 전화만 열네 통이었다.

"얘는 무슨……."

최 대리만큼이나 당혹스러운 그의 부재중 전화에 흠칫한 문영이 서둘러 그에게 전화를 걸었다. 신호는 울렸으나 좀처럼 전화 연결이 되지 않았다.

"그새 잠이 들었나."

마지막 연락 시간은 불과 20분 전이었다.

가방 속에 휴대폰을 넣어 놓고 있는 터라 미처 몰랐는데. 괜히 그를 안절부절못하게 한 건 아닐까 미안해졌다.

집에 들어가는 대로 메시지를 남겨 놓을 생각이었던 문영은 집 앞에 도착해 화들짝 놀라고 말았다.

거대한 짐짝이 현관 앞에 놓여 있었다. 가까이서 보니 짐짝이 아니라, 잔뜩 몸을 웅크리고 있는 사람이었다.

보다 정확하게 말하자면 몸을 웅크리고 앉아 있는 서연우였다.

"너 미쳤어? 여기서 뭐 하는 거야?"

너무 놀라 한달음에 그의 앞으로 다가갔다. 무릎을 낮춰 그와 눈을 맞춘 문영이 양손으로 그의 뺨을 감쌌다.

적당히 힘을 주어 고개를 들어 올리자 피로해 보이는 그의 얼굴이 보였다.

"아프다는 애가 집에서 쉬지는, 왜 여기서……."

"어떻게 그래요."

잔뜩 쉬어 버린 목소리가 겨우겨우 대답했다.

"뭐?"

"걱정이 돼서 죽을 것 같은데, 어떻게 쉴 수가 있겠냐고."

"서연우."

"권문영 씨는 그게 돼요?"

그럴 리가. 절대로 불가능한 일이었지만 그렇다고 대답하고 싶지 않았다.

"너 왜 이렇게 미련해. 아프면 집에서 쉬어야지."

"전화는 왜 안 받았을까요, 난 그게 제일 궁금한데."

"바빴어."

"바쁘다고 연락 안 하는 사람 아니잖아."

"아픈 와중에도 따질 기운은 남아 있는 모양이네. 일단 일어나, 찬 바닥에 앉아서 뭐 하는 거야."

그의 양팔 아래로 팔을 밀어 넣고 억지로 세우려는 그녀의 허리를 연우가 와락 끌어안았다.

너무 놀라 문영은 그의 어깨에 얼굴을 묻은 채로 숨 한 자락을 토해 냈다.

"누가 볼까 무섭다. 궁상도 이런 궁상이 없을 텐데."

따뜻한 집을 코앞에 두고, 이게 뭐 하는 건지. 문영이 구시렁댔다.

그러다 멈칫.

"몸은 또 왜 이렇게 찬 건데."

"그러게요."

"설마 계속 이러고 있었던 건 아니지?"

"걱정이 돼서 회사 앞까지 찾아갔었죠."

"미치겠다, 내가."

이러니 화를 낼 수 없는 거다.

하루에도 수십 번씩 그를 생각하다 혼자 롤러코스터를 타는 기분을 만끽해야 했다.

화가 날 때마다 속이 울렁거려 구역질이 날 것 같다가도 순순한 서연우를 떠올리면 언제 그랬냐는 듯 마음이 진정됐다.

최 대리의 이야기를 듣는 동안 얼마나 아찔했는지 모른다. 그가 아파서 쓰러졌다는 이야기를 들었을 땐 머리끝까지 화가 치밀어 올랐다.

마치 피가 역류하는 기분이었다. 머리 위로 뱅뱅 도는 화는 사그라들었다.

오늘 아침, 다 죽어 가는 서연우의 잔상이 그녀를 흠칫하게 했다.

생각만 해도 가슴이 미어지는데, 볼품없는 행색을 하고 웅크리고 있는 그를 눈앞에서 보고 있는 지금은 오죽할까.

"집에 들어가 있기라도 하지. 비밀번호 모르는 것도 아니잖아."

"들어갔었죠."

"그럼 계속 안에 있지는 왜 멍청하게 여기서……."

"집 지키는 충견 같은 기분이 나쁘진 않았어요."

"뭐?"

뚱딴지같은 그의 말에 문영이 눈살을 찌푸렸다.

"온통 권문영 씨 냄새로 가득한 집에 혼자 있는 건 고문이에요."

그렇게 말하는 그가 희미하게 미소 지었다. 손목을 움켜잡은 손에 꽉 힘이 들어갔다.

"아마 난 전신이 마비돼도 권문영 씨만 보면 발기할 놈이에요."

구제 불능이다.

"구제 불능이죠."

힘없이 웃는 그를 조용히 내려다보다 한숨을 내쉬었다.

"실없는 얘기 그만해."

"죄를 지었으니 대가를 치러야 하잖아요."

"그게 멍청하게 집 앞 바닥에 엉덩이 대고 앉아 있는 거니?"

"따뜻한 집 안에서 용서를 비는 건, 그림이 좀 그렇잖아."

"죄니, 용서니 그런 얘기는 들어가서 하자."

억지로 일으켜 세운 그를 데리고 집으로 들어왔다. 3인용 패브릭 소파에 그를 앉혀 놓고, 부엌으로 들어온 문영은 먼저 남은 밥이 있나 밥솥을 확인했다.

"약은."

당연히 안 먹었을 게 뻔했다.

"밥도 안 먹었죠."

"그것도 용서의 기준이야?"

"배부른 놈이 애걸복걸하는 것도 좀, 그렇잖아요."

슬쩍 돌아본 그의 표정이 처연했다. 안색이 하얗다 못해 질려 있어 더 짠한 거라고 마음을 달래며 고개를 돌린 문영이 싱크대 하부 장에서 꺼낸 냄비에 크게 밥 두 주걱을 퍼 담았다.

"왜 안 물어봐요."

그에게 먹일 흰죽을 준비하는데 불현듯 그가 등 뒤로 다가왔다.

"죽을 만큼 아프진 않은 모양이다."

"죽을 만큼 아파요. 아파도 할 건 해야 하니까."

"뭘 물어보라는 건지 모르겠네. 뭔지 몰라도 나한테 용서를 구할 게 있는 거라면 네가 알아서 말하면 될 텐데."

"잘못했어요."

인덕션 위에 냄비를 올리고 열전도율을 높였다.

"어제 나, 엄청 실수했잖아요."

"실수라고 하기엔 귀엽지."
"나 때문에 기분 상했잖아."
"그건 인정할게."
연우는 부산스레 움직이는 그녀의 행동을 유심히 살폈다. 부지런한 문영을 따라다니는 그의 시선이 유려하게 움직였다.
"철없이 굴어서 미안해요. 나 좋자고 권문영 씨를 너무 아프게 했던 것 같아."
"알긴 아는구나."
"술 취해서 제어하지 못한 거라고 하면, 너무 핑계 같을까요."
"너 요즘 들어 눈에 띄게 예민했어. 알지."
죽이 팔팔 끓을 때까지 인덕션 앞에 선 문영은 잠시도 그에게 시선을 주지 않았다.
"……응."
다 죽어 가는 목소리로 그가 대답했다.
"그 사람이 그렇게 신경 쓰여?"
"거짓말 조금 보태자면, 죽이고 싶을 만큼 거슬리긴 해요."
"이해 못 하는 건 아니지만 그 사람에 대해서는 몇 번이고 너한테 말했던 걸로 기억하는데."
조리를 마친 그녀가 능숙하게 상을 차렸다. 받침대 위에 뜨겁게 달구어진 냄비를 올리고, 한 쌍의 수저와 몇 가지 안 되는 반찬을 놓았다. 그를 보며 턱짓하자 죄지은 사람처럼 시선을 내리깔고 있던 연우가 천천히 테이블 앞에 앉았다.
의자를 뒤로 빼 그의 맞은편에 앉은 문영은 가라앉은 시선으로 눈앞의 연우를 바라보았다.
"있지. 부쩍 그런 생각이 들더라. 온종일 네 걱정만 하는 게 단순히 내 노파심인가, 아니면 어릴 적부터 너라면 꼼짝 못 하던 버릇이 남아 이러는 건가……. 이런 내가 미친 것 같아."

"그게 무슨 말이에요."

손수 차려 준 밥상 앞에서 그녀가 조용하게 꺼낸 말은 나긋나긋한 목소리와 다르게 매서웠다.

가슴에 칼날이 박히는 기분이었다. 뭇매질을 당한 것처럼 무거워진 몸보다 동요 없는 그녀의 눈빛이 더 아프게 느껴졌다.

"너를 과보호하듯이 할 필요가 없었다는 말이야."

생각보다 서연우는 독립적이었다. 나아가 독단적인 구석도 없지 않아 있었다.

"네가 나를 얼마나 생각하는지 알아서 뭐든 이해하고 넘어가려 했는데, 요즘은 그게 잘 안 되네."

사람인지라 일방적인 배려는 끝에 피로감을 주었다.

연우의 표정이 얼었다.

"네가 보기 좋게 입술에 남긴 상처로 아마 사람들은 불순한 상상을 하겠지. 상상 속 그 상대가 너라면 참 좋겠지만 지극히 주관적인 망상은 개인이 생각하기 나름이니까."

"……."

"난 내 꼴이 우스워지는 게 싫어, 연우야. 오늘도 난 네가 상부에 직접 네 상황을 알릴 거라고는 생각도 못 했어. 아파서 정신없는 널 내가 지나치게 크게 생각했던 모양이다."

"그건 단지 권문영 씨한테 짐이 되기 싫어서 그런 거야. 아프다는 이유로 책임감 없이 굴고 싶지 않았어요."

"그럼 미리 언질이라도 해 주지 그랬어."

모두가 보는 앞에서 태섭에게 크게 당한 것만 생각하면 온몸에 소름이 돋았다.

"……그 일 때문에 화난 거예요?"

"아니, 방금 네가 한 말 때문에 화가 나려고 하네."

"……."

"책임감을 운운할 거였으면 진작 병원부터 갔어야지. 몸이 상할 때까지 방치한 것부터가 책임감이 부족했던 것 같은데. 그만큼 자기 관리에 소홀했다는 거잖아."

"약부터 주고 병을 주는 건, 좀 가혹하네요."

말끝에 그의 시선이 김이 모락모락 피어오르는 죽을 향했다.

"목 넘김 하기 좋게 오래 끓였어. 그래도 혹시 모르니 꼭꼭 씹어 먹어. 내가 하는 말도 꼭꼭 씹어 삼켜 넘겨 주면 더 좋고."

"……."

"네 마음, 이해 못 하는 게 아니라서 어떻게든 네 욕심까지 다 이해하려고 했어."

그 덕분에 그녀의 꼴만 우스워지고 말았지만.

"알아요."

"이태섭과 마주칠 걸 알았으면 진작 말하지 그랬어. 그랬다면 애초부터 이 프로젝트에 참여하는 일은 없었을 건데."

"……실적이 중요하잖아요, 상사의 뒤치다꺼리만 하는 사람이라고 떠드는 사람들의 뒷얘기가 듣기 싫었어요."

"그것도 네 욕심이지. 그게 싫어 말이 없었던 거라면 이태섭을 개인으로 보지 말았어야 했어."

애초부터 연우가 그를 한 사람이 아니라 성산으로 생각했다면 치기 어린 마음을 품지 않았을 테다.

"네 이기심에 여기까지 왔어. 덕분에 난 해외 연수를 앞에 두었고."

물 흐르듯 자연스럽게 언급한 연수 이야기에 그의 눈이 커다래졌다.

"……."

"네 덕분에 이번 프로젝트만 성공리에 마무리된다면 내 실적과 성과는 전 사에 공공연히 알려질 테고, 나에 대한 미안함으로 어쩔 줄 몰라 하는 윤 차장님은 그 기회로 날 해외 지사로 등 떠밀 텐데. 여기까지가 네가 바란 그림일까?"

"……."

"응?"

"아뇨. 그건……."

"그건."

단호한 그녀의 목소리에 주눅 든 것처럼 굴던 그의 표정이 싹 굳어졌다.

"싫어요."

"그게 싫어 지금까지 사람 속을 그렇게 뒤집어 놓은 거야?"

"내가 애 같아서 그래요?"

"애 같은 걸 떠나서, 너 왜 이렇게 이기적이야."

"아픈데 쉬지 않고, 미련하게 집 앞에 앉아 있던 게 권문영 씨한텐 그렇게나 최악이었어요?"

대화의 흐름이 왜 이렇게 흐르는지 모르겠다. 조금씩 식어 가는 죽을 보았다. 먹으라고 상까지 차려줘 놓고, 너무 성급하게 말을 했나 싶다. 먹을 때까지는 기다려 줄걸.

마음에도 없는 생각인지라 금방 지워졌다. 애초부터 다 먹을 때까지 기다려 줄 의향 따위 없었다. 먹는 중에 듣는 쓴소리로 얹히든, 뒤집어지든 거기까진 알 바 아니었으니 말이다.

"아픈 사람 쉬지도 못하게 연락 두절된 건 권문영 씨에요."

"책임 전가를 잘하는구나."

"말했잖아, 난 혼자 생각하고 혼자 판단하는 놈이라고."

"허."

"수십 통이나 걸었어요. 단 한 통도 안 받는 권문영 씨 때문에 눈이 뒤집히는 줄 알았다고요."

잠시 할 말을 잃은 문영이 마른 웃음을 터뜨렸다.

"그러는 동안 내가 무슨 생각을 했는데, 회사 앞에서 몇 시간을 기다렸어요. 정신없이 나오느라 사원증은 놓고 왔지, 기다리는 권문영 씨는 보이지도 않아. 사고라도 났을까, 이태섭 그 새끼가 말 같지 않은 소리로 회유라도 했을까 노심초사하면서 여기까지 찾아왔어요."

"서연우, 지금 그 얘기가 아니잖아."

"알아요. 어떻게든 유능한 권 대리, 해외로 보내려는 윤 차장님이 얼마나 열성적인지 나도 알아. 그래서 불안했어요."

7년. 자그마치 7년이었다.

그간의 공백을 70년, 아니 700년으로 메워도 부족한데.

"또 헤어질 생각을 하니…… 피가 마르는 기분이었다고."

"……."

"창가의 화분도, 협탁 위에 캔들도 아무짝에도 소용없는 느낌이었어요. 헤어지면 그만이잖아."

집 곳곳에 그가 새겨 놓은 흔적들은 시간이 지남에 따라 희미해질 테다.

사라진다는 건 그만한 영향력을 상실한다는 뜻이었다. 그 생각에 덜컥 겁이 나 차마 그녀가 없는 집 한가운데 서 있기가 무서웠다.

아무도 없는 망망대해에 혼자 떨어진 기분이었다.

이태섭은 핑계였다. 그에게 승부사 기질이 없는 건 어차피 그녀는 제 것이었기 때문이다. 너무도 당연한 문제를 두고 괜한 수고를 할 필요가 있을까, 태섭을 가볍게 외면하는 건 생각보다 쉬운 일이었다.

문제는 그녀와 떨어져 지낼 3년의 시간이었다.

"밤마다 그 생각뿐이었어요. 아니, 자나 깨나 권문영 씨가 없는 3년을 어떻게 버텨야 하나, 그 답만 찾았다고요."

"……."

"애같이 굴어서 미안해요. 내가 권문영 씨를 너무 좋아해서, 할 수만 있다면 권문영 씨의 앞길까지 막고 싶어요."

"서연우, 너 정말."

"먹고, 자고, 섹스만 하고 싶은 기분 알아요? 그렇게라도 해서 각인

시키고 싶은 거야. 권문영 씨도 날 두고는 못 가게, 그렇게 만들고 싶었어요. 지나치게 자기중심적인 거 알아요. 그래서 미안해요."

"……."

미안한데.

그가 손을 뻗었다. 헝클어진 머리를 정리해 주는 손길이 미치도록 다정했다. 바라보는 눈빛은 얼음장처럼 차가웠지만.

"난 보낼 마음이 없어요. 그러니까 가지 말아요."

"아무리 너라지만 내 인생을 두고 감 놔라, 배 놔라 할 수는 없어."

"내가 권문영 씨 한 사람 인생 정도 책임 못 질 어수룩한 놈 같아 보여요?"

조소하는 그가 다른 사람처럼 보였다.

"인생 정도라니, 너 말이……."

"응, 그 정도. 그 정도는 거뜬해요."

웃으며 말하는 그를 흔들리는 눈으로 바라보았다. 평소 같았으면 몇 번이고 미안하다 말하며 품에 안겨 올 그가 완전히 다른 사람처럼 싸늘하게 굴었다.

"설마 나랑 연애 놀이만 하고 말 생각이었던 건 아니죠."

그가 믿을 수 없다는 투로 되물었으나 목소리에는 고저가 없었다. 설령 그렇다 한들 상관없다는 듯이.

대답 없는 그녀를 잠시간 기다리던 그가 피식 웃으며 숟가락을 들었다. 죽이 다 식고 나서 한 숟갈 뜬 그가 분위기를 전환시키듯 순순하게 웃으며 말했다.

퍽 여상한 태도에 문영이 짧게 실소를 터뜨렸다.

"다 식어도 맛있네요, 권문영 씨가 직접 끓여 준 죽이라서 그런가 봐."

농담 삼아 중얼거린 그의 말을 듣는 순간에는 오도도 소름이 돋았다.

집착 어린 말이 그를 제게 무섭도록 맹목적인 사람처럼 보이게끔 했다. 처음에는 내게 한시도 최선을 다하지 않은 적 없는 그의 모습이 좋았다.

그런데 뭐랄까, 지금 서연우는. 감정에 탈이 난 사람처럼 괴이했다.

"속에 얹혀도 좋을 것 같아요."

뭐가 됐든 난 권문영 씨가 소화돼서 사라지는 게 너무 싫거든.

서연우가, 이상했다.

21장

깨끗하게 그릇을 비운 그는 시간에 맞춰 약을 복용한 뒤 잠시 소파에 기대어 눈을 붙였다.

소름 끼치도록 달라진 그가 낯설어 집으로 돌려보내려 했으나, 그새 잠이 든 서연우를 차마 깨울 수가 없어 멀찍이 떨어진 곳에 서서 관망하듯 그를 바라보기만 했다.

덩치가 큰 그를 업어 집 밖으로 끌어낼 수도 없는 노릇이었다. 미안하다며, 애타는 마음으로 사과할 그를 생각하며 꺼낸 말에 된통 당한 느낌을 지울 수 없는 문영은 아직 가슴에 불씨를 남겨 둔 채였다.

뭐 묻은 놈이 성을 내는 짝이었다. 외려 당당하게 제 인생을 논하는 그의 오만함에 혀를 내두르다가도 그렇게 말하는 서연우의 마음을 조금이나마 이해하는 스스로에게 환멸을 느꼈다.

언젠가 제게 집착을 잘한다고 말하던 그의 모습이 떠올랐다.

"……집착인가."

누구도 듣지 못한 그녀의 웅얼거림은 곧 침묵에 잠식됐다. 샤워를 마친 후 침실로 들어온 문영은 곧장 침대 위에 쓰러졌다.

유독 피곤한 하루였다. 속이 답답했다. 얹힌 것처럼 서연우가 가슴에 박혀 내려가지 않았다.

"나도 미쳤지."

다시 일어난 문영은 두꺼운 담요를 찾아 그가 잠들어 있는 소파 앞으로 걸어갔다. 가만히 그를 내려다보다가 조심스럽게 담요를 덮어 주었다.

다음 날 눈을 떴을 때, 그는 잠든 그녀의 침대맡에 기댄 채로 눈을 감고 있었다.

"일어났어요?"

부스럭대는 소리에 실눈을 뜬 서연우가 콧잔등을 찌푸리며 잘 잤느냐고 물었다. 몸살을 앓은 탓에 가라앉은 목소리가 퍽 안타까울 정도였다.

붉게 상기된 얼굴만 봐도 열감이 전해지는 기분이었다. 오늘도 출근은 어려울 것 같았다.

그녀가 출근 준비를 하는 동안 서연우는 당연한 것처럼 문영의 뒤를 졸졸 따라다녔다.

바지가 너무 타이트한 거 아닌가, 라인이 적나라해요, 등등 문영은 사사건건 제게 간섭하는 그를 철저하게 무시했다.

옷을 갖춰 입은 그녀가 가방을 챙겨 현관으로 걸어 나왔다.

"넌."

그러고 보면 그는 돌아갈 생각이 전혀 없는 사람처럼 방긋방긋 웃고 있기만 했다.

"여기 있을래요, 내 집은 너무 외로워서."

"……."

"이기적이죠."

"응. 지나치게."

"익숙해져요, 난 원래 이런 놈이니까."

"그럼 지금까지 난 꿈을 꾼 모양이다."

내가 아는 서연우는 그런 사람이 아니었는데.

구두를 신고 문고리를 잡으려는 찰나, 그녀보다 빠르게 팔을 뻗은 그가 직접 문을 열어 주었다.

"팔색조라고 해 둘까요."

"그런 매력에 끌리는 변태는 아니라서."

"아직 익숙하지 않아서 그래요. 익숙해지면 좋아질걸?"

등 뒤에서 끌어안듯 가까이 밀착해 온 그를 뒤돌아보았다. 잠시간 말없이 시선을 나누던 그녀가 무심하게 고개를 돌렸다.

"적당히 쉬다 돌아가. 약은 챙겨 먹어야지."

다소 쌀쌀맞은 목소리에 씁쓸한 목소리가 따라붙었다.

"그래야죠."

서연우가 지금 어떤 표정을 하고 있을지, 보지 않아도 알 것만 같았다. 문영은 꿋꿋하게 앞만 보다가 문이 닫히는 소리가 들리고서야 슬쩍 뒤를 돌아보았다.

아마도 처연한 눈빛으로 문만 바라보고 있을 테지.

안 보길 잘했다고 무던히 생각했지만, 어쩐지 평소보다 출근길이 무겁게만 느껴졌다.

✦ ✦ ✦

문영은 자신이 일에 투혼 한다던가, 충성적인 애사심을 가지고 있다고 생각하지 않았다.

그저 남들이 하는 만큼만 했을 뿐이었다. 실적이 지지부진하다고 낙심하지 않았다.

그럴 필요도 없었지만 그 부분에 대해선 마음 쓰일 만큼 깊이 생각하지 않았기에 개의치 않았다.

무던할 수 있는 이유는, 애초에 무관심했기 때문이다.

"하아……."

반대로 달라진 서연우로 인해 가슴이 먹먹해지는 건 그만큼 관심이 컸기 때문이다.

분리 불안증을 겪는 아이처럼 투정 부리는 그의 눈빛은 그녀에게 꽤 충격이었다.

아이처럼 당돌하게 말하던 그의 모습을 떠올리다 한숨을 내쉰 문영이 욱신대는 관자놀이를 꾹 눌러 지압했다.

설령 윤 차장의 덕을 본다 한들 해외 지사 건은 어디까지나 문영의 선택이었다.

그녀의 인생이 좌지우지되는 중차대한 문제인 만큼 다른 사람이 쉽게 감 놔라, 배 놔라 할 수는 없다고 생각했다. 그 사람이 설령 서연우라고 할지라도.

최 대리로부터 처음 그 이야기를 전해 들었을 때, 사실 문영은 혼자 남을 연우가 내심 걱정스러웠다.

우연도 좋고, 인연도 좋았다.

운명이라면 더 좋을 녀석이 다시 그녀 앞에 나타났다.

긴 공백 끝에 비어 있던 마음이 서연우로 채워지는 충만감이 좋았다.

이미 모든 일상에 습관화가 되어 스며든 그를 다시 떼어 놓는 일이 결코 쉬운 건 아니었기에 문영 역시 잠깐은 해외 지사에 대한 욕심을 접어 두게 됐다.

그래서 더 그가 괘씸하고 야속했다.

가지 말라고 발목을 붙잡고 애원해도 모자랄 판에 오만하게 지껄이다니.

또렷하게 상기되는 그의 눈빛에 문영이 서류 끝을 힘주어 잡았다. 말아 쥔 서류가 구겨진 줄도 모르고 빤히 바라보다 뒤늦게 깨우쳤다.

괜히 일거리만 늘어났다.

✧ ✦ ✧

자성의 로드 맵을 토대로 한 보급형 신제품 구상이 어느 정도 끝을 보이고 있었다.

국내 시장을 겨냥한 제품이지만 글로벌 유통망 확산이 어렵지 않은 이번 제품은 자체 프로그램 복구 시스템이 탑재된 제품으로, 팀원들은 그동안의 스마트폰 판도를 완전히 뒤바꿀 것을 예견하며 기대감으로 눈을 빛냈다.

오전 중 상부와 R&D 임원이 참석한 회의가 있었다. 현재까지의 진행 상황에 대해 프레젠테이션 형식으로 설명을 끝내고 부서로 돌아온 문영은 기다리고 있었다는 양 먼저 자리에 와 있는 태섭의 눈짓에 방향을 돌렸다.

"서연우 씨 제안서 결재 승인만 남았네요."

그녀가 그의 집무 책상 앞에 막 섰을 때였다. 태섭이 다급한 사람처럼 입을 열었다. 참을성 없는 사람처럼 툭 던진 말치고 느긋함이 느껴지는 이질적인 태도에 문영이 눈살을 접었다.

등받이 깊이 몸을 묻고, 여유롭게 커프스를 채우는 그의 눈빛은 모니터와 서류만 번갈아 쳐다볼 뿐이었다.

"연락해 보겠습니다."

뭐가 됐든 그가 태섭에게 밉보이는 게 싫은 문영이 버릇처럼 연우를 옹호하자 그의 입매가 피식 말려 올라갔다.

"권문영 씨가 또 책임지고 나설 겁니까?"

분명한 시비조였다. 서연우를 위해서라면 어디까지 할 수 있나, 테스트하는 듯한 시선이 느지막이 문영을 올려보았다.

그의 책상에 가려져 보이지 않는 주먹을 말아 쥐었다. 실없이 시비를 거는 태섭도 문제였지만 자기 관리에 소홀히 한 연우에게도 화가 나기는 매한가지였다.

"제가 그러길 바라는 것 같은데요. 할 수 있는 선에서 적당히 책임져 보겠습니다."

구구절절 핑곗거리를 내놓고 싶지도 않았지만 더 할 말도 없는 문영이 단칼에 대화를 갈무리했다.

돌아선 문영은 자리로 가려다 말고 방향을 틀어 그대로 부서실을 빠져나왔다.

멀지 않은 곳에 있는 휴게실을 찾은 그녀가 한숨 끝에 휴대폰을 꺼냈다. 느긋하게 커피 한 잔 마실 여유 따윈 없었다.

곧장 연우에게 전화를 걸었다. 신호가 울리고, 얼마 지나지 않아 잔뜩 잠긴 그의 목소리가 휴대폰 너머에서 흘러나왔다.

—네.

단출한 대답조차 버거운지 뒤이어 거친 숨소리가 따라왔다.

우습지만 그 순간 꽤나 고혹적인 그의 모습이 그림처럼 눈앞에 그려졌다. 막 자다 깼을 때, 그 엉망인 모습이 얼마나 관능적이고 사랑스러운지, 아마 그는 모를 테다.

서연우는 그녀에게 무방비할 때가 가장 사랑스럽다고 했지만 아니었다. 자연스럽게 풀어진 모습으로 치자면 오히려 서연우가 더…….

"화성 연구진과 미팅 날짜 잡혔다고 했지? 일정이 어떻게 돼?"

위험 수위를 넘어선 생각을 다급히 지우며 묻는 말에 가볍게 웃음을 흘리는 소리가 터졌다.

—전화받자마자 한다는 말이 그거예요?

"급한 일이야."

—모르는 건 아닌데, 조금 서운하네요. 부재중에 뜬 내 이름 못 봤을 리가 없는데.

그러고 보니 휴대폰을 꺼냈을 때 그에게서 걸려 온 부재중 전화를 보았다. 무슨 일이냐고 물을 말을 기대했을 그에게는 미안하지만, 사안이 사안인지라 사적인 이야기는 각설할 수밖에 없었다.

—서운해하면, 내가 이상한 거죠.

"당장은 일이 우선이니까."

—내가 서운한 게 많은가 봐요.

누가 할 소리를. 할 말을 아낀 문영이 의자 하나를 빼내 대충 걸터앉았다.

"몸은 좀 어때?"

—미팅 정도는 내가 직접 할 수 있어요.

"출근도 어려운 사람이 외부 일정을 소화한다는 게 말이 되나?"

—안 돼도 해야죠. 집에만 있으려니 갑갑해서 못 견디겠네요.

"웃기지 마, 자기 관리도 소홀히 하는 사람을 어떻게 믿고 일을 진행시켜?"

—내가 알아서 할게요.

"네가 맡은 일, 책임지고 마무리 지을 생각이었으면 컨디션 정돈 알아서 챙겼어야 했어. 진작 병원이라도 제대로 다녀오거나 무리해서 술자리에 참석하는 일도 없었어야지. 이번 미팅은 내가 대신 진행할 테니까……."

—걱정을 화로 표현하는 거죠?

"뭐?"

잠시간 정적이 흘렀다.

—화가 난 만큼 날 걱정해 주는 거라고 생각할게요. 그런데 내가 아픈 게 지긋지긋한 사람처럼 말하진 말아요.

"……."

—나 어리지 않아요. 예전처럼 한 번 몸살을 앓는다고 해서 한 달 내내 쓰러져 있을 만큼 약하지도 않고.

순간 반박할 말을 잃었다.

—그게 아니면 내가 내 일을 권문영 씨한테 미뤘다고 생각하는 거예요?

"그럴 리가……!"

—난 권문영 씨한테 내 일 미룬 적 없어. 알아서 하겠다고 했고. 그런데도 일방적으로 고집부리는 건 내가 아니라, 권문영 대리님이죠.

"……."

—하나만 해요. 내 걱정만 해 주든지, 한심한 놈이라고 속 풀릴 때까지 욕을 하든지.

그의 말에 휩쓸린 탓일까.

순간적으로 내가 정말 그런가 하는 생각이 들었다.

잠시간의 침묵 끝에 그가 먼저 한숨을 내쉬었다.

—기분 나빴어요?

"뭐가."

—어제 일, 내가 그렇게 투정 부린 게 못마땅해서 그런 거죠.

"아픈 사람한테 스트레스는 쥐약이야."

쓸데없는 생각은 하지 말라는 말이었다.

—권문영 씨가 그러는 게 나에겐 더 곤욕이에요.

"미팅은 내가 대신 할 테니까 그렇게 알아 둬."

—남들이 욕해요, 권문영 씨가 정말 내 부모라도 되는 줄 알잖아.

"그 정도는 비단 부모가 아니더라도 누구나 다 할 수 있는 부분인 것 같은데."

—…….

"어설프게 쉬어 봤자 의미 없으니까, 열이 떨어질 때까진 안정하라는 말이야."

—그럼 전화라도 제때 받아 줘요.

드르륵, 의자 다리를 끌며 자리에서 일어난 문영이 멈칫했다.

—그래야 권문영 씨가 원하는 안정을 취하든지 하죠.

"……."

—나 피하는 거 아니잖아. 기분 나쁘다고 시위하는 게 아니라면 연락 정도는 어렵지 않게 해요. 우리.

"그래."

끝내 그렇게 대답한 문영이 가지런히 의자를 정리하고 휴게실을 걸어 나왔다.

그래. 그 대답밖에 할 줄 모르는 바보처럼, 단단하게 구는 서연우의 앞에서 자꾸만 물러지는 모습만 보이고 있었다.

—괜찮아지면 데리러 갈게요.

왠지 그때쯤이면 괜찮아질 것 같네요.

그 말에도 대답은 한결같았다.

"……그래."

✣ ✣ ✣

개 같은 건 서연우가 아니라 저였다.

퇴근 후 당연한 것처럼 기다리고 있는 연우의 차를 발견했다. 대로변에 정차 중인 차는 헤드라이트를 밝히며 자신의 존재를 알렸다.

잠시 멈춰 선 그녀의 걸음이 자연스레 차량 쪽으로 향했다.

"죽을 만큼 아픈 건 아닌가 봐."

차에 오른 그녀가 곧장 질문을 건넸다. 그러고는 자연스럽게 벨트를 채우고, 무릎 위에 가방을 내려놓았다.

두꺼운 카디건을 걸쳐 입은 그의 혈색은 오전 중과 크게 다를 게 없었다. 여전히 창백한 안색이 그녀의 눈살을 흐리게 했다.

위풍당당하게 데리러 온다기에 조금은 나아진 줄 알았는데, 그게 아닌 것 같아 마음도 쓰렸다.

"팔이 부러져도 데리러 올 거예요."

"……."

"나 같은 개가 또 없다는 걸 권문영 씨는 아직 잘 모르는 것 같아서."

알아줄 때까지 개처럼 굴 생각이라는 그의 말에 어떻게 반응해야 할지 모르겠다. 멋쩍은 듯 정면으로 시선을 돌렸다.

"내가 철없어요?"

"뭐?"

갑자기 그게 무슨 말이냐는 듯 눈을 크게 뜬 문영이 그를 돌아보았다.

"벌써부터 권문영 씨와 떨어질 생각부터 하는 내가 정신병자 같은지 궁금해서."

"표현이 과격하네. 가만 보면 넌 스트레스를 사서 받는 것 같아."

"그만큼 생각이 많으니까. 어제, 내 말에 기분 나빠서 그러는 거죠."

하는 둥 마는 둥 하는 연락 때문에 그런가 싶어 대답 대신 지긋하게 쳐다보자 그가 그녀를 곁눈질하며 피식 웃었다.

"나 아직 스물여덟이에요."

"그래서? 지금 네가 애라고 말하고 싶은 거야?"

사실 그 말이 문영에게는 그러니 모든 걸 다 이해해 주길 바란다는 말처럼 들렸다.

좋게만 생각할 수 없는 말이었다. 무조건적인 이해를 요구하는 그에게서 태섭을 보았다. 순식간에 기분이 팍 상했다.

"권문영 씨가 소중하게 살아온 인생을 쉽게 생각하지 않는다는 말이죠."

"……."

서연우는 그녀가 소중하다면 저에게도 소중하다고 말했다.

"떨어지기 싫어서 오기 부린 거예요, 이도 저도 아닌 관계에 불안해하고 싶지 않아서 객기 부린 거라고."

"아프다는 애가 여기까지 와서 한다는 말이……."
"개인 시간마저 권문영 씨한테 할애하는 것 같아 징그럽죠?"
"그렇게 말하진 않았어."
"그렇게 생각하고 있잖아요."
다 안다는 듯 그녀와 눈을 맞춘 채 미소 짓는 그의 얼굴이 핼쑥했다. 죽을 만큼 아프긴 한 모양이었다.
이럴 땐 어떻게 해야 하는가. 그의 정성 어린 태도에 감동에 젖은 눈빛이라도 내야 하는 건가. 머리를 쓰다듬으며 칭찬이라도 해 주어야 하는 건가.
그녀가 고민에 빠져 머뭇대는 사이 그가 잠긴 목소리로 말을 이었다.
"헤어지기 싫어요."
"……."
"떨어져 지낸 7년을 다 채워도 모자란데 또 3년을 떨어져 있으라는 건 고문이잖아."
"서연우."
아직 확정 난 것도 아닌데 앞서 초조해하는 그가 이해되지 않았다.
윤 차장의 뜻이 어떠한들 발령 건은 어디까지나 그녀의 선택이었다. 입사 동기들에 반해 떨어지는 실적이라 할지언정 그녀야말로 곁에 그가 있는 한 몇 번이고 고민했을 테다.
지금도 그랬다. 당장 일어난 일처럼 긴급하게 여겨졌다.
나야말로 네가 없이 그 긴 3년을 버틸 수 있을까.
"사실 나를 더 불안하게 하는 건 권문영 씨에요."
뭐? 되묻기도 전에 부드럽게 차선을 바꾼 그가 말했다.
"아무래도 권문영 씨는 내가 필요 없는 사람처럼 보여요."
"……."
"같이 가자고, 마음에 없는 말조차 못 하는 사람이잖아요."

집 앞에 다다라서였다. 내내 옴쭉거리기만 할 뿐, 선뜻 말을 뱉지 못하던 그가 아픈 목소리가 중얼거렸다.

"내가 있어도 그만, 없어도 그만이라는 것처럼."

항상 안달이 나서 애걸복걸하는 건 내 몫인 것 같아요.

그런데도 좋다고 따라다닌 건 그였다. 이제 와 회의감이라도 느낀 걸까. 덜컥 가슴이 내려앉았다.

그의 입에서 나올 말이 무서웠다. 조바심이 나서 재킷의 끝자락을 살며시 붙잡았다. 마른침을 삼켰다. 서연우의 입술이 벌어지는 그 짧은 순간이 길게만 느껴진 건 기분 탓이었을까.

"권문영 씨한테서는 우리의 미래가 안 보이는 것 같아요."

마침내 그녀를 돌아본 그의 눈빛이 싸늘했다. 어쩌면 물큰했는지도 모르겠다. 혼란스러운 눈빛으로 연우를 보는 그녀의 입술은 굳게 잠겨 있었다.

"생각보다 더 철이 없네, 서연우."

겨우겨우 입을 떼고서 한다는 말은 고작 그거였다. 정곡을 찔린 사람처럼 그가 한 말은 교묘하게 회피했다.

미래라, 서연우와의 미래는 너무도 머나먼 일이었다. 당장 눈앞에 닥친 일을 해결하기에도 벅찬 그녀에게 그와 함께 하는 미래는 나중 일이었다.

"우선순위가 바뀌었잖아."

그런 건 중요치 않다고 설득하는 어조로 나긋나긋하게 말했다. 어색하게 짓는 미소를 보며 서연우가 무슨 생각을 할지, 모르지 않았다. 그의 머릿속이 훤히 보이는 듯했다.

굳어지는 얼굴이 곧 아프게 일그러졌다. 실망한 기색을 여과 없이 드러내는 그의 눈을 피했다.

"건강 관리부터 하자. 계속 결근해서 좋을 거 없어. 인사 고과에 반영될 수도 있……."

"그런 게 우선일 리 없잖아요."

말을 자르고 운을 뗀 그의 눈빛이 탁해졌다. 피로감이 느껴지는 얼굴을 쓰다듬는 그를 물끄러미 바라보았다.

수척한 얼굴을 감싼 채 몇 번이고 마른세수를 하던 그가 지친 사람처럼 핸들 위에 얼굴을 묻었다.

많이 힘드냐고 물으려는데 힘없이 고개를 돌린 그가 그녀를 빤히 바라보았다.

"권문영 씨가 삐걱거리는 건 나 때문이죠?"

시간이 멈춘 듯했다.

"내가 권문영 씨를 너무 좋아해서 변한 거죠."

안정적으로 내쉬던 숨이 불규칙해졌다. 저도 모르게 당황한 문영의 시선이 갈 곳을 잃고 창문 너머를 향했다.

정적이 내려앉은 주변은 고요했다. 불안한 듯 손끝을 세워 핸들을 두드리는 소리가 귓가에 선연했다.

✦ ✦ ✦

철없이 구는 서연우의 태도에 화가 난 건 사실이었다.

금방이라도 쓰러질 것처럼 질린 얼굴을 하고도 바래다주겠다며 회사 앞을 찾아온 그를 본 순간에는 피가 거꾸로 솟구쳤다.

제 몸 하나 온전하게 간수하지 못하는 그가 한심하면서도 마음이 먹먹했다.

죽을 만큼 아픈 와중에도 그녀밖에 모르는 서연우의 필사적인 마음이 애잔하면서도 일말의 감동에 젖어 들었다.

맹목적이고 무조건적인 사랑이 좋다가도 부담이 되는 건 그녀와는 다른 그의 감정 때문이었다.

모르려야 모르지 않았다. 서연우가 제게 가진 마음은 보통의 것과 다른 것도 같았다. 비로소 쟁취했다는 데서부터 찾아온 부담감 때문일까.

"미래가 안 보인다라."

따뜻한 차 한 잔을 홀짝거리며 사념에 빠진 문영이 중얼거렸다.

그러고 보면 그와의 미래를 구체적으로 생각해 본 적이 없었다. 서연우의 흔적을 집안 곳곳에 도배해 놓고서.

현실에 안주하는 꼴이었다.

눈을 감은 채 잠잠히 생각에 잠겼다. 서연우에 대한 감정이 복잡하게 꼬인 채로 널을 뛰었다.

소란스러워진 마음은 어디서부터 시작되었을까. 생각이 꼬리를 물고 늘어졌다. 정신없이 엉킨 생각을 정리하고 눈을 떴을 때, 협탁 위에 놓아 둔 휴대폰이 울렸다.

지고지순한 남자의 얼굴이 떠올랐다.

[잘 자요.]

변함없는 서연우의 수려한 얼굴에 아직 감흥이 남았는가 보다. 부지불식간에 가슴이 뛰었다. 철없는 서연우라도 좋은 건 좋은 거였다.

편안한 밤이었다. 꿈에 나타난 그가 밤새 오열하는 모습을 멍하니 지켜보는 것을 끝으로 잠에서 깨어난 문영은 평소보다 한 시간 정도 일찍 잠자리를 벗어났다.

일찍이 출근 준비를 마친 그녀는 곧장 부엌으로 움직였다. 한참 분주하게 움직이며 아픈 서연우를 위한 도시락을 준비했다. 그래 봤자 영양가 다분한 야채를 고루 섞어 끓인 죽이 전부였지만 그녀가 아는 서연우라면 이만으로도 충분히 눈을 붉힐 사람이었다.

동그랗게 뜬 눈을 한 채 자신을 내려 볼 그를 떠올리니 우습게도 웃음이 터졌다.

실망스러운 그의 모습을 연달아 본 후로 기복이 심해진 감정은 다정하게 눈을 맞춰 오는 그를 상상하는 것만으로 언제 그랬냐는 듯 차분해졌다.

너무 황당해 거푸 실소하다가 집을 나섰다.

언젠가 그의 집 근처까지 차를 몰고 간 적이 있었다. 그때 그 기억을 떠올린 문영은 익숙한 건물 앞에서 잠시 차를 세웠다. 없을 게 없는 주상 복합 건물이었다.

높다란 건물을 올려보며 그에게 전화를 걸었다. 몇 번의 신호음 끝에 네, 하는 목소리가 귓전에 달콤하게 울렸다.

"잠깐 나올래? 집 근처에 있는데."

—집 근처?

당황해하는 그의 태도에 웃음이 나오려는 걸 참았다.

"뭐 줄 게 있어서. 힘들면 몇 호지만 말해 줘, 내가 올라갈게."

놀란 듯 말이 없던 그가 이내 순순히 알겠다고 대답했다. 전화가 끊기기도 전에 차에서 내린 그녀의 걸음이 금세 건물 안으로 향했다.

서연우의 집은 생각보다 더 심플했다. 꼭 필요한 가구들만 놓은 탓에 전체적으로 허허한 느낌이 컸으나 대체로 모던한 분위기를 풍겼다.

혼자 살기에는 지나치게 넓은 집 안 곳곳에는 다운라이트 조명이 설치되어 있어 그나마 아늑함을 조성하는 것 같았다.

훤한 거실 라운지의 벽면에는 사이드 보드와 선반이 조화롭게 배치되어 있었는데, 그곳에 가지런히 놓인 액자에서 문영은 눈을 떼지 못했다. 정확히는 액자 속에 담긴 사진이 그녀의 눈길을 사로잡았다.

편안한 트레이닝복 차림을 하고 있는 그는 집을 찾은 그녀를 환영하듯 살갑게 웃으며 말했다.

"권문영 씨는 많으면 많을수록 좋은 것 같아요."

그녀가 건네준 보온병을 주방의 바 테이블 위에 올려놓은 연우의 목소리가 나긋했다.

"뭐, 하나밖에 없어서 특별한 거지만."

가만히 서서 사진을 바라보는 그녀의 등 뒤로 다가와 팔을 감은 손이 문영의 허리를 꽉 끌어안았다.

문영은 애써 놀라움을 감췄다. 제게도 없는 사진이 그에게 있을 거라곤 한 번도 생각해 본 적이 없던 터라 적잖이 당황한 것도 사실이었다.

"예쁘죠, 권문영 씨."

소중하게 끌어안으며 목덜미에 얼굴을 묻는 그가 속삭였다. 얼음처럼 얼어 버린 그녀는 눈을 깜빡이는 것도 잊은 채 사진 속 자신의 얼굴을 바라보고 있었다.

"내가 왜 반했는지 알겠죠."

종용하는 질문을 받고서 한 박자 느리게 고개를 끄덕거렸다. 문득 서연우의 순정은 그녀가 생각하는 것 이상으로 더 질길지도 모르겠다는 생각이 뇌리를 스쳤다.

알아줘서 고맙다고 웅얼대는 그의 팔이 단단해졌다.

출근 시간이 촉박해졌다는 것도 잊은 채 그렇게 그의 품에 안겨 있었다.

숨 막히는 유년 시절이었다. 엄마는 하나밖에 없는 자신에게 꽤 집착하는 편이었다.

조금이라도 성적이 떨어지면 발등에 불똥이라도 떨어진 사람처럼 안절부절못했다. 온갖 사교육을 받으며 자라 온 그녀를 윤택하게 보는 사람들이 더러 있었지만, 그것은 사정을 전혀 모르는 사람들의 생각일 뿐. 실상은 전혀 그렇지 못했다.

내세우기를 좋아하는 엄마에게 문영은 몇 되지 않는 자랑거리 중 하나였다.

물론 엄마는 착실하고 똑똑한 딸, 이름난 대학 문턱을 가뿐히 넘은 대단한 딸을 자랑스러워했지만 문영은 아니었다.

족쇄 같은 엄마의 보호 아래에서 자유롭고 싶던 그녀가 홀로 한국으로 돌아온 건 기적 같은 일이었다. 억압받던 삶이 비로소 개방되니 독자적으로 살아가는 매 순간이 뜻깊게 느껴졌다.

나도 모르게 찾아오는 외로움을 쉽게 이겨 낼 수 있었던 것도 그 이유였다. 그저 혼자가 좋았던 문영은 누군가 제 삶에 개입하는 것을 극도로 싫어했다. 그런 성향은 일을 할 때에도 도드라졌는데, 다시 생각해 보면 그건 단지 그녀의 성격이었다.

그래서 제 인생을 두고 감 놔라, 배 놔라 하는 서연우에게 못내 실망했던 건지도 모르겠다.

인생과 연애를 별개로 생각하는 그녀에게 그의 발언은 지나칠 정도로 주제넘은 것이었다.

모든 것을 분리해 두고 사고하는 그녀로서는 그를 두고 해외 연수 건을 고민한다는 것 자체가 생경한 일인데, 애석하게도 서연우는 그 사실을 모르는 것이다.

나와 다름을 다름으로 인정하기는 쉬운 일이 아니었다. 그런데도 그러고자 노력하는 건 그녀에게도 그가 특별한 연인이었기 때문인데.

"끝나고 전화할게."

이번 주까지 충분한 휴식 기간을 갖기로 한 연우와 통화를 마친 문영은 개발원을 나와 자연스럽게 차에 올랐다. 화성 연구진과의 미팅까지 한 시간가량 남았다.

힐끔 시계를 확인한 문영이 이내 시동을 켰다. 지금 출발하면 15분 정도 여유롭게 도착할 것 같았다. 도착 예상 시간을 계산한 뒤 천천히 건물 밖으로 나왔다.

부쩍 생각이 많아졌다. 이번 미팅에서 만족스러운 결과를 얻는다면 프로젝트는 곧장 막바지에 돌입한다. 마무리 단계에 접어든 프로젝트가 끝나면 해외 연수와 관련된 이야기가 보다 명확해질 것이고, 그렇게 되면 양자택일의 기로 앞에서 한참을 고민해야 했다.

예나 지금이나 서연우는 짐이었다. 항상 염두에 두어야만 했기에 피곤했지만, 뭐, 아직까지는 감수할 인내와 용기가 있으니 아무렴 상관없겠지.

하나의 생각이 끝나면 다른 생각이 치고 들어와 만념을 털어 낼 겨를이 없었다.

문득 앳된 얼굴을 한 채 고요히 미소 짓고 있던 사진 속 제 얼굴이 떠올랐다. 먼 곳을 보고 있었던 것 같은데, 대체 언제 사진을 찍어 놓았던 건지.

집착적인 서연우의 면모를 또 한 번 엿볼 수 있는 사진들은 하나같이 그녀도 모르게 찍힌 것들뿐이었다. 무표정한 얼굴을 하고 있었지만 내심 기분은 좋았다.

떨어져 있던 7년이 꽉 채워지는 기분이랄까. 참, 미워하는 것도 힘든 사람이었다.

감성에 젖어 있다 보니 벌써 약속 장소에 다다랐다. 주차 요원에게 키를 넘기고 돌아선 문영은 예약자 이름을 확인한 후 준비되어 있는 룸에 먼저 들어섰다.

따뜻한 차 한 잔을 다 비웠을 때쯤 기다리던 연구진들이 속속들이 도착했다.

“오랜만입니다, 권 대리님.”

“정말 오랜만이네요, 유 실장님. 그간 잘 지내셨죠?”

“그럼요, 서연우 씨 일은 사전에 전달받았습니다. 그렇다고 권 대리님이 직접 나설 줄은 몰랐는데, 조금 의외입니다.”

“그런가요.”

가벼운 안부 인사를 끝으로 대화는 곧장 본론으로 넘어갔다. 상이다 채워지기도 전에 시작된 이야기는 식사를 하는 동안에도 끊이지 않고 이어졌다.

폴리머 배터리 개발 및 사용 여부를 두고 논쟁에 가까운 대화는 두 시간가량 계속됐다.

"세계적으로 폴리머 배터리 사용이 점차 늘어나는 추세죠. 대표적인 기업으로 중국의 카베이가 있겠는데요. 이온보다 비싼 폴리머를 탑재했을 경우 발생할 손실은 사실, 연구 팀에서 염려할 필요는 없다고 봅니다. 매출과 영업 이익을 증가시키는 건 영업 팀에서 해결해야 하는 숙제죠."

이온의 단점을 보완한 폴리머 배터리 사용 시 논란이 될 만한 부분을 최소화하고자 하는 그녀는 가히 달변가였다.

대답을 망설이며 저마다 불안한 의견을 내놓는 연구진들에게서 기어이 허가 승인을 받아 냈다.

누구를 위한 일인가. 차별화된 제품을 선보이고 싶은 마음도 컸지만 연우를 생각하는 마음도 만만치 않게 컸던 것 같다.

"서연우 씨, 복받았네요. 권 대리님 같은 상사가 또 어디 있을까 싶어."

자리가 파하기 전 호탕하게 웃으며 말하는 유 실장과 가볍게 악수를 나눈 문영이 부드럽게 미소 지었다.

"종종 학부모가 아니냐는 오해를 받긴 해요."

답지 않은 그녀의 넉살에 시원하게 웃음을 터뜨린 유 실장이 이내 출하된 자신의 차량으로 시선을 옮겼다.

"들어가세요."

연구진들의 차량이 차례대로 출하되었다. 가장 마지막에 출하된 문영은 먼저 그들을 보냈다.

가방을 고쳐 메고 운전석에 오르려는 때, 익숙한 목소리가 그녀를 잡아 세웠다.

"권문영 씨."

성산 측 관계자로 보이는 사람들과 식당가를 막 나오다가 우연히 문영을 발견한 태섭이었다. 함께 있는 동료들에게 정중하게 인사하는 그를, 문영은 잠시간 말없이 바라보았다.

이런 데서 마주칠 줄은 몰랐는데. 놀라기보다는 한숨이 나왔다.

"식사하고 돌아가는 길인가 봅니다."

"네."

"나도 막 돌아가려는 참이었는데."

"네, 그럼 내일 뵙죠."

불편한 기색을 드러내며 차 문을 열었다.

"시간 괜찮으면 차 한 잔, 그것도 불편합니까?"

문영은 멀지 않은 곳에서 여상한 투로 말하는 그에게 책잡힌 사람처럼 움직임을 멈췄다.

차에 오르려던 그녀가 그대로 발치의 태섭을 응시했다. 시원하게 웃고 있는 그는 문영이 거절할 것을 알면서도 고집스럽게 행동했다.

"무슨 이야기가 하고 싶은 거죠?"

"설마 내가 권문영 씨를 곤란하게 하는 질문이라도 할까 봐?"

시작도 전에 지레 겁을 먹은 것처럼 경계하는 그녀를 태섭이 부드럽게 웃으며 바라보았다. 머뭇대던 문영은 뒤이어 출하된 차량을 보았다.

"다시 얘기하죠."

차에 오른 문영은 멀지 않은 곳에 차를 세웠다. 미러로 보이는 태섭은 성큼성큼 그녀가 있는 곳으로 걸어오고 있었다.

"휴."

묵직하게 한숨을 내쉰 문영은 갑작스레 당면한 상황에 난감한 기색을 보였다. 그의 호의가 불편하다고 해서 계속 무례하게 굴 순 없는 노릇이었다.

망설이던 문영의 표정이 단단해졌다. 결심을 한 사람처럼 차 문을 열었을 때 그도 막 운전석 앞에 서 있었다. 마치 그녀가 내리기를 기다렸던 사람처럼.

문이 열리자 그의 손이 잠시 차 문손잡이에 닿았던 것 같다. 가방 속에 넣어 둔 휴대폰이 울렸다. 연우의 연락이었다.

"이렇게 밖에 서서 대화하자는 건 아닐 거고."

가방에서 꺼낸 휴대폰을 내려 보며 문영이 말했다.

"뭐가 됐던 빨리 해결 보죠. 기다리는 사람이 있어서."

전화가 끊겼다. 급하게 휴대폰을 만지는 그녀를 태섭은 고요한 눈빛으로 바라보았다.

그의 연락일 테다.

7년이 지난 지금까지도 그에게는 눈엣가시가 되는 서연우, 그 남자.

태섭은 자신이 그녀에게 뒷전이 된다는 사실을 새삼 깨우쳤다. 그 사실이 왠지 가슴을 먹먹하게 했다.

아무렇지 않을 것 같았지만 그가 가진 추억이 자꾸만 씁쓸하게 했다.

찰나의 감정을 지운 사람처럼 시원하게 미소 지은 태섭이 말했다.

"좋네요, 그럼 가까운 곳으로 가시죠."

22장

태섭을 따라온 곳은 레스토랑과 멀지 않은 곳에 있는 카페였다.

두 사람은 주문한 커피를 앞에 두고도 한참이나 말이 없었다. 애먼 곳을 바라보며 애써 덤덤한 표정을 했지만 분위기는 삭막했다.

찻잔을 만지작대는 그에게로 시선을 옮긴 문영은 알 수 없는 답답함을 느꼈다. 침묵에 익숙하다고 생각했거늘, 아니었던 모양이다.

연우와 있는 동안에도 이따금 정적에 휩싸이곤 했는데, 그때도 지금처럼 짜증스러웠던가.

이런저런 복잡한 감정이 올라올 때쯤 태섭이 입술을 뗐다.

"잘 지내고 있는 건 눈으로 다 봤으니 굳이 안 물어도 되겠고."

"……."

"그동안 잘 지냈던 것 같아 다행이네."

말이 짧아진 그를 문영이 의아한 눈빛으로 바라보았다. 그녀의 생각을 읽었다는 듯 태섭이 부드럽게 미소 지었다.

"지금 이 자리가 공적인 자리는 아니잖아. 애초에 그러려고 널 여기 데리고 온 것도 아니고."

"네, 계속 말씀하세요."

아무래도 상관없다는 사람처럼 대답하는 문영은 많이 변해 있었다.

그가 아는 그녀와는 사뭇 다른 모습이었다. 완전히 다른 사람이라 해도 믿을 지경이었다.

방긋방긋 웃는 얼굴을 한 채 자신을 보던 과거와는 달라, 아무래도 적응하기가 힘들 것 같았다.

"그렇게 헤어지고 종종 동문회에 나갔었는데."

"……."

"그때마다 넌 없더라. 염치없지만 몇 번 찾았거든. 잘 지내고 있나, 종종 생각나기도 했고."

"그래서요?"

"갑자기 연락이 끊겼으니 애들도 당황할 만하지. 전화를 걸어도 없는 번호로만 뜨니."

"그래서, 제 소식이 궁금했다고 말하는 건가요?"

"아니라면 거짓말이겠지."

참 속도 좋은 사람이다. 씩 웃으며 대답하는 태연한 모습에 헛웃음이 나올 것 같았다.

"그렇게 날 세울 거 없어. 순수한 마음이야."

태섭을 보는 그녀의 눈빛이 일렁거렸다. 그게 무슨 말이냐는 듯 종용하는 미간이 좁아졌다.

"불순한 마음은 없다는 얘긴데, 이해가 어려운가."

"……."

"너도 그러기를 바라잖아."

물론 너를 기다리는 사람도. 덧붙인 한마디에 이해가 갔다.

순수한 마음. 그러니까 그는 순수하게 그녀의 지난 시간이 궁금했던 것이다.

태섭과 헤어지고서 연우와의 관계가 흔들렸다. 아버지의 해외 발령을 핑계로 문영은 도망치듯 태섭과 연관된 모든 대학 선후배, 동기들과 연락을 끊었다.

그의 귀에 자신의 소식을 흘리고 싶지 않았다. 미련 남은 사람처럼 태섭의 곁을 맴도는 그림자도 되고 싶지 않았다. 한국에 들어와서도 일부러 대학 동기들에게는 연락도 하지 않았다.

자신을 그리워했던 사람처럼 구는 태섭의 뒤늦은 후회를 듣고 싶지 않았기 때문이다.

프로젝트 문제로 다시 얽힌 건 몇 번을 생각해도 기막힌 일이었다.

하필이면 연우를 곁에 둔 채로 그를 대면했다.

연우를 위해서라도 외면하고 싶었던 그 남자는 부정할 수 없는 저의 첫사랑이었다.

"어떻게 해 볼 생각은 아니고, 쉽게 생각해. 나 편하자고 회개하는 거야."

문영의 얼굴에 당혹감이 떠올랐다.

"회개라니. 그게 무슨……."

"너랑 그렇게 헤어지고 단 한 번도 후회를 안 했다면, 그조차도 거짓말일 거다."

헤어지고 2년이 더 지나 찾아온 감정은 폭풍 같았다. 어수룩하게 행동할 수밖에 없던 자신에게 할 수만 있다면 벌을 주고 싶었다.

"조금 더 의연하게 굴어도 됐을 텐데, 그땐 나도 많이 어렸지."

회상에 젖은 그의 얼굴이 물큰했다. 문영은 동요하지 않으려고 테이블 아래 감춘 주먹에 꽉 힘을 주었다.

"치기 어렸던 거야."

"그 말이 하고 싶었던 건가요? 결국 선배 편하자고……."

선배. 소리 내어 입 밖으로 뱉는 영 말이 껄끄러웠다. 총명하게 눈을 빛내며 그를 보던 적에나 부르던 말이었다.

"정말 이기적이네. 예전이나 지금이나."

"권문영."

“…….”

“문영아.”

굳은 그녀를 태섭이 다정한 목소리로 불렀다.

“말해. 듣고 있으니까.”

한때는 그의 목소리만 들어도 가슴이 떨렸던 적이 있었다. 눈 한 번 맞추는 게 어려워 귀 끝이 붉어지던 권문영은 온데간데없이 사라졌다.

지금 태섭을 보는 문영의 눈빛은 시릴 만큼 차가웠다. 무슨 회포를 풀겠다고 그에게 시간을 내어 주었는지 모르겠다.

후회하는 그녀의 마음을 아는지, 그의 입매도 서서히 굳어졌다.

“처음이었어. 내가 누군가를 막연하게 시기하고, 질투하는 놈이었다는 걸 처음 알았다고.”

“그래서, 나한테 고맙다고 말이라도 하고 싶은 거야?”

그가 피식 소리 내어 웃었다.

“고맙지. 내가 그런 놈인 걸 알게 했는데. 그때라도 알아서 다행이었지.”

알아들을 수 없는 말만 하는 그를 문영이 가늘어진 눈으로 훑었다.

“그 녀석, 그러니까 서연우 씨. 어지간히 눈에 거슬렸어야지. 내가 자존심 챙기기 급급해하던 놈이 아니었다면 우리가 그렇게 헤어지는 일도 없었을 텐데.”

“…….”

“그런 후회를, 네가 없는 동안 막연하게 했다면…… 믿어 줄래?”

“구질구질한 회개네. 그런 게 다 무슨 소용일까. 이제 와서 그런 말이 하고 싶었어, 나한테?”

“그래, 알아. 나도 내가 치졸하고 우스운 거. 솔직히 네 옆에 있는 서연우 씨만 아니었어도 내가 이렇게까지 자극받았을까 싶기는 해.”

흔들리는 모습은 두 번 다시 보여 주고 싶지 않았다. 간신히 참고 있는데 끈을 놓은 사람처럼 문영의 눈빛이 흔들렸다.

그게 무슨 말이냐고 묻는 눈동자가 하염없이 일렁거렸다.

"너는 몰랐으면 했지. 내가 이렇게 한심한 놈이라는 거. 다른 사람은 몰라도 권문영 너만큼은 몰랐으면 했어."

"……."

"그때 넌 나보다도 그 녀석이 먼저였으니까. 내가 일곱 살이나 어린 놈을 질투하고, 부러워할 만큼 모자란 놈이 아닌데, 신기하게도 반응할 수밖에 없더라고."

"그게 무슨……."

"예나 지금이나 나보다도 서연우가 더 중요했잖아. 아니야?"

"아니."

급하게 말을 삼켰다. 아니라고 말하기가 어려웠다. 갑자기 떠오른 기억에 말문이 막혀 버렸다. 꼴이 우스워졌다.

"그렇지?"

씩 웃으며 말하는 그의 표정이 씁쓸해서 잠시 미안함을 느꼈다.

"……."

"묘하게 신경 쓰였지. 젖살도 안 빠진 애가 상대가 되겠냐고 생각하려 해도 그게 잘 안 되더라."

문영은 자조적으로 말하는 그를 불안하게 쳐다보다가 시선을 내렸다.

다 식은 커피를 한 모금 들이켰다. 가방에서 은은하게 느껴지는 진동보다 놀라 다급해진 맥박이 더 무서웠다.

일언반구의 말도 없이 늦을 것 같다는 메시지 한 통만 달랑 남겨 놓은 그녀가 걱정되어 안절부절못하고 있을 연우를 알면서도 지금은 태섭의 앞에서 못 박힌 채로 있을 수밖에 없었다.

연우에게는 정말 미안하지만.

"서연우라면 자다가도 벌떡 깨는 네가 그땐 얼마나 밉던지."

지금은 그의 이야기에 귀 기울이고 싶었다.

"사람을 그렇게까지 치졸하고 비참하게 만드는 네가 밉다가도 돌아서면 좋아 미치겠으니 어떻게 놓을 수가 있어야지."

기억이 왜곡됐던가. 모르겠다. 그의 앞에서는 연우의 이야기를 철저하게 금했다고 생각했거늘.

"바짝 약이 올라 마음에도 없는 친절을 무기처럼 휘둘렀지."

"……."

"정말 무기가 됐던 모양이야, 네가 그렇게 힘들어했을지는 몰랐으니까. 그런데도 피차일반이라고 생각했지. 그게 판단 미스인 줄도 모르고. 어리석게."

"그러니까, 선배는 지금 그게 다 내 탓……."

"탓이라면 탓이겠지."

서연우의 이름 석 자만 들어도 몸살을 앓는 귀여운 연인 덕에 감정이 극에 달했다.

실없는 여자들에게 보여 주었던 호의에 맹세코 진심은 없었다. 그런 부분에 있어 문영이 상처받고, 힘들어할 거라고는 생각지 않았다. 아니, 알면서도 분을 이기지 못했다.

밑바닥까지 드러난 감정은 명백한 치기였다. 그녀 곁에 있는 그 어린놈에게 느끼는 막연한 시기심과 질투에 태섭은 자존심까지 잃었다.

고작 그런 놈에게 자극받는 스스로에게 환멸을 느끼기도 했다. 매 순간 자괴감에 빠져들었던 것 같다. 분하고, 억울해서 감정을 삭이기가 어려웠다.

질투는 자격지심의 다른 말이라고만 생각해 왔던 자신이 새파랗게 어린 녀석에게 비슷한 감정을 느끼고 있었으니, 충격인 것도 당연했다.

괜히 약이 올랐다. 지능적인 권문영의 도 넘은 수작이라고 생각하며 간신히, 간신히 감정을 내리눌렀으니 다 감추기는 어려웠다.

받은 만큼 돌려주고 싶었다. 내가 괴로워한 만큼, 너도 미쳐 앓았으면 좋겠다는 생각뿐이었다. 다시 생각해 보면 다른 여자들을 관계에 개입시켜 질투심을 유발하고 싶었던 건지도 모르겠다.

당연하다는 듯 문영에게 이해를 종용하면서도, 내심 그녀가 제게 매달려 주기를 바랐다.

그리고 작전은 실패로 돌아갔다.

“헤어지고 얼마간은 살 만했지. 그동안 바닥 난 자존감을 회복하는 데 집중했으니까.”

무감정한 사람처럼 반응 없는 문영의 태도에 화가 머리끝까지 차오르는 일이 부지기수였다.

서연우의 ‘서’만 들어도 가냘픈 속눈썹 한 올이라도 파르르 떨던 그녀가 제 일에는 이해한다고, 알겠다고 대답했다. 그 모습이 기이할 정도로 무심하게만 느껴졌다.

“나는 그랬었어, 문영아.”

관심이 필요한 아이처럼 관심받길 소원했다.

“네가 그렇게 사라지고 나서 막연하게 후회했지.”

부모님의 성화에 못 이긴 척 어쩔 수 없었다고, 이해해 달라고 말하면서도 저 때문에 아파하는 그녀가 보고 싶었다.

“선배 그런 사람 아니잖아. 아니, 지금 와서 그런 말을 하는 이유가…….”

“서연우 씨 때문이냐고. 그렇게 묻고 싶은 건가.”

문득 문영은 자신이 태섭에 대해 얼마만큼 알고 있는지를 생각하게 됐다.

그가 그녀의 흔한 입맛조차 모르는 것처럼 어쩌면 그녀도 그의 진심을 전혀 몰랐던 건 아닐까.

성숙하지 않은 연애였으니까, 모르는 게 당연한 것 같으면서도 자신의 기억이 왜곡된 건 아닌가 하는 생각에 마음 한 곳이 욱신거렸다.

“맞아, 그래.”

이어지는 태섭의 대답에 문영의 눈이 휘둥그레졌다.

"그렇다고 불순한 마음으로 이런 말을 하는 건 아니고."

그의 미소가 아스라하게 사라졌다.

"배가 아프긴 했지. 아직도 네 옆에 서연우 씨가 있을 줄은 몰랐으니까."

"……."

"그땐 미안했다, 문영아."

문영은 잘게 떨리는 눈을 감추기 위해 눈을 감았다. 고작 이런 말을 들으려고 이 자리에 왔나.

회의감이 들었다. 마음 같아선 이제 와서 이러는 저의가 뭐냐고 큰 소리를 내고 싶었다.

차분하게 숨을 골랐다. 한 번쯤은 입장을 바꿔 그의 마음을 헤아려 보는 것도 좋을 것 같았다.

둘이 한 연애에 나만 상처받았을 리는 없으니까.

분명 이 사람도 나처럼…….

"언젠가 다시 만나면 꼭 말해 주고 싶었어."

"몇 년이나 지나서 이러는 거, 되게 웃긴 거 알지?"

"그런가."

짧은 시간 동안 허심탄회하게 속을 꺼내 놓은 그의 미소가 한결 가벼워졌다.

"선배, 아니. 이태섭 부장님. 고작 이런 말을 하려고 그동안 사람을 그렇게 열받게 했나요? 이 한마디를 하려고?"

"내가?"

내가 그랬던가? 어깨를 으쓱이며 시치미를 떼는 그를 문영이 힘준 눈으로 바라보았다.

"서연우 씨와 관련된 일에 사사건건 간섭하긴 했지만, 그게 그렇게 열받는 일인지는 몰랐네."

"……."

"그래서, 서연우 씨와는 잘 지내고?"
"……."
"왜 대답이 없어."
"알고 묻는 거죠."
"아니길 바라는 마음이 조금은 있지."
그 마음이 뭔지 모른다면 거짓말이다.
묵직한 한숨을 내쉰 문영이 커피 한 모금으로 대답을 뜸 들였다.
"……잘 지내고 있어."
"이럴 줄은 알았는데, 정말 이럴 줄은 또 몰랐네."
답지 않게 능청을 떨며 커피 잔을 든 그가 픽 웃었다. 문영의 시선이 쪼르르 그를 따랐다.
"서연우 씨 입장에선 고대하던 결실을 이룬 셈이겠군."
"알고 있었어요?"
"뭐? 서연우 씨가 너 좋아했다는 거? 아니면, 좋아한다는 거."
"그게 그 말 같은데."
"웃자고 한 말이야."
"……."
"너 계속 얼어 있는 것 같아서 분위기 좀 바꿔 보려고 한 말인데. 효과가 없나?"
"대답부터 해 주시죠."
틈이 없네, 권문영. 혼잣말을 중얼거린 그가 못 이기겠다는 듯 고개를 젓고 입을 뗐다.
"모르는 게 이상하지. 널 집 앞까지 바래다주는 날이면 거짓말처럼 불이 꺼지는 방이 있었는데."
아직도 기억이 선연했다. 문영을 따라 차에서 내릴 때면 기다렸다는 듯 불이 소등되는 집이 있었다. 그게 그 녀석의 집이라는 걸 알게 된 건 정말 우연이었다.

늦은 시간에 귀가하는 문영을 기다렸다는 듯 불이 꺼진 방 안에서 부산스레 움직이는 그림자를 보았다. 익숙한 실루엣이기도 했지만 암막 뒤에 숨어 몰래 그들을 내려 보는 얼굴을 확인하는 것도 그리 어려운 일은 아니었다.

재수도 없지. 하필이면 교교한 달빛이 쏟아지는 날이었다. 대낮처럼 환한 빛이 지나쳐 가는 자리에 그가 있었다.

언젠가 문영에게 들은 대로라면 그녀가 사는 옆집이었으니, 그 어린 놈인 게 분명했다.

무심코 불 꺼진 창문을 올려다보던 태섭과 눈이 마주쳤을 때, 도둑고양이 같은 녀석은 흠칫 놀라 잽싸게 모습을 감췄다.

이후에도 비슷한 일이 종종 있었다. 처음에는 긴가민가했는데, 시간이 흐르면서 확신이 섰다.

그는 연락 없는 문영을 오매불망 기다리고 있었다.

"소중한 권문영 씨 그림자를 목 빠지게 기다리던 도둑고양이 같았지, 그때의 서연우 씨는."

"서연우한테 도둑고양이는 안 어울리는 표현 같은데."

주인밖에 모르는 충견이라면 모를까.

"뭐. 개 같은 면도 없잖아 있긴 한데 그건 좀 욕 같잖아."

"허."

어이가 없어 웃음이 났다.

"그렇게 생각하는 사람이 개 같니, 뭐니 하는 말을 면전 앞에서 했어요?"

"나도 사람인지라."

가볍게 어깨를 으쓱인 그가 잠시 통유리 너머로 시선을 돌렸다.

"대놓고 그 녀석 편을 드는 누구 덕분에 언젠가부터 서연우 씨는 내 경계 대상이 됐지."

"원래 이런 사람이었어요?"

"뭐가?"

"감정대로 행동하는 사람, 아니었잖아요. 이런 말도 할 줄 알았어요?"

"응?"

태섭이 고개를 갸웃거렸다.

"무슨 소리야, 난 원래 이런 사람이었어."

"……."

"내 마음 가는 대로 행동하는 사람이었어."

"아."

"네 말대로 이성적인 사람이었다면 서연우 씨를 상대로 치기 어린 행동을 하진 않았겠지."

조금 더 성숙한 태도로 그를 대했겠지만 아직도 그게 어려웠다.

그녀 옆에 있는 그를 보면 유난히 더 그랬다. 예나 지금이나 크게 변한 건 없는 것 같았다.

문영은 묵언했다. 신선한 충격을 맞은 터라 무슨 말을 해야 할지 정리가 안 됐다.

제가 아는 이태섭의 반전 정도로 생각하고 싶었다. 내 기억이 잘못된 게 아니라, 그간 그가 많이 변한 거라고 그렇게 믿고 싶었다.

그와의 일들을 아픈 시간으로 기억해 온 문영은 잠시나마 미안함을 느꼈다.

한껏 미화시킨 서연우와의 기억만을 간직해 온 그녀에게 태섭은 등외의 존재였는데, 그에게는 아니었던 모양이다.

한때는 커피 잔을 쥔 그의 큰 손이 그녀의 손등을 감싸 주었다. 너른 어깨에 얼굴을 묻고 기분 좋은 웃음을 흘렸던 적이 분명 있었다. 다 지나간 일이 이제 와 또렷해졌다.

"대체 나를 어떻게 기억하고 있던 거지?"

"……."

"뭐. 그럴 만도 하지만 다 지난 일이니, 그만 잊어 줬으면 좋겠다."

"그게 내 마음처럼 되……."

"어렵겠지만 잘 지내고 싶다. 이게 내가 하고 싶은 말이야."

아직은 힘들겠지만, 예전처럼 눈을 맞춘 채 이야기를 나누고 싶었다. 언젠가처럼 환히 웃는 그녀를 기대할 순 없겠지만 그래도.

"갈까? 내가 시간을 많이 빼앗은 것 같은데."

기다리는 사람 애타고 있는 소리, 여기까지 들리는 것 같네.

우스갯소리를 하며 자리에서 일어난 그를 따라 문영이 고개를 치켜들었다.

"내 대답은 안 들어요?"

제멋대로인 건 여전했다. 문영이 노골적으로 인상을 구겼다.

시계를 톡톡 두드리던 그가 시원하게 미소 지었다.

"대답 듣기가 무서워 도망치려는 사람 속을 그렇게나 몰라줘도 되는 건가."

"아."

시큰둥한 그녀의 당황한 얼굴을 예상한 사람처럼 덤덤하게 웃는 그가 출구 쪽으로 턱짓했다.

"가시죠, 권문영 대리."

먼저 돌아선 그의 뒷모습을 바라보았다.

거리감을 느낄 때쯤 가방을 챙겨 일어난 문영이 부리나케 그의 뒤를 쫓았다.

그와 짧게나마 대화를 나누었지만 정확히 무슨 이야기가 오갔는지 까맣게 잊었다. 잘 지내자는 말인가. 지난 일은 잊고, 예전처럼 지내자는, 그런 말인 건가.

"오늘 미팅은 괜찮았습니까?"

나란히 걸으며 주차장으로 향했다. 가는 길에 그가 평범한 투로, 보통의 말을 건넸다.

너무 시시한 질문이라 하마터면 경계가 풀어질 뻔했다. 사실은 그에 대한 긴장감을 조금은 늦춰도 좋을 것 같다는 판단이 들어 날을 죽였다.

그녀 못지않게 서연우에 대한 질투심이 대단했다고, 부끄러움도 뒤로 한 채 이실직고하던 그의 순수한 얼굴이 생각났다. 태섭에 대한 인식이 조금은 바뀐 것 같았다. 오늘 본 이태섭은 나름 인간미가 느껴졌으니까.

"네, 뭐."

오만한 독재자에서 한결 여유로워진 느낌이랄까.

"결과는 서류로 일러 줄 생각이겠지?"

"서연우 씨가 전담 맡은 일이니까요. 내가 이래저래 떠들 필요 없다고 생각해요."

"원래 이렇게 칼같았어?"

"그러는 이태섭 부장님은 원래 이렇게 능글맞았어요?"

연우와 비슷한 느낌이 들었다. 나이가 들면서 자연스레 유순해진 건가. 하여튼 사람이 희한하게 변했다.

"글쎄, 한 번도 나 자신이 능글맞다고 생각해 본 적이 없는데."

"이만 들어가세요."

걷다 보니 벌써 주차되어 있는 그의 차량 앞에 다다랐다. 태섭은 꾸벅 인사하고서 걸어가는 문영의 뒷모습을 물끄러미 바라보았다.

"권문영."

가방에서 스마트 키를 꺼내려던 문영이 멈칫한 채로 뒤돌아보았다. 멀리 보이는 그가 희미하게 미소 짓고 있는 게 보였다.

"다시 만나서 반갑다."

한때는 죽을 만큼 좋아한다고 믿어 의심치 않던 사람이었다. 당연한 말을 당연하게 주고받던 상대와의 당연한 안부 인사는 더는 당연하지 않았다.

어렵고 부담스러웠다. 편하지만은 않은 사람이었다. 그런데도 웃음이 나는 건, 이조차 신기하다면 신기한 인연이라서.

"네, 내일 봬요."

다소 무미건조하게 대꾸한 문영이 서둘러 돌아섰다. 버튼을 눌러 차문을 연 문영은 도망치듯 차를 몰고 주차장을 빠져나왔다.

목덜미가 홧홧한 건 낯부끄러워서였다. 다시 만나 반갑다는 그의 말에 같은 의사를 표현하는 듯한 대답을 했으니 창피한 것도 당연했다. 그렇다고 그가 원하는 대로 잘 지낼 마음은 없지만.

태섭이라면 치를 떠는 연우를 생각해서라도 그건 어려운 일이었다.

오늘 일을 연우가 이해할 리 없다는 걸 알기에 더욱 부정적인 생각만 하게 됐다.

"모르겠다."

머리가 복잡해졌다. 어지러운 건 딱 질색이었다.

그만 생각하고 싶은 문영은 황급히 라디오를 틀었다. 평소에는 잘 듣지 않는 라디오가 오늘따라 귀에 속속 들어왔다.

진행자의 유려한 진행 솜씨에 괜히 감탄을 했다. 실없는 혼잣말을 중얼거리다 보니 벌써 집 앞이었다.

비어 있는 자리에 차를 대고 나오니 익숙한 차 한 대가 눈에 띄었다.

서연우의 차였다. 문영은 물끄러미 바라보다 고개를 들었다. 혼자 사는 탓에 그녀가 없으면 늘 불이 꺼져 있을 거실이 웬일인지 환했다.

그러고 보니 다시 연락하겠다는 두루뭉술한 메시지를 끝으로 그에게 연락한다는 것을 깜빡 잊고 있었다.

집에 와 있겠다는 말은 없었는데. 그래서 연락을 한 건가.

긴가민가한 상태로 현관을 열자 조금 낯선 광경이 그녀를 반겼다. 분주하게 움직이는 서연우의 모습을 보고는 저도 모르게 현관에서 굳어 버렸다.

"왔어요?"

"응."
"왔으면 들어오지, 거기서 뭐 해요?"
남의 집 보듯 하는 그녀를 보며 연우가 가볍게 웃음을 터뜨렸다.
"당황스러워서. 뭐 하고 있던 거야?"
출근 때와 사뭇 달라진 집 안 광경에 문영은 애써 탄성을 삼켰다. 신발을 벗고 들어선 그녀가 자연스레 다가오자 그가 당연한 것처럼 손을 내밀었다.
"열이 떨어져서 그런지 살 만하더라고요. 집에만 있기에는 갑갑해서."
"그래서 남의 집 청소를 했다고?"
"식사하고 올 거 뻔하니까 밥은 안 했어요."
"……."
"아, 할 걸 그랬나 봐요. 명색이 남자 친구가 처음으로 차려 준 음식인데 배가 불러도 먹어 줬을 거잖아."
부드럽게 손을 잡아 오는 그를 바라보았다. 태섭 때문에 반쯤 빠진 듯했던 혼이 되돌아온 기분이었다.
사근사근하게 말하며 웃는 서연우가 지금은 그녀의 연인이었다. 태섭을 치졸하게 만든 그 장본인.
만남부터 이별까지, 한시도 그녀를 서럽지 않게 한 적 없는 그 못된 남자의 각성에 불을 지핀 서연우가, 지금은 그녀의 연인이었다.
"미팅은 잘했어요?"
"응."
"그래요?"
살며시 미소 짓는 그가 비스듬히 고개를 기울였다.
"데리러 가고 싶었는데, 생각해 보니까 오늘은 차를 가져갔을 것 같더라고."
"응?"

"나 허탕 쳤다는 말이에요."

"허탕? 뭐가?"

이해 못 한 문영이 재차 물었다. 그는 태연하게 웃으며 그녀의 어깨에 걸린 가방을 가져갔다.

"그 자리에서 이태섭 씨를 만날 거라는 건 본인도 몰랐을 거잖아요."

"아."

허탕이라더니, 그런 뜻이었던가.

"왔었어?"

"응."

"그럼 알은체라도 하지, 왜 그냥 갔어."

"그래서 전화했잖아요. 모르는 척 전화를 넘긴 건 권문영 씨면서."

어떠한 변명도 통할 것 같지 않음을 직감했다. 하나부터 열까지 그가 다 지켜보고 있었더라면 무슨 말을 해도 핑계에 불과했다.

어쨌거나 그의 말대로 알면서 연락을 외면한 건 그녀였으니까.

당황한 것도 사실이지만 그보다 미안함이 앞섰다.

아마 지금 서연우의 감정은 말이 아닐 게 분명한데, 애써 웃는 얼굴이 힘들어 보였다.

"얘기는 잘했어요?"

"응, 거짓말할 생각은 아니었어."

"거짓말한 적 없어요, 권문영 씨."

"응?"

"다시 연락 준다고 했잖아. 거짓말은 아니죠."

"……."

"아. 연락 없었죠."

농담처럼 툭 말을 뱉고서 돌아선 그가 자연스레 그녀의 침실로 들어갔다. 늘 놓는 자리에 가방을 두고, 다시 걸어 나온 연우가 그녀 앞에 섰다.

문영은 가까이에 있는 패브릭 소파를 눈짓으로 가리키는 그를 바라보다가 먼저 걸음을 뗐다.

그녀가 앉자 뒤이어 그가 몸을 앉혔다. 작지만 두 사람이 앉기에는 충분했다.

서연우 한 사람으로 빠듯해지자 좁은 공간에 꽉 낀 느낌이었다. 그의 체중에 푹 내려앉은 소파를 신기한 듯 내려다보았다.

하루 이틀 있는 일도 아닌데 서연우와 함께하는 시간은 언제든 생경하게 다가왔다.

"왜 말이 없어요?"

"무슨 말이 듣고 싶은데?"

"난 변명이 됐든, 핑계가 됐든 듣고 싶은데."

"……."

"귀엽잖아요, 당황해서는 두서없이 떠드는 거."

"화났구나."

"아니."

가볍게 고개를 흔들며 그녀를 돌아본 그가 양손을 뻗었다.

얌전하게 모으고 있는 무릎 아래로 불쑥 손을 밀어 넣은 그가 어렵지 않게 그녀의 다리를 잡아당겼다. 졸지에 그의 다리 위에 양발을 걸친 꼴이 됐다.

"안 났어요."

"거짓말."

"내가 언제 권문영 씨한테 화낸 적 있어요?"

"……아니."

"난 못 해요."

틀린 말은 아니었다. 누가 봐도 화난 사람처럼 굴면서 특별히 언성을 높이거나 말을 지나치게 한 적이 없는 그는 언제나 그녀 앞에서 점잖은 선비 같았다.

"그래서요? 무슨 얘기 나눴어요."

"특별하게 기억나는 건 없어."

거짓말 같겠지만 사실이었다. 태섭과 무슨 말을 나누었는지 돌아선 순간부터 기억나지 않았다. 그만큼 당황했다는 말은 연우에게 들려주고 싶지 않았다.

"잘 지내고 싶다더라."

"염치도 없네요, 그렇죠."

"음."

잠시 말이 끊겼다. 가까이서 눈을 맞춘 채 머리를 쓰다듬는 그의 시선이 불편한 건 아닌 척 화를 삭이고 있는 그 눈빛을 봤기 때문이었다.

천연덕스러운 행동과 달리 굳어지는 눈빛을 모른 척할 수 없었다. 단단한 턱에 힘이 들어간 것도 같았다.

그럴 만도 했다. 태섭을 따라가는 자신을 눈앞에서 보았더라면 서연우가 아니더라도 누구든 머리 위로 화가 돌았을 테다. 격렬했던 순간의 감정을 잘 참아 낸 그가 새삼 달리 보였다.

"그리고?"

"널 질투했대. 나도 몰랐던 일이라 조금 당황했던 것 같아."

"왜요?"

아슬아슬 입가에 맺힌 웃음이 사라졌다. 가라앉은 목소리가 그의 감정을 보여 주는 것 같았다.

"그 사람 앞에서 연우, 네 이야기는 잘 안 하려고 했었거든. 나름 조심한다고 했는데, 그게 잘 안 됐나 봐. 의외였어. 그 사람이 널 그렇게 생각할 거라곤 전혀 예상 못 했는데."

피식, 웃음을 터뜨린 그가 제 손보다 작은 그녀의 발등을 조심스레 어루만졌다. 괜히 민망해서 발가락을 꼼지락거렸지만 놓아 줄 리 만무했다.

더 단단하게 붙잡은 채로 고약한 손장난을 친다. 퉁퉁 부은 발가락을 손끝으로 튕겨 건드리거나, 어루만지거나.

"가진 놈이 되게 치졸하게 구네요."

"응?"

"그 사람이 그런 마음이었으면 나는 오죽했을까요."

그러게, 너는 어땠을까.

내 옆에 있던 그 사람도 까맣게 속이 타들어 갔을 텐데, 멀리에 있던 너는.

상상이 가지 않아 어림짐작조차 할 수 없었다.

"난 나를 애 보듯 하는 그 사람의 눈빛이 너무 싫었어요. 그 사람 차에서 내리는 권문영 씨를 창밖으로 내다볼 때마다 어떤 마음이었는데."

"……."

"어른이 되면, 나는 그러지 말아야지, 그런 생각뿐이었어요. 좋은 것만 주고 싶은 마음뿐이었고."

그래서 변치 않은 그때의 다짐을 착실하게 이행하는 중이었다.

웬만하면, 최대한으로, 할 수 있는 건 다 해 주고 싶었다. 요즘 들어 불가능한 한계에 도달한 기분이었다.

"말도 없이 그 남자를 따라간 건 권문영 씨가 잘못한 거야."

"알아, 미안해."

"그렇게 순순히 대답하면, 내가 말을 할 수 없잖아요."

그가 곤란한 듯 표정을 고치며 말했다.

"해, 할 말."

무슨 말이든 오늘은 잠자코 들어 줄 생각이었다.

"주말에 데이트해요."

"응?"

엄청 대단한 말이라도 하는 줄 알았는데, 생각보다 소소한 것이라 문영의 눈이 의외라는 듯 커다래졌다.

"오늘은 말을 아껴야겠거든요. 괜히 화내고 싶지 않아요."

발등을 올라와 다리를 쓰다듬던 손이 그녀의 손목을 움켜쥐었다. 살짝 당겼을 뿐인데 가볍게 끌려오는 몸이 그의 품 안에 갇혔다.

입술과 입술이 가까워졌다. 떨어지는 숨결이 고스란히 서로에게 스며드는 것 같았다.

"아픈 건 괜찮아졌어요."

기울어지는 얼굴, 내리깐 시선, 조금 높이 있는 그를 올려보며 문영이 느리게 눈을 감았다 떴다.

"이제 키스해도 돼요."

"……."

"어필하는 거 맞아요, 나 이제 건강해."

그러니까 감기 따위, 옮을 일은 없을 거라고 말하는 그를 벙하니 바라보았다.

가까워지는 입술이 아랫입술을 뭉개듯 비비며 맞붙었다. 문영은 눈만 깜빡거렸다. 그와의 입맞춤이야 한두 번 있는 일이 아니니 놀랄 것도 없었다.

가슴이 동요하는 건 아직까지 서연우와의 스킨십이 낯설면서도 묘한 설렘으로 다가와서.

모순적인 감정 때문일 텐데. 부드럽게 입을 맞추는 그가 기묘하게 보이는 건 왜일까.

억지로 헤집고 들어온 혀에 속수무책으로 입술이 벌어졌다. 입안을 종횡하는 혀가 움츠린 혀뿌리를 감쌌다. 물크러진 느낌에 몸이 떨렸다.

기분 좋은 촉감이었다. 말랑거리는 살이 얽혔다. 질펀해진 입안에 고인 타액이 흐르는데도 문영은 다른 생각에 잠겨 있었다.

서연우가 이상했다. 평상시의 서연우라면 극도로 화가 나 미쳐 버릴 텐데. 오늘의 그는 유달리 순순했다.

태섭과 접전이 있고 격렬한 관계를 가졌던 그때와는 사뭇 다른 느낌이 생경했다. 오묘한 기분을 떨칠 수 없어 입을 맞추는 내내 그 생각뿐이었다.

조금 차가운 듯한 손이 가뿐히 셔츠를 뒤집고 봉긋하게 오른 가슴에 닿았을 때에 현실에 집중했다. 어른스럽게 대처하는 그의 태도가 안쓰러우면서도 딱한 건 그간 그를 강하게 몰아붙이기만 했던 스스로에게 환멸을 느꼈기 때문이었다.

어쨌거나 잘 지내자는 태섭과는 잘 지내지 못할 것이 분명했다.

그럴 마음도 없을뿐더러 그럴 수 없어야 했다.

서연우 때문에.

"안아 줘요."

웃음이 났다.

철이 든 것처럼 행동하다가도 툭 던지는 한마디에 어리광이 가득했다. 못 이긴 척 팔을 올려 그의 목을 끌어안았다.

자세가 불편했는지 귀엽게 콧잔등을 찌푸린 그가 그녀의 허리에 팔을 두르곤 제 쪽으로 당겨 안았다. 사뿐히 다리 위에 앉혀 놓고서야 만족스러운 듯 웃는 그가 새삼 신기했다.

화를 내도 충분한 상황인데도 잠잠한 그에게 고마운 것도 사실이었다.

그녀였더라면, 머리끝까지 오른 화를 주체하지 못했을지도 모른다.

그동안 서연우에게 다른 여자는 없었을까.

문득 그의 과거가 궁금해졌다.

"무슨 생각해요?"

턱 아래가 젖어 있었는지, 그가 그 부분을 혀로 길게 핥았다. 농밀해지는 분위기에 심취해 몽롱해진 눈이 자연스레 감기는 것 같았다.

아. 떨리는 마음처럼 간헐적으로 터지는 신음이 연약하게 흔들렸다.

연우와의 보이지 않는 문제는 아직 풀지 못한 상태였다. 미래가 보이지 않는다는 그의 말은 충격이 되어 종종 환청으로 울렸다.

해외 연수도 걱정이었으나 지금은 그런 것 따위에 신경을 곤두세울 때가 아니었다.

여느 때처럼 현실에 집중하자. 집중.

지그시 눈을 감고 온 감각에 집중했다. 가벼워질 것 같은 마음은 몸을 짓누르는 그의 체중만큼이나 무거워졌다.

묘한 긴장감에 죽은 듯이 있던 몸이 드러나는 건 순식간이었다. 무리하지 않아도 된다는 그녀의 어렴풋한 말에 서연우는 조용조용하게 웃었다.

그리고 한참이 지나 귓불에 입을 맞추며 속삭였다.

사랑해요, 라고.

✦ ✦ ✦

서연우의 사랑 고백은 충격이었다.

그간 그는 몸으로, 마음으로 끊임없이 사랑을 말했다. 입소리를 내지 않아도 그녀에 대한 그의 마음을 문영은 모를 수가 없었다.

누가 봐도 권문영밖에 모르는 남자처럼 구는 서연우는 실제로도 그녀 이외의 것에 일자무식한 사람이었으니까.

직접적으로 사랑한다고 말을 한 게 그리 대수는 아니지만, 문영은 마음이 뒤숭숭했다.

그 애는 정말이지 그녀와의 미래를 당연시하는 것 같았다.

결혼과 출산, 가정은 아직 그녀에게는 먼일이었기에 연우의 사랑한다는 말이 놀라운 것도 당연했다.

그와 떨어져 지낼 시간을 생각해 본 건 아니었다. 막역한 친구 같기도 한 서연우와 다시 헤어진다는 건 생각만으로도 가슴이 두 쪽으로 갈라지는 듯했다.

그런 그와의 미래를 확실히 단정 짓지 못하는 건 그녀가 생각해도 모순이었다.

아직 준비가 안 돼서라고, 문영은 간단하게 결론지었다. 더 생각하고 싶지 않았다.

서연우는 다음 날부터 회사에 출근하기 시작했다. 고역 같은 몸살을 앓고 난 후라 그런지 연구실에서 다시 본 그의 표정은 무척 개운했다.

며칠 쓰러져 있던 덕분에 기력을 회복했는지, 본격적으로 업무에 돌입했다.

그의 제안서가 만장일치로 결재 승인되면서 일은 순조롭게 진행됐다. 구체적인 출시 예정일과 기획 프로모션 계획 단계에 접어든 이번 프로젝트도 어느덧 끝을 보이고 있었다.

날이 제법 차가워질 때쯤 서연우를 만난 것 같은데, 벌써 혹한의 겨울을 맞았다. 척박한 계절이었다.

창밖은 온통 회색빛이었다. 한바탕 눈이 쏟아진 것도 아닌데 차에 밟혀 척척하게 녹은 눈은 잿빛을 띠고 있었다.

거리마다 세워진 나무는 앙상했다. 불과 몇 달 전까지만 해도 눈앞의 세상은 녹음이 푸르렀는데, 기이하기도 하지.

"가요."

연말 느낌을 전혀 찾아볼 수 없는 건 요즘 들어 마음이 싱숭생숭해서겠지.

퇴근 후 연구원을 나선 그녀의 곁으로 연우가 다가왔다.

직원들이 떠난 것을 확인하고서야 손을 잡아 오는 그는 은연중에도 주변을 살피는 그녀를 생각하고 있었다.

언제는 싫다고 항의하듯 따져 말하더니. 이렇게 고분고분하게 굴 거면서.

하, 웃음이 났다.

"뭐 먹고 싶어요?"

"손 안 시려?"

"응."

"장갑도 안 꼈잖아."

무쇠도 차가워지는 겨울이었다. 걱정스러운 눈으로 그를 올려보았다.

"권문영 씨가 장갑 꼈잖아요."

"아무리 그래도 그렇지."

"맨손으로 고구마 껍질도 까 주던 사람이에요, 나."

"그땐 어렸지."

"지금도 어린데."

잠시 주춤한 그녀가 멋쩍은 듯 시선을 돌렸다.

"얼마나 차이 난다고, 그렇죠?"

내년이면 서른둘이었다. 혼기가 꽉 차다 못해 흘러넘치는 나이였다.

서연우보다 더 결혼 걱정을 해도 모자랄 판국이었다.

위기의식을 느껴야 하는데 가끔은 아무런 생각 없이 사는 것만 같은 스스로가 싫었다. 할 수만 있다면 머리를 비우고 싶었다.

"영화부터 볼래?"

"집에서도 제대로 본 적은 없죠."

하기야. 눈만 마주치면 정신없이 서로에게 빠져들기 바빴으니 극의 긴장감이 고조에 이른 순간은 항상 놓치기 일쑤였다.

"얼굴 빨개졌어요."

연말은 연말이었다. 사람들의 왕래가 끊이지 않는 거리를 걷는 중에 떠오른 생각에 금세 몸이 후끈해지는 기분이었다.

"추워서 그래."

"안아 줄까요? 난 안 추운데."

돌연히 걸음을 멈춘 그가 웃으며 코트를 열었다.

한 발자국 물러나며 그를 보는 문영이 난처한 표정을 지었다.

괜찮다며 사양하는 그녀의 마음을 알면서도 모르쇠를 부리는 그는 천연덕스러웠다. 아무렇지 않은 얼굴로 다가와서는 이내 품 안으로 쏙 그녀를 가두었다.

"따듯하죠."

여느 연인들과 다를 바 없는 그림이었다. 어디선가 들은 겨울은 연인들을 위한 계절이라는 게 틀린 말은 아닌 것 같았다.

슬쩍 고개를 들어 그를 보았다.

"응?"

예쁘게 웃으며 말하는 그를 물끄러미 바라보았다.

숨을 쉴 때마다 뽀얀 입김이 허공에 퍼졌다. 그러다가 차가워진 이마에 살포시 닿았다.

봄눈처럼 금세 가실 온기였지만 좋았던 것 같다. 콧숨을 쉴 때마다 풍기는 향긋한 체취가 오늘따라 낭만적으로 느껴졌다.

미처 몰랐는데 거리는 벌써부터 연말을 준비하고 있었다. 얼마 남지 않은 크리스마스를 기다리는 사람들의 들뜬 마음을 반영한 듯 온통 알록달록했다. 아까 전 그녀가 보았던 회색빛 세상과는 또 다른 느낌이었다.

"영화는 뭘 볼까요."

폭이 넓은 그의 캐시미어 코트를 둘이 나눠 입었다고 해도 과언이 아니었다.

그의 품 안에 갇히듯 안겨 극장을 찾아가는 길.

희한한 생각이 들었다.

"이번에 개봉한 영화 있잖아요, 다크호스."

한 발자국 움직일 때마다 어깨를 감싼 그의 손에 꽉 힘이 들어갔다. 맞은편에서 걸어오는 누군가와 눈이라도 마주칠 새면 필사적으로 그녀를 끌어안은 서연우의 집착이 속절없이 좋을 때가 있었다.

"제목과 스토리에 연관성이 전혀 없다는데, 평은 좋은 것 같아요. 그거 볼까요?"

지금 같은 때가 딱 그때였다.

문영은 이러지도, 저러지도 못하는 자신의 우유부단이 미치도록 싫었다.

가끔은 지나치게 가까워지려는 서연우가 싫기도 했지만 저보다는 아니었다.

23장

"영화 재밌었죠."

소고기로 배를 두둑하게 채운 거로도 모자라 디저트까지 해치웠다. 그런데도 허기가 져 길가에 파는 군고구마를 하나씩 먹으며 거리를 걸었다. 먹은 만큼 소화시킬 요량이었다.

"응, 남자 주인공 집착이 당황스럽긴 했는데. 뭐, 충분히 납득이 되는 상황이라 이해는 가더라."

영화는 사이코패스 성향을 띤 남자 주인공이 여자 주인공을 감금하면서부터 시작되었다.

여자 주인공이 극도의 공포감을 느끼는 순간의 표정과 행동을 관찰하는 남자 주인공은 그녀가 가장 싫어하는, 이를테면 밀폐된 방에 가둔다거나 죽은 쥐를 머리맡에 두거나 하는 행동을 보였다.

자신의 심기가 불편해졌을 때 벌을 주는 행위로 여자의 약점을 이용하는 남자는 죽을 것 같은 공포감에 빠져 기댈 데 없는 여자에게 자신이 유일한 버팀목임을 은연중에 세뇌시키고 있었다.

처음에는 비이상적인 남자 주인공이 전혀 이해가 되지 않았다. 아마 그가 미지의 존재라는 사실이 밝혀지지 않았더라면 영화가 끝날 때까지 남자 주인공의 심리를 헤아리기는 불가능했을 테다.

사실, 뭐 지금도 그를 완벽히 이해한 것은 아니었다.

"난 이해할 수 있어."

"응?"

"그 여자가 얼마나 좋으면 그렇게까지 했겠어요. 애잔하던데."

"남자가 애잔하고는 거리가 먼 캐릭터인데, 대체 어느 부분에서 애잔하다는 거야?"

불현듯 생각이 났다.

그녀도 모르는 그녀의 사진을 가지고 있는 그가. 말도 없이 불쑥불쑥 찾아오는 행동들이.

동창회가 있던 날까지만 해도 그의 입을 빌려 서연우가 그저 애잔하게만 느껴졌는데, 가끔은 잘 모를 때가 있었다. 혼동은 너무도 쉽게 찾아왔다.

"할 수만 있다면 나도 그러고 싶어요. 아무도 못 보게, 내가 아니면 안 되게, 권문영 씨를 그렇게 만들고 싶어요."

집착과 사랑은 한 끗 차이였다.

기다림이 길어서 그런 거라고 생각하고 싶지만 때때로 선을 넘어선 연우의 행동에 불쾌감을 느끼곤 했다.

"말이 나온 김에 하는 말인데, 해외 연수는 어떻게 할지 생각해 봤어요?"

"뭐가?"

"발령 나면 발령받은 대로 갈 생각이냐고 묻는 거예요."

"아."

"응?"

"생각 안 해 봤는데."

그 얘기를 꼭 지금 해야 하나 싶었다. 그 생각이 얼굴 위로 여실히 드러났는지 문영을 바라보던 연우가 픽 소리 내어 웃었다.

"내 생각은 변함없다는 걸 알려 주고 싶어서 꺼낸 말이에요."
"아직 일어나지 않은 일을 두고 왈가왈부하고 싶은 마음은 없는데."
"언젠가는 일어날 일이죠, 미리 생각을 정리해도 좋다고 봐요."
"생각에 변함이 없다며. 넌 상황이 어떻게 됐든 내가 가는 걸 원하지 않는 거잖아. 어차피 반대할 거면서."
"그렇긴 한데 권문영 씨 인생을 함부로 생각하는 건 아니에요."
바둑알 놓듯 내 마음대로 할 수 있었다면 애초에 일도 시키지 않았을 것이다.
회사 앞엔 얼씬도 못 하게 하고 싶은 게 그의 솔직한 마음이었다.
그녀가 어디까지 알고 있을지 모르겠지만 그의 순수한 욕심은 그랬다.
말 그대로 욕심이었다.
"내가 그럴 리 없잖아요. 권문영 씨가 소중하게 생각하는 건 뭐가 됐던 나에게도 소중해요."
사소한 숨 한 조각이, 함께 있는 시간이, 그녀를 볼 수 있는 삶이 더없이 소중했다.
"그냥 헤어지기 싫어요. 애처럼 굴지 않으려고 했는데, 아무래도 안 되겠어요."
"……."
"도저히 못 보내 주겠다고."
"그럼 네가 오면 되잖아. 네가 날 따라가면 되는 거 아니야?"
머뭇대던 문영이 조심스레 입을 뗐다. 그의 표정이 모호해졌다.
"……그쪽으로 생각이 기울었어요?"
"어떻게 될지 모른다고 했어. 한국에서의 생활을 어느 정도 정리해야 하는 일이라 선뜻 내키지는 않아. 그래도, 만에 하나라도 발령 간다 했을 때 네가 내 뜻을 막을 권리는 없다고 봐."
"권리 정도는 명분을 만들어서 찾을 수 있죠. 그전에 나에겐 충분한 자격이 있다고 보는데."

"……."

"우리 관계에서 내가 내세울 수 있는 자격은 어느 정도까지죠? 싫은 걸 싫다고 말하는 것도 어려운가?"

그놈의 자격 타령. 문영은 후회했다. 그때 그에게 자격을 운운하는 말을 꺼내선 안 됐던 것 같다.

"넌 너무 극단적으로 말을 하니까."

발령을 가겠다고 나서는 그녀의 앞길에 사랑스러운 서연우가 돌부리가 될 것 같았다. 그럼 싫은데, 고작 이런 이유로 서연우를 미워하고 싶진 않았다.

데이트의 분위기가 차게 가라앉는 것 같았다. 그녀의 표정 위로 만감이 떠올랐다.

사람이 이렇게 간사할 수 있나. 방금까지 좋아 죽을 지경이던 남자가 경각에 미워졌다.

나와 다르다는 이유로, 부딪치는 생각이 다르다는 이유로 감정은 너무도 쉽게 기복을 보였다.

"나만큼 권문영 씨도 극단적이에요."

그가 웃으며 말했다.

"아까도 말했지만 그런 일은 당장 일어나지 않아."

문영은 수행하는 승려처럼 인내하며 말했다. 부쩍 참을성이 좋아진 기분이었다.

그는 퍽 여유롭게 웃으며 그녀에게서 고구마를 가로챘다. 먹기 좋게 껍질을 벗기고 다시 건네주는 행동이 퍽 다정해서 그가 알다가도 모를 놈처럼 보였다.

"어차피 발령 건은 뜬소문이고."

"소문이 아니면요?"

속살이 노란 고구마는 아직 뜨거웠다. 조심해서 먹어요, 하고 뒤따른 목소리가 은은했다.
문영은 그가 쥐여 준 고구마를 보며 오래된 기억을 떠올렸다.
그가 막 고등학생이 되었을 때였던 것 같다. 그때도 물론 고집은 셌지만 이렇게까지 제멋대로는 아니었던 것 같은데.
“아니면 어쩌려고, 난 그게 궁금해요.”
“그건 내가 결정할 문제라고 봐.”
“권문영 씨한테 또 버려지고 싶지 않아요.”
“뭐?”
“……이태섭 정도는, 이제 거뜬하죠. 그 새끼가 무슨 말로 권문영 씨를 회유했는지 모르겠지만 난 지금 내 불안과 걱정이 단순한 기우는 아니라고 생각해요.”
걸음을 멈추고 연우를 보는 그녀의 초점이 흔들렸다.
버려지고 싶지 않다니. 공연히 등골이 차가워졌다.
“넌 내가 해외로 나가면, 우리가 헤어질 거라고 생각하는 거야?”
“그럴 순 있겠지만 그런 일이 있을 리 없잖아요.”
“…….”
그럴까. 가끔은 앞도 모르는 사람 일을 30초짜리 미리 보기 영상으로 확인할 수 있었으면 좋겠다는 생각이 든다.
그랬다면 태섭을 만나는 일도, 연우의 마음을 너무 늦게 확인하는 일도 없었을 텐데.
만약 그때 그랬더라면 우리는 진작 헤어지고 남이 되었을까.
바람처럼 불어온 확신이 그녀의 표정을 단단하게 했다.
서연우의 순정을 다 이해하기에는 아직 그녀의 그릇은 좁았다.
“우리가 어떻게 헤어져요, 난 그렇게 못 해요.”
차를 세워 둔 공영 주차장으로 향하는 길.
“생각해 보니 권문영 씨 말처럼 내가 가면 그만이었네요.”
그래도 괜찮을 것 같아, 말을 하며 부드럽게 어깨를 감싸 안는 그의 턱이 코끝으로 내려왔다.

부드러운 입술이 찹쌀 같은 뺨에 닿았다 떨어졌다. 아쉬운 듯 다시 한번 찾아와 길게 입을 맞추는 그가 이로 씹히는 볼을 혀로 굴려 빨았다.

타액이 묻은 뺨을 손등으로 닦으며 시원하게 웃는 그는, 기분이 날아갈 듯 좋아 보였다.

해묵은 고민거리를 깨끗하게 타파한 사람처럼, 아무런 근심이 없는 얼굴로 천연하게 웃었다.

⁂

착각. 사람들은 저와 다르다는 이유에서 쉽게 말해 혼동에 빠지곤 한다.

서연우에 대한 흔들리는 감정도 찰나였을까.

어느덧 새해가 됐다.

그때까지도 연우와 문영의 관계 전선도 무탈했다.

연애 전선 이상 무. 반대로 회사 일은 눈코 뜰 새 없이 바빠졌다.

자성의 IM 부문을 대표하는 사장부터 임원들은 물론 성산의 임원들이 한자리에 모인 연구소의 회의실에서 대대적인 프레젠테이션이 있었다.

출시 예정 제품의 출시 전 검열 작업이라고 할 수 있는 단계였다.

검역과도 같은 심문의 시간은 생각보다 무난하게 지나갔다.

임원들의 호평이 이어진 가운데 자성의 임원은 출시일 한참 전부터 소비자의 기대감을 자아낸 스페셜 S보다 훌륭한 실력을 낼 수 있을 것이라는 극찬을 아끼지 않았다.

자성의 특출 난 엘리트가 우여곡절 끝에 완성 시킨 스페셜 S는 한 달 전에 출시된 터였다.

출시된 지 얼마 되지 않아 정확한 영업 실적을 계산할 순 없었지만 생각만큼 큰 호응과 반응을 보이지 않아 벌써부터 영업 팀은 홍역을 앓고 있는 중이라고 했다.

최근에 연락한 최 대리의 말에 따르면 그랬다.

이번 제품이 출시되고 나면 그녀와 연우, 기존의 자성 사원들은 다시 본사로 돌아가게 된다.

물론 태섭이 있는 성산의 직원들도 원래의 자리로 돌아갈 예정인데 어쩐지 아쉬움이 들었다.

태섭이라면 눈에 쌍심지를 켜는 연우를 생각하면 그토록 고대하던 헤어짐이었다.

이제 와서 가슴이 몽글몽글해지는 건 그동안 이마를 맞대며 수십 번에 걸친 회의 끝에 아이디어를 창출한 팀원들과의 이별이 아쉬워서였다.

회의를 마치고, 연구소를 나서는 임원들의 가는 길을 배웅한 팀원들은 다시금 연구실로 올라왔다.

각자의 짐을 챙겨 헤어질 준비를 하는 사람들의 표정은 약속이라도 한 듯 어두웠다.

"그래도 정이 들긴 했죠. 5개월이 짧은 시간은 아니잖아요."

"그렇죠. 뭐, 헤어짐이 있어야 다시 만남도 있다고 하니 다들 너무 슬퍼하지 않았으면 해요."

"맞아요, 어차피 다 같은 업계에 있잖아요. 퇴사하고 다시 만날 수도 있는 거고요."

한 직원의 말에 멀찍이 떨어져 있던 태섭이 피식 웃으며 대꾸했다.

"지금까지 쌓아 온 퇴직금이 아까워서라도 당분간 퇴사는 피할 것 같군요."

"사실 저도 그래요. 퇴직금이라는 게 말 그대로 적금 같은 거잖아요."

“맞아, 맞아. 돈이라는 게 참 이상하죠? 내 손에 있으면 모이지가 않아요.”

난 결혼도 해야 되는데.

울상을 지으며 말하는 누군가를 곁눈질하던 연우가 아무도 모르게 그녀의 어깨를 툭 건드렸다.

“응?”

“저런 걱정은 안 해도 돼요.”

“뭐?”

“혹시라도 걱정하고 있을까 봐.”

나른한 대꾸에 문영이 무슨 말도 안 되는 소리냐며 난색을 지었다.

“아직도 미래가 안 보여요?”

“공적인 자리에서는 삼가자고 했을 텐데요.”

“글쎄요, 무조건 사적인 얘기라고는 할 수 없는 것 같은데.”

“…….”

“미래의 이야기죠, 미래의 이야기. 혹시 몰라 꺼낸 말이에요.”

“뭐라고요?”

“혹시 모르잖아. 꿈이라도 꾸고 있을지.”

씩 웃으며 아무도 모르게 그녀의 왼쪽 네 번째 손가락을 툭툭 건드리는 그가 얄궂었다.

화들짝 놀란 문영이 파일을 잡고 있는 손을 급하게 놓았다. 등 뒤로 감추는 그 순간, 하필이면 그녀 쪽으로 고개를 돌리던 태섭과 눈이 마주쳤다.

거짓말처럼 옆에 서 있던 연우가 그녀의 앞에 가림막처럼 우뚝 섰다.

잠깐의 눈 맞춤도 끔찍하게 생각하는 서연우는 변함이 없었다. 오히려 날이 갈수록 그녀에 대한 감정이 커 가는 듯했다.

새해가 돼서 서연우에게 받은 첫 선물은 반지였다. 손가락 호수를 일러 주지도 않았는데, 용케 그녀에게 딱 맞는 반지를 준비해 온 그는 사랑해요, 라는 달콤한 고백과 함께 직접 손에 반지를 끼워 주었다.

방금도 그가 손끝으로 툭툭 건드린 건 그녀의 네 번째 손가락을 차지하고 있는 반지였다.

꿈이라도 꾸고 있지는 않을까, 하는 기분 좋은 의심을 드러내며 꺼낸 말은 반지를 받고 나서 그녀의 생각에 일말의 변화가 있을 것이라는 기대감 때문일 것이다.

"내가 좋아서 주는 거예요."

"거짓말."

"맞아요, 거짓말."

그날 그는 그렇게 말했다. 새해에 맞는 눈은 첫눈도 아니었는데, 제법 낭만적이었다.

"어떻게든 묶어 두려고 수 쓰는 거예요."

"……."

"권문영 씨 혼기는 잘 모르겠지만, 난 내 혼기는 잘 챙기고 싶거든요."

사실 잘 모르겠다. 벌써 그녀는 서른두 살이 되었다. 어느덧 그렇게 되어 버렸다.

"잡을 때 잘 잡혀 주면 참 고마울 것 같아요."

해사하게 웃는 얼굴과 달리 그의 목소리에는 고저가 없었다.

그게 무슨 뜻인지 아직 이해가 안 된 문영이 지난 시간을 파헤치는 동안 태섭이 웃음기 어린 목소리로 기분 좋게 말했다.

"자, 오늘이 마지막인데 다들 회포는 풀어야죠. 가까운 곳에서 술 한 잔, 괜찮습니까?"

팀원들은 이구동성으로 네! 하며 대답했다.

누구 하나라도 약속이 있어야 현실적인데, 신기하게도 그러질 않았다.

"그럼 이 앞에서 간단하게 식사하고, 괜찮은 곳으로 이동하죠. 아, 권문영 씨와 서연우 씨도 괜찮죠?"

태섭의 질문이 두 사람에게 돌아왔다.

장대한 연우의 뒤에 가려진 문영이 잘 보이진 않았으나 개의치 않는 얼굴이었다.

뭐, 한두 번 보는 일이 아니기에 어느 정도 내성이 생긴 모양이었다.

눈으로 보지 않아도 알 수 있었다. 적대감을 드러내고 있는 연우의 얼굴이 주먹을 쥔 그의 손에 훤히 보였다.

"안 돼도 같이 가야죠, 오늘 같은 날에. 그리고 오늘은 꼭 물어보고 싶은 것도 있다고요."

함께 프로젝트에 참여했던 직원, 소희의 투정 같은 말에도 연우는 대답이 없었다.

"자성에서는 마주칠 시간이 없으니 오늘 꼭 같이 동행해 주시죠. 소중한 두 분의 시간을 빼앗게 돼서 정말 유감이지만 말입니다."

그렇게까지 말하는 소희에게 거절할 말을 마땅히 내놓지 못한 그는 어쩔 줄 모르는 얼굴을 한 채 문영을 돌아보았다. 어쩌죠? 하는 눈빛이 실망으로 축 늘어지는 게 보였다.

사실 오늘 두 사람은 프로젝트가 무사히 끝난 기념으로 가볍게 데이트를 하기로 했다.

그가 미리 알아본 와인 바에서 간단하게 술 한잔을 한 다음에 근처 호텔 객실에서 밤을 보내기로 했는데.

"어쩔 수 없지."

나직한 그녀의 말에 그의 표정이 불퉁해졌다.

"내일, 내일, 놀아요. 우리."

그런 그를 달래는 건 여전히 그녀의 몫이었다.

언제였던가. 사이코패스 성향을 지닌 사람들을 주로 한 영화를 보고 나오는 길, 해외 발령 건으로 그와 언쟁을 벌였었다.

말싸움이라고 하기엔 넉살 좋은 서연우 덕분에 가볍게 끝날 수 있었던 그 다툼이 있고 나서 그와는 단 한 번도 이렇다 할 다툼이 없었다.

서연우도 더는 일어나지도 않은 문영의 해외 발령 문제를 언급하지 않았다.

문영도 더 말이 없는 그의 침묵을, 침묵으로 받아들였다.

"내일 실컷 놀아요."

"실컷?"

사람들의 부탁 같은 물음에 대답도 잊은 그가 빙그레 웃으며 입속말로 속삭였다. 그의 시선이 자신의 재킷 끝자락을 소심하게 붙잡고 있는 그녀의 손에 닿았다 떨어졌다.

"어떻게 실컷?"

"서연우 씨가 하고 싶은 대로. 우선 대답부터."

"응?"

둘만의 세상인 양 대화를 주고받는 두 사람을 곱지 않은 시선으로 쳐다보던 소희가 기어이 목청을 높였다.

"아! 서연우 씨! 제 말에 대답 안 할 거예요?"

까무러치게 놀란 문영이 퍽 그의 등짝을 내려쳤다. 화들짝 놀라 다시 고개를 돌린 그에게서 느리게 대답이 떨어졌다.

"네, 괜찮습니다."

그의 대답을 들은 그녀가 만족스럽게 미소 짓는 얼굴이 보였다. 이상한 건 누구 하나 문영에게는 의사를 묻지 않았다는 것.

그 이유를 문영은 멀지 않아 알게 되었다.

"그러니까 권 대리님, 서연우 씨랑 사귀는 사이 맞잖아요."

가까운 고깃집에서 배를 채우고 2차로 술집을 찾은 문영의 시선은 연신 떨어져 앉은 연우를 향했다.

그의 맞은편에 태섭이 앉아 있었는데, 그 익숙한 투 샷이 그녀에게 쓸데없는 불안감을 키워 주었다.

또 시시콜콜한 이야기로 시비가 붙어 살벌한 언쟁을 하는 게 아닌가 걱정이 되었다.

다행히도 그들의 분위기가 퍽 나빠 보이지는 않았다.

내내 그들의 눈치만 살피느라 정작 자신에게 닥친 위기는 어떻게 해결할 것인지, 그 방법을 궁리하지 못했다.

"네?"

모르는 척 눈을 동그랗게 뜬 채 되묻는 그녀를 보며 소희가 킬킬 웃었다.

"저 다 알아요, 두 분 보통 사이 아니라는 거."

"……."

"괜찮아요, 권 대리님. 저 예전에 다니던 직장에서도 사수랑 부사수, 유명한 사내 커플이었거든요. 흔한 일인데 부끄러워하실 필요 없어요. 물론 권 대리님이 일만 사랑하는 지독한 워커홀릭인 줄 알았는데, 그게 아니었단 사실이 조금 의외이긴 하지만."

그러다 아차 싶었는지 그녀가 두 팔을 번쩍 들었다.

"아! 오해는 하시면 안 돼요. 그러니까 그게 나쁜 쪽으로 의외라는 게 아니라, 권 대리님한테서 낯선 인간미가 느껴지니까, 그러니까 그게……!"

"아."

"그런데 소희 씨 말이 사실이긴 한가 봐요? 권 대리님, 아무런 말이 없으시네요?"

마침 주변에 있던 김 대리도 두 사람의 대화에 작정하고 끼어들었다.

"못 보던 반지도 끼고 다니고."

"서연우 씨랑 같은 반지 아니에요?"

"대박!"

그녀의 얼굴이 수줍게 물들었다. 답지 않게 부끄러움을 타는 문영이 쥐고 있던 포크를 내려놓고, 테이블 아래로 손을 감췄다.

멀리서 그 모습을 지켜보고 있던 연우가 그녀의 곁으로 다가온 건 그때였다.

"대리님, 입에 안 맞아요? 역시 다른 곳으로 갈 걸 그랬죠."

괜찮은 타이밍인 건지, 아니면 이렇게 될 운명이었는지 모르겠다.

아마 문영의 맞은편에 앉은 두 사람의 눈에는 서연우의 나른한 표정이 기겁을 하고 있는 얼굴로 보였을 테다.

잘 먹다가 뚝 식음을 끊은 그녀가 걱정스러운지, 문영을 보는 그의 눈빛이 촉촉한 강아지의 눈망울처럼 측은해졌다.

처연한 연기만큼은 일품이었다. 문영은 평소보다 더 노골적으로 자신을 바라보는 연우의 어깨를 슬쩍 밀어냈다.

"뭐 먹고 싶어요?"

있다고 말하면 전국을 돌아서라도 그녀의 앞에 대령할 기세였다.

가까이 다가오는 얼굴이 부담스러웠다. 이런 식으로 허무하게 팀원들에게 자신의 연애 사실을 밝히는 것도 민망했지만 멀리서 지켜보는 태섭의 시선도 불편했다.

잘 지내고 싶다, 그렇게 말한 태섭에게 아직도 마땅한 대답을 해 주지 못한 터였다.

하지만 저돌적으로 제 곁에 온 연우의 행동만으로 이미 충분히 그녀의 답변을 들었을 것이다.

그렇게는 못 하겠다고.

"아니, 언제부터예요? 대체 언제부터 이렇게 된 거야?"

김 대리와 소희는 자성에서 한솥밥을 먹는 가족애와 동료애를 키워 그들만 들을 수 있는 목소리로 말했다.

거의 소곤대다시피 하는 말은 술에 취한 옆 사람이 듣기에는 너무도 작았다. 고마워해야 할지, 난감해해야 할지 모를 상황이었다.
문영이 멋쩍은 표정을 지으며 연우를 바라보자 그가 그녀를 대신하여 김 대리를 바라보았다. 고개를 갸웃대는 그는 노골적으로 모르쇠를 부렸다.
"그게 중요할까요?"
최대한 정중하게 꺼낸 말이겠지만 그녀의 귀에는 깊이 알 생각 말라는 경고처럼 들렸다.
"궁금한 거죠, 일밖에 모르는 권 대리님을 어떻게 확 자빠뜨린 건지."
"자빠뜨린 적 없는데."
"네?"
귀엽게 눈을 뜨며 자신을 바라보는 소희를 연우는 확 식은 눈빛으로 바라보았다. 똑똑히 보았다. 그의 미간에 미미한 금이 그어졌다.
"그럼 다치잖아요, 자빠뜨린 적 없어요."
걸고 잡아 안아 줬으면 모를까.
"뭐야, 서연우 씨 보기보다 당돌한 남자였네요? 더 매력 있어."
호들갑스러운 소희가 가득 채워진 술잔을 들고 건배를 유도했다. 어쩔 수 없이 술잔을 든 문영의 무릎을 그가 부드럽게 감쌌다. 적당히 마시라는 신호였다.
문영은 그의 채근 같은 손길을 외면했다. 그동안 고생한 팀원들과 함께하는 만큼 무작정 잔을 빼고 싶진 않았다.
그녀의 뜻을 모를 리 없는 그가 탄식 같은 한숨을 내쉬며 덩달아 잔을 들었다.
"그나저나 어떡해요, 서연우 씨 전 사에서 인기 많잖아. 서연우 씨랑 어떻게 좀 해 보려는 여직원들 엄청 많은데, 그분들이 알면 서운해하겠어요."
아. 그러고 보면 그랬다.

몇 달간 정신없이 일만 한 탓에 전 사에 횡행한 그의 인기를 까맣게 잊고 있었다.

"하긴, 다들 권 대리님이라면 할 말은 많아도 하지 않을 수밖에 없겠죠."

"그나저나 권 대리님은 괜찮겠어요? 조 대리님, 상심이 꽤 크겠는데."

눈치가 없는 김 대리의 발언에 연우의 표정이 확 굳어졌다. 태섭이 나타나기 전까지 연우의 적수는 안 되더라도 그의 눈엣가시는 분명 조 대리였다.

노골적으로 그녀에게 구애하던 조 대리를 연우는, 처음부터 아니꼽게 여겼던 것 같다.

아주 예전에 그가 했던 말을 떠올리면 분명 그랬다. 또 평소 그의 성격을 떠올리면 조 대리를 적대시하지 않을 리가 없는데.

"그분은 등외의 존재죠. 굳이 언급할 필요가 없는."

"아. 아? 그런가요?"

"하긴, 비주얼로는 서연우 씨 적수가 못 되지. 미안하게 됐어요, 조 대리님."

뭐가 그리 좋은지 소희는 입가를 가린 채 쿡쿡 웃기 바빴다. 대화는 한참 동안 두 사람의 주제로 돌아갔다.

술자리가 막바지에 다다랐을 때였다. 잠시 다른 테이블로 옮겨 갔던 연우가 얼마 지나지 않아 다시 그녀의 곁으로 다가왔다.

"이태섭 씨랑 무슨 이야기 했어?"

내내 태섭의 곁에 있던 연우가 신경 쓰여 무심코 묻는 말에 그가 가볍게 어깨를 으쓱거렸다.

"응."

"어떤 얘기?"

"내 걱정돼서 묻는 거면 괜찮은데."

"대답하기 싫어서 그러는 거라면 나도 괜찮아."
꼭 듣고 싶어 물은 건 아니니까.
"속 좁은 놈이라고 생각해 줘요. 난 권문영 씨 앞에서 이태섭 부장님의 이름은 언급하고 싶지 않아요."
"방금 언급했는데."
"아. 그러네요."
부드럽게 웃는 그가 그녀의 어깨에 묻은 머리카락을 떼어 주었다. 그 모습을 대수롭지 않게 여기는 사람들도 있었지만 그렇지 않은 인물들도 있었다.
그중 한 사람이 태섭이었다. 그는 자리가 파할 때까지도 굳건한 시선으로 그녀를 바라보았다.
해산 직전에 이른 팀원들은 각자의 길을 떠나기 전 부리나케 휴대폰을 꺼냈다. 대리 기사를 기다리는 사람이 더러 있었지만 몇몇은 콜택시를 기다리고 있었다.
아마 태섭은 전자였으리라. 먼저 돌아서는 연우를 한 번, 그리고 문영을 한 번 바라본 그가 희미하게 미소를 지었다.
"그동안 수고하셨습니다."
언제나 헤어짐은 아쉬운 법이었다. 그의 말 한마디에 억지로 묻어 놓은 감정이 속절없이 떠올랐다.
그의 마음과 상통한 아쉬움일까. 더는 예전으로 돌아갈 수 없는 관계에 대한 안타까움? 정의를 내릴 순 없으나 그것과 비슷한 감정이라는 건 문영도 알고 있었다.
문영은 대답 없이 태섭을 바라보았다. 곁에 있는 연우도 잊은 채, 꽤 오랫동안.
잘 지냈으면 좋겠다는, 자존심을 무기처럼 내세우던 남자의 입에서 흘러나온 연우의 이름은 아마 평생토록 잊지 못할 것 같았다.
그렇지만 다시 만날 일은 없을 것이다.

그때, 순간 태섭과 눈이 마주쳤다.

"갈까요?"

그와 나누는 시선을 잘라 내듯 연우가 만류하는 투로 말했다.

"네, 그러죠."

대답과 함께 돌아서는 그녀가 느리게 눈을 깜빡였다. 전할 수 없는 무수한 말을 눈빛으로나마 전하고 싶었다.

부디 당신도 잘 지냈으면 좋겠다고.

오랜 시간 묵혀 두었던 책의 마지막 장을 덮은 기분이었다. 속독하기에는 너무 많은 양의 이야기였다. 다 헤아리기에는 그녀에게 어려운 책이기도 했고.

그러나 결국 종지부를 찍었다.

잘 지내요. 속말을 삭이며 돌아선 문영은 그대로 연우와 함께 큰 길가를 따라 걸었다.

등 뒤로 태섭의 시선이 꽤 오랫동안 따라붙었던 것 같다.

여전히 이태섭은 마음에 안 드는 존재였다. 지구상 통틀어 그가 가장 증오하는 남자라고 해도 과언이 아니었다.

연우는 2차로 자리를 옮겨 와서도 굳은 얼굴이었다. 모처럼 문영과 뜻깊은 시간을 보낼 생각에 없는 날개까지 펼쳐 푸드덕거리던 그에게 팀원들과의 회식 소식은 날개뼈를 우득우득 부실 정도의 충격적인 소식이었다.

표정 관리가 될 리 없었다. 며칠간 인터넷 검색을 해 가며 알아본 맛집 탐방 계획이 그대로 물거품이 되어 버렸으니까.

"내가 주도한 오늘 이 자리가 서연우 씨에게는 독이었나 봅니다."

게다가 그의 앞에는 거들떠보기도 싫은 태섭이 있었다.

"사약이죠, 죽으라는."

피식 웃으며 잔을 채워 주는 그의 태연함마저 싫은 연우의 입가가 딱딱하게 굳었다.

"그럼 성공했네요, 그러려고 만든 자리거든."

"안타깝네요, 이쪽은 순순히 뜻을 따라 줄 생각이 없어서."

"서연우 씨는 매일 보는 사람이잖아. 오늘이 마지막인데 이해 좀 부탁하죠."

"유감스럽게도 부탁을 들어줄 만큼 타인에게 이타적인 사람은 아닙니다만."

그의 말에 잠시간 연우와 눈을 맞춘 태섭이 다시 미소 지었다.

"손에 못 보던 게 있습니다."

"저한테 관심이 많으시네요."

"그런 건 아니고. 자연히 눈길이 가서."

"스토킹이 습관화가 됐다고 돌려 말씀하시는 걸 보면 퍽 좋은 성정은 아니신가 봅니다."

진작 알아보긴 했지만.

"결혼까지 생각하는 겁니까?"

연우의 표정이 더더욱 어두워졌다. 꼬치꼬치 캐묻는 그의 질문이 무례하다는 생각이 들었다.

정조를 지키는 선비처럼 참을성 있게 술잔을 비우던 서연우가 모든 행동을 멈춘 채로 그를 바라보았다.

결혼이라, 글쎄.

자신과의 미래를 전혀 꿈꾸지 않는 무심한 여자의 마음을 알고 싶었다. 나만 좋아 이어 가는 인연이라는 느낌. 그마저도 그녀이기 때문에 좋아 미치겠지만 조금은 서글펐다.

굳이 그 씁쓸한 속내를 다른 사람도 아닌, 태섭에게 알리고 싶지 않았다.

“잘 지내요.”

말끝에 그가 멀리에 있는 문영에게로 시선을 돌렸다. 연우의 눈썹이 꿈틀거렸다. 단전에서 올라온 화가 머리에 꽉 차는 느낌이었다.

“그거 압니까? 한때는 서연우 씨가 이랬습니다.”

“…….”

“도둑놈처럼 창밖으로 지켜보다가 언제 그랬냐는 듯 불을 끈 침실 커튼 뒤로 숨어들기 바빴죠. 내가 모를 줄 알았겠지만.”

“……정말 스토킹이라도 했습니까?”

그렇게 묻는 연우는 진심이었다.

“관찰력보다는 수사력에 가까운 관심 같은데. 아니면 취조라도 하는 겁니까?”

이제 와서 무슨 대답이 듣고 싶은 건데?

“퉁 치자는 말입니다. 서연우 씬 내가 지금 권문영 씨를 쳐다본다는 게 기분 나쁜 거잖아.”

“그래.”

……요.

치졸하지만 들릴 듯 말 듯 작게 말을 덧붙였다.

“제가 원래 숨기는 걸 잘 못 합니다. 표정 연기에 능숙한 편도 아니고.”

“무슨 소리, 서연우 씨 정도면 연기 천재지.”

이번에는 태섭이 선선하게 미소 지었다. 그를 약 올리거나 비아냥거릴 의도가 전혀 보이지 않는, 감정이 허물어진 사람처럼 편안하게 웃어 보이는 태섭이었다.

그런 그를 연우는 여전히 굳은 얼굴로 바라보았다.

“10년 넘게 짝사랑했던 사람치고 내가 본 서연우 씨의 표정은 퍽 태연했습니다.”

“내 얼굴이 이태섭 부장님과 엇비슷했다는 겁니까?”

별로 믿고 싶진 않은데.

"그래 보입니까?"

"그래 보입니다."

피식 웃음을 깨문 그가 술병을 든 손을 연우 쪽으로 뻗었다. 자존심 상하지만 어쩔 수 없지. 연우는 마지못해 양손으로 잔을 들었다.

"그래도 걱정 마요, 허튼짓할 생각 없으니까."

하, 뭐?

순간 귀를 의심했다.

"이것도 퉁 치기로 하죠. 배타적인 나는 미련하게도 혼자 서연우 씨를 상대로 고군분투했던 거지, 정작 그 시절의 서연우 씨는 정정당당했으니까."

그는 억지로 애인이 있는 그녀를 비겁한 방법으로 흔들지 않았다. 문제는 늘 제게 있었다. 일곱 살이나 어린 남자에게 알 수 없는 위기의식을 느꼈으니까.

연우는 잘 모르겠지만 두 사람은 비슷한 성향을 지니고 있었다.

"할 수가 없죠, 허튼짓. 하게 둘 생각이 없으니까."

"청첩장은 받아 볼 수 있는 겁니까? 뭐, 줄 마음도 없겠지만 설령 받았다 해도 갈 생각 없습니다."

"……."

"내 가슴에 비수를 꽂는 건 한 번으로 족하죠."

물끄러미 태섭을 바라보던 연우는 시선을 돌려 멀거니 떨어진 문영을 가만가만 지켜보았다.

술기운에 붉어진 얼굴은 그녀와 첫 관계를 가진 어느 날을 떠올리게 했다. 붉은 홍조가 띤 얼굴로 감은 속눈썹을 떨 때면 더없는 사랑스러움에 미친놈처럼 입을 맞췄다.

흩뿌리듯 얼굴 곳곳에 자잘한 키스를 남기면 바르작거리며 미약하게 웃음소리를 내던 그녀였다.

갖지 못해 애가 타던 그 사람.

그녀의 옛 남자와 겹상하는 순간이 죽을 만큼 싫은 건 당연했다.

할 수만 있다면 그녀가 기억하는 태섭의 존재를 완벽하게 지워 버리고만 싶었다.

그녀의 과거에 자신은 티끌 같은 존재였을 테니, 아무렴. 모조리 밀어 버리고 싶었다.

충동적으로 튀어 오르는 감정은 마치 불꽃과도 같았다. 지금도 그랬다.

"고맙습니다."

그렇지만 한 발자국 물러나 차분하게 생각을 정리하자면, 그녀와 이렇게 되기까지 태섭의 공이 큰 건 사실이었다.

"진심입니다."

그때 그가 그녀의 연락을 받지 않아서, 그녀에게 있어 아픈 추억으로 남아 주어서.

"그렇게 헤어져 줘서, 고맙다는 말입니다."

태섭의 눈이 커졌다. 잠시 굳어 있던 태섭이 이내 소리를 내어 웃었다.

정말이지 서연우는 못 이길 남자였다. 이렇게 얄미우면서도 부러운 남자는 또 처음이었다.

천군만마를 얻은 사람처럼 득의양양한 그는 세상을 손안에 거머쥔 영웅 같았다.

그의 곁에 있는 권문영 효과였을까.

반면 연우는 그의 머릿속을 다 들여다보지 못했다. 그럴 생각도 없었을뿐더러 설령 보이더라도 눈을 감고 귀를 막을 생각이었다.

하지만 어쩐 일인지 더 이상 그는 이렇다 할 말이 없었다.

그저 수고했다는 말로 그와의 대화를 갈무리 지었을 뿐.

✤ ✤ ✤

"김 대리님이 눈치챘나 봐요."

집으로 돌아가는 길. 가로등 빛 아래를 거니는 그녀의 손을 잡고 뺨에 부드럽게 입을 맞추는 그가 말했다.

"대놓고 같은 반지를 끼고 있는데, 모르는 게 이상하지."

"그래서 싫어요?"

"아니. 그럴 리 없잖아."

문영의 대답이 마음에 드는지 연우의 미소가 깊어졌다.

"오늘 같이 있고 싶은데, 내일이 기대돼서 참을까 봐요."

술을 깰 겸 조금 걷는다는 게 차를 세워 둔 주차장과 멀리 떨어진 곳까지 오고 말았다.

혹 그녀가 추울까, 잠시 문영을 세워 두고 잘 여며 둔 코드를 열었다. 품 안에 쏙 들어오는 그녀를 안고, 얼굴을 내렸다.

코끝을 맞댄 채로 빤히 그녀를 바라보는 그가 은은한 눈웃음을 지어 보였다.

사실 거창한 데이트는 필요 없었다.

그녀와 함께 걸으며 남기는 발자취가, 입을 열어 나누는 사소한 대화의 시간이 그에게는 그 어떤 순간보다 뜻깊은 시간이었으니까.

"술 냄새."

장난스레 코를 킁킁대는 그가 부러 콧잔등을 구겼다.

"피차일반이지, 뭐."

"아쉽네요, 원래 나에겐 권문영 냄새가 진하게 배어 있어야 하는데."

"무슨 말을."

"내가 뿌린 정액 냄새가 덜하네요, 요즘은."

그러니 마지막까지 이태섭 같은 놈이 그녀를 눈독 들인 거겠지.

그답지 않은 일차원적인 생각이었다. 요즘 그가 하는 일을 생각하면 자신이 생각해도 어처구니없는 발상이긴 했다.
"많이 바빠 그런 거니 서운해도 이해해 줘요."
"뭐, 그런 걸로. 굳이 말 안 해도 다 이해해."
"고맙네요, 요즘 통 정신이 없었어."
문영의 표정이 아리송했다.
"우리 연애가 난잡해? 정신없을 일이 뭐 있어?"
"걱정해 주는 거예요? 나 기분 좋게?"
고양이 같은 얼굴로 강아지 같은 눈을 한 그녀가 얼마나 예쁜지 본인은 모르는 모양이다.
"전에 말했잖아요."
그가 부드럽게 미소 지으며 말했다. 자연스레 따라오는 손이 그녀의 턱선을 쓸었다.
"이런 얼굴로."
붓처럼 유려하게 움직이는 손은 그녀의 눈가에서 멈췄다.
정성스레 어루만지는 손길에 뭔가 떠오른 사람처럼 놀라는 그녀의 얼굴 위로 당혹감이 스쳤다. 뭘 생각했던 건지, 그에게는 자신의 생각만이 정답이었다.
"그런 눈을 하고 쳐다보면 나처럼 충동적인 놈은 발기할 수밖에 없다니까요."
품에 안긴 채로 삐죽 고개만 들고 있는 그녀가 너무나 사랑스러워 참을 수 없었다.
즉각 반응하는 남성도 마찬가지였다. 자연스럽게 그녀가 기대고 있는 온몸에 바짝 힘이 들어갔다.
"후."
겨우겨우 참아 낸 사람처럼 짧게 한숨을 내쉰 연우가 고개를 내렸다.
이러면 안 된다는 걸 아는 사람치고 그의 행위는 거침없었다.

쪽, 쪽. 군데군데 입맞춤을 뿌리는 그의 입술이 이마에서 관자놀이로, 턱끝으로, 콧방울로 향했다. 살며시 감은 눈두덩에 닿았을 때 귀여운 그녀의 속눈썹이 파들파들 떨렸다.

"왜 정신이 없어?"

태연한 척 묻는 그녀의 말결에 떨렸다. 사려 깊은 서연우니까, 그녀의 속내를 알면서도 모르는 척해 줘야겠다.

시원하게 웃는 그가 입을 뗐다.

"일이 많아요."

그녀가 가장 좋아하는 목소리로, 나긋나긋하게.

"무슨 일? 프로젝트도 끝났는데 무슨 일이……."

그때였다. 코트 주머니 속에 넣어 놓은 전화가 울렸다. 대충 꺼내 액정만 확인했다.

"누군데?"

"여자."

"응?"

잘못 들었다는 듯 되묻는 그녀의 표정에 숨길 수 없는 불쾌감이 드러난 건 의외였다.

그 모습조차 사랑스러웠다.

피식 웃으며 문영의 입술을 살짝 깨문 그가 속삭였다.

"어머니."

조금 경직된 듯한 그녀의 손을 꼭 감싼 그가 잠시 멈춘 걸음을 재촉했다. 부지불식간에 찌푸린 표정을 고친 문영이 멋쩍은 듯 헛웃음을 지었다.

"안 받아도 돼?"

"응. 시간이 몇 시인데요."

"그래도."

"자는 줄 알겠죠, 내일 연락하면 돼요. 무엇보다 지금은 그게 중요한 게 아니에요."

"응?"

술이 들어가면 평소보다 무던해지는 여자는 아직 모르는 모양이었다. 태섭을 상대할 때와 다른 의미로 머리에 피가 찬 그의 상태를.

단전 아래가 뻐근할 정도로 볼록하게 선 그의 것을 느끼기엔 옷이 제법 두꺼웠다. 만만치 않게 두꺼운 바지 안 존재감을 자랑하는 제 것을 힐끔 살피는 연우를 따라 그녀의 시선이 아래에 닿았다.

앞섶에 감춰진 그것에 그녀의 눈길이 닿은 것만으로도 등골이 짜릿했다.

정말 이럴 수 있나.

그녀의 손을 감싼 그의 손에 힘이 들어갔다.

"어떡하죠."

나 너무 아픈데.

아프다는 말관 다르게 씨익 웃어 보인 그가 톡톡 그녀의 입술을 건드렸다.

"입술은 따듯하네요. 물고 빨아 주길 잘했죠."

"넌 귀가 빨간데."

주홍빛 조명 아래에 선 탓일까. 붉게 물든 그녀의 얼굴이 너무도 또렷했다.

아, 정말 미치겠다. 꿀렁대는 성기가 분을 이기지 못하고 조금씩, 조금씩 속옷을 적시는 게 여실히 느껴졌다.

참아야 하는데, 좀처럼 쉽지가 않았다.

"권문영 씨도."

순진한 얼굴을 한 그녀를 보며 아무것도 하지 않을 수 없었다. 고개를 숙인 그가 그녀의 아랫입술을 부드럽게 빨았다.

"권문영 씨 혀도 빨개요."

먹고 싶게.

뭐든 빨간 건 예뻤다.

그녀가 좋아하는 장미도, 그녀의 뺨도, 입술도.

노골적인 말에 당황한 그녀가 귀여워 입술을 맞댄 채 길게 혀를 내밀어 빨았다. 비틀대는 문영의 손목을 잡아끌어 단단한 품 안에 가둬두었다. 부드럽게 풀어진 머리카락 사이로 손을 넣어 꽉 뒤통수를 잡아당겼다.

머뭇대는 혀를 찾는 그의 혀가 너무도 쉽게 입술을 가르고 벌렸다.

질끈 눈을 감은 문영을 보며 미소를 머금은 서연우는 지금의 사정감을 조금 늦춰 보기로 했다.

발정이 난 짐승처럼 당장 제 좆을 꺼내 놓기에 아직 주변은 밝았고, 날은 추웠다.

부드럽게 입을 맞추던 그가 그 상태로 입술만 떼어 냈다.

"우리, 얼른 집에 갈까요?"

말은 그렇게 했지만 집에 도착할 때까지 참을 수 있을지는 아무도 모르는 일이었다.

✦ ✦ ✦

밤새 침대 위를 뒹굴었다 생각하면 온몸에 열이 올랐다.

적당한 술기운이 사람을 미치게 한다는 사실을, 문영은 간밤의 질펀한 정사로 깨달은 바였다.

적당한 이성과 적당한 본능이 끊임없이 충돌해 더한 것을 갈구한다는 건 모두가 아는 세상의 이치였을까.

목에 두른 캐시미어 머플러를 실없이 만지작대는 문영은 처음으로 계절에 감사했다.

짧고, 얇은 옷을 입어야 하는 여름이었다면 연우가 제 몸 곳곳에 새겨 놓은 흔적들이 고스란히 다른 사람들의 눈에 띄었을 테니까.

차량 히터를 세게 틀어 놓은 탓에 답답하긴 했지만 고집스레 머플러를 착용하고 있는 건 옆에 앉은 서연우 때문이었다.

"집이 좋죠, 따뜻하잖아요."

동이 틀 때까지 지치지 않는 그를 상대하느라 초췌해진 그녀와 달리, 그렇게 말하는 서연우의 얼굴에는 생기가 넘쳤다.

대부분 사람들은 프로젝트를 성공리에 마무리 짓고 본사로 돌아가는 그가 들떠 그러는 것이라고 생각하겠지만 결단코 아니었다.

"그럼 이렇게 겹겹이 입지 않아도 될 텐데."

확연히 달라진 그의 목소리가 지난밤, 그녀가 보았던 모습처럼 색정적이었다.

"다 벗고 있어도 되잖아요."

그럼 큰일이지. 오늘 같은 일이 또 있어선 안 된다는 생각이 들었다.

일에 지장을 줄 게 뻔하니까.

출근 전, 서연우의 집에 들렀다. 옷을 갈아입고 나온 그는 똑같은 반지를 끼고 나란히 출근을 하는 두 사람을 보며 사람들이 의심하지 않을까, 걱정하는 그녀에게 시답잖은 농담을 건네고 있었다.

정말 농담인지 아닌지는 모르겠다. 슬쩍슬쩍 돌아볼 때마다 자신을 보고 있는 서연우의 눈빛은 무척 진중했다.

"카풀 핑계가 마음에 안 들어요?"

"마음에 안 들 게 뭐 있어. 그것보다 나은 핑곗거리가 없는데."

지금으로써는 카풀만이 최선이었다.

"그냥 우리 사이에 대해 일러 주면 되는 건데. 쉬운 길을 어렵게 돌아가야 하는 이유라도 있어요?"

어차피 김 대리와 소희 씨도 알고 있잖아.

"그렇긴 한데, 다수가 아는 거랑 소수만이 아는 건 또 다르니까."

연우는 모르겠지만 일전에 최 대리를 따로 만난 문영은 그녀에게 그와의 관계에 대해 솔직하게 이실직고했다. 그녀의 연인이 된 성 대리가 아는 건 당연한 일이었다.

이렇게 한 사람, 한 사람 늘어나게 되면 큰일이었다. 한 입이 두 입 되고, 두 입이 세 입이 되어 언젠가 두 사람을 집어삼킬지도 모르니까.

문영은 누군가의 가십거리가 되고 싶지 않았다.

그저 조용하고 무난하게 회사 생활을 하고 싶은데, 아무래도 서연우는 저와 생각이 다른 모양이었다.

그리고 연우는 그런 문영이 전혀 이해가 되지 않는 듯했다.

"그나저나 권문영 씨는 오늘도 너무 예쁘네요."

거짓말이었다. 퉁퉁 부은 입술, 그가 짓궂게 깨문 탓에 상처가 난 귓불까지.

덕분에 오늘은 귀걸이를 착용하지 못해 평소보다 그녀의 미모가 빛을 발하지 못하는 상태였는데.

"조금 더 못생겨도 나쁘진 않을 것 같은데."

이상하지, 옆에서 그렇게 말해 주는 그가 어이없어 헛웃음이 나는데도 기분은 퍽 좋았다.

상쾌한 아침이었다.

세 살 어린 연인의 눈에는 한 살 더 먹은 그녀가 여전히 아름다워 보이는 모양이었다.

회사로 가는 길. 어느 때보다 잔뜩 긴장한 문영은 마치 첫 출근이라도 하는 기분이었다.

회사 주차장에 차를 세우고 사원증을 챙겨 엘리베이터 쪽으로 걸어갔다. 어떻게든 서연우와 데면데면한 척하려 몇 보 떨어져 걷는데 미약하게 진동이 울렸다.

가방을 열어 휴대폰을 꺼내니 막 엄마에게서 연락이 왔다.

"휴."

맞선, 맞선 노래를 부르는 엄마가 이번에는 타령이라도 할 생각인가. 벌써부터 한숨이 나왔다.

다시 전화를 걸려는 찰나, 딩, 작은 진동과 메시지가 도착했다.

한 달 전 베트남으로 넘어와 사업을 확장하려는 아버지를 내조하고 있다는 엄마의 메시지를 조용히 눈으로 읽었다.

"안 가요?"

잘 걷다 자리에 멈춰 굳은 그녀에게 연우가 걱정스런 투로 물었다.

"아, 네. 갑니다."

다시 휴대폰을 넣어 두고 잰걸음으로 그를 좇았다.

요즘 엄마가 이상하네, 하는 메시지의 마지막 문장이 신경 쓰였으나 정신없는 회사 일에 치여 까무룩 잊고 말았다.

24장

"금의환향이야, 금의환향."

프로젝트를 마무리 지은 어제부로 연구소 출근은 끝이 났다.

모처럼 찾은 본사 부서실에 발을 들이기 무섭게 기다렸다는 듯 윤 차장이 두 사람을 반겼다.

입사 배정을 받고 처음 그를 독대했던 문영은 그때 그 기억이 찰나적으로 머리를 스치자 묘한 감회를 느꼈다.

입사한 지 1년도 안 된 연우의 옆에서 느끼기엔 조금 부끄러운 감정이긴 했다.

"금의환향이라뇨. 과찬이세요."

"과찬이긴, 당연한 말이지. 두 사람이 우리 부서를 대표하는 얼굴이야. 얼굴! 하하하!"

호탕하게 웃는 윤 차장은 몹시 기분이 좋아 보였다.

오래간만에 만나는 부하 직원들이 그저 자랑스러운 그는 아직 두 사람의 왼손 네 번째 손가락에 걸린 반지를 확인하지 못한 듯싶었다.

물론 공손하게 양손을 모은 채로 서 있는 문영은 그가 반지를 확인할 수 없도록 오른손으로 슬쩍 왼손을 가리고 있었다.

윤 차장과 그런 그녀를 번갈아 쳐다보던 연우는 피식피식 터지는 웃음을 노골적으로 흘리고 있었다.

윤 차장의 거창한 환영 인사를 받으며 자리로 돌아온 문영은 돌아오기 무섭게 업무 파일을 건네주는 박 과장의 행동에 흠칫 놀랐다.

"권 대리 줄 거 아니니까 너무 놀라진 말고. 옆에 서연우 씨 거야."

이내 무심한 듯 아닌 듯, 자신만의 방식으로 반가움을 드러내는 박 과장을 보며 문영은 조용히 웃어 보였다.

"프로젝트까지 마치고 온 신입에게 이 정도가 뭐, 일이겠어?"

문영은 자신의 짐을 조금이나마 덜어 주려는 그의 배려이겠거니 생각했다.

"네, 뭐. 그 부분은 제가 다시 한번 검토한 후에 결정하겠습니다."

"뭘 또 검토를 해, 내가 어제 다 살폈어."

"그래도요. 서연우 씨가 혼자 하기엔 꽤 많은 양이잖아요? 적당히 추려서 전달하겠습니다."

"하여튼, 틈이 없어요. 틈이 없어."

툴툴대는 그가 그녀에게서 시선을 거두기 무섭게 지정석에 앉아 문영의 지시를 기다리고 있던 연우가 콕콕, 어깨를 두드렸다.

홱 돌아보자 가까이서 빤히 자신을 바라보는 연우가 무게감이 느껴지는 파일을 눈짓으로 가리키며 말했다.

"저 주시죠."

라고 말이다.

기분 좋은 새 시작이었다.

내 편이 이렇게나 많을 수 있다는 사실에 새삼 감사한 하루였다.

✧ ✦ ✧

점심시간이 되자 기다렸다는 듯 김 대리와 같은 팀 사원들이 일제히 문영에게 몰려들었다.

최 대리와 성 대리는 두말할 것 없었고, 의외의 인물까지 나타나 그녀를 황당하게 했다.

“나 정말 권 대리가 그럴 줄 몰랐어.”

느닷없이 눈물 바람을 일으키며 찾아온 조 대리가 소녀 감성에 젖어 코를 훌쩍거렸다.

당황해하는 그녀는 안중에도 없는지 그는 자신의 말만 남기고 홀연히 사라졌다.

“김 대리한테 다 들었어. 평생 안 갈 줄 알았는데, 그래서 내가 아니더라도 안심할 수 있었던 건데. 어떻게……. 하.”

사람들은 그런 조 대리를 이상한 눈빛으로 쳐다보다가 언제 그랬냐는 듯 반색한 얼굴로 그녀를 바라보았다.

사람들에게 둘러싸여 미처 연우를 발견하지 못했는데 한참 지나 돌아본 그의 주변에도 만만치 않은 인파가 몰려 있었다.

대부분이 사내 여직원이라는 건 묘하게 그녀의 심기를 불편하게 만들었다.

더군다나 인사 팀의 하연은 아직도 그를 염두에 두고 있는 모양이었다.

“서연우 씨, 이거 좋아하시죠?”

말과 동시에 그에게 테이크아웃 잔을 건네는 하연을 주시하다가 연우를 슬쩍 바라보았다. 과연, 그가 어떤 반응을 보일지 궁금했다.

“아.”

한숨 같은 탄식 끝에 손을 뻗은 그가 잔을 받으려다 화들짝 손을 뗐다.

“뜨겁네요?”

“네. 뜨거운 커피 좋아하시잖아요.”

“아뇨, 전 아이스만 취급해서요.”

웃는 낯이나 말씨는 퍽 친절했지만 잔을 밀어내는 손길은 영 그렇지 못했다. 보란 듯 왼손을 뻗어 휘이, 휘이 손까지 저어 대는 그의 모습에 문영은 풋, 웃음이 나왔다.

웃음소리가 제법 컸는지 졸지에 사람들의 이목이 그녀에게 집중됐다.

멋쩍은 문영은 아니라는 말을 둘러대며 다시 지연을 올려보았다. 그동안 사내에서 일어난 일을 일목요연하게 털어놓는 그녀의 말에 이상하게 집중이 되지 않았다.

온몸의 신경이 자석에 끌리기라도 하듯 자꾸만 연우와 하연에게 기울어졌다.

"그렇죠, 권 대리님."

그때, 별안간 연우의 목소리를 들었다.

넌지시 묻는 말에 네? 하고 돌아보자 방긋이 웃고 있는 그가 보였다. 놀란 문영이 어리둥절한 얼굴을 하고는 그와 하연을 순서대로 쳐다보았다.

"서연우 씨, 방금 뭐라고 했어요?"

"저, 뜨거운 거 잘 못 마시잖아요."

그랬던가.

글쎄. 차갑고 달달한 걸 좋아하는 그녀와 다르게 연우는 어릴 때부터 곧잘 뜨거운 차를 마셨다. 과거의 기억이 선연해지는 순간이었다.

"아."

어느 날 크게 입천장을 데었다며 울상을 짓던 그의 얼굴이 또렷하게 기억났다.

그러고 보니 언젠가 아픈 그에게 죽을 끓여 주면서 문영은 버릇처럼 호호 입김을 불어 열기를 식혔었다.

저도 모르게 나온 버릇이었던 것 같다.

"음. 그랬던 것 같네요."

"그렇죠?"

기분 좋게 웃으며 하연을 올려본 그가 정중히 거절의 뜻을 드러냈다.

그러다 잠깐.

"아. 아니면 권 대리님이 드시겠어요?"

그렇게 말하는 그가 그녀의 왼손을 끌어다 직접 잔을 쥐여 줬다. 당황한 하연의 얼굴은 금방이라도 울 것처럼 일그러지고 있었다.

저번에 크게 차였는데도 꿋꿋했던 그녀의 마음에 이제야 금이 가는 듯했다.

사실 그녀가 뭘 보고 그리 놀랐는지, 문영은 모르지 않았다.

그리고 왜 서연우가 거침없이 자신의 왼손을 잡아끌었는지도.

미치지 않고서야 사람들에게 둘러싸여 있는 자리에서 그녀에게 스킨십을 할 리가 없는데.

아무래도 똑똑히 알려 주고 싶었던 모양이다.

"조 대리님이라도 계셨으면 드렸을 건데, 아쉽게 됐어요."

그녀의 입맛을 익히 아는 그가 유감이라는 듯 아쉬움을 담아 미소를 지어 보였다.

가식적인 그의 미소에 문영은 허를 찔린 사람처럼 헛기침을 했다.

작정을 했구나, 서연우.

✧ ✦ ✧

"굳이 그 자리에서 꼭 내 손을 잡아끌어야 했을까? 넌 똑똑하니까 더 현명하게 대처할 수 있었을 텐데."

"현명한 게 뭔지 모르겠는데요. 시간 좀 내어 달라면 내어 주고, 밥 한 끼 하자면 같이 하는 게 현명한 대처입니까?"

"하연 씨가 그랬어? 시간 좀 내 달래? 밥 한 끼 하자고?"

"질투 나요?"

그런 당연한 걸 묻는 그가 야속했다. 문영은 아닌 척 눈에 힘을 풀고 그를 바로 보았다.

"내 말에 대답부터 해."

"내 말에 대답 안 하는 권문영 씨한테 내가 물을래요."

"뭐?"

"그러는 권문영 씨는 아직도 조 대리님을 꼬리처럼 붙이고 다녀요?"

"그건 또 무슨 소리야?"

"한 편의 멜로 영화를 보는 기분이었어요. 울며 달려 나가는 조 대리님 모습이 얼마나 가관이었는지 모르죠."

"네가 무슨 생각으로 그런 말을 하는지 알겠는데, 그렇다고 돌려서 상사 욕하는 건 좀 그렇지 않아?"

"내가 지금 상사 욕하는 걸로 보여요?"

"……뭐."

허, 기가 찬 듯 웃음을 터뜨린 그가 한 템포 쉬었다가 입을 뗐다.

"날 기만한 남자를 욕하는 겁니다."

"기만이라니?"

"내가 옆에 있었어요. 아직도 권문영 씨밖에 모르는 애틋한 사랑인 척하는 그 남자가 내 눈에 곱게 보일 리가 없죠. 그런데 어떻게 말이 곱게 나갈 수 있지?"

"그러는 넌? 하연 씨가……."

채 말을 잇지 못하고 입을 다물었다.

서연우는 할 만큼 했다. 그녀에게 넌지시 알려 주기 위해 자신과 문영의 손에 걸린 반지를 직접적으로 보여 주었다.

그리고 지금 이 대화의 시작은 거기서부터 시작됐다.

대부분의 사람들이 눈치채지 못해 말이 없는 건지, 아니면 알면서도 모르는 척하는 건지 모르겠으나 문영은 그 상황이 무척 당황스러웠다.

그 감정을 연우에게 충분할 정도로 알려 주기 위해 말을 꺼냈다가 주객이 전도된 상황을 맞닥뜨린 것이다.

"할 말 없어요?"

그녀의 표정으로 속을 읽는 재주가 있는 그가 야살스레 웃으며 말했다.

키가 한참이나 큰 그를 올려다보는 것도 자존심이 상하는데, 깔보듯 팔짱까지 낀 채로 보란 듯이 눈을 맞추는 그를 보니 자신감이 완전히 바닥을 쳤다.

고민 끝에 한숨을 내쉰 문영이 설렁설렁 고개를 흔들었다.

"계속 이런 걸로 말다툼할 건 아니죠?"

"말다툼 아니야."

"알아요, 나도 그렇게 생각해."

"네가 말다툼이라며."

"사랑 이야기가 아닌 건 죄다 말다툼이긴 하죠. 내 생각은 그래요."

그렇게 말한 그가 부드럽게 그녀의 허리에 팔을 둘렀다. 가볍게 힘을 주어 그녀를 끌어당긴 그가 문영을 대신해 마트 카트를 끌었다.

두 사람은 퇴근 후, 연우의 집 근처에 있는 대형 마트를 찾았다. 간단한 재료를 사서 그의 집에서 요리를 해 먹을 생각이었다.

냉장고가 텅 비어 있다는 그의 말을 듣고 마음이 물큰해졌다. 좋은 의도로 찾은 마트 한복판에서 사소한 언쟁을 벌였다는 게 왠지 민망했다.

"그래, 여기 온 용건부터 해결해야지."

현명한 그녀는 아까의 이야기는 더 이상 하지 않아야겠다고 생각했다.

연우는 그런 문영이 그저 귀여운지 허리 아래로 미끄러진 손으로 엉덩이를 두 번 정도 두드렸다.

코트 안으로 파고들어 망정이지, 그게 아니었다면 퇴근 시간에 맞춰 마트를 찾은 사람들에게 본의 아닌 민폐를 끼칠 뻔했다.
"너……."
언성을 높이지 못해 야속했다. 문영이 이를 물며 나직하게 말했다.
"우리, 재료부터 살까요?"
아무래도 공연한 자리에서는 서연우를 이길 수 없는 모양이다.
회사에 이어 외부에서까지 명백한 그녀의 2연패였다.

연우는 장을 보는 내내 조용한 목소리로 조잘대는 그녀를 막역한 눈으로 쳐다보았다.
오랜만에 들어 보는 문영의 잔소리는 그에게 듣기 좋은 음악처럼 느껴졌다. 대중적인 곳에서는 불편한 스킨십을 삼가 달라는 이야기를 시작으로 문영은 쉴 새 없이 떠들었다.
"면은 이 정도가 좋겠죠?"
그러다가도 그가 물으면 합죽이처럼 입을 다물곤 깊이 고뇌했다.
"아니, 중면."
취향은 확실하니까. 확실한 게 좋은 권문영이니까 가능한 일이었다.
대답을 하고 나면 어김없이 잔소리가 연설처럼 이어졌다.
"웬만한 건 다 이해하려고 해. 그러니까 너도 내가 부담스러워하는 걸 알면 조금은 배려해 줘야 하는 게 아닌가 싶……."
"된장찌개? 김치찌개?"
"음, 김치찌개. 앞으론 조심하자. 괜히 회사에 소문이라도 났다가는……."
"돼지고기? 참치?"
앞만 보고 걷는 그녀는 열정적이었다. 제 할 말은 하고야 말겠다는 의지가 충만해 도톰한 입술로 연신 중얼댔다.
연우는 그녀의 걸음걸이에 맞춰 느긋하게 카트를 끌다가 어느 순간 걸음을 멈췄다.

거짓말처럼 그의 옆에서 차렷하고 선 그녀가 신기해 입가에 맺힌 웃음은 떨어질 기미를 보이지 않았다.

"돼지고기. 사람들은 잘 알지 못하는 이야기에 살을 붙이는 걸 좋아하지. 우리 이야기가 어떻게 퍼져 나갈지 몰라. 벌써 하연 씨까지 다섯 명이……."

"살코기가 좋아요, 비계가 좋아요?"

바보. 묻는 말엔 대답도 잘하면서, 사람이 오는 줄도 모르고.

"난 비계. 알면서 왜 물어보는 거야?"

심통이 난 얼굴로 매섭게 말하는 그녀의 손목을 거머쥐었다.

사람이 지나갈 수 있게 그녀를 끌어 품에 안았다. 콩 하고 가슴에 그녀의 이마가 부딪쳤다.

아플 만큼 세게 부딪친 건 아니지만 그래도 걱정이 되어 그녀를 내려다보는데 눈이 마주치자 다른 생각이 들었다.

어쩌면 아픈 건 그녀가 아니라 그녀의 체온이 닿았던 자신의 가슴이 아닐까, 하는.

"사람들 많은 데서 스킨십하는 방법은 여러 가지인 것 같아요."

"뭐……."

"장난이에요."

하. 그녀가 기가 찬 듯 실소했다.

"거짓말이야, 장난 같아요?"

"너 오늘 왜 그래?"

"매일 보는 날 왜 모를까요, 난 원래 이랬는데."

바르작대며 품 안에서 달아난 그녀가 의아한 눈빛으로 그를 바라보았다. 연우는 능청스레 어깨를 으쓱이며 다시 손을 뻗었다.

"손만 잡고 갈까요? 손 정도는 괜찮잖아."

그 정도도 싫은지 그녀에게서 대답이 없었다.

연우는 괜찮은 본보기를 찾듯 두리번거렸다. 마침 저 멀리 보기 좋은 신혼부부가 카트를 끌며 지나가고 있었다. 그의 시선을 따라 그녀의 시선이 움직였다.

자연스레 눈길이 닿은 곳에 젊은 부부가 있었다.

그 뒤로 이제 여섯 살쯤 되어 보이는 어린아이의 손을 잡고 걸어가는 부부까지.

"응?"

재촉하듯 뻗은 왼손으로 그녀의 옆구리를 콕 찔렀다. 발작적으로 떨며 돌아볼 것 같은 그녀가 무슨 이유에서였는지 선뜻 그들에게서 눈을 떼지 못했다.

의아한 건 그였다.

"왜 그래요?"

카트를 놓고 다가가 물었다. 뒤늦게 그를 돌아본 그녀가 아니라는 말로 대답을 회피했다.

"응?"

반문하는 그의 손을 문영이 먼저 잡으며 선선하게 웃었다.

"아니, 이 정도는 괜찮겠다고."

"정말 괜찮아요?"

연우는 머쓱하게 웃으며 그녀의 어깨를 한 손으로 끌어안았다.

문득 그런 생각이 들었다. 이런 상황에서도 전혀 괜찮아 보이지 않는 그녀가 제 몸 아래 눌렸을 땐 어떨까.

체격 차이가 확연한 만큼 그녀가 저를 감내하기엔 벅찼을 텐데.

"섹스할 때도 괜찮아요? 매일 보는데도 잘 모르겠어요."

매일이 새로워 보이는 사람이라.

"권문영 씨가 이렇게 작았던가."

정말 잘 모르겠다만 한 가지는 알겠다.

거칠게 어깨를 밀어내고 앞서 걸어 나아가는 그녀는 지금 괜찮다.

연우는 보폭 넓게 걷는 그녀의 뒷모습을 부지런히 눈으로 좇았다.

찰랑이는 머리카락마저 비단처럼 고왔다. 큰일이었다.

"화났어요?"

저렇게 예쁜 사람이 내 사람이라는 사실에 한 번 더 감사해야겠다.

5분 거리에 있는 그의 집으로 돌아가는 길에 생긴 지 얼마 안 된 꽃집을 발견했다.

꽃집 앞을 하염없이 서성대는 문영은 투명한 창문 앞에서 고개를 기웃대며 여러 종류의 꽃들을 감상했다.

망설임 없이 꽃 이름을 나열하는 그의 눈에는 활짝 피어난 꽃보다 꽃봉오리처럼 입술을 벙싯대며 웃는 그녀가 더 찬란했다.

그러고 보면 어릴 때부터 문영은 곧잘 꽃의 종류를 구별하곤 했다.

어린 연우의 손을 꼭 잡고 길가에 핀 꽃들에 관해 설명해 주곤 했으니까.

그때 연우는 그저 그녀가 꽃에 관심이 많은가 보다, 생각했었다. 하긴 그녀가 꽃인데, 꽃을 좋아하지 않을 수가 없겠지.

그래서 당연히 그쪽으로 진로를 정할 줄 알았는데, 그게 아니라는 사실에 적잖이 놀랐던 기억이 아직도 선명했다.

익히 알고 있는 그녀 모친의 성격을 보건대 학벌을 중시했을 테고, 늘 그랬듯 문영은 어머니가 원하는 대로 따랐을 게 분명했다.

굳이 그녀가 말하지 않아도 연우는 알 수 있었다. 그만큼 그녀에게 관심이 있었으니까.

문득 제가 선물한 화분이 떠올랐다.

"결혼식 부케 준비하는 중인가 보다."

"응?"

장바구니를 들고 선 연우에게 문영이 어서 오라며 손짓했다.

유리창 앞에 앉아 무릎을 굽히고 앉은 그녀가 제일 먼저 보이는 꽃줄기를 가리키며 말했다.

"저게 라넌큘러스라고, 요즘은 부케에도 많이 쓰인다고 하더라."

"아아."

"난 흰 작약에 더스티밀러로 꾸민 부케가 더 예뻐 보이던데……. 가운데에 크게 국화를 덧대면 화사하면서도 고급스러워 보이기도 하고."

그의 눈이 어디를 향하는지도 모르고. 기분 좋게 조잘대는 그녀를 보며 연우가 씩 미소 지었다.

유리창 너머의 꽃송이와 문영을 번갈아 보았다. 그런 줄도 모르고 이야기하느라 푹 빠져 있는 그녀가 무심코 고개를 돌렸다가 흠칫했다.

바로 앞에 예쁜 꽃이 있는데 그런 게 눈에 들어올 리가 없지. 그가 긴 다리를 억지로 굽히고 앉아 가까스로 그녀와 시선을 맞췄다.

무릎에 팔꿈치를 대고 편안하게 턱을 괸 그가 고개를 갸웃댔다. 계속해 보라며 눈짓하자 민망했는지 그녀의 귓불이 붉어졌다. 앙증맞은 입술은 그대로 닫혔다.

"더 할 말 없어요?"

"난 그냥, 저런 부케를 받아 보고 싶다고. 그 말을 하려던 거였어."

"저렇게 예쁜 걸 왜 받기만 해요."

"응?"

"저렇게 예쁜데, 권문영 씨가 직접 들어야죠."

웃으며 하는 말에 잠시간 문영은 대답이 없었다. 어떻게 입을 떼야 하는지 고민하는 그녀의 동그란 이마에 가볍게 입을 맞추고 선 연우가 손을 내밀었다.

"얼른 가요, 춥잖아."

웅크리고 앉은 그녀는 추운지도 모른 채 그를 바라보았다.

아마도 조금 전 그가 남긴 말의 의미를 헤아리고 있을 테다.

✣ ✣ ✣

"까르보나라에 김치찌개는 좀 오묘한 조합이긴 하죠."

두 번째로 찾은 그의 집이었지만 처음 본 것처럼 충격적이었다. 남자 혼자 사는 집치고 필요 이상으로 깔끔하고 세련되었다.

그녀를 충격에 빠지게 했던 문영의 어린 시절 사진은 아직도 그 자리에 그대로 있었다.

놀라움을 미처 감추지 못한 채 집 안 곳곳을 살피다가 방을 잘못 들어 그의 침실에 들어섰다. 깔끔하게 정리되어 있는 침실은 서연우의 성격을 고스란히 반영하고 있었다.

조용하고 심플했다. 깨끗했고, 삭막할 정도로 단조로웠다. 딱히 흥미를 끄는 건 없었다. 벽면에 걸린 커다란 그림 액자를 제외하면.

뭐, 원형 테이블 위에 놓인 랩톱 정도랄까. 모니터가 켜진 걸 보면 방금까지 그가 사용했음을 알 수 있었다.

훔쳐보려는 의도는 없었는데, 작업 중인 문서를 문턱에 선 채 보고 말았다. 간략한 프로그래밍 언어인 것 같은데 그녀는 잘 알지 못하는 내용들로 문서의 몇 페이지가 가득 채워져 있었다.

넋 놓은 사람처럼 방을 둘러보는 문영의 뒤로 말없이 연우가 지나쳤다.

문영은 오픈 주방으로 향하는 그를 냉큼 뒤쫓았다.

요리 중인 그의 뒷모습을 한눈에 볼 수 있는 테이블에 앉아 턱을 괴고 있는 문영은 잠시 상념에 빠져 이것저것 생각했다.

내년쯤 성 대리와 결혼을 생각 중이라는 최 대리의 말.

연애는 하되 결혼은 피하겠다는 최 대리는 문영의 둘도 없는 소울메이트였다. 성격도 잘 맞았지만 가치관부터 사상까지 비슷했기에 늘 위로가 되었는데, 그런 그녀가 결혼 이야기를 언급하니 듣는 문영의 입장에서는 내심 충격적일 수밖에 없었다.

결혼이라, 결혼.

그러고 보면 서연우가 그랬다.

미래가, 안 보인다 했지.

"무슨 생각을 그렇게 해요?"

손수 해 준 음식을 먹이겠다며 직접 요리에 나선 그가 이상하리만치 조용한 그녀를 돌아보았다.

문영은 무념무상의 얼굴로 그의 눈을 응시했다.

"아. 뭐 좀 생각하는 중이었어."

"그러니까, 뭘?"

커다란 냄비에 물을 가득 채워 팔팔 끓이던 연우가 힐끔 뒤를 돌아보았다.

"네가 그랬지, 나에겐 미래가 안 보인다고."

"응?"

고개를 갸웃대던 그가 별안간 짧은 한숨을 쉬었다.

"우리 미래, 그 얘기 하는 거예요?"

"응."

"그게 왜?"

"그때 왜 그런 말을 했어?"

그 이유를 완전히 모르진 않는데, 그의 입을 통해 구체적으로 듣고 싶었다.

"권문영 씨는 아직 결혼 생각이 없잖아요."

"그러는 넌."

"난 있죠."

"……."

"갑자기 그건 왜요. 생각이 달라지기라도 했어요?"

그건 아닌데.

끓는 물에 먹을 만큼의 면을 세워 넣는 그가 자상하게 물었다. 언제나 느끼지만 참 듣기 좋은 목소리였다.

"그럼 그땐 왜 그렇게 말했어? 내가 발령이라도 받으면 꼭 헤어질 것처럼 말했잖아."

"그 뒤에 덧붙였던 걸로 기억하는데. 우리한테 그럴 일은 없을 거라고."

그건 기억 안 나요?

그렇게 말하는 그는 여전히 자상했다. 두 번 말하게 하는 그녀가 귀찮아 짜증스러운 기색을 드러낼 법도 한데, 그런 기미가 전혀 보이지 않았다.

그만큼 그녀에게 충성적인 건지, 원체 성정이 순수해 그런 건지.

"기억나."

"그런데, 왜요?"

"그냥. 마음이 좀 싱숭생숭하네."

"왜 그럴까요? 무슨 이유가 있을까?"

그는 꼬박꼬박 대답하면서도 요리하는 데에 집중력을 놓지 않았다.

"있잖아. 요즘은 왜 나한테 그런 말 안 해?"

그가 한동안 잠잠해 기웃대던 그녀의 마음도 안정기에 접어들었다. 그에 대해 고민하던 시기가 언제 있었냐는 것처럼 연우에게 갖던 불신을 모조리 거두었다.

할 수만 있다면 그녀를 가두어 놓아도 괜찮겠다던 그의 말을 곧잘 되새기곤 하지만 예전처럼 영향력을 갖진 않았다.

위험할 정도? 아니, 괴기하게 느껴지던 서연우의 집착이 요즘은 귀엽게만 느껴졌다.

그 정도의 집착은 누구나 다 가지고 있는, 지극히 자연스러운 것이라 여겨졌다.

오늘 그녀 역시 하연에게 질투를 느꼈고, 그 순간 연우와 비슷한 생각을 하게 되었으니까.

모두에게 관심받는 서연우가 왠지 싫었다.

차라리 서연우가 저에게만, 제 앞에서만 애 같았으면 좋겠다는 멍청한 생각이 불쑥 튀어나와 머리를 어지럽혔다.

"응?"

"발령 나도 가지 말라는 말. 너 집착 잘한다며."

"그런 말, 싫어하는 거 아니었어요?"

"어?"

"그런 줄 알고 참은 건데."

히죽 웃으며 그녀를 돌아본 그가 냉장실에서 꺼낸 고기를 도마 위에 올렸다.

권문영 씨가 좋아하는 비계 많이 넣을게요, 중얼대는 연우의 기분이 퍽 좋아 보였다.

"그리고 그때 다 이야기했잖아요. 권문영 씨가 곧 죽어도 가야겠다면 내가 따라간다니까."

"어떻게?"

"어떻게든 가겠죠."

"생각도 없이 무작정 날 쫓아가겠다는 거야?"

어렵게 입사한 회사까지 뒤로하고?

"나더러 현명하다는 사람이 왜 그렇게만 생각해요. 나보다 더 현명한 사람이잖아요."

"요즘 부쩍 생각이 짧아져서 그래."

"나도 그래요. 일차원적인 생각만큼 단순하고 어렵지 않은 게 없는 것 같아요."

콧노래를 흥얼거리며 김치찌개를 준비하는 그가 푹 익은 면을 꺼내는 모습을 물끄러미 바라보았다.

가정적인 남자.

잠잘 시간도 부족할 만큼 바쁜 부모님 덕에 생겨난 버릇이라고 웃으며 말하던 서연우는 천성적으로 다정했다.

힘이라도 주면 당장 터질 것 같던 녀석을 보면 꼭 연두부가 연상됐다. 그랬던 그가 의젓하게 자라 미래를 언급하다니.

사실 문영이 이런 생각을 하게 된 데에는 마트에서 본 신혼부부가 원인이 됐다.

두 사람을 닮은 아이의 손을 잡고 나란히 걸어가는 그들의 모습은 한때 그녀가 원하던 이상적인 부부의 모습이었다.

그런 그녀의 환상을 깨부순 건 우습게도 엄마였지만.

타인의 시선을 의식한 삶이 지칠 법도 한데, 엄마의 욕심은 날로 커져 갔다. 아버지의 사업이 무너졌을 때에도 끝까지 자존심을 지키던 엄마는 홀로 고고했다.

문영은 자신의 부모와 전혀 다른 삶을 바랐으나 나이가 들수록 그런 욕심을 서서히 버리게 됐다. 한 살, 한 살 더 먹을수록 현실에 안주해 갔다.

결혼 생각이 없는 게 비단 부모님 때문만은 아니지만, 어느 정도 영향력이 있음을 부정할 수 없었다.

잊을 만하면 연락해 선 자리를 주선하는 엄마였다. 그럴 때마다 뒤늦은 사춘기라도 겪듯 반항하고 싶은 마음이 들곤 했다.

누군가에게 기대어 살고 싶은 생각도 없지만, 제 인생을 바치고 싶은 마음은 더더욱 없었다.

하지만 서연우는.

"가끔 네가 나와 다르다는 이유로 멀리하고 싶을 때가 있어. 난 누군가 내 삶에 개입하는 걸 끔찍하게 싫어해."

서연우는.

"알아요."

알아?

"날 보는 권문영 씨의 눈빛이 한동안 얼마나 차가웠는데요."

몸을 감싸곤 부르르 떠는 그를 보며 진지한 눈빛을 냈다.

"네가 그래서 아주 잠깐은 네가 미웠던 것 같아."

그는 다 이해한다는 듯 편안한 얼굴로 웃었다. 지금은 아닌 것 같아요? 하고 묻는 듯.

"지금은 괜찮아. 널 이해할 것도 같아."

버림받기 싫다고 칭얼대던 서연우도 누군가의 자식이었다. 거울이 되는 부모의 바쁜 시간에 밀려 늘 혼자였던 녀석에게 그녀는 구세주였을 테다.

외롭게 집을 지키던 어린 서연우는 아마도 부모에게 있어 자신이 짐짝이나 다름없는, 부정적인 존재라고 생각했을 것이다.

"까르보나라 어때요?"

정체성이 확립되기도 전에 있던 일이니까.

4차선 도로 앞에 웅크리고 앉아 훌쩍이던 어린 서연우가 떠올랐다. 기적처럼 그의 앞에 나타난 문영을 연우는 어떻게 생각했을까.

그때 그 일이 서연우에게는 어떤 의미로 남았을까.

"너희 어머니는 잘 지내셔?"

갑작스러운 질문에 까르보나라를 얹은 접시를 그녀에게 자랑하듯 내밀던 그의 손이 무안해졌다.

"그럼요. 잘 지내시죠."

"그래, 다행이다."

"요즘은 여러 나라로 여행 다니는 중이에요."

"아, 그래. 지금은 어디 계시는데?"

"베트남이라고 했던 것 같은데, 정확히 어디라고 했는지 기억이 안 나네."

"아, 베트남."

그러고 보니, 지금 그녀의 부모님도 호주에서 베트남으로 건너와 사업을 확장하는 중이라고 했다. 잠시 마주칠 수도 있겠다는 생각이 들었지만, 이내 그럴 일은 없을 거라 판단했다.

베트남이 작은 나라도 아니고. 대수롭지 않게 넘긴 문영은 대충 음식이 완성되자 자리에서 일어났다.

평소처럼 TV를 보며 식사하기 위해 거실로 나가 테이블 위에 차례차례 접시를 놓았다.

다 놓고 보니 음식 모양이 그럴싸했다. 방금까지만 해도 멀쩡하던 배가 울렸다.

얼른 먹자며 그녀를 끌어안아 당기는 그의 힘에 못 이겨 연우의 옆에 나란히 앉아 식사를 했다.

진지한 건 딱 질색이라고 쐐기를 박은 연우 덕분에 여러 패널이 웃고 떠드는 예능 프로그램을 시청해야만 했다.

평소에는 정신 사나워 볼륨을 낮추거나 확 리모컨을 빼앗아 채널을 돌렸을 그녀가 무슨 이유에선지 잠잠했다.

던지듯이 남긴 그의 말 때문이리라.

"우리 아버지, 할아버지한테 유배당했잖아요."

결혼 이야기로 시작된 대화는 어쩌다 보니 부모님에 대한 이야기로 이어졌다. 그녀의 이야기를 들은 연우가 위로하듯 자신의 이야기를 꺼내 놓았다.

사실 그의 부모님 이야기까지는 잘 모르기 때문에 처음 듣는 말에 문영은 놀란 기색을 감출 수 없었다.

"내가 왜 갑자기 그 동네로 이사를 갔겠어."

물론 그 덕분에 권문영 씨를 만났지만.

"우리 할아버지, 차기 법무부 장관 후보까지 올랐던 분이에요. 그 대단한 양반이 막내아들이라면 꼼짝을 못 했거든."

언젠가 들은 적이 있다. 연우의 아버지는 3형제 중 막내였다.

"그런 아들이 제 눈에 차지도 않는 며느리를 데리고 왔는데, 가당키나 하겠어요?"

그의 어머니는 평범한 중산층 집안에서 나고 자란 여식이었다.

"그럭저럭 노력해서 교수 타이틀을 얻긴 했는데, 할아버지가 우리 어머니를 인정하는 건 딱 거기까지였죠. 아버지의 짝은 아닌 거지."

짚신도 다 제짝이 있는 법이었다. 하지만 아버지의 곁에 어머니는 아니었다. 그런데도 아버지는 어머니를 고집했다.

이 여자가 아니면 죽겠다는 자식의 협박에도 할아버지는 굴하지 않았다. 네 뜻이 정 그렇다면 그래야지. 죽으라는 소리였다.

그 이후로 할아버지는 연우의 아버지에게 넘겨준 모든 것을 도로 가져갔다. 유산은 물론, 집과 명예까지 죄다 빼앗긴 아버지는 벌거숭이가 된 채로 문영이 사는 동네로 거주지를 옮겼다.

슬하에 둔 아들 셋과 네 명의 손녀뿐인 할아버지에게는 아마도 처음 태어난 아버지의 장남이 어지간히 귀했을 테지.

"우리 아버지, 할아버지한테 인정받으려고 죽기 살기로 공부했어요."

시간제 초빙 교수부터 국제 형사법 콘퍼런스까지 안 해 본 게 없을 것이다.

"그런 말을 왜 하는 거야?"

"죽기 살기로 해 보라고."

"뭐?"

"결혼해야죠, 할 사람은 다 하던데. 권문영 씨도 조금 더 노력해 봐요."

그녀가 입을 떼기도 전에 그가 빠르게 말을 뱉었다.

"음식 맛은 괜찮아요?"

"……응."

"왜 갑자기 우울해졌어요?"

"아니야."

우울할 리 없다. 이렇게 좋은 날.

그와 보내는 소소한 시간이, 평범한 대화가 그녀에겐 더없이 알찼다.

단지 그의 말이 귓속으로 스며들어 와 뇌에 박혔기에 반응이 더딘 것뿐.

……죽기 살기로.

죽기 살기로 공부를 강요하던 엄마의 뜻에 따라 학업에 매진하던 그 시절의 권문영으로 돌아가라는 건가.

글쎄, 잘 모르겠다.

그나저나 엄마는 잘 지내고 있을까. 아버지는? 연락드린다는 걸 깜빡했네.

실없는 생각으로 이어지는 가운데 그가 가벼운 투로 물었다.

"그런데 권문영 씨는 이 일이 좋아요?"

"응?"

"지금 일을 좋아해요?"

잠시 멈춘 젓가락을 부지런히 움직이며 시선을 떨어뜨린 문영이 단조로운 투로 대꾸했다.

"일이 좋아서 하는 사람이 어디 있어."

다 먹고살려고 하는 거지.

"그러는 넌? 이 일을 좋아해서 시작한 거야?"

"좋아하죠. 권문영 씨가 좋아하는 일이니까."

"나 이 일, 좋아한다고 한 적 없는데."

"그럼 나도 안 좋아해요."

"……."

어이없어. 문영이 살짝 구겨진 얼굴로 그를 보았다.

주름 생겨요, 하며 깊이 팬 미간 사이를 손끝으로 지분거리는 그의 손짓에 문영이 오만상을 찌푸리며 몸을 젖혔다.

"뭐야."

"정말이에요, 안 좋아해요."

"갑자기 그런 걸 왜 묻는 거냐고. 무슨 대답이 듣고 싶은 건데?"

이상하게 연우의 질문을 받으면 온종일 그 생각에 사로잡혀 다른 일이 잘 되지 않았다. 이를테면 그가 생각 없이 툭 던진 말에도 문영은 몇 날 며칠을 골몰해야 했다.

'나 집착해요' 라고 으스대듯 했던 그의 말을 듣고서도 얼마나 고민을 했던가. 자잘한 일에도 그의 말을 연관 지어 생각하니 머리가 터지는 것 같았다.

좋아하는 일이라니.

좋아하는 일…….

"결혼은 아니야."

그런 일이 있었던가.

"알아요."

싱긋 웃는 그가 몇 가닥의 면을 집어 숟가락 위에 얹었다.

그것 그대로 그녀의 입 앞으로 가져다주는 그는, 정말이지 더할 나위 없는 100점짜리 신랑감인가.

"얼른 먹어요."

다정하게 웃는 연우의 미소는 마수 같았다. 워낙 외모가 빼어난 탓에 조금만 웃으면 혼이 빠질 지경인 건 사실이었다. 늘 보는 얼굴이지만 새삼스러운 건 그녀도 마찬가지였다.

문영은 속내를 꾹꾹 감춘 채로 그를 바라보았다. 지그시 바라보는 그의 시선에 볼이 붉어진 건 그의 말이 굉장히 음흉했기 때문이었다.

"나 배부른데."

"얼른 먹어야 나도 배불러진 권문영 씨를 먹죠."

이제 배부르다는 말은 거짓이었는데, 기회를 잘 잡은 서연우는 말이 씨가 된다는 사실을 여실히 깨닫게 했다.

밥을 먹던 와중에 소파 위로 앉혀진 몸이 자연스레 벌어졌다.

어정쩡하게 앉아 노골적으로 다리를 벌리고 앉은 그녀의 아래로 그가 개처럼 기어 왔다.

하필 오늘 스커트를 입었다. 갑갑함에 벗은 스타킹은 소파 한쪽에 던져진 지 오래였다.

그러니까 그 말은, 얇은 속옷 한 장으로 간신히 아래를 감추고 있던 그녀의 비부가 투명한 속옷 위로 고스란히 비치고 있다는 말이었다.

아니면 서연우의 눈에 선연하게 투영되고 있을 것이다.

"말했잖아요, 난 기라면 긴다니까."

뱉은 말은 책임진다고 말하는 그에게 신뢰감보다는 무서운 변태 기질을 더욱 크게 느꼈다.

언젠가 자길 버리지 말라던 그의 목소리가 머릿속에서 메아리쳤다.

"하아, 서연우……."

한숨 같은 말을 속으로만 되뇌었다고 생각했는데 아니었나 보다. 입 밖으로 흘러나간 모양인지 신음처럼 여린 숨소리에 그가 입꼬리를 끌어당겨 웃었다.

비스듬히 아래를 내려다보던 문영은 아차 싶었다.

너무도 쉽게 속옷을 끌어 내린 그는 그녀의 발목을 단단하게 붙잡은 채로 복숭아뼈에 입술을 댔다.

순식간에 벌어진 일이라 수치심을 느낄 새도 없었다. 피부에 닿은 그의 입술은 부드럽고 말캉말캉하면서도 뜨거운 열기를 머금고 있었다. 그 입술이 얼마나 뜨거운지 순식간에 온몸으로 열이 번졌다.

"서연우!"

놀라 소리치는 그녀의 입을 막은 것도 아닌데 입술 사이에 담긴 살을 부드럽게 빨고, 매끄러운 다리를 따라 움직이는 행동에 헉, 숨이 멎었다.

뭉실한 살결을 따라 오르는 입술이 그윽하게 벌어졌다. 다물면서 깊숙하게 살을 빨아 대는 혀는 제 욕망대로 그녀의 다리를 적셨다.

습한 숨결이 따라붙어 정신이 아득해졌다. 매끄러운 혀가 옴폭 팬 사타구니를 맴돌자 저절로 아랫배에 힘이 들어갔다. 숨을 쉴 때마다 꿀렁대는 건 목이나 아래나 다를 바 없었다.

"아아!"

질척한 물기가 어디서 묻어 나오는지 알기에 문영은 차마 그를 내려다볼 수 없었다.

대낮처럼 밝은 거실 조명도 문제였다. 서연우의 얼굴이 너무도 또렷했다.

문영은 붉어진 얼굴을 감추듯 모로 고개를 돌렸다. 잡을 게 없어 소파 가죽을 양손에 쥔 채 주먹을 말아 쥐었다. 거대하게 몸집을 부풀린 그가 배 속을 가로지를 때와 비슷한 기분이었다.

남은 속옷을 끝까지 벗기지도 않았으면서, 괴롭히듯 움직이는 입술이 마침내 그녀의 음부에 닿았다.

"아, 아흣!"

그가 허벅지 안쪽을 꼭 붙잡은 탓에 이러지도 저러지도 못하는 상태였다.

"하아."

얇은 속옷 위에 닿은 입술이 제멋대로 비벼졌다. 참을 수 없는 쾌감에 몸이 덜덜 떨렸다.

녹진하게 젖은 속옷은 그의 타액 때문만은 아닐 것이다. 비부에 뭉근한 자극을 전달하듯 그가 길게 혀를 내밀어 갈라진 질구 속으로 밀어 넣었다.

"흐읏!"

고의적인 게 분명했다. 그는 쾌감에 무너져 가는 그녀의 모습을 감상하며 순간을 즐기고 있었다.

허벅지 안쪽으로 타고 오른 전율에 엉덩이가 튀어 올랐다. 비스듬했던 자세로 버티고 있던 그녀의 몸이 기어이 무너지고 말았다.

일렁이는 눈동자는 차마 그를 볼 수 없어 하염없이 천장만 응시하고 있었다. 뜨겁게 끓는 욕망은 그녀의 이상을 차근차근 무너뜨렸다.

"이렇게 빨아만 줘도 좋은 거예요?"

당장 실오라기 같은 속옷을 찢어 내고 싶은 욕망을 억누르며 연우가 나긋나긋하게 물었다.

연약한 숨이 넘어가는 소리만 겨우 내는 문영은 눅진해진 비부에 그의 숨결이 닿자 자지러질 듯 몸을 휘었다.

혀에 감겨 밀려 들어온 속옷은 좁은 질구 틈새에 끼어 흥분감에 도취되어 조물거리는 음부에 꽤나 강렬한 자극을 주었다.

두툼하게 오른 클리토리스를 손끝으로 둥글게 만지는 그가 무릎을 세워 앉았다. 적나라하게 보이는 그녀의 비부 사이에 대못처럼 무릎을 박고 단숨에 지퍼를 내린 그가 브리프 사이로 불쑥 손을 넣었다.

위용스레 커다래진 그것이 뿌리째 잡혀 모습을 드러냈다. 핏줄이 도드라지게 선 표피는 그가 흘린 점액으로 번들번들하게 젖어 있었다.

꽤나 난잡하고 외설적인 광경이었다. 굶주린 짐승처럼 헐떡이는 선단이 빼끔대는 모습은 지나치게 선정적이었다.

그 모습을 지켜보는 문영은 긴장감이 발끝에서부터 타고 오르는 기분이었다.

척추가 저릿했다.

"으응……."

"박는 것보단 빨아 주는 게 확실히 더 좋은가 봐요."

거칠게 박아 넣는 것밖에 못 하는 무식한 성기보다는 야들야들한 혀뿌리가 더 좋을지도 모르겠다. 그녀가 흘리는 애액에도 윤기가 흐르는데, 그 보들보들한 것에는 확실히 말랑한 살이 더 나을지도 모를 일이었다.

손발이 큰 연우의 손에도 버거워 보이는 그의 것은 검붉은 빛으로 흉흉한 데다 자못 우악스러워 보이기까지 했다.

"부피감은 이게 더 클 텐데. 느끼기에도 더 좋고."

부드럽게 뿌리를 주무르며 그녀의 소음순을 훑은 그가 음핵을 감싼 주름을 벌리고 좁다란 질구 안으로 불쑥 손가락을 밀어 넣었다.

늘 박아 대던 성기에 비하면 턱없이 부족한 크기인데도 꽉 조여드는 질구는 손가락에 차지게 달라붙었다. 그 느낌을 만끽했다.

"아닌가, 아닌 것도 같고."

상체를 포개듯 겹친 그가 그녀의 뺨에 부드럽게 입을 맞췄다. 날 것의 소리가 선연해진 건 손가락 하나가 더 아래를 침범하고서였다.

탁, 탁. 살이 부딪치는 소리가 다리 아래에서부터 스멀스멀 올라왔다. 금방이라도 속옷을 가르고 박힐 것 같은 성기는 그녀의 배꼽 부근을 문지른 채 울컥울컥 체액을 토해 내고 있었다.

그간 연우와의 섹스로 그에게 익숙해진 그녀가 고작 손가락에 만족할 리 없었다.

빙긋이 웃어 보인 그가 가쁜 숨을 몰아쉬기 위해 살짝 벌어진 문영의 입술을 집어삼켰다. 거칠게 혀를 섞는 그의 손이 부지런히 아래를 장악하는 동안 펀펀한 그녀의 배 위로 뜨끈한 기운이 미약하게 번져 갔다.

아랫입술을 뭉근하게 빨며 떨어진 그의 울대가 순간 일렁거렸다. 두 다리로 그의 허리를 감싼 그녀의 허벅지도 덜덜 떨렸다.

"왜……."

어째서 혼자 해결한 건지, 그가 의아한 문영은 물큰한 눈으로 시선을 마주하며 물었다.

"왜 혼자 쌌냐고요?"

아래에 박힌 손을 빼낸 그가 눅진하게 젖은 손끝을 보며 대꾸했다.

"박자마자 싸는 것만큼 형편없는 것도 없잖아."

동시에 혀끝으로 손가락을 감싸는 그의 행동에 문영이 질겁했다. 가끔 서연우는 섹스 도중 그녀가 민망할 정도로 노골적인 행위를 할 때가 있었다. 때로는 그녀가 창피해할 걸 알면서도 길게 뺀 혀로 회음부를 빨기도 했다.

신중한 성격인 만큼 조심성이 많은 그는 함부로 안에 사정하는 일이 없었다. 펀펀한 배에 주욱, 사정을 하고 나면 지나치게 호기심이 많은 탓에 직접 손에 묻혀 제 정액의 맛을 보았다.

나쁘진 않은 것 같다며 노골적으로 맛을 음미한 그는 너무하다 싶을 정도로 근사한 얼굴로 나른하게 웃었다.

그러면서 그녀의 입안에 손가락을 물려 주거나 체액을 머금은 입술로 그대로 키스를 해 왔다.

그랬던 지난날에 비하면 그녀의 애액으로 젖은 손가락을 빨아 대는 것쯤, 퍽 점잖은 행동에 속했다.

"넣자마자 좋다고 싸 버릴까 봐 무서워서요."

그는 꼭 작정하고 섹스를 준비하는 사람 같았다.

"권문영 씨는 내가 빨아 주기만 해도 혼자 잘 가 버리겠지만 나는 그게 좀 힘들어서."

그러고 보면 서연우는 한 번도 그녀에게 더한 것을 원하지 않았다. 억지로 그녀의 뒤통수를 내리눌러 구강성교를 강요하지도, 힘들어하는 그녀가 지쳐 쓰러질 때까지 섹스로 몰아붙이지도 않았다.

한 번 섹스가 시작되면 도중에 멈추는 일이 없어 삽입 후엔 피를 본 짐승처럼 격렬하게 날뛰어 댔는데, 그게 문제라면 문제이긴 했다.

"이제 넣을게요."

윤이 나도록 번질번질한 음부에 제멋대로 비벼지는 선단의 감촉이 아찔했다.

충분히 젖었음에도 빠듯하게 밀고 들어올 그의 체적이 떠올라 꿀꺽, 마른침을 삼킨 문영이 지그시 눈을 감았다. 벌써부터 정신이 아득해지는 기분이었다.

충분함을 넘어서 그녀의 한계치까지 자극하는 그를 생각하는 것만으로도 음부가 부르르 떨리는 게 느껴졌다.

그에게 익숙해진 몸이라, 그와 떨어진다는 게 문득 두려웠다.

"안아 줄래요?"

귓가에 바짝 다가온 그의 입술이 유혹하듯 속삭였다. 자연스럽게 뻗은 팔이 그의 목을 둘러 감았을 때 뿌리까지 밀어 넣은 그의 몸이 완벽하게 그녀에게 맞닿았다. 은밀하게 교접된 부위처럼 아슬아슬하게 스친 입술 끝에 그의 입술이 닿았다.

기분 좋은 화합이었다. 본래의 나를 잊게 할 정도의 쾌감이 번개처럼 내리쳐 그녀를 황홀감에 몸서리치게 했다.

25장

"지금 일을 좋아해요?"

머리가 크고 나서는 특별히 생각해 본 적 없는 자신의 장래를 문영은 그날 이후 꽤 자주 생각하게 됐다.

어느 때보다 뜨겁게 자신의 아래를 빨아 주던 서연우의 음험한 성정에 크게 놀랐다.

그런데 그보다 넌지시 물었던 그의 말이 더 오랫동안 기억에 남다니.

그녀가 생각해도 희한한 일이었다.

서른이 넘은 여자에게 지금 일을 좋아하냐며 묻던 그의 저의도 궁금했다.

이름만 대면 알 만한 기업에 버젓이 근무 중인 문영은 자신이 생각해도 꽤 괜찮은 사람이었다.

스펙도 스펙이지만 연봉만 생각하면 그녀를 마다할 남자는 없을 텐데.

그런 자신이 정말 하고 싶은 일은 과연 무엇일까.

당장 생각나는 것이라곤 창가에 둔 화분이었다.

급하게 출근 준비를 하느라 물을 주는 것을 잊고 말았다.

"아."

생각은 비슷한 것을 연상시켰다. 문득 연우의 집 근처에서 본 꽃집이 생각난 것이다.

아늑한 평수에 들어찬 갖가지의 꽃. 주변을 가득 채운 다양한 꽃들을 떠올리자 꽃향기에 취하기라도 한 듯 생각이 어지러워졌다.

선뜻 답을 내리지 못한 문영이 일에 집중하기 위해 다시 모니터 속 데이터 파일에 시선을 돌렸다. 머릿속만큼이나 어지러운 활자들이 뒤엉킨 파일에 후, 하고 한숨이 나왔다.

잠시 키보드 위에 놓은 두 손으로 시선이 옮겨졌다. 허전한 왼손이 눈에 들어왔다.

아무래도 걱정이 되어 일하는 동안만큼은 반지를 빼 놓는 게 좋겠다고 조심스레 부탁하던 문영을, 그때 서연우는 어떤 눈빛으로 바라보고 있었던가. 원망의 눈초리였던가. 아니면, 처연한 눈빛이었던가.

끝까지 제 마음을 몰라주는 야속한 사람이라고 서운함을 드러냈던 것도 같다.

문영은 가방 어딘가에 넣어 놓은 반지를 생각하다 소리 없이 웃음을 터뜨렸다. 별것이 다 서운한 남자였다.

✢ ✢ ✢

모처럼 입사 동기들과 점심을 같이하기로 했다며 먼저 자리에서 일어난 서연우는 왠지 이골이 난 듯했다.

숨길 수 없는 짜증을 부리는 그를 알게 모르게 어르고 달랜 문영은 간만에 지연과 점심을 함께하기로 했다.

대충 식사를 마치고 사무실로 들어온 문영은 늘 그렇듯 멍한 눈으로 창문 밖을 내다보았다.

어둑어둑한 하늘은 한바탕 눈이라도 쏟아 낼 듯했다. 차라리 눈송이라도 뿌려졌으면 좋겠다는 생각이 들었다.

날이 추워지고서 관망하는 창밖 풍경은 너무도 쓸쓸했다. 밋밋하게 치솟은 겨울나무는 언제 봐도 안쓰러웠다.

희뜩희뜩한 하늘과 황량한 도로변에 전봇대처럼 선 가로수는 엮어 놓은 새끼줄로 간신히 매서운 바람을 이겨 내고 있었다. 바람에 쓸릴 때마다 힘없이 부러지는 나뭇가지가 우수수 바닥으로 떨어졌다.

"권 대리님. 누구 기다리세요?"

아마 지연에게는 하염없이 창밖을 내다보고 있는 그녀의 뒷모습이 앙상한 나무처럼 안타까워 보였던 모양이었다.

텀블러 가득 물을 채워 온 그녀가 가까이 다가와 넌지시 물었다.

"아. 봄을 기다리시나 보다."

딱히 그런 건 아닌데.

전혀 이해 못 하겠다는 얼굴을 하자 지연이 빙그레 웃으며 말을 더 했다.

"대리님, 꽃 피는 계절만 되면 되게 좋아하시잖아요."

"아?"

"전 권 대리님이 봄꽃 백과사전인 줄 알았어요."

지연에게 있어 모르는 꽃이 없는 권 대리는 여러모로 박식한 사람이었다.

척척박사처럼 꽃에 대해 묻지도 않은 정보를 알려 주고, 신이 나서 설명하는 그녀를 보며 전보다 조금 친근감을 느낀 것도 사실이었다.

늘 업무에 있어 완벽하고 실수를 용납하지 않았던 문영에게 그런 의외의 모습이 있을 줄은 몰랐기 때문에.

정작 당사자인 문영은 전혀 자각하지 못한 듯 보였지만.

생각지도 못했던 지연의 말에 문영은 잠시 당황했다.

내가 그랬던가. 자각에도 없던 모습이 설핏 눈앞을 스쳤다.

그리고 떠올렸다.

"맞네요, 내가 꽃을 좋아했어요."

"네?"

아리송한 얼굴을 한 지연을 보며 문영은 활짝 미소 지었다.

꽃을 좋아해서 한때는 플로리스트를 꿈꿨었다. 그런 일을 해 보고 싶다는 생각을 종종 가졌던 것도 같다.

혹시 서연우는 알고 있었을까.

저보다도 저에 대해 더 잘 아는 녀석이니 어쩌면 기억하고 있었을지도. 불현듯이 떠오른 화분 하나가 그 사실을 증명하는 것 같아 마냥 웃을 수 없었다.

"네? 그게 무슨 말씀이세요? 꼭 남 얘기하듯 대답하셔서 제가 잘 이해가……."

"아. 아무것도 아니에요, 나 탕비실 좀 다녀올게요."

싱긋 웃으며 자리에서 일어난 문영이 탕비실로 향했다. 머신에서 내린 커피 한 잔을 들고 뒤편의 휴게실로 이동한 문영은 급하게 잔을 비우고 자리에서 일어났다.

화장실에 잠시 들렀다 돌아갈 생각인지라 마음이 급해졌다. 힐끔 살핀 시계가 벌써 1시를 가리키고 있었다.

서둘러 일을 보고 세면대에 선 문영은 그곳에서 하연과 마주쳤다. 스스로 왜 놀랐는지도 모르면서 문영은 적잖이 당황한 기색을 드러냈다. 깔끔하게 손을 닦는 하연의 시선이 허전한 그녀의 왼손을 몰래 훔쳐보았기 때문이리라.

반지를 빼 놓길 참 잘했다는 생각을 하며 돌아선 문영은 핸드 냅킨을 뽑아 손에 물기를 닦아 냈다.

인사도 잊은 하연이 말을 붙인 건 그녀가 화장실을 빠져나갈 때쯤이었다.

"저, 권 대리님."

즉각 걸음을 세운 문영이 뒤를 돌아보자 하연은 양 손가락을 엮은 채로 머뭇대는 기색을 보이고 있었다.

"나한테 무슨 할 말 있어요?"

한참을 기다렸지만 그녀는 선뜻 말을 꺼내지 못했다.

"언제까지 기다리게 할 거죠? 나 바쁜데."

그녀도 모르게 조금 짜증 난 투로 시계를 가리키며 말했다.

"대리님께 묻고 싶은 게 있어서요."

난감한 얼굴을 한 하연이 무슨 말을 할지 대강 예상이 된 문영이 보이지 않게 한숨을 내쉬었다.

"네, 말씀하시죠."

"혹시 서연우 씨랑."

"네."

역시나. 문영의 표정이 종전과 사뭇 달라졌다. 연우에 대한 그녀의 호감이 적정 수준을 한참 웃돌고 있다는 건 전부터 잘 알고 있었다.

만에 하나라도 하연이 그와의 관계를 추궁하며 자신의 감정을 앞세운다면 어떻게 해야 하는 거지.

생각만으로도 벌써 짜증이 치솟았다.

"교제 중이신가요?"

"하연 씨가 그게 왜 궁금한 거죠?"

"아, 사실 두 분이 똑같은 반지를 끼고 있는 걸 봤어요."

"그래서요?"

자신이 생각해도 공격적인 말투였다. 그래서 어쩌라는, 다소 날이 선 투로 말하는 자신이 이해가 가질 않았다. 당혹스러운 눈으로 자신을 보는 하연만큼이나 문영은 스스로에게 놀란 상태였다.

물론 겉으로 보았을 땐 전혀 그 속을 모르겠지만.

서글서글한 인상에 붙임성 좋고 유한 성격으로 사내에서 평판이 좋은 하연이었다.

서연우, 한 사람 때문에 그녀를 적대시하는 거라면 문영은 자신이 한없이 옹졸한 사람이 분명하다고 생각했다.

"정말 만나고 계신 거라면, 어쩌면 실례되는 말일지 모르겠어요."

대답을 아낀 문영은 잠자코 하연의 말을 들어 주었다. 대체 무슨 말을 하려는 건지 들어나 보자는 심산이었다.

"권 대리님은 잘 모르시겠지만 전 서연우 씨가 처음 인사한 날부터 줄곧 마음에 두고 있었거든요."

"그래서요?"

"……네?"

"그래서, 저한테 하고 싶은 말이 뭔가요."

"아, 그게……."

머뭇대는 그녀가 답답해 문영은 또 한 번 한숨을 내쉬었다.

"내가 서연우 씨와 만나고 있는 중이라면요."

"네?"

"정말 그렇다면, 뭐 어쩌자고 하연 씨가 나한테 그런 말을 하는 건지 모르겠네요."

"아……."

"헤어져 달라고 할 생각이었나요?"

"아, 아뇨! 그건 아니고요. 단지 제 마음을 말씀드려야 할 것 같아서……."

"번지수를 잘못 찾은 것 같은데."

단도직입적인 그녀의 말에 하연의 얼굴이 하얗게 질려 갔다.

평소 냉정하다는 말은 익히 들어 알고 있었지만 그래도 설마 했다. 같은 여자로서 그녀의 마음을 헤아려 줄 거라고 생각했다.

이렇게 차갑게 일갈하며 자신과의 대화를 갈무리할 거라곤 전혀 생각 못 한 일이라 하연은 이다음 말을 어떻게 이어야 할지 고민했다.

설령 그녀가 연우와 만나고 있다 해도 헤어져 달라는, 주제넘은 부탁을 할 생각은 아니었다.

단지, 말 그대로 자신의 마음을 밝혀야겠다고 생각했을 뿐.

무심한 남자는 그녀의 연락을 철저하게 차단했다. 그나마 믿을 구석은 회사 메신저뿐이었는데, 이젠 그마저 외면당하니 도움받을 길이 절실해졌다. 그 길을 문영으로 단정 지은 건 성마른 판단이었던 것 같다.

늘 그의 곁에 문영이 있어 약간의 의심은 하고 있었는데, 며칠 전에 본 두 사람의 반지가 의구심에 확신을 안겨 주었다. 알면서도 먼저 문영에게 연우의 이야기를 화두로 꺼낸 건, 치기 어린 투기 때문이었다.

"그런 얘기는 서연우 씨에게 직접 했어야죠."

"……아."

"뭐, 내가 이렇게까지 얘기했으니 앞으로는 하연 씨가 서연우 씨에게 개인적으로 연락하는 일도 더는 없을 거라 생각하면 되겠네요."

"……."

"더 할 말 없죠? 충분히 대답이 되었을 거라 생각하고, 먼저 들어갈게요."

할 이야기가 끝났으니 이제 그만 돌아가야겠다. 벌써 점심시간이 끝이 났다.

울기 직전의 얼굴을 한 하연에게 적당한 말을 남기고 화장실을 나선 문영은 몇 걸음 안 가 자리에 우뚝 멈춰 섰다.

"벌써 소화가 되는 기분이에요."

반대편 복도에서 그녀를 내내 찾기라도 한 듯 걸어오는 연우와 맞닥뜨렸다.

나침반처럼 문영이 있는 곳이라면 용케도 찾아오는 그였으니 화장실에서 하연과 나눈 이야기를 들었을지도 모르겠다.

어쩌면, 그랬을 것이다.

"생각보다 복도가 참 길어요."

"네. 서연우 씨. 회사는 넓으니까요."

싱긋 웃는 그가 사무실로 향하는 그녀를 따라 방향을 틀었다. 대놓고 그녀를 바라보는 그의 시선은 지나치는 사람들의 눈빛 따위 아랑곳하지 않았다.

뚫어져라 쳐다보는 시선이 얼마나 뜨거운지, 얼굴에 열이 오르는 기분이었다.

"복도를 몇 번만 왕복해도 운동이 되겠어요."

"……다 들었다고 돌려 말하는 거야?"

"몰래 엿들을 생각은 아니었는데, 어쩌다 보니 그렇게 됐네요."

"어쩌다 보니?"

천연덕스럽게 고개를 끄덕이는 그가 말을 이었다.

"커피 내리러 탕비실에 갔다는 사람이 감쪽같이 사라졌으니 찾으러 다닐 만도 하죠."

회사는 넓고, 자칫 잘못했다간 미아가 될 수도 있다는 그의 말속에는 평소 그녀를 과보호하는 성향이 짙게 묻어나 있었다.

웃기지도 않은 이야기에 문영이 코웃음을 쳤다.

"앞으로 그 사람이 나한테 연락할 일은 없겠네요. 권 대리님이 혼쭐을 내 줬잖아."

"……."

"권 대리님한테 고백이라도 받은 기분이었어요,"

대놓고 하연에게 한마디 할 줄은 몰랐는데.

자초지종을 다 듣지 못해 전후 사정은 잘 모르지만 그래도 기뻤다. 하연에게 쐐기를 박는 문영의 말은 벽면에 기대어 잠자코 그녀를 기다리고 있던 그를 더할 나위 없이 행복하게 만들었다. 표현이 드문 그녀의 마음을 엿본 기분이었다.

그녀가 좋아 미치겠는 연우는 아직도 자신이 문영의 말 한마디에 설렌다는 사실이 신기했다.

이렇게 좋을 수가 없었다.

초조해하는 문영과 달리 연우의 표정은 한껏 들떠 있었다.

두 사람의 희비는 극명했다.

문영은 은근슬쩍 자신의 어깨를 감싸는 연우로부터 멀어지기 위해 발 빠르게 움직였다. 다리가 길어 금세 따라붙는 서연우를 끝까지 외면한 문영은 자리로 돌아와 후회했다.

자신을 질투하는 하연이 왜 제게 그런 말을 했는지 모르는 건 아니었다. 답답했겠지.

그런 사람에게 굳이 감정적으로 반응할 필요는 없었는데, 왜 그 순간에는 터지는 감정을 억누르지 못했던 건지.

오히려 투기에 눈이 먼 건 그녀가 아니라 문영이었다. 알게 모르게 서연우의 곁을 맴도는 하연이 자신의 눈에는 마냥 가시였던 모양이다. 그렇다고 덩달아 날을 세울 필요는 없었는데.

"걱정하지 말아요."

서걱서걱, 종이 넘기는 소리가 선연한 부서실에 정적이 흘렀다. 침묵을 뚫고 들려오는 그의 목소리는 희미했다.

"아무한테나 발기할 만큼 아랫도리 간수 못 하는 놈은 아니니까."

박 과장의 귀에까지 들릴까 두려운 문영의 표정이 급격하게 어두워졌다.

"난 권 대리님한테만 발정해요."

한정적인 좆이라 문제긴 하네요.

심각한 사안이라도 되는 듯 그의 콧잔등에 주름이 졌다.

사색이 된 문영은 그의 말을 못 들은 척하느라 애를 먹었다. 누가 들었을까 두려운 상황이었다.

이거, 간 떨려서 일을 할 수 있겠나.

한숨도 나오지 않는 순간이었다.

✣ ✣ ✣

프로젝트팀에서 개발한 제품 홍보는 본사 마케팅 팀으로 이관되었다.

출시를 앞두고 숨 돌릴 틈 없이 바쁜 시간을 보내는 마케팅 전략 팀은 스페셜 S의 지지부진한 실적으로 고배를 마신 후, 이번 기회에 과거를 깨끗이 설욕하기 위해 어느 때보다 열정적으로 직무에 임했다.

문영이 소속된 제품 전략 2팀은 늘 그렇듯 1팀에서 내려놓은 업무를 도맡아 진행을 이어 가는 중이었다.

그날 이후 연우의 곁에 얼씬 않는 하연은 마음을 크게 다친 모양이었다. 지연의 말에 의하면 요즘 들어 식음을 전폐하고 있다고.

그녀의 심리적인 변화에 문영이 큰 원인이 되겠지만 달리 미안한 마음을 느끼진 못했다.

알게 뭐람. 그건 그쪽 사정이고, 그녀에게도 그녀만의 개인사가 있으니 동정할 필요는 없었다.

생각을 떨쳐 내고 간신히 일에 집중했다. 박 과장에게 전달받은 서류를 요약해 연우에게 건네준 문영은 부쩍 그의 능률이 향상했음을 느꼈다.

이전보다 일을 처리하는 속도가 빨라졌다. 빠르게 처리하다 보면 크고 작은 실수를 하기 마련인데, 그런 것도 전혀 없는 걸 보면 타고난 능력자 같았다.

반면 그녀는 그전과 비등비등했다. 능률이 큰 폭으로 좋아진 것도 아니지만 그렇다고 특별히 나빠진 것도 없었다.

참 이상했다. 요즘 들어 문영은 일에 종종 회의감을 느꼈다.

남들은 심심찮게 겪는 슬럼프가 뒤늦게 해일처럼 그녀에게 닥친 기분이었다.

프로젝트로 좋은 성과를 얻은 그녀는 이번 인사 고과에서 높은 가점을 받을 것이다.

승진은 어렵지 않은 문제였다. 진급이 얼마 남지 않았는데, 오히려 마음이 허했다.

계급을 중시하는 사회에서 직급이 높아진다는 건 그만큼 책임져야 할 일이 많아진다는 뜻이었다. 가뜩이나 무거운 어깨에 천근만근 무거운 짐을 짊어지고 싶지 않은 문영은 답답했다.

지금보다 더 많은 사원들의 밥그릇을 직접 챙겨 줘야 한다 생각하니, 덜컥 겁이 나기도 했다.

부지불식간에 퇴사를 생각하는 그녀는 자신이 원래 이렇게 극단적인 사람이었나 생각해 보게 됐다.

그런 건 아닌데 아무래도 며칠 전에 본 꽃집이 눈앞에 어른거리고서부터 정신이 해이해진 것 같다. 꽉 붙들고 있던 인내가 허물어지자 빈틈으로 무수한 잡념이 스며들었다.

그때 그 꽃집 같은, 작은 가게라도 있었으면 좋겠는데.

그만한 가게를 차려 볼까? 당장 퇴사를 한다 해도 퇴직금으로는 어림도 없었다.

부모님에게 손을 벌리고 싶은 생각은 없었고, 그렇다고 은행 대출에 손을 대자니 그것도 문제였다.

어쨌거나 가게를 운영하려면 지금 이 일을 정리해야 하는데.

[무슨 생각해요?]

멍하니 모니터를 응시하는데, 연우에게서 메시지가 도착했다.

[미래 생각.]

[……?]

[아. 그냥 별생각 안 해.]

모로 느껴지는 그의 시선을 받으며 문영은 지그시 눈을 감았다.

불시에 커지는 잡념을 막고 싶은데 어떻게 해야 하는지 모르겠다. 좀체 답을 찾을 수 없어 답답한 문영이 푹 한숨을 쉬었다.

[나도 그래요.]

동시에 연우의 메시지가 도착했다. 덩달아 책상 한편에 뒤집어 놓은 휴대폰이 진동을 울렸다.

[권문영 씨 생각밖에 안 나. 일이 손에 안 잡혀서 큰일이네요.]

[♥♥♥♥♥]

연달아 도착한 메시지를 본 문영은 어안이 벙벙했다.

서연우답지 않은 이모티콘이 황당한지 동그래진 눈을 연신 깜빡대다가 풋, 웃음을 터뜨렸다.

[심심하면 키스나 할까요?]

옆에서 사뭇 진지한 얼굴로 메시지를 보냈을 그를 떠올렸다. 웃음이 가시지 않아 큰일이었다.

힘이 되어 주겠다고 나름대로 노력하는 그가 귀여웠다. 일이나 하라고 짐짓 무섭게 답장할 때쯤 진동이 그쳤다. 뒤늦게 화면을 본 문영의 얼굴에 의아함이 떠올랐다.

아버지였다.

✦ ✦ ✦

“……안 받으시네.”

이번에도 통화 실패였다. 커피 한 잔을 들고 휴게실을 찾은 문영은 곧장 아버지에게 전화를 걸었지만 한참이 지나도 연결이 되지 않았다.

최근 들어 부모님의 연락이 빈번해졌다. 무슨 일이라도 있는 건지 내심 걱정이 된 문영의 낯빛이 근심으로 어두워졌다.

아버지는 자신의 사업에 모든 걸 바친 분이었다. 여차하면 가족까지 뒤로할 사람이라는 걸 잘 알고 있다. 성적에 집착하는 엄마 역시 문제였지만, 좀체 가족들을 챙기지 않는 아버지도 문제였다.

문영은 그다지 아버지와 친하지 않았다. 여타 부녀들이 그렇겠지만 문영의 부녀는 그 정도가 유난스러울 정도로 심했다.

자신의 사업을 부풀리는 데 눈이 먼 아버지는 가족보다 사업 관계자들을 더욱 중시했다.

문영의 100점짜리 시험지를 봐도 달리 말씀이 없던 분이 무슨 이유에서 먼저 연락을 했을까.

무심한 아버지라 그동안 문영의 진로에 크게 훈수를 두지 않았다.

만약 아버지에게 퇴사 이야기를 넌지시 꺼낸다면 어떤 반응을 보일까. 충분히 예상 가능한 엄마처럼 노발대발하는 건 아닐는지.

골몰하며 사무실로 돌아가는 길이었다.

“어, 권 대리. 오랜만이야.”

재무 팀 유 대리와 송 대리를 마주쳤다. 뺀질뺀질하기로 소문이 자자한 두 사람은 그녀의 또 다른 입사 동기였다.

“네.”

인사를 생략한 문영이 간결하게 대답을 남긴 후 문 쪽으로 걸어가자 뒤에서 킬킬거리는 웃음소리가 따라붙었다.

지금의 조 대리처럼 한때나마 그녀를 귀찮게 했던 두 남자였다. 저열한 그들은 지금까지 숱한 여직원들에게 언어적 희롱을 가감 없이 해

온 파렴치한이었다.

여타 사람들에게 그들의 술버릇을 익히 들어온 문영은 말을 섞는 것만으로도 끔찍한지 잘게 어깨를 떨며 문고리를 잡았다. 서둘러 자리를 피할 생각이었다.

"뭐야, 권 대리. 바빠? 잠깐 대화 안 돼?"

"……."

"긴 얘기 아닌데, 너무하네. 입사 동기로서 친근하게 말 한마디 섞어 보겠다는데 그것도 어렵다는 건가?"

비아냥대는 유 대리의 목소리에 넌더리를 느낀 사람처럼 확 문을 열어젖히는 순간이었다.

"그 소문, 사실이야?"

멈칫한 그녀가 굳은 듯 자리에 섰다.

"이번에 권 대리 아래로 들어온 신입이랑 연애 중이라며?"

무감한 눈으로 두 사람을 돌아본 문영의 표정이 경직됐다.

"그렇게 안 봤는데, 결국 권 대리도 그런 여자였어? 어리고 잘생기면 다 되는 거야?"

기어이 그들에게까지 연우와의 이야기가 퍼져 나간 모양이다. 유감이 아닐 수 없었다.

"이야, 드디어 상대해 주네. 지금까지 상종도 안 해 주던 사람이 신입 이야기에 바로 반응하는 걸 보니, 뭐가 있긴 한가 보다. 응?"

"용건이 뭐죠?"

"아니, 그냥. 나는 소문의 진상을 파악하고 싶었을 뿐이야. 여기저기 권 대리 좋다고 들이댄 남자들 다 걷어차더니, 결국 어린놈이 취향이었나 해서."

문영의 눈썹이 삐딱해졌다. 비열하게 웃는 유 대리와 그 옆에서 맞장구를 치는 송 대리의 모습은 정말 최악이었다.

"그 신입, 운동 깨나 했던 모양인데. 기술이 좋은가 봐?"

"그래서요?"

"이거 좀 서운한데. 나도 그런 면에선 알아주거든. 둘째가라면 서운하다고."

"아, 그러세요. 보기엔 영 시원찮아서 몰랐네요."

대수롭지 않은 투로 꺼낸 말이 묘한 자극이 되었던 모양이었다. 유 대리의 표정이 순식간에 뒤틀렸다. 크게 드러내진 않았으나 심기가 불편했을 테다.

반면 문영은 심상했다.

"그리고 제가 좀 까다로워서 아무거나 못 먹습니다."

"뭐?"

"잘못 먹었다가 탈이라도 나면 안 되니까요."

"지금 뭐라고……!"

"음, 그런 경험이 있다 보니 저도 모르게 몸을 사리게 되네요."

한여름에 대게를 잘못 먹고 탈이 난 경험이 있는 그녀는 아무거나 닥치는 대로 입에 대는 버릇을 고쳤다. 그날처럼 또 크게 앓는 일이 있어서는 안 되니까.

"더 할 말 있으신가요?"

억지로 미소를 짓는 문영의 시선은 차가웠다. 경멸에 가까운 눈초리는 송 대리도 피해 갈 수 없었다. 빤한 눈빛으로 두 사람을 차례대로 쳐다본 문영이 조소했다.

"마지막으로, 사내에서는 호칭에 각별히 주의해 주었으면 좋겠는데."

"허!"

"듣는 제 입장도 고려해 주시죠. 서연우 씨가 그렇게 어리지는 않을 텐데요."

다시 돌아선 문영이 문고리를 잡아 문을 열고 나서려는 찰나였다.

좀처럼 분이 풀리지 않았는지 후, 바람을 불어 옆머리를 헝클어뜨린 그녀가 비스듬히 유 대리를 돌아보았다.

"난잡한 성품을 회사에서까지 공연히 드러낼 필요, 없잖아요?"

쾅!

힘 조절이 어려워 문이 부서질 듯 세게 닫혔다. 살짝 당황했으나 오히려 잘된 일이다 싶었다. 단단히 화가 난 제 감정을 똑똑히 일러 준 것 같아 문영은 거침없이 돌아섰다.

그러나 문영은 몇 발자국 움직이다 말고 걸음을 멈춰야 했다. 앞서 걸어오는 누군가와 불가피하게 부딪치는 사고가 생긴 탓이었다.

재빨리 어깨를 잡아 세우는 상대의 친절이 아니었다면 그대로 바닥 위로 넘어졌을지도 몰랐다.

그 상대가 서연우라면 얘기는 조금 달라졌다.

"뭐가 그렇게 급해요?"

한바탕 소란이 있던 문 너머의 이야기를 그가 속속들이 귀담아들은 건 아닐까 내심 걱정이 되었다.

한편으론 화도 났다. 비밀로 부쳤으면 하는 두 사람의 비밀 이야기가 차츰차츰 사내로 번져 가는 실정이었다. 누구나 다 두 사람의 관계에 호기심을 갖고 달려들 텐데, 문영은 사람들의 무익한 관심이 불편했다. 굳이 안 들어도 될 이야기까지 귀에 들릴 게 벌써부터 거슬렸다.

"후……."

"막 찾으러 오는 길인데, 도망치는 사람처럼 급하게 뛰어오는 게 어디 있어요."

"서연우 씨."

"네, 대리님."

금방 문을 열고 뒤쫓아 나올 직원들과 마주칠까, 휴게실과 조금 멀리 떨어진 복도 한편으로 연우를 데리고 온 문영이 폭 한숨을 내쉬었다.

불규칙한 호흡을 차분하게 정리한 그녀가 한 템포 쉬었다가 입을 뗐다. 그녀의 표정은 여전히 어두웠다.

"난 창피한 건 질색이에요."

"압니다."

"여기저기 내 이야기가 난무하는 건 더더욱 사양이고요."

굳이 듣지 않아도 될 이야기가 무성해질수록 결국 상처받는 건 그녀였다. 그녀가 어렵게 쌓은 평판에 금이 가는 건 두 번째 문제였다.

사실 그녀는 두려웠다. 매일 밤 수군대는 사람들의 말소리를 떠올리며 밤잠 설칠 자신의 모습이 눈에 선연했다.

주먹을 말아 쥔 손이 간헐적으로 떨렸다. 그의 시선이 문영의 마른 손에 닿았다 떨어졌다. 나른하게 눈을 깜빡이다 마주친 그의 표정이 차츰차츰 지워졌다.

종전과는 판이한 얼굴에 설핏 노기가 스쳤다. 그녀만큼이나, 어쩌면 그녀보다 더한 것을 견뎌야 할 그의 감정이 눈빛으로 고스란히 전달됐다.

기어이 우려했던 사달이 벌어졌다. 유 대리의 발언은 더러운 모독이었으므로 분하고 억울한 마음이 드는 것도 사실이었다.

서연우가 원했던 게 이런 상황이었던가, 하는 생각에 곱절로 불쾌감에 젖어 들었지만 이상하게 좀처럼 입이 떨어지지 않았다.

"권 대리님. 무슨 일인지 말해 봐요."

마음 한편에는 연우에 대한 원망이 도사리고 있었다. 그런데도 마음대로 화를 낼 수 없었다.

그만큼 그를 좋아해서일까.

아니면 처음 보는 그의 삭막한 표정에 외려 더 당황했기 때문일까.

머리 위로 도는 화를 삭이듯 이를 세게 사리물고 있는 그의 턱이 단단해 보였다.

어떤 말로도 형용할 수 없는 감정이 연쇄적으로 폭발하는지, 가끔 한숨 소리를 내는 서연우의 얼굴이 더더욱 굳어졌다.

"내가 생각보다 서연우 씨를 많이 좋아하나 봐요. 서연우 씨 표정이 그런 걸 보면…… 유 대리 말, 전부 들은 거죠?"

"목소리가 컸어요."

"근무 시간인데 여기까진 어쩐 일이에요?"

잠깐 자리를 비웠다 해서 지난번처럼 직접 그녀를 찾아 나선 거라면 분명한 근무 태만이었다.

하지만 돌아오는 그의 대답은 보기 좋게 문영의 예상을 빗나갔다.

"윤 차장님이 찾으셔서요."

"아, 그래요."

연우를 돌려보내고 잠시 인사 팀에 들를 생각이었는데. 보복은 그 이후의 일이 되었다.

하는 수 없이 사무실로 발걸음을 돌렸다.

뒤늦게 말없이 쫓아오는 서연우를 인식하고 걸음을 멈춘 건 사무실에 다다라서였다. 자동문의 버튼을 누르려다 말고 빙그르르 몸을 돌려 뒤를 돌아보았다.

난데없는 윤 차장의 호출. 그는 웬만한 일이 아니고서야 호출이 드문 사람이었다.

"아."

그간 정신이 없어 잊고 있던 일이 떠올랐다.

서연우와 숱한 언쟁을 벌이던 해외 지사 발령 건이 생각난 것이다. 다시 보니 그의 눈가에 묻어난 일말의 분노가 비단 유 대리 때문은 아닌 듯했다.

아니, 무엇이 그의 노기를 자극했는지 모르겠다. 냉골처럼 차가운 인상은 그녀에게도 사뭇 낯설었다. 늘 절제된 인상으로 어느 곳에서나 잘 어우러지는 그였다. 지금과 같은 얼굴은 서연우에게 어울리지 않았다.

유 대리와의 접전을 문 뒤에서 듣게 된 것도 모자라, 엎친 데 덮친 격으로 윤 차장마저 자신을 찾고 있으니 혼자 생각하고 혼자 착각하기를 좋아하는 서연우는 여러모로 심기가 불편할 테다.

한편으로는 버럭 화를 내도 모자랄 판국에 그의 기분을 염려하는 자신이 퍽 우스웠다.

"서연우 씨."

"네."

"처리해야 할 일이 많은가요?"

그는 가볍게 고개를 저었다.

"다녀와서 넘겨줄 서류가 꽤 많아요. 시간이 남는다면 미리 준비해 놓는 게 좋겠네요."

문영은 그가 다른 생각은 할 수 없게 해야 할 일을 일러 주었다.

옆에 앉혀 놓고 차분하게 설명해 주려 했는데.

"그럼 다녀와서 봐요."

먼저 돌아선 문영은 일부러 뒤를 돌아보지 않았다. 긴장하기는 그녀도 마찬가지였다.

만약 윤 차장이 우려한 대로 해외 발령에 대해 언급한다면……. 어떻게 반응해야 좋을지 모르겠다. 적당한 시간이 필요했다. 그러는 동안에도 선뜻 결정짓지 못할 게 뻔했다.

제자리에 못 박힌 듯 서 있는 서연우의 존재가 그녀에게는 꽤 컸기 때문이었다.

✦ ✦ ✦

"중차대한 사안이라도 있을까 봐?"

블라인드를 내리고 뒤돌아서자 바짝 긴장한 문영이 보였다. 윤 차장이 호탕하게 웃으며 회의 책상 앞으로 걸어갔다.

의자를 빼내 먼저 앉은 그가 가볍게 책상 위를 두드렸다. 발치에 있는 그녀는 그의 뜻을 알아채곤 적당히 떨어진 곳에 몸을 앉혔다.

"권 대리도 알겠지만 내가 이래 봬도 양심은 잘 챙겨 사는 놈이야."
"네, 잘 알고 있습니다."
"그동안 마음고생 심했을 거 아니야. 같은 시기에 입사한 동기들은 주재원이다, 뭐다 해서 제 밥그릇 잘 챙겨 먹는데 권 대리는 그렇지 못했으니까. 억지로 눈칫밥 먹으며 지내는 게 꽤 고역이었을 거야."
"아니요. 전혀……."
"부러운 기색을 드러내는 것조차 쉽지 않아 억지로 참는 것도 참 쉽지 않았을 거야. 암, 어려운 일이지."
본론으로 들어가는 길이 길었다. 문영은 그가 무슨 말을 할지 예견한 사람처럼 덤덤한 얼굴로 하얀 책상 위만 내려 보았다.
"프로젝트 성과가 나쁘지 않아. 인사 팀에서도 우호적인 뜻을 보였고. 나쁘지 않을 거라고 생각하네."
"……아."
"무능한 상사 때문에 고생 많았어. 권 대리도 이제 빛 좀 봐야지."
헌 둥지를 버리고, 새집 찾아 훨훨 날아가라는 그의 말이 달갑지 않은 걸 보니 정말 어떻게 되어 버린 모양이었다.
오랫동안 문영을 바라본 윤 차장의 입가에 미소가 번졌다. 인자하게 웃는 그에게서 그녀를 생각하는 진심이 선연하게 떠올랐다.
"이번 해외 지사 발령 건. 내가 단단히 입김 좀 넣었네."
무어라 대꾸할 말이 없는 그녀는 그저 입술만 달싹거렸다. 자연스레 서연우의 모습을 떠올리게 만드는 윤 차장의 말은 확신으로 가득 찼다.
지금 같은 기회가 두 번 다시 없을 것을 암시하는 그의 눈빛이 어느 때보다 빛났다.
그런 그를 앞에 두고 망설이는 것조차 마음대로 할 수 없었다. 억지로 입술을 끌어 올렸지만 쉽사리 눈을 맞추기가 힘들었다.
더할 나위 없이 좋은 기회인 건 분명했다. 머리도 아는 사실을 마음은 몰랐다.

마음속에 자리를 잡은 서연우가 단단히 그녀의 발목을 붙잡고 있었다.

⁂

이런 상황을 예견했던 건 아니었다.

본사에 인턴으로 출근했을 때부터 곧잘 그녀의 소식을 전해 들은 연우는 문영의 입지가 지사에서 얼마나 대단한지 새삼 느낄 수 있었다.

일밖에 모르는 사람이라고 했다. 예쁘기는 또 엄청 예쁜데 까탈스럽기가 예사가 아니라고.

신입도 아닌 인턴들의 귀에까지 이야기가 들릴 정도면 정말 예사는 아니라는 말이었다.

알면서도 그녀와의 관계를 공개적으로 알리고 싶었던 건 순전히 그의 질투 때문이었다.

매사에 신중하고, 행동을 절제하는 그와는 사뭇 어울리지 않는 행동이었지만 달리 막을 방도가 없었다.

여전히 조 대리처럼 뺀질대는 남자들이 판을 치는 사내에서 예쁜 문영에게 호감을 갖는 이들이 한둘이 아니었다. 다만 더한 놈이 눈치만 보며 그녀 곁을 어슬렁거린다는 건 전혀 모르는 일이었다.

끊임없이 싸지른 체액으로 그녀의 몸을 더럽혔다. 어지간히 촉이 발달된 놈들이라면 모르려야 모를 수가 없는데.

연우는 윤 차장이 문영을 애타게 찾는 모습에 가슴이 덜컹 내려앉았다. 그것도 모자라 그토록 찾아 헤맨 문영의 목소리가 휴게실 문 안에서 들려오는 순간, 겨우 자리를 되찾은 심장은 와당탕 곤두박질쳐졌다.

비열한 유 대리의 목소리가 뒤따르자 문고리를 잡은 그의 손이 그대로 움직임을 멈췄다.

"아니, 그냥. 나는 소문의 진상을 파악하고 싶었을 뿐이야. 여기저기 권 대리 좋다고 들이댄 남자들 다 걷어차더니, 결국 어린놈이 취향이었나 해서."

"그 신입, 운동 꽤나 했던 모양인데. 기술이 좋은가 봐?"

귀를 의심할 수밖에 없는 그의 발언은 저열하기 그지없었다.

머릿속에 빠르게 차오른 열이 뱅뱅 떠돌았다. 들끓는 분노가 얼굴로 올라왔다. 순식간에 거칠어진 호흡을 가다듬느라 꽤 애를 먹었던 것 같다.

애써 차분하게 대응하는 그녀의 모습이 문에 가로막혔지만 선연하게 떠올랐다. 특유의 덤덤한 목소리 속에서 미묘하지만 평소와는 다른 묵직한 경멸감이 느껴졌다.

그간 지척에서 그녀를 봐 온 서연우가 모를 리 없었다. 말끝이 가늘게 떨리는 게 참담한 그녀의 심경을 대변하는 것 같았다.

더럽다 못해 경멸스러운 말 따위를 듣게 할 생각은 아니었다.

자신의 감정만 앞세워 그녀를 곤란하게 만들고 싶지 않았다. 애처럼 떼를 쓸 때마다 자신을 보는 그녀의 눈빛이 어떤지 모르지 않아 더 참으려고 했다. 좋은 것만 알고 싶은 그에게 무감한 그녀의 표정은 평생 모르고만 싶은 얼굴이었다.

무미건조한 얼굴을 하고 있을까, 멸시의 눈빛을 내고 있을까.

뭐가 됐든 온전치 않을 것이 분명해 화를 가라앉히지 못했다. 문영의 앞에서만큼은 유순하다가도 정욕적인 면모를 아낌없이 보이던 서연우의 표정이 외풍에 얼어붙은 것처럼 차가워졌다.

냉골 같은 얼굴을 하고 문을 여는 찰나, 반대쪽에서 먼저 문을 열었다.

태연하게 움직이는 것 같았지만 그를 마주친 문영의 표정은 그리 밝지 못했다. 가락처럼 엉킨 복잡한 감정에 어쩔 줄 몰라 하는 사람처럼 눈을 크게 뜬 그녀는 이내 태연하게 표정을 고쳤다. 마음대로 화를 내지 못하는 그 모습이 안쓰러워 연우는 아무 말도 할 수 없었다.

윤 차장의 부름을 받은 문영은 황급히 자리를 떴지만, 그는 아직 그 자리였다.

윤 차장의 일을 차치해도 유 대리의 문제가 남아 있었다. 문영을 대놓고 조롱하던 그 개자식의 목소리가 생생했다. 모든 게 자신 때문에 생긴 일인 것만 같아 화가 치밀었다. 극단적인 감정에 머릿속은 하얗게 점멸되었다.

"후……."

벽에 등을 지고 깊이 골몰하던 그가 이내 허리를 곧추세웠다. 발길은 자연스레 휴게실로 이어지는 문 앞에 섰다. 킬킬대는 남자들의 비릿한 웃음소리가 널따란 휴게실을 가득 채우고 있었다.

연우는 난생처음으로 자신의 무능함을 원망했다. 버릇처럼 쥐었다 펴는 손을 내려다보다 천천히 문을 당겼다.

때마침 휴게실 밖으로 나서던 유 대리와 정면으로 부딪쳤다.

고의는 아니었으나 사과할 마음이 추호도 없는 걸 보면 미필적 고의라고도 할 수 있겠다.

"악!"

장골이 크고 거대한 연우는 전체적으로 슬림한 느낌을 주었으나 체격에 맞게 다부진 근육이 온몸에 알맞게 짜여 있었다.

대체적으로 피부가 두껍고 탄탄한 그에 반해 유 대리는 다소 왜소했다. 키가 훤칠한 연우보다 한 뼘 정도 작았으니, 갑작스러운 접촉에 뒤로 고꾸라지는 것도 당연했다.

무방비했던 그가 우스꽝스럽게 주저앉는 모습을 연우는 남 일 보듯 무심한 눈으로 바라보았다.

"아."

곁에 있는 송 대리가 그를 부축해 일으켜 세우는 동안 연우는 차분한 눈빛으로 유 대리를 바라보았다.

"죄송."

욱신대는 허리 부근을 두드리며 엉거주춤 선 유 대리가 눈에 쌍심지를 켜고 연우를 올려보았다.

입사한 지 얼마 되지도 않은 새파랗게 어린놈이 자신을 내려다보니 기분이 엉망진창이었다. 조금 전 문영과의 일 때문에 일부러 이러는 거라면 사람을 아주 잘못 건드린 거였다.

노골적으로 짧아진 말본새에, 저를 바라보는 눈빛까지 전부 다 언짢았다.

하여간 마음에 드는 구석이라곤 조금도 없는 놈이었다. 만약 이런 놈이 자신이 속한 재무 팀에 인사 발령이라도 났다면…….

하. 생각하고 싶지 않았다. 본사 출신 신입이라 하더라도 신입은 신입이다. 직급 체계가 확실한 회사에서는 그가 연우보다 우위에 있었다.

"……합니다."

"너, 이 새끼! 일부러 그런 거지."

"설마요. 제가 유 대리님에게 왜 그런 짓을 하겠습니까."

나른하게 눈매를 접어 웃는 그가 아무것도 모른다는 표정을 한 채 대답했다. 붉으락푸르락한 낯빛의 유 대리가 힘껏 주먹을 쥐었다.

"서연우, 지금 내가 권문영이 건드렸다고 나한테 부러 시비 붙이는 거 모를 줄 알아?"

"무슨 말을 하는 건지……."

차갑게 조소한 그가 혼잣말을 중얼거렸다. 우두커니 선 유 대리의 신발 코앞에 보란 듯이 선 그가 어지러운 얼굴을 했다.

"이해가 어렵습니다."

"이 시건방진 새끼 같으니. 윗선에서 뒷배라도 봐주는 모양이지? 본사 출신이라고 유세라도 떠는 거야, 뭐야?"

"그럴 리가요."

퍽 여유로운 연우의 태도가 유 대리의 자존심을 긁었다. 발끈한 저와 달리 태연한 서연우의 모습에 속이 쓰렸다.

"업무와 관련해 유 대리님의 부당한 보복이라도 있을까, 무서워서라도 그럴 일은 없을 겁니다."

그는 뭔가 오해가 있던 것 같다며 흥분한 유 대리에게 나긋나긋 설명했다. 워낙 발성이 좋아 대충 말을 했어도 귀에 속속 들어왔을 텐데, 비아냥대듯 느리게 말을 내뱉는 그로 인해 더 생생하게 와닿았다.

오늘 일로 암묵적으로 업무에 좋지 않을 영향을 줄 유 대리의 졸렬함을 지적한 것이었다.

얼굴까지 새빨개진 유 대리가 목에 핏대를 세워 가며 소리를 지르는 동안 송 대리는 흥분한 그를 만류하는 데 열성을 다했다.

입에 담기조차 흉한 말이 난무한 휴게실에 일면식만 있는 사람들이 왕래했다. 쭈뼛대며 주변 눈치를 살핀 송 대리가 그를 잡아끌었다. 사람들의 원성이 커지자 어쩔 수 없이 자리를 뜬 유 대리는 마지막까지 연우에게 삿대질을 하며 고함을 질러 댔다.

"까불지 마. 이 새끼야! 어디 신입 주제에 꼿꼿하게 고개를 쳐들고 있어. 엉?"

연우는 그저 가만히 서서 멀어지는 그들의 모습을 바라보았다. 연신 뒤를 돌아보는 유 대리와 눈이 마주칠 때마다 아무것도 모르는 사람처럼 백지의 얼굴을 해 보였다.

노골적으로 어깨를 으쓱이는 그의 표정에 약이 바짝 오른 유 대리의 음성이 저만치 떨어진 곳에서 들렸다.

"괜찮아요?"

평소 유 대리의 그릇을 아는 몇몇 사원들이 다가와 연우에게 걱정스레 물었다.

"서연우 씨, 얼른 인사 팀에 가서 직장 내 괴롭힘으로 고발해. 하긴, 그래도 정신 못 차릴 인간이지만……. 그래도 그 수밖에 더 있어?"

전략 팀 소속 직원의 말에 연우는 부드럽게 미소 지었다.

뼈가 으스러질 때까지 흠씬 두들겨 패지 못한 게 천추의 한으로 남으려나.

돌아선 연우는 분에 찬 주먹을 말았다 쥐며 한숨을 길게 내쉬었다.

제발 살려 달라며, 한사코 애원을 할 때까지 짓밟아 뭉개야 했는데. 아쉬웠다.

가슴 깊은 곳에서부터 갑갑함이 차올랐다. 목이 조이는지 느슨하게 타이를 풀며 걷는 길이 살얼음판 같았다.

26장

며칠 전 잠시 자리를 비운 하연이 그새 돌아와 훌쩍대는 모습을 보았다. 뭐가 그리 서러운지, 겨우 울음소리를 삼키는 모습이 퍽 안타까웠다.

듣자 하니 제품 전략 팀의 서연우에게 고백을 했다가 보기 좋게 차였다는 것 같은데, 왜 떠도는 말속에 문영의 이름이 포함되어 있는지 모르겠다.

김 대리로부터 두 사람의 연애 소식을 전해 들었다. 안 그래도 미심쩍은 적이 몇 번 있었는데, 하연의 모습을 보니 소문이 사실인 모양이었다.

허어, 일밖에 모르는 여자가 하고 많은 놈들 중에 서연우와…….

"그것 참 기이한 일이로세."

게다가 문영이 프로젝트 구성원으로 얼마간 자리를 비웠을 때, 잡무처리반으로 유명한 제품 전략 2팀의 윤 차장이 직접 나서서 그녀의 해외 지사 발령 건에 입김을 넣었다.

실적이 지지부진한 팀에 가려진 인재라며 윗선까지 찾아가는 바람에 한동안 사내는 윤 차장의 부하 사랑으로 후끈 달아올랐다.

평소 부하 직원 대하는 데 말이 많고, 탈이 많던 상사들이 도마에 올라 직원들 사이 물고 뜯는 화젯거리가 되기도 했다.

사실 문영의 해외 발령 건은 거의 확정이나 다름없었다.

그녀의 인품이나 실력은 조 대리가 있는 인사 팀에서도 잘 알고 있을 만큼 뛰어났으니까.

그녀에게 인사 명령이 떨어지는 건 사실상 시간문제인데.

"흐음."

조 대리는 조금 전 자신을 찾아온 연우를 떠올렸다.

아무래도 그녀의 발령 소식을 접한 그가 부리나케 자신을 찾아왔다고 생각했다. 생이별하듯 떨어지고 싶지 않은 남자의 순정을 이해하지 못하는 것도 아니었다.

그는 연우에게 '권문영 대리의 탄탄대로 같은 앞날을 위해서라도 서연우 씨가 이해하고, 받아들이도록 해요' 라고 먼저 운을 뗐었다.

그런데 웬걸.

그는 난데없이 찾아와 유 대리 이야기만 단언적으로 남겨 둔 채 인사 팀을 떠났다.

유 대리야 워낙 전부터 말이 많은 남자였다. 그가 소속되어 있는 재무 팀 직원들은 팀 내 회식을 극도로 기피했다.

회식의 대미를 장식하는 마지막 4차로 유흥업소를 고집하는 그의 여성 편력은 사내에서도 유명했다. 그가 접대를 필요로 하는 부서 소속이 아니라는 데 깊이 감사하는 사람들이 있는가 하면 입사 동기들조차 그와의 겸상을 꺼려 하기 일쑤였다.

그와 내외하는 건 조 대리나, 최 대리, 성 대리, 다양한 입사 동기들 사이에서도 불문율처럼 여기고 있었다.

게다가 연우가 등판하기 전까지만 해도 유 대리는 조 대리의 둘도 없는 앙숙이었다. 문영에 대한 유 대리의 불순한 마음을 잘 알고 있는 조 대리는 나름 순정파였다.

이 여자, 저 여자 할 것 없이 여자라면 일단 들이대기 바쁜 유 대리와 저는 태생부터 달랐다.

"아니, 그런데 권 대리……."

그래서 조 대리는 항시 그 사실을 문영에게 강조해 왔다. 여자를 대하는 데 깔끔한 자신의 성격을 어필하려 했는데 난데없이 등장한 신입사원이 그녀와 연애를 한다니! 눈 뜨고 코 베인 기분이었다.

"여기까지 무슨 일이야?"

떨어진 코를 붙여 주러 그녀가 나선 걸까.

혹시 유 대리와 무슨 일이라도 있었던 걸까.

그래서 서연우 씨가 직접 나선 건가.

조 대리는 거기까지 생각했다. 반면 문영은 말없이 그를 바라보다가 하연이 있는 모로 고개를 돌렸다.

문영이 인사 팀에 들어선 순간부터 내내 그녀를 지켜보던 하연은 눈이 마주치자 흠칫 어깨를 떨었다. 잽싸게 시선을 피하는 걸 보니 두 사람 사이에도 뭔 일이 있던 모양이었다.

"재무 팀 박 차장님한테도 전달하긴 했지만 괜히 불안해서요."

차분하게 운을 뗀 그녀는 '팔은 안으로 굽는다잖아요' 라고 말을 덧붙였다.

조 대리는 아주 잠깐 문영에게 눈이 멀었다. 하나로 질끈 묶어 올린 포니테일 덕분에 가느다란 목선이 훤히 드러났다. 미인의 표본 같은 그녀는 작고 하얀 얼굴에 목이 가늘고 길었다.

권문영 대리. 당신은 정녕…….

"유성진 대리 일로 말씀드릴 게 있어서요."

저도 모르게 벌어진 입가에 침이 흐르는지도 모른 채 그녀를 올려보았다. 싱긋 눈웃음을 지어 보인 문영은 손끝으로 자신의 입가를 톡톡 가리켰다.

헤벌쭉한 입을 그만 다물라는 뜻이기도 했고, 주르륵 새는 침을 닦으라는 말인 것도 같아 조 대리는 침을 꿀꺽 삼켰다.

"유성진 대리……?"

집중, 집중.

꾀꼬리처럼 예쁜 목소리로 조곤조곤 말을 하는 그녀에게 쫑긋 귀를 세웠다. 이어지는 그녀의 말에 표정 관리가 어려운 건 당연한 일이었다.

유 대리, 이 개자식……!

✢ ✢ ✢

멍청하게 듣고만 있을 성격은 아니었다. 유 대리의 그 못된 말버릇 때문에 몇몇 여직원들이 퇴사를 피할 수 없게 됐다. 아까운 인재들이었다.

그녀가 아는 사람만 두 사람이었으니, 못해도 다섯 정도는 그의 성희롱의 피해자가 됐다. 그때마다 유 대리를 감싸고 보는 박 차장도 문제라면 문제였다.

유 대리의 행실을 알면서도 두둔하는 그는 방관자나 진배없었다.

퇴근 시간이 되어 가방을 챙겨 자리에서 일어난 문영의 곁으로 지연이 다가왔다.

힐끔, 주변을 살피던 그녀가 제법 심각한 표정으로 귓속말을 소곤댔다.

"권 대리님, 혹시……."

"응?"

"서연우 씨랑 사귀세요?"

왜 그 순간 지척에 있는 연우에게 눈길이 갔는지 모르겠다. 카풀을 핑계로 퇴근 중인 그녀를 오매불망 기다리고 있는 서연우의 준수한 얼굴에 시선을 빼앗겼다.

진한 눈썹과 윤곽이 뚜렷한 눈매. 그는 유독 아랫입술이 두꺼웠다. 그 입술이 예민한 몸에 닿을 때마다 소름 돋는 전율에 자지러지는 그녀였다.

문영은 똑바로 자신을 쳐다보는 연우를 보며 조 대리의 말을 떠올렸다.

"유 대리랑 무슨 일이 있었던 거지? 안 그래도 조금 전에 서연우 씨, 들렀다 갔어. 유 대리 이야기를 꺼낸 걸 보면 예사는 아닌 것 같은데, 설마 권 대리한테 실수라도 한 거야?"

"권 대리. 이번 인사 발령, 정말 진지하게 고려해 봐. 나도 아쉽지만 권 대리한테는 더할 나위 없는 기회잖아."

"혹시 서연우 씨 때문에 망설이는 거라면……."

사실 놀랐다. 발령 문제로 이렇게 자신이 쉽게 결정을 내리리라곤 생각지 못했다.

"아뇨, 갈 생각 없어요. 꼭 서연우 씨 때문은 아니에요. 서연우 씨를 걸림돌이라고 생각해 본 적도 없고……."

한 번뿐인 기회라고 생각하면 아쉬움이 없는 것도 아니지만, 목숨 걸고 해야 할 일이 아니라는 판단이 서 그런 결정을 내리게 됐다.

발령 문제보다 심각한 건 유 대리와의 일이었다.

서연우가 인사 팀에 왔었다고?

그것도 은근히 적대시하는 조 대리를 직접 찾아갔다니, 유 대리와의 일이 그에게도 제법 심각한 사안이었던 모양이다.

문영은 괜히 그에게 쓸데없는 말을 듣게 한 것 같아 조금 씁쓸했다.

"누가 그래요?"

그에게서 시선을 돌린 문영이 지연을 돌아보며 되물었다.

"딱히 누구한테서 들은 얘기는 아니고요……."

"아닌데, 왜 갑자기 그런 걸 묻는 걸까요. 사람 당황스럽게."

당황스러워? 전혀 그런 사람 같아 보이지 않아 외려 더 당황한 지연이 말을 얼버무렸다.

"아뇨, 그건 아니고……."

"지연 씨 거짓말 못 하잖아. 누구한테 무슨 이야기 들었구나?"

"음, 네. 뭐……. 사실 떠도는 말만 믿고 꺼낸 말은 아니에요. 그냥 가만 보니 그런 것도 같아서요."

"나하고 서연우 씨 사이가 사내에서 큰 토픽이라도 되나 봐요."

약속이라도 한 것처럼 그녀와 부대끼는 사람들은 하나같이 문영에게 연우의 이름을 언급했다.

"아, 아뇨! 절대 그건 아니고요!"

양손을 흔들며 절대 아니라고 말하는 지연을, 문영이 부드럽게 웃으며 바라보았다.

"'절대' 아니면 됐네요. 나 먼저 가 볼게요. 서연우 씨와는 카플 때문에……."

"네? 커플이요?"

깜짝 놀라 묻는 그녀를 뒤로한 채 홱 돌아선 문영이 그대로 연우를 찾았다.

"사람들이 온통 네 얘기만 하네."

차에 오른 문영이 시동을 걸며 하는 말에 벨트를 걸던 연우가 넌지시 그녀를 쳐다보았다.

"반지의 여파가 크긴 한가 봐."

우려했던 대로 김 대리가, 어쩌면 그녀 때문에 눈물을 쏙 뺀 하연이 나서서 두 사람의 이야기를 떠들고 다니는지도 모른다는 생각이 들었다.

"미안해요."

"응?"

이제 막 주차장 밖으로 나온 차가 도로에 진입한 때였다.

"굳이 안 들어도 됐을 말을 듣게 됐잖아요."

"그렇긴 한데, 네가 미안해할 필요는 없지."

그가 고의적으로 자신의 평판을 깎아내리려 했던 것도 아닐뿐더러 의도 자체가 불순했던 것도 아니니, 한껏 풀 죽은 얼굴을 한 연우에게 화를 낼 이유가 없었다.

"재무 팀에도 단단히 일러 주었으니 당분간은 조용하겠지."

과연 그것만으로 해결이 될까.

연우의 미간에 미세하게 주름이 졌다. 고작 그런 처사로 그녀가 받은 모욕이나 그의 분노를 없애진 못할 것이다. 묘한 열패감으로 몰아넣는 유 대리는 회사 안에서의 서연우가 얼마나 보잘 나위 없는지를 분명하게 보여 주었다.

그의 불순한 언행이 인사 고과에 반영되는 것으로는 분이 풀리지 않았다.

두 번 다시는 함부로 입을 열 수 없게 갈기갈기 찢어 놓았어도 시원찮은데, 생각보다 문영은 의연했다.

"그리고 해외 발령 말인데. 안 가려고."

기뻐할 줄 알았는데, 생각보다 서연우는 덤덤했다. 눈이 자못 커진 걸 보면 나름대로 놀란 기색을 드러내는 것도 같은데, 별말이 없으니 속내를 읽기가 어려웠다.

운전 중인 문영은 고작 그를 힐끔 훔쳐보는 게 전부였다.

"왜 말이 없어?"

"네?"

"응?"

"당장이라도 떠날 것처럼 사람 간 떨리게 할 땐 언제고, 이제 와서 마음이 바뀐 이유가 뭐예요?"

자신 때문일 거라는 생각은 없었다. 애초부터 그건 염두에 두지도 않았다.

"너 때문에."

그런데 일말의 기대감도 없는 상태에서 들리는 그녀의 목소리가 얼마나 예쁘던지.

할 수만 있다면 미약한 숨소리마저 손에 쥐고 싶었다.

"아, 지금 듣기 좋은 말로 나 유혹하는 건가?"

그가 가볍게 웃으며 반문했다.

"아니. 정말이야."

진심이었다.

"외국까지 나가서 피땀 흘리며 일할 생각하니 답답하더라. 죽을 둥, 살 둥 열심히 일하는 데 재미가 붙은 것도 아니고."

그럴 거면 차라리 한국에 남아 있는 게 더 나을 거라는 생각이 들었다. 앞서가는 동기들의 승진을 웃으며 축하해 줄 정도의 그릇은 됐다.

애초부터 그녀에게는 야욕이 없었다. 지금보다 더 큰 꿈을 꾸기에는 어느덧 현실에 타협할 줄 아는 나이가 되어 버렸다.

"현실에 안주하는 것만큼 미련한 것도 없으니까."

"다른 꿈이라도 꿔 보려고?"

씩 웃는 그가 물었다.

"글쎄."

"배는 안 고파요?"

"조금. 밥 먹고 갈까?"

"뭐 먹고 싶은 것도 없어요?"

오늘따라 유난히 사근사근하게 구는 그가 이상했다.

"기분 좋아졌나 봐."

"응?"

차가 신호에 걸렸다. 그녀의 뺨에 붙은 머리카락을 정성스레 떼어 주는 그가 나른하게 미소 지었다. 눈을 뗄 수 없게 하는 그의 이목구비를 차근차근 뜯어보던 그녀의 입술 사이로 풋, 웃음이 터졌다.

"그래도 서연우 씨가 나보다 먼저 승진하는 건 싫은데."

묘하게 기분이 나쁠 것 같기도 했다.

"그래서, 뭐 먹고 싶어요?"

차가 부드럽게 움직일 때쯤 그가 훅 가까이 얼굴을 들이대며 다정하게 물었다.

"글쎄. 딱히……."

가까이서 본 턱이 그렇게 앙증맞을 수 없었다. 자연스레 입술이 끌렸다.

"그래요? 난 있어요, 먹고 싶은 거."

씨익 웃어 보인 그가 과일을 베어 먹듯 적당하게 문영의 입술을 벌려 여린 살을 깨물었다.

짜릿한 감각에 일그러지는 그녀의 두 눈조차 아름다웠다.

사랑스러운 이 얼굴을 매일 볼 수 있음에 새삼 감사했다. 억울하게 헤어진 7년을 다 메우기에는 아직도 한참이었다.

"아……!"

매일 봐도 모자란 여자의 손등에 그의 커다란 손이 포개지자 그녀의 어깨가 잘게 떨렸다.

문영은 운전 중에 달리 손을 쓸 수 없는 저를 괴롭히는 건 반칙이라며 항변이라도 하듯 작게 앓는 소리를 냈다.

이내 그녀의 뺨에 쪼옥, 그의 입술이 닿았다가 떨어졌다.

하루도 거를 수 없는 그녀를 볼 때마다 허기를 닮은 공허감이 차올랐다. 밑 빠진 독 같은 그녀를 으스러지게 안은 뒤 느끼는 보람도 잠깐이었다.

"권문영 씨."

그 모든 게 건잡을 수 없을 만큼 커진 제 욕심 때문이라는 걸 알았다.

"그래서 뭐가 먹고 싶냐니까."

아니면 그녀가 또 언제든 사라질지 모른다는 불안감 때문인지도.

그렇지만 이제 다 끝난 일이니까.

문영은 원하는 대답을 짓궂게 종용하는 그를 쏘아보듯 쳐다보았다. 가벼운 입맞춤이 크나큰 자극이 될 줄은 몰랐다. 알고서 묻는 거라면 정말 못된 거였다.

"……집으로."

"응?"

단단하게 깍지를 낀 연우는 희미한 문영의 목소리가 못마땅하다는 듯 되물었다.

웃는 그의 얼굴이 얄미워 문영은 애꿎은 가죽 핸들을 손톱으로 벅벅 긁어야 했다. 정작 간지러움을 호소하는 건 그녀의 다리 사이였는데 말이다.

"집으로 가서 먹자. 그러고 싶어."

기껍게 웃는 소리가 좁은 차 안을 떠돌았다. 여운처럼 남은 음성이 귓가에서 완전히 가셨을 때쯤 그가 대답했다.

"좋은 생각이에요."

서연우와의 관계는 평온했고, 더없이 만족스러웠다. 유학 생활 중에 알고 지냈다는 그의 친구를 만나 함께 식사를 한 적이 있었다.

컴퓨터 공학과 출신인 그는 화이트 해커 중에서 최고의 실력자로 꼽히는 인물이었다.

각국의 해킹 대회에 참가해 1위에 오르는가 하면 국내 대기업에서 당사의 보안 사업을 위해 그를 스카우트하기 위해 짧지 않은 시간 공을 들였다고 했다.

1년 정도 국내 기업에서 보안 전문가로 근무하던 그는 돌연히 사직서를 제출하고 외국계 기업으로 이직했다고 한다. 아무래도 오랜 시간을 해외에서 생활하다 보니 국내 기업 문화와는 맞지 않았다는 게 그의 의견이었다.

문영은 그 뜻에 크게 공감했다. 그녀가 홀로 한국에 들어왔을 때에도 그와 비슷한 생각을 했었으니까. 지금이야 한국 생활에 익숙해져 다시 외국으로 나간다는 게 망설여졌지만.

“그런 말, 하지 마.”

그리고 서연우는 유학 생활이 꿈처럼 달콤했다는 친구의 입을 막는 데 급급했다.

혹여나 그녀가 변심이라도 할까 험상궂게 팍 인상을 쓰고 있는 그는 어떻게든 제 곁에 그녀를 묶어 두고 싶어 했다.

갑자기 돌변해 발령이라도 간다고 하면 큰일이니까.

“하긴, 연우는 저와 조금 다르겠지만.”

커트러리를 능숙하게 사용하는 그의 친구는 품위마저 고상했다.

“향수병 때문에 깨나 고생했던 기억이 나요.”

그는 연우가 심심할 때마다 외로움을 앓았다고 했다.

“정정, 향수병보다는 상사병에 가까웠죠.”

심심할 때마다 추상적인 이야기를 꺼내는 그의 말을 더듬어 보니 그게 문영이었다는 말로 그녀를 깜짝 놀라게도 했다.

점잖고, 인품이 좋은 그는 마지막까지도 그녀를 배려했다. 레이디 퍼스트가 몸에 밴 사람 같았다. 손짓 하나에도 그의 차분한 성격이 보였다. 그녀는 그를 모르지만, 그는 그녀를 잘 아는 듯했던 대화도 꽤 재미있었다. 제법 괜찮은 시간이었다.

한편 프로젝트 제품명과 출시일이 확정되면서 업무는 더욱 바빠졌다. 마케팅 팀에서 본격적으로 제품 출시와 관련한 행사 일정을 메일로 전달해 왔다.

정신없이 바쁜 일주일을 보낸 문영은 그동안 별다른 말이 없는 윤 차장을 보며 자신의 발령 문제로 그가 더 이상 힘쓰지 않는다고 생각했다.

조 대리에게 넌지시 제 의사를 밝혔으니 인사 팀에서 충분히 윤 차장을 설득시켰으리라.

업계 관계자들은 물론 솔루션 파트너사들이 참석한 포럼에서는 자성의 역사적인 제품들의 기술 로드 맵을 공개할 예정이었다.

이전과는 차별화된 자성만의 기술력을 언론에 공연히 알리는 것은 물론, 지문 일체형 디스플레이 등 센서 융합 기술 로드 맵도 선보일 계획이었다.

다수의 협력사와의 협업 끝에 탄생한 혁신에 가까운 신개념 노트북 출시와 관련해서도 최초로 정보를 공개하기 때문에 이번 포럼은 그 어느 때보다 신중하고 완벽하게 준비해야 했다.

“내년 중반기 출시작을 리킹으로 마케팅하겠다는 말이 돌던데요.”

대략적인 회의가 끝나고, 자리를 정리하던 팀원들이 가벼운 대화를 주고받았다.

“소비자의 환심을 사기 위해 사실 리킹만큼 좋은 건 없죠. 문제는 리킹 마케팅을 자사의 도발로 인지하는 경쟁사들이 대다수일 거라는 건데, 그렇게 되면 정면 승부는 피할 수 없겠죠.”

“가벼운 관심 끌기로 매출액을 높일 수 있다면야, 뭐.”

“테스트 과정에서 발생한 실수로 넘기기만 하면 여론 반응도 나쁠 것 같진 않은데요.”

“그러려면 기존에 출시된 제품과는 확실히 다른 특별함이 있어야 할 텐데, 그것도 문제네요.”

실없는 이야기를 주고받는 팀원들을 따라 회의실을 나서는 때였다.

“권 대리는 잠깐 나 좀 보지.”

한참 전에 퇴장한 윤 차장이 회의실 앞에 서서 그녀를 기다리고 있었다.

그녀와 나란히 걷던 연우의 시선이 문영을 찾았다. 끝나지 않은 이야기를 불안해하는 사람처럼 눈빛으로 그녀를 붙잡는 그를 문영은 힐끔 돌아보았다.

걱정하지 마, 하고 입속말을 속삭인 그녀가 이내 앞서 걷는 윤 차장의 뒤를 따랐다.

“인사 팀에서 전달받았다.”

어김없이 소회의실을 찾은 문영은 문을 열고 들어서기 무섭게 돌변한 그의 표정을 보았다.

문영이 자신의 성의를 무시한 거라고 생각하는 걸까. 그렇다 한들 이제 와 말을 꺼내는 그의 의도가 궁금했다.

“네.”

“권 대리한테는 더할 나위 없는 기회라고 생각하는데. 굴러 들어온 복을 멋대로 걷어차는 건 대체 무슨 꿍꿍이야?”

“제 생각을 끔찍이도 하는 차장님의 마음은 감사하지만 그다지 내키지는 않습니다. 지금 당장 한국에서의 생활을 정리하고 떠나는 것도 무리가 있고요.”

“또?”

“또라뇨?”

문영의 눈이 동그래졌다.

"고작 그 이유가 다라고?"

"더 큰 이유가 필요할까요?"

"내가 본 권 대리는 똑똑하고 현명한 사람인데, 거참."

"굳이 외국까지 나가 회사를 위해 사활을 걸 만큼 애사심이 없다는 것도 이유라면 이유겠죠."

"서연우 때문은 아니고?"

"네?"

잘못 들은 사람처럼 되묻는 그녀의 눈이 기존보다 더 휘둥그레졌다. 윤 차장의 입으로 나온 말이라고는 믿을 수 없어 눈만 껌뻑대는데 답답한 듯 숨을 몰아쉰 그가 어리둥절한 그녀를 똑바로 직시하게 말했다.

"권 대리와 서연우 일은 진즉 들었지. 혹시 했는데, 정말인가 보군."

"아뇨, 차장님. 서연우 씨가 왜……."

"그래, 알아. 권 대리가 올해 서른둘이지? 언제까지고 일만 하고 살 순 없으니. 뭐 남녀가 정을 나눈다는 게 나쁜 일은 아니니 내가 함부로 두 사람에 대해 왈가왈부할 순 없지. 그래도 권 대리, 고작 그런 이유로 천금 같은 기회를 내친다는 건 정말 어리석은 일이야."

당황스러워 아무 말도 할 수 없었다. 문영은 연우와의 관계를 기정사실처럼 생각하고 말하는 윤 차장을 황망한 눈으로 바라보았다.

무슨 이야기가 어떻게 밖으로 새어 나갔는지도 궁금했지만 그 이야기가 어떻게 윤 차장의 귀에까지 닿은 건지가 더 궁금한 터였다.

조 대리인가?

의외의 복병인 김 대리가 직접 윤 차장을 찾아가 떠들었을 리는 없고.

직급이 낮은 하연이라면 더더욱 불가능한 일이었다.

그것도 아니면 그새 소문으로 퍼졌으려나.

며칠 전, 유 대리와 한바탕 소동이 있었으니 남 이야기 떠들기 좋아하는 몇몇 사람들이 여기저기 말을 옮기고 다녔을지도 모른다. 발 없는 말은 날개를 달고 곳곳으로 퍼져 나가는 법이다.

"꼭 서연우 씨 때문만은 아닙니다."

"그렇게 말하는 걸 보니 소문이 사실인 모양이야."

그는 단도직입적으로 연우와의 관계에 대해 물었다. 대답을 망설이는 문영이 잘근 입술을 짓씹었다.

"이미 다 알고 계시면서 묻는 건, 좀 너무하다 생각되는데요."

"권 대리."

"네, 윤 차장님."

"좋은 기회야. 깊은 사이가 아니라면 정리하고……."

"……깊은 사이입니다."

"결혼이라도 약속한 거야? 그 짧은 사이에? 권 대리, 직급을 떠나서 인생 선배로서 하는 말이야. 섣부른 판단은 언제고 화를 부르기 마련이라고. 권 대리 같은 능력 있는 인재라면 더더욱. 내 얘기, 새겨들었으면 좋겠네. 응?"

속사포처럼 말을 내뱉은 그가 허어, 하고 짧게 탄식했다.

"말씀은 감사합니다."

"……."

"커리어로 보나, 스펙으로 보나 회사에 필요한 인재는 저보다 서연우 씨가 아닌가 싶은데. 오래 일한 정이 무섭긴 하네요. 여전히 저를 더 먼저 생각해 주시는 차장님 마음은 잘 압니다. 그래서 정말 감사하고요. 하지만…… 일전에도 말씀드렸다시피 전 여기서 차장님과 함께 일하는 게 더 좋은 사람이에요."

"권 대리."

"마음이 맞는 사람과 호흡을 맞춰 일하는 재미도 없는 타국에서 외롭게 서류만 쳐다보고 싶진 않아요."

어떻게든 연우 때문이 아니라고 돌려 말하지만, 윤 차장은 순순히 믿는 것 같지 않았다.

아마도 그를 옹호하려는 그녀의 간절한 마음이 얼굴에 절대적으로 드러났을 것이다.

그녀 역시 그 사실을 모르는 바는 아니었지만, 실은 어떻게 해야 할지 모르는 터였다. 이를 사리물고 있는 얼굴에 절절함이 묻어났다.

법정에 선 피고인의 표정도 그녀만큼 억울하진 않을 것이다.

늘 의연했던 그녀의 단단한 허위가 허무하게 벗겨지는 것 같아 윤 차장은 똑바로 마주한 시선을 사선으로 돌렸다. 입술이 하얘지도록 꾸욱 깨물고 있는 그녀의 턱이 어찌나 단단한지, 제 생각에는 변함이 없다는 굳은 의지를 반영한 듯싶었다.

기어이 성의를 외면하는 문영이 야속했다.

입사 후, 윤 차장의 팀원으로 첫 인사 발령을 받은 그녀는 총명한 눈빛으로 자신을 보며 웃었다. 뭐가 됐든 시켜만 달라며 기세 좋게 구는 문영은 똘똘한 것 같다가도 미련했다. 죽으라면 선뜻 할복이라도 할 것처럼 구는 게 솔직한 말로 그의 성미에 맞지 않았다.

그녀의 열정은 높게 평가했지만 시작부터 무리해서 달려드는 문영의 유효 기한을 윤 차장은 1년으로 잡았다.

그녀보다 먼저 승진한 입사 동기들의 동정 어린 눈빛에도 무던하던 그녀를 다시 보았다.

정확히 1년이 지나고 나서부터.

기세등등했던 처음의 모습은 오간 데 없었지만 문영은 한결같았다. 그녀는 하루 일과를 윤 차장의 커피를 내리는 걸로 시작했다. 오전 회의가 있는 날에는 당연했고, 그렇지 않은 날에도 먼저 나와 솔선수범하게 업무 준비를 하던 그녀는 일 앞에서 대단한 의욕을 보였다.

누구보다 부지런하고 믿음직한 사람이었다. 쟁쟁한 경쟁자들이 숱한 전 사는 약육강식의 세계였다. 철저하게 직급 체계로 이루어진 회사는 작은 사회를 압축해 놓은 듯했다.

앞질러 가는 놈이 이기는 거였다. 낙하산이니, 크루즈니 해도 정상에 먼저 닿는 놈만이 권력을 손아귀에 두고 주무를 수 있는 법이었다.

남들보다 100보 느리다지만 어떻게든 그녀의 뒷배가 되어 주려 했다. 혈연, 지연, 학연보다 강렬한 동료애로 몇 번이고 고개를 숙이고 무릎을 꿇어야 했던 윤 차장에게는 아쉬운 소식이 아닐 수 없었다.

"윤 차장님. 저 아직 차장님께 배울 게 많아요. 많이 부족하거든요, 제가."

자신의 생각을 겸허히 풀이한 그녀가 멋쩍은 웃음을 지었다. 참담한 얼굴로 긴 숨을 불어 쉬는 그의 마음이 그녀에게 가로질러 왔다.

"차장님……."

"가 봐."

"……."

"뭐해, 못 들었어? 윗선이고 인사 팀이고 전화 돌려 가며 사정하는 꼴이라도 보고 싶은 거라면 계속 그러고 있던지."

"……먼저 나가 보겠습니다."

"허, 참. 그렇게 씨를 뿌려 놨더니만 싹을 보기도 전에 수확을 해? 내가 뭔 득을 봤다고 허무하게 땅을 미냐고!"

다시 생각해 보라는 무언의 압박에 단정하게 고개를 숙인 문영이 죄송하단 말을 남기고, 회의실을 나섰다.

문이 닫히기 전, 답답한 듯 가슴을 두드리는 윤 차장의 한숨 소리가 귓가를 얼얼하게 했다.

통곡하는 듯한 소리가 평생토록 가슴에 남을 것 같았다.

✦ ✦ ✦

"제가 더 열심히 할게요."

"나 사실 권 대리한테 굉장히 실망했어. 내가 이번 일로 이곳저곳에 얼마나 사정을 하고 다녔는데 말이야. 응? 사람이, 어쩜 그렇게 단호해?"

갑작스러운 윤 차장의 지침. 최근 들어 줄어든 팀 회식 일정을 당일로 잡은 윤 차장은 그녀의 굳은 의지에 내심 서운했던 모양이었다.

그렇게 팀원들과 찾은 회사 근처 고깃집에서 갖게 된 회식. 문영의 자리는 지정석처럼 당연하다는 듯 윤 차장의 맞은편이 됐다. 자석에 끌린 듯 그녀의 곁에 붙어 앉은 사람은 역시나 서연우였다.

팔 아프죠, 귓가에 입을 대고 부드럽게 속삭이는 그는 행동에 거침이 없었다. 은근하게 손을 감싸 쥐더니 태연하게 집게를 빼앗았다.

"제가 굽겠습니다."

먼저 나서서 불판의 고기를 뒤집는 서연우를 윤 차장은 혼란스러운 눈빛으로 바라보았다.

아마도 그에 대한 윤 차장의 감정은 이율배반적이리라.

승진은 따 놓은 당상이나 다름없는 해외 지사 발령 건에 대해 문영이 자신과 반대되는 입장을 내놓는 이유가 분명 저 곱상하게 생긴 서연우 때문일 것이었다.

언제부터인가 두 사람의 사이가 예사롭지 않다는 말이 떠돌았다. 처음에는 신빙성이 없는 그 말을 대수롭지 않게 생각했으나 여러 목소리가 얽혀 들며 힘 있게 번져 가는 소문은 기정사실이 되었다.

그리고 그들을 지켜보는 윤 차장마저 갸우뚱하게 만들었다. 권 대리에게 각별한 서연우의 모습이야 늘 봐 왔으니 이질감은 덜했으나, 이따금씩 의구심을 느끼곤 했다.

그녀를 보는 그의 눈빛은 절절한 사내의 눈빛이었다.

애틋하고도 정욕적인 눈빛은 언제나 문영을 향해 있었다. 다른 사람들을 볼 때 그의 눈빛이 어떤지는 그간 곁에서 지켜봐 온 윤 차장이 더 잘 아는 터였다.

금욕적이고, 절제된 인상으로 첫 출근부터 동료들의 호감을 산 그는 모든 사람들에게 친절했다. 사회생활에서 필요한 최소한의 친절이라지만 적당한 배려와 웃음으로 타인을 대하는 그는 매사 행동을 절제했다.

또한 먼저 다가가 사근사근하게 말을 붙이진 않았으나 다가오는 사람을 밀어낼 만큼 배타적이지진 않았다. 그런 그가 그녀의 앞에서는 무장해제하듯 허무하게 허물어졌다.

단단하고, 견고한 성 같은 남자였다. 그의 지시에 순순히 따르는 성격은 유들유들했으나 그 모습이 천성은 아닌 듯했다.

가늠하기 어려운 직원이었으나, 한 가지 확신이 섰다.

"차장님, 좀 드시죠."

그는 진심이었다.

왜 권 대리가 서연우를 두고 발령을 고민했는지 이해는 갔지만 제 자식 같은 그녀의 성과에 욕심이 많은 윤 차장은 끝끝내 문영의 거절 사유를 인정할 수 없었다.

"난 됐고, 자네나 배 좀 채우지 그래. 내내 말없이 고기만 굽느라 배가 닳았을 텐데."

"괜찮습니다."

"……쯧."

"정말 괜찮습니다."

고집 피우듯 사양하는 그는 지글지글 열이 오른 불판 위에 생고기를 몇 점 더 올렸다.

오른손이 바쁘게 움직인다 해서 왼손이 일을 하는 건 아니었다. 다른 의미에서 분주한 그의 손이 옆에 있는 그녀의 다리를 부드럽게 감쌌다. 흠칫한 문영은 윤 차장과 건배를 하다 말고 그를 바라보았다.

옆얼굴을 뚫을 것 같은 시선은 그윽했다. 표정 변화라곤 찾아볼 수 없는 서연우의 얼굴은 태연했다. 평상시와 같은 태도로 느릿하게 다리를 쓰다듬는 손길이 노골적이었다.

아무렇지 않은 듯 자연스럽게 오른손을 놀리면서 왼손에 닿은 그녀의 피부 결을 쓸어 만지는 행동에 발끝이 꼿꼿하게 곱아들었다.

손이 닿았다 떨어지는 자리마다 열기로 뜨거웠다.

"권 대리! 어떻게, 사람 진심을 그리 외면할 수 있어? 얼마나 좋은 기회인데! 어? 내가 말이야. 권 대리 추천하고 다니느라……."

한편 끝끝내 불복하지 않는 그녀가 야속했는지 얼큰하게 취한 윤 차장은 몇 번씩 했던 말을 반복하고 있었다.

상당한 충격에 기가 막힌 듯 헛웃음을 내뱉는 그를 보면서도 문영의 온 신경은 말없이 자신을 어루만지는 연우에게 향해 있었다. 머릿속이 하얗게 백지화되는 건 시간문제였다.

스타킹을 신은 탓에 맨살에 닿는 것보다 더 자극을 주는 행위가 아찔했다.

"후……."

내가 이런 취향이었나, 새삼 다시 생각하게 됐다.

수없이 몸을 섞었다. 그가 주는 자극쯤은 견딜 만큼 견뎌 단단해졌다고 생각했는데 아니었나 보다.

자극에 면역이 생긴 그녀를 어지럽게 만드는 서연우의 손길은 은밀한 만큼 더 아찔했다.

무심코 시선을 움직여 무릎 뒤에 팬 곳을 쓸어 만지는 그의 손을 보았다. 관능적으로 뻗은 그의 손가락이 한 개, 두 개 모습을 드러냈다. 고아하게 다리를 접고 앉은 탓에 빽빽한 무릎 뒤편을 집요하게 쑤셔 대는 그의 손을 보자 별안간 발칙한 생각이 머리를 덮쳤다.

순간 일렁이는 정염에 목이 말랐다. 아무도 모르게 훔쳐본 그의 눈가가 붉었다. 해사하게 미소 짓는 입술과는 확연하게 다른 눈빛이 진해졌다.

문득 그의 머릿속이 궁금해졌다.

뭘 생각하든 그녀가 상상하는 그 이상일 거라는 건 분명한 사실이었다.

✣ ✣ ✣

회식이 끝나기 전, 담배를 태우기 위해 자리에서 일어난 윤 차장이 넌지시 서연우를 호출했다.

그를 따라 나간 서연우의 자리가 텅 비어 있었다. 짓궂게 괴롭히는 서연우가 없어 안심한 것도 잠시. 그가 쿡쿡 찌른 탓에 예민해진 몸이 한기를 느낀 것처럼 부르르 떨렸다.

큰일 날 사람이었다. 팀원들이 없었더라면 어쩌면 문영은 어지러운 술상 위에 뒤집어진 채로 그에게 박혔을지도 모른다.

생각만으로도 아찔한 상상은 제멋대로 머릿속을 헝클어뜨렸다.

이윽고 자리로 돌아온 윤 차장과 차후에 진행할 업무 방향에 대해 긴히 대화를 나누었다. 그로부터 한 시간 뒤, 슬슬 회식을 마무리했다.

예약해 놓은 택시가 순차적으로 도착하자 입사 순서대로 윤 차장과 박 과장이 먼저 택시에 몸을 실었다. 사실 다음은 문영이었는데, 난감하게 됐다. 대놓고 연우와 한 차를 타자니 두 사람의 관계가 더욱 불거질 것 같았다.

"그러고 보니 서연우 씨 사는 곳이 권 대리님 자택 근처에 있다고 했죠?"

그때 고민하는 그녀의 마음을 아는지 살며시 지연이 다가와 말했다.

"그럼 두 분이 같이 타고 가면 되겠다! 먼저 들어가세요. 우린 다음 거 타고 가면 되니까. 권 대리님, 내일 봬요. 서연우 씨 우리 대리님 잘 부탁해요."

억지로 두 사람을 차에 욱여넣은 그녀가 쾅! 문을 닫았다. 차창 밖에서 손을 흔드는 그녀가 은근하게 눈짓했다.

아무래도 탄로 난 모양이었다. 하긴, 하루의 절반 이상을 붙어 지내는 지연이 모를 수 없지.

이미 진작부터 눈치를 채고 문영에게 단도직입적으로 물었던 그녀가 아니던가.

술김에 몸이 늘어진 것도 있지만 이젠 거의 자포자기하게 됐다. 문영은 아무렴 좋다고 생각했다. 철옹 같은 신념이 알코올에 녹아 흐물흐물해졌다.

다정하게 손을 맞잡아 오는 서연우가 좋아 죽겠다. 떠도는 말이 어떻든 사실은 아닐 것이며 그를 마음에 둔 그녀가 범법 행위를 저지른 것도 아니니 더는 눈치 볼 필요도 없었다.

“네 번째 손가락이 굉장히 허전하네요.”

“응?”

“술도 잘 마시네요? 오늘은.”

“윤 차장님이 서운해하시잖아.”

“옆에서 지켜보는 나도 서운했어요.”

“하긴, 그랬겠다. 난 너 망부석인 줄 알았어.”

어떻게 말없이 몇 시간 동안을 옆에서 지키고 있을 수 있는지 신기했다.

“망부석치곤 좀 날랜 편이긴 하죠.”

“응?”

그녀의 무릎 위에 놓은 백을 들어 제 옆으로 옮긴 그가 그녀의 손가락을 툭툭 두드리며 말했다.

“도망 못 간다는 말이에요. 내가 좀 빨라서.”

“빠른 게 중요한가. 못 도망가게 하는 게 중요하지.”

“그건 당연한 거고. 나 철두철미한 사람이에요.”

나긋한 음성과 깊은 시선에 웬일인지 그녀가 소리 내어 웃었다.

연우는 그런 그녀를 진한 감동의 눈빛으로 바라보았다. 술자리 중 윤 차장을 따라서 가게 밖으로 나선 연우는 뜻밖의 이야기를 들은 것처럼 눈을 동그랗게 떴다.

문영이 이번 발령 건을 놓친 데에는 그만한 이유가 있다고 생각했다. 그런 결정을 한 그녀의 생각이 어떻든, 그녀에게 그가 크고 작든 그저 기뻤다.

그녀의 전부에 자신이 조용하게 스며든 것만 같아서.

만족스러운 소속감이었다. 지금껏 문영의 안에 끊임없이 자신을 새겨 놓았다. 내가 아니면 아무것도 할 수 없는 사람이었으면 좋겠다는 이기적인 소망은 날이 갈수록 그 몸집을 키웠다.

채워도, 채워도 텅 비어만 가는 그녀가 두려워 더 집착적으로 굴었다. 욕심은 끝이 없어 매 순간 부족함을 느꼈다. 절박함은 당연한 것처럼 그의 안에 기생했다. 너무 예쁜 연인이라 지금과 같은 불안감은 끝을 모르고 커질 테지만 현재로선 만족했다.

"지금 나 구속하는 거야?"

적당한 술기운에 기분이 좋은지 문영이 히죽 웃으며 물었다.

"좋지 않아요?"

"포승줄에 묶여 속박당하는 것보단 낫겠지."

"포승줄만 아니면 묶여도 상관없다는 건가?"

넌지시 물으며 딸깍 그녀의 클러치 백을 열었다. 여분의 공간에 넣어 둔 반지를 꺼낸 그가 다시 가방을 닫고 그녀를 돌아보았다.

"응?"

대답을 종용하며 부드럽게 손을 잡아끈 연우가 가는 손가락에 쓱 반지를 끼워 주었다.

허전했던 손가락이 내내 마음에 걸렸다면 유치하려나.

회사 밖에서는 잊지 않고 착용하기로 했지만 정신이 없이 바쁘게 지내다 보면 깜빡 잊곤 했다. 그 모습이 마음에 들 리 없었다. 서운함과 별개로 내 것을 내 것이라 말하지 못해 화가 분분히 뻗쳐올랐다.

"굳이 안 그래도 될 것 같네요."

"응?"

“박아 주면 박히는 대로 꼼짝 못 하고 느끼는 사람이잖아요, 권문영 씨.”

좁은 차 안이었다. 바짝 붙어 속삭이는 목소리가 귓가를 울렸다.

“으읏…….”

길게 뺀 혀로 귓바퀴를 핥는 연우의 숨결이 고스란히 귓속에 스며들었다. 그가 억지로 붙잡고 있는 것도 아닌데 문영은 그의 말처럼 꼼짝없이 얼어 있었다. 암만 귓속말이래도 조용하게 운전하는 기사가 못 들었을 리 없었다.

부주의한 그에게 면박이라도 주고 싶은데, 매혹적인 목소리가 간신히 붙잡고 있는 이성을 툭툭 끊어 놓는 것 같았다. 순간적으로 눈앞이 하얗게 돌았다. 머리와 가슴이 분리되어 따로 노는 듯했다.

해서 그의 손이 닿은 것도 아닌데 등받이에 기댄 척추를 따라 오싹한 전율이 흘렀다. 이윽고 다정하게 손을 감싸 쥔 그의 입술이 손등에 닿았다.

편편한 손등에서 마디가 진 손가락으로, 손끝으로, 손바닥으로 뿌려지는 자잘한 입맞춤에 문영은 입술을 짓씹었다. 은근하게 할짝대는 혀끝의 감촉이 부드러웠다.

두 사람을 두고 사내에서 떠도는 이야기 중 틀린 말이 하나도 없는 것 같았다.

어린 남자라면 질색을 했는데, 허우대 좋은 서연우는 예외였다. 미치도록 좋았다. 이렇게 좋아도 되나 싶을 정도로.

감개무량한 문영의 눈가가 붉었다. 표현이 야박한 그녀답지 않게 오늘따라 감정이 넘쳤다.

술 때문에 그래, 술 때문에.

모처럼 좋은 기회가 찾아왔는데도 서연우만큼 절실하지 않았다. 그래서 대차게 거절했는데 지나서 생각해 보니 오늘 자신은 제법 큰일을 저질렀다. 그런 그녀가 고마운지, 입가에 머무른 손을 쥐고 자신의 허벅지 위로 이끈 연우가 조용하게 미소 지었다.

"울어요?"

좌석이 여유로움에도 불구하고, 굳이 가까이 붙어 앉은 그가 다정하게 헝클어진 문영의 머리칼을 쓸어 넘겨 주었다.

긴 숨을 불어 내쉴 때마다 풍기는 술 냄새가 역하지도 않은지 그는 지척에서 가만히 그녀의 얼굴을 뜯어보았다.

"권문영 씨 선택을 후회하는 거예요? 울음이 날 만큼?"

"안 울었어, 그리고 후회도 안 해. 그냥……."

"그냥?"

"내가 정말 미쳤나 보다 싶어서."

윤 차장이 직접적으로 말을 꺼낸 걸 보면 그녀에게 건 기대가 컸던 모양이었다. 그간 그녀의 맘고생을 잘 알고 있었다는 뜻이기도 했다.

"난 그래도 내가 한 주 정도는 고민할 줄 알았어."

"고민했어도, 답은 똑같았겠죠."

그는 내가 여기 있는데 어떻게 갈 수 있겠냐고, 에둘러 말하고 있었다. 픽, 웃음이 났다.

"그래, 그렇다고 단박에 거절할 줄은 몰랐지."

그동안 발령 문제를 두고 그와 숱하게 언쟁을 벌였던 시간이 아까웠다. 이럴 줄 알았으면 불안해하는 서연우의 어깨를 한 번 더 안아 주었을 텐데.

문영은 한 번도 자신이 무정한 사람이라고 생각하지 않았다. 그렇다고 감정이 다채로운 편도 아니라서 고작 이런 일로 코를 훌쩍일 거라곤 생각도 못 했다.

울어서 될 일 없다는 엄마의 말을 머리에 못처럼 박아 놓고 살아왔다. 30년을 넘게 살아오니 그녀의 말대로 울어서 되는 일은 없다는 걸 깨달았다. 사회에서는 그만큼 감정을 절제할 줄 알아야 했고, 그 어떤 일에도 이성적이어야만 했다.

"큰일이네요."

그렇기에 코를 훌쩍이는 자신이 어이가 없었다.

"내 앞에서 우는 걸 봤는데 어떻게 혼자 둘 수 있겠어요."

아마 서연우도 그녀만큼 놀랐을 테다. 느슨하게 풀어진 모습으로 웃는 그를 바라보았다. 창피한 줄도 모르고.

젖은 눈가에, 콧잔등에 입을 맞추는 그가 붙잡은 그녀의 손을 잡아끌었다. 품 안에 가둬 두고, 마음껏 입맞춤을 하는 그는 짧은 키스를 도화선 삼았다.

27장

자연스럽게 집을 찾은 그와 함께 밤을 보냈다. 남들보다 더 열정을 다해야만 했던 지난 시간이 억울해서 문영은 쉬이 훌쩍거림을 멈추지 못했다.

그런 그녀를 위로하듯 부지런히 입을 맞춘 그는 그녀의 아래에 자신을 파묻은 채 움직임을 멈췄다. 그러다가도 원을 그리며 뭉근하게 허리를 움직이는 서연우는 간헐적인 쾌감을 전달하며 그녀를 바르르 떨게 만들었다.

그의 팔에 걸린 다리가 허공에서 흔들렸다. 너울대는 발끝에 초점을 맞춘 그녀의 턱끝을 그가 아프지 않게 그러잡았다.

"어딜 그렇게 봐요?"

나를 봐 달라며 웃으며 애원하는 그의 얼굴이 가까워졌다. 입술이 닿았다. 집요하게 파고든 혀가 입안을 휘젓는 건 시간문제였다.

음험한 성욕을 애써 억누르며 느긋하게 여체를 탐하는 서연우는 섹스 중인 침대 위에서 인고를 배웠다. 가장 예민한 부위를 집착적으로 건드리는 그는 울며 신음하는 그녀를 감상하듯 내려다보았다.

날이 갈수록 몸을 섞는 횟수와 관계하는 시간이 비례했다.

따뜻한 이불 속에 갇힌 남녀는 태초로 돌아갔다. 여느 연인들과 다르게 밖에서 데이트하는 시간이 현저히 줄어든 건 온전히 벗은 몸으로 보내는 둘만의 시간에 익숙해졌기 때문이다.

때때로 장소는 그녀의 집, 혹은 그의 오피스텔이 되었다.

기분 전환이 필요할 때면 이따금 호텔을 찾기도 했다.

"사실 여자 입장이 아주 이해 안 가는 건 아니야."

뒤집어쓴 이불 속에서 다운받은 영화를 감상 중인 문영이 말했다. 한 손으로 턱을 괸 채 모니터를 본체만체하는 연우의 시선은 영화가 끝날 때까지 문영에게 머물러 있었다.

어깨가 아프다며 기대어 오는 그녀를 끌어안고, 관자놀이에 진하게 입을 맞추면 자연스레 다리 사이가 부풀어 올랐다.

핏대가 단단히 선 그것에서 심장 박동보다 뜨겁고 격렬한 맥동이 느껴졌다.

꺼덕거리며 기둥을 세운 그것이 배꼽 부근까지 올라왔다. 모를 리 없는데, 영화에 집중한 그녀는 그의 변화를 애써 모르는 척했다. 아예 그를 등한시했다고 볼 수 있겠다.

"쇼윈도에 디스플레이된 물건들처럼 자신을 상품화할 수밖에 없었겠지. 누군가는 그런 주인공을 싸구려라고 말하겠지만 여자의 가벼운 행동만 보고 속단하기에는, 사람들의 색안경이 빈부 시대에 지나치게 물든 것도 문제가 있다고 봐."

여자의 팔자는 결혼으로 핀다 했다. 여자는 자신의 성공을 위해선 살인도 마다치 않을 사람이었다. 어떻게든 자신을 그럴싸하게 포장해 재계 입문을 꿈꾸는 여자는 수많은 남자들에게 자신을 먹잇감으로 내던졌다.

흔히 말해 몸 로비였다. 뇌물일 수도, 결혼 전 테스트 단계인지도 모를 섹스를 유일한 무기처럼 생각한 여자는 필사적이었다.

지긋지긋한 진창에서 벗어나고 싶은 그녀의 발버둥은 곧 발돋움이 되었다.

어쨌거나 그토록 꿈꿔 온 남자와 결혼에 성공했고, 한동안은 꿈꾸듯 황홀한 신혼 생활을 보냈으니까.

저밖에 모를 것 같던 남자가 무정하게 돌아서고, 칼바람보다 매서운 시집살이에 이리 깎이고, 저리 깎여 너덜너덜해진 그녀의 인생이 곧 곤두박질처질 줄은 결코 몰랐을 것이다.

"권문영 씨는요?"

물끄러미 그녀를 바라보던 연우가 넌지시 물었다.

"팔자를 고치고 싶은 생각, 없어요?"

"글쎄, 누군가에게 의존해서까지 바꿀 마음은 없는 것 같아."

"그동안 맞선 제의도 질리도록 받았잖아요."

아주 예전에 맞선을 강요하던 엄마와 통화 내내 옥신각신하던 적이 있었다. 뒤늦게 나타나 그녀를 소스라치게 하던 그는 처음부터 끝까지 전화 통화 내용을 엿들었다.

그런 일이 있었으니 '질리도록'이라는 부사를 덧붙여 짜임새 있게 말하는 걸 테다.

"그랬을 거야, 아마."

"왜 안 나갔어요?"

"안 나간 적 없는데. 몇 번은 자리에 나갔었어."

"그럼 마음에 드는 남자가 없었나 봐요."

"내키지 않았지. 대체로 보수 성향이 강한 사람들이었거든. 여자는 결혼 후에 지극정성으로 남편을 내조해야 한다는 고리타분한 관념도 우스웠고. 일어나지도 않은 결혼 생활을 벌써부터 떠올리게 하는데, 진짜 숨이 막히는 기분이었어."

"음, 나도 보수적인데."

물론 그녀에게 한정된 사상이었다.

"너는 다를 것도 같아."

영화가 끝났다. 화면에서 시선을 뗀 문영의 초점이 창가를 향했다. 그 자리엔 아직도 화분 하나가 덩그러니 놓여 있었다.

"내 손에 물 한 방울 안 묻힐 것 같아."

"은근히 평범한 로망이 있었네요, 권문영 씨."

"평범하진 않지. 그러기가 쉬운 일은 아니니까."

요즘은 맞벌이 부부가 많았다. 부부가 함께 돈을 벌지 않으면 생계에 부담이 생기니 그럴 수밖에.

"나는 그럴 수 있는데."

히죽 웃으며 팔을 뻗은 그가 그녀의 허리를 감았다. 대단한 완력을 준 것도 아닌데 이끌려 오는 그녀를 품에 안고 살이 없어 편편한 눈두덩에 입을 맞췄다.

스치듯 어루만질 생각이었던 손은 부드러운 여체의 살결에 착 달라붙어 떨어질 줄 몰랐다. 더듬대는 손이 잘록한 허리에서 벗어나 봉긋한 가슴에 닿았다.

"이번 여름에는 꽃이 필 것도 같아. 원래 자성환은 발아가 늦어. 꽃이 피는 것도 다른 식물에 비해 느릴 건데……."

"아직도 꽃에 관심이 많은가 봐요."

"으응……."

아랫입술을 잘근 깨무는 그의 숨결이 목 언저리에 떨어졌다. 훗훗한 피부보다 뜨거운 입김에 온몸에 소름이 번졌다. 근육이 밴 견갑골을 어루만지던 손이 그의 탄탄한 둔부에 닿았다.

"난 사실 권문영 씨가 꽃을 만지는 일을 주업으로 삼을 줄 알았어요."

"……아아."

"엄격한 얼굴로 서류를 살피는 모습도 좋지만, 예쁜 꽃들 사이에 있는 모습이 더 어울리기는 해."

그래서 어릴 때에는 곧잘 꽃을 가까이했다. 꽃을 닮은 그녀를 생각하며 살살 꽃잎을 어루만질 때면 한 번도 손에 닿지 않은 그녀의 피부를, 체열을 느끼는 착각에 빠지곤 했다.

유학 생활을 하는 중에는 특히나 더 그랬다. 말없이 사라진 그녀를 원망하던 때에는 괜히 심술을 부리곤 했다. 멀쩡한 꽃가지를 꺾으면 알 수 없는 희열감에 빠졌다.

한 번도 가져 본 적 없는 그녀를 꺾기라도 한 것처럼 조소하며 누군가의 여자가 됐을지도 모를 그녀를 상상했다.

이름 모를 상대를 향한 패배감에 빠져드는 일이 부지기수였던 그에게 봄은 그야말로 위로가 되는 계절이었다.

그 시절의 그는 감정의 비약이 꽤 심한 편이었다.

"그랬으면 어쩌려고……."

한숨 같은 신음에 섞여 말이 띄엄띄엄 끊겼다. 유륜에 닿기도 전에 오뚝하게 선 유두에 그의 손끝이 닿았다.

순식간에 문영의 위에 올라탄 그가 목덜미에 깊이 입술을 묻었다. 그녀의 다리 사이에 앉아 무릎을 세워 물기가 어룽어룽 맺힌 음부에 비볐다.

"권문영 씨를 위해 꽃 시장을 사다 바쳤을지도 모르지."

그러면서 한 번도 이겨 본 적 없는 그녀를 꽃밭 위에 거세게 눕혀 놓고, 투명한 피부를 게걸스럽게 빨아 먹었을 거다. 오색으로 물든 꽃 속에 파묻힌 그녀의 하얀 피부에 얼룩덜룩한 붉은 색을 덧입히고, 뭐가 꽃인지 모를 때까지…….

삽입은 최대한 늦출 생각이었다. 그녀가 처절하게 애원하는 모습을 보며 잔악한 승리감에 도취되는 것도 나쁘진 않으니까.

"변했네, 서연우. 어릴 땐, 날 따라 진로까지 바꾸더니……."

"꽃을 가까이하는 권문영 씨 옆에 내가 가까이 붙어 있겠죠."

"하아."

"아직도 그래요, 난. 꽃이 좋아."

당신이 좋아하니까.

턱 아래까지 세심하게 핥는 혀가 쇄골에 닿았다. 움푹한 젖가슴 사이에 고개를 박고 가볍게 머리를 흔드는 그를 바라보았다.

헝클어진 머리카락을 정리하듯 그의 머리를 끌어안은 그녀의 다리가 허리를 감쌌다. 점점 강해지는 자극에 온몸이 흠칫, 흠칫 튀어 올랐다.

"자성환은 꽃이 늦게 펴. 발아가 늦어서, 아마 꽃도…… 흣, 그래도 올여름엔……."

말을 채 잇기도 전에 그가 색정적으로 입을 벌렸다. 동그랗게 솟은 젖꼭지에 질펀하게 침을 바르고서 입안으로 삼켰다.

단단한 유두가 혀끝에 감겨들었다. 뽑을 듯 빨아 당기는 혀는 본격적으로 젖가슴을 탐하기 시작했다. 점점 열락에 취해 가고 있었다.

"아아."

한껏 더워진 공기가 방 안을 잠식했다. 피부 위로 땀이 맺힐 때쯤 이불을 걷은 그가 단단하게 붙잡은 그녀의 다리를 당겼다.

"흐, 서연우……. 으읏!"

그에게 익숙해진 몸은 그가 반대쪽 가슴을 아쉽지 않을 정도로 빠는 동안 뜨거워졌다. 밭은 숨을 내쉴 때마다 오르락내리락하는 가슴이 출렁거렸다.

"계속 불러요, 내 이름."

고개를 들어 상체를 세운 그가 예쁘게 미소 짓는 게 보였다. 힘없이 떨어진 손을 깍지 끼어 붙잡은 그가 다리 사이에 얼굴을 파묻었다.

"하아, 아, 연우, 흣! 연우야……."

절정은 몇 번씩 그녀를 찾아와 몸서리치게 만들었다. 힘주어 잡은 그의 어깨에 손톱을 박아 넣고, 울음을 토하는 일은 연이어 계속됐다.

너른 배 위에 사정을 한 뒤에도 식지 않은 그의 것은 그녀의 눈길만 닿아도 금세 단단해졌다. 굵고 기다란 남성은 지치지도 않는지 제 존재를 여실히 드러냈다.

아쉬움에 질펀하게 뽑아낸 정액으로 젖은 남성은 그녀의 몸 곳곳에 문대졌다. 비릿한 수컷의 향은 강렬했다. 진하게 그녀의 몸에 배어 그가 코를 댈 때마다 스며들었다.

"후……."

그동안 그녀의 얼굴에 진득하게 사정하는 모습을 불온한 머릿속으로 여러 차례 상상했다. 한 방울도 아끼지 않고 쥐어짠 그것을 그녀가 입술로 쓸어 마시는 상상.

가쁘게 숨을 쉬는 탓에 벌렸다 오므리는 그녀의 입가에 선단이 닿고, 뿌리를 잡은 손으로 단단한 표피를 위아래로 쓸어 만지던 그가 뭉툭한 부분으로 그녀의 얼굴을 문지르는. 그것도 아주 느긋하게.

희멀건 체액으로 젖은 그녀의 얼굴은 꿈속을 헤매는 듯 몽롱하겠지. 뜨거운 불덩이를 삼킨 듯 소리도 내뱉지 못한 채 풀린 눈으로 저를 바라볼 것이다.

눈이 돌아 버릴 정도의 쾌락이 몽둥이가 되어 온몸을 두들기는 듯했다. 척추가 저릿했다. 뼈마디가, 피부가 세분화된 듯 터지는 감각도 저마다 강도를 달리했다. 이대로 죽어도 이상할 게 없었다.

아랫배로 급격히 몰린 피가 뇌까지 얼얼하게 했다. 시각적인 쾌감은 지나치게 원초적이었다. 말초까지 전해지는 상상에 그는 탄성조차 낼 수 없었다.

문영의 몸을 온통 제 것으로 물들고 싶었다.

서연우의 흔적, 서연우의 향, 서연우의 자극으로…….

"정말 미치겠네."

정욕에 잠식된 그의 눈빛이 탁해지더니, 야릇한 상상에서 깨어났다. 엉망진창으로 몸을 섞은 후라지만 멋대로 그녀의 입에 제 것을 물릴 만큼 파렴치는 아니었다.

오물대는 입으로 제 것을 삼키는 그녀를 상상하는 밤.

오늘 밤도 그런 밤으로, 그런대로, 그럭저럭 욕망을 억눌러야 했다.

기력을 다한 문영은 힘없이 팔을 늘어뜨린 채 숨을 헐떡였다. 주르륵 흐르는 체액이 다리 사이를 더럽혔다.

연우는 미쳐 버릴 것 같은 사정감을 느끼면서도 체내 사정만큼은 자제했다. 그럼에도 그녀의 음부는 지저분하게 젖어 있었다. 누구의 것인지 모를 체액이었다.

뻔할 뻔 자이긴 했다. 그가 아니면, 그녀일 게 뻔했으니까.

웅알대듯 움직이는 입처럼 움찔대는 아래에 먹잇감을 던지듯 기꺼이 손을 내렸다. 빨려 들어가듯 음부를 가른 손가락이 점성질의 쫀득한 내벽을 살살 긁었다.

"하아……."

툭 던져진 신음 한 자락이 신호탄이 되어 잠시 그쳤던 그의 움직임이 다시 시작되었다.

밤은 길었다. 아침이 오기까지 아직 한참이었다.

✦ ✦ ✦

품 안에서 잠든 그녀는 무심했다. 무정하다고 해야 하나, 매정하다고 해야 하나. 아니, 매몰차다고 해야 할지도 모르겠다.

박고, 또 박아도 좀처럼 지칠 줄 모르는 제 것이 원망스러웠다. 매번 있는 일이니 크게 마음 쓰지 않아도 된다고 스스로를 위로하지만 서운한 마음을 다 지우지는 못했다.

보드라운 살결 위를 음미하듯 쓰다듬는 손길에도 곧추서는 그것은 쓰라린 줄도 모르고 몸집을 키웠다. 손을 대지 않으면 되겠거니 생각했지만 그마저 잘 되지 않았다. 곁에 그녀를 두고 손끝 하나 건드리지 않는다는 건 그에게는 지독한 형벌이나 다름없었다.

결심이 우습게도 금세 손이 끌려갔다. 미끈한 피부에 곧잘 달라붙는 손은 한 번 닿으면 쉽게 떨어지지 않았다. 어쭙잖은 핑계를 구사하자면 부러 접착제로 붙인 듯 떼어지지 않았다.

"내가 미쳤나 봐요."

새근새근, 숨소리마저 예쁜 문영을 내려다보다 홀린 듯 손을 내민 연우가 지쳐 잠이 든 그녀의 뺨을 감쌌다.

한바탕 흘린 땀이 마르기도 전에 혼을 뺏긴 그녀는 엉망이었다.

늘 회사에서 단정한 차림으로 흐트러짐 하나 없는 그녀가 지금 눈앞의 여자와 같은 사람이라고 하기에는 제법 괴리감이 느껴졌다.

실오라기 한 장 걸치지 않은 맨몸에 그가 쏟아 낸 정액을 묻힌 채라니. 문영의 앞에서 죽는시늉도 마다치 않을 조 대리가 보면 기절할 노릇이었다.

말쑥하고, 고아한 그녀가 날 것의 냄새를 묻힌 채 잠이 든 모습은 오로지 혼자 보고 싶었다.

연우는 신기했다. 그리고 제 안에 도사리고 있는 가학성에 내심 놀랐다.

대체 어디서부터 끓어오르는 건지, 섹스 중에는 저도 모르게 간악한 심성이 참았던 욕망과 함께 터져 올라 그를 집요하게 만들었다.

원래가 고약한 성정인 건지, 그 빌어먹을 소유욕이 그를 짐승으로 전락시킨 건지.

가만 따지고 보면 그의 집착적인 성향은 섹스할 때만 나타나는 게 아니었다.

질투야 뭐, 모두가 그렇듯 태어날 때부터 타고난 성질이라 한다면 더는 안 된다고 울며 애원하는 그녀를 한계치까지 몰아붙이며 달려드는 공격성은 대체 무엇이란 말인가.

체력도 차이가 났지만, 그녀는 척 보기에도 그와 달리 작고 여렸다. 뼈대 자체가 얇은 편에다가 피부는 또 얼마나 부드러운지 조금만 힘을 주어도 제 손아귀 안에서 당장 부서질 듯했다.

그럼에도 불구하고 볼륨감 역시 상당해서 손안에 가슴이 꽉 들어찼다. 자꾸만 만지고 싶은 몸이었다.

"다음엔 좀 더 참아 볼게요."

그게 잘 될지 모르겠지만.

안쓰러운 눈으로 문영을 지켜보던 연우가 그녀의 뺨에 붙은 머리칼을 떼어 주고는 침대맡에 걸터앉았다.

무념한 눈으로 창가의 화분을 바라보았다.

올여름엔 꽃이 핀다지.

"꽃이라……."

가볍게 웃으며 화분에서 시선을 거둔 그가 자리에서 일어났다.

아무것도 걸치지 않은 나신으로 주방으로 향한 그가 고개를 내려 어깨에 난 손톱자국을 확인했다.

사정하기 무섭게 삽입하고, 또 사정하고, 또 박아 넣고, 물레방아처럼 반복되는 섹스가 침대 위에서만 서너 번이다. TV를 보다 소파에서, 샤워 중에 욕실에서, 밥을 먹다 주방에서 개처럼 그녀에게 달려들어 아래를 빨아 주고, 또 박고…….

짐승처럼 덤벼 몸을 섞은 것만 세어 봐도 족히 여섯 번이었다. 그만큼 그녀가 몸에 새긴 상처도 많았다.

살이 깊게 파여 피가 흘렀는지, 오른쪽 어깨에 피가 굳어 있었다. 아플 법도 한데 감각이 무감했다. 종일 괴롭힌 대가로 받은 자상치고는 귀여워서 그저 웃음만 났다.

냉수 한 잔을 들이켠 그가 뒤돌아섰다. 침실로 돌아오니 반갑지 않은 전화가 울렸다.

언젠가 문영에게 소개해 준 친구, 정원이었다. 만남이 있고 얼마 안 돼 미국으로 돌아간 녀석이 이 시간엔 무슨 일로 연락을 한 걸까.

"어."

—생각보다 전화를 빨리 받네? 퇴근했어?

"오늘 주말이야."

—아, 그러네.

"거긴 지금 새벽?"

—뭐, 그렇지. 한동안 정신이 없어서 그런지 시간 개념까지 사라졌나 보다.

"용건이 뭐야?"

그는 단조로운 걸 좋아했다. 단출하고, 짧고, 가볍고.

—뭐겠냐, 같이 시작해 보자. 일전에 말한 보안 사업, 초기 구성만 탄탄하게 보완하면 업계에서 자리 잡는 건 시간문제야. 회사 몸집만 커진다면 헤드헌터 통해 괜찮은 인력 투입해서 안정적인 경영도 가능할 거고.

"그 일은 생각해 보겠다고 말했던 것 같은데."

—생각할 시간이 길면 뭐 하냐. 연우야.

불안한지 정원의 말이 점점 애원조로 바뀌어 갔다. 연우는 묵직하게 한숨을 내쉬었다.

흘낏 살펴본 문영의 표정은 아까보다 편안해 보였다. 숨소리도 안정적이었다. 단잠에 빠진 그녀에게 방해가 될까 한껏 목소리를 낮춘 그가 손을 뻗었다. 동그란 가슴을 부드럽게 감쌌다. 의식에 없는 행동이었다.

—개발 프로그램은 내가 충분히 계획했고, 실행 단계부터 마무리까지 네가 손댈 건 없지.

구구절절 떠드는 목소리를 듣고서야 잠든 여자를 상대로 자신이 무슨 짓을 했는지 자각하게 됐다.

하, 자조적인 한숨이 터졌다.

억지로 문영에게서 시선을 뗀 그가 묵직해진 아래를 확인했다.

—네가 왜 그 프로젝트에서 손 뗐는지 모르는 거 아니야. 잘 아는 만큼 제안도 조심스러운 거고…….

오도도 돋아난 소름처럼 굳건하게 선 제 아래를 어루만지는 그의 얼굴에 환멸이 떠올랐다. 딱딱해진 살을 달래듯 주무르는 그가 억지로 시선을 돌렸다.

헤링본의 원형 러그는 딱 그녀의 취향이었다. 말끔하고, 단정했다.

—너 어차피 회사 체질도 아니라며. 얼마 안 있다 그만둘 생각이라며? 회사 때려치우고 놀고먹을 순 없잖아.

그건 사실이었다.

하지만…….

제법 괜찮은 정원의 제안에 선뜻 응하기엔 걸리는 게 많았다. 안개처럼 뿌연 미래보다 더 불안한 건 문영이었다. 매일 문영과 회사에서 볼 수 있다는 사실은 좋았지만 불편한 것도 많았다.

손 한 번 잡는 것조차 많은 제약을 받는 공간에서 그녀를 보는 것은 때때로 그에게 독이 되었다.

그가 진지하게 퇴사를 고민하는 데 문영의 영향이 크긴 했지만 남은 부분은 사내 분위기가 차지했다 해도 과언이 아니었다. 기업 내 계급사회는 그와 맞지 않았다.

"권 대리와 어떤 사이인지, 사실 중요치 않지. 다만 권 대리가 이런 선택을 하게 된 데 서연우 씨가 문제가 된다면 적당히 물러나 주는 게 예의 아니겠나. 사회생활을 시작한 지 얼마 안 돼 모르겠지만 살다 보면 대의명분이라는 게 필요로 될 때가 있거든."

문영의 발령 문제를 두고 어쭙잖은 훈수를 두던 윤 차장도.

"자신이 생각했을 때 권 대리에게 걸림돌이 된다면 박힌 돌부리 정도, 제 손으로 뽑아 줄 수 있어야 한다고 생각하네. 그게 의리고, 그게 신의야."

겨우겨우 얻은 그녀를 제 손으로 놓아주어야 한다는 회사의 방침도.

갑작스럽게 회식이 잡힌 그날, 연우는 윤 차장의 말을 가만히 듣고만 있었다. 그녀가 진정 뭘 원하는지도 모르면서, 신의를 거들먹거리는 꼴이 우스워 내내 빙그레 웃고만 있었다.

"권 대리 다음은 누구일 것 같나? 자네가 그 자리 꿰차는 건 시간문제일 테고. 간부 인사까지 무리 없이 올라가겠지. 권 대리 가고 나면 조만간 양 상무님 접대 자리에 한 번 동행하지. 그 라인만 잘 타도 성공 가도에는 어려움이 없을 테니까……."

라인, 진급, 간부, 성공.

모두 관심 밖의 것들이었다. 뭘 알고 말을 해야지.

우스워서 실소가 터졌다. 그의 부친이야 조부의 눈 밖에 나 거대한 부를 거머쥐지 못했다지만 친가만 해도 이름난 사람들이 수두룩했다.

대형 로펌을 경영하는 큰아버지부터 법조계에 종사하는 친인척이 셀 수도 없었다. 얕은 피가 섞였다 해서 가족으로 묶인 형제들만 해도 사법 연수원을 졸업해 다양한 분야로 뻗어 나가고 있었다.

그의 말을 빌려 '라인'을 탈 수 있는 기회는 진작 있었다.

그마저 내팽개치고 달려 나온 이유는 바로 문영이었다. 정작 그녀는 취기에 꾸벅꾸벅 졸고 있었지만.

연우는 한시라도 빨리 문영의 곁으로 달려가고 싶었다. 대의명분을 좋아하는 윤 차장의 조언대로 그는 부사수로서의 도리를 다해야 했다.

후배라는 그럴싸한 명분을 내세워 어깨를 안아 주어야 했고, 입가에 묻은 양념을 닦아 주어야 했으며 비틀대는 몸을 부축해 주어야 했다.

—서연우, 내 말 듣고 있냐?

잇따른 정원의 부름에 연우가 회상을 깼다. 느닷없이 연락이 온 그는 처음 연락한 날부터 지금까지 부지런히 연우를 스카우트하려 했다.

대학 시절, 동기들과 가벼운 마음으로 시작한 스타트업이 대기업의 지원을 받아 나날이 발전해 갔다.

다양한 건강 솔루션을 내세워 성장한 것까지는 좋았다. 하지만 돈의 노예처럼 부와 명예를 좇는 그들의 퇴색된 신념과 타락한 야망에 학을 뗀 연우는 유혹을 뿌리치고 나와 스스로 도태되기를 자처했다.

그렇게까지 해서 돈을 벌어야 할 이유가 그에게는 없었다. 그럴 바에 아무도 모르게 증발해 버린 문영의 뒤를 캐는 게 그에게는 더 의미 있는 일이라는 생각이 들었다.

"보내 준 파일은 확인했어. 아직 확답은 못 주겠다."

그녀가 회사에 남아 있는 동안 연우는 문영의 곁에 착실하게 머무를 생각이었다. 위험에 노출된 그녀가 걱정이 돼서 차마 멀어질 수가 없었다.

대충 통화를 갈무리한 연우의 시선이 다시금 그녀를 돌아보았다.

이불 속에 파묻혀 평온하게 눈을 감고 있는 그녀는 속눈썹마저도 예뻤다. 그런 생각을 하는 스스로가 미친놈처럼 느껴져 헛웃음이 터졌다.

"이렇게 잠들면 안 되는데……."

그는 생각보다 의심이 많았다. 집착이 초래한 결과였다.

"내가 밤새 권문영 씨 휴대폰을 훔쳐보거나, 집 안을 샅샅이 뒤져보기라도 하면 어쩌려고."

병적이라는 걸 알지만 고약한 손은 멋대로 움직이려 했다.

믿음과는 별개의 감정이었다. 의심은 그를 옥죄었지만 아무것도 없는 그녀의 깨끗한 휴대폰을 보고 난 후에는 더할 나위 없는 안도감에 불면증마저 떼어 놓았다.

머릿속에서 몇 번이나 죽여 놓았던 이태섭이나, 하는 짓이 깜찍해서 참을 수 없는 조 대리나.

연우가 개입하기 전까지, 그리고 그를 만난 후에도. 자신만 아니었다면 더없이 깔끔한 그녀의 사생활은 언제고 그를 기쁘게 했다.

"이것도 병이에요."

기분 좋게 웃으며 혼잣말을 중얼거린 그의 손이 하염없이 문영의 머리를 쓰다듬었다.

"나도 어쩔 수 없어."

다 내가 좋아서 하는 일이니까.

그나저나 유 대리, 그 개새끼는 어떻게 하면 좋을까.

✣ ✣ ✣

너무 행복해도 문제였다. 갑작스러운 악몽을 받아들이기 힘들어 정신 나간 사람처럼 현실을 부정하게 될 테니까.

불행은 불시에 찾아와 평온한 일생을 난도질했다.

—연락이 잘 안 되는구나, 문영아.

파란은 고요할 때 더 큰 파장을 불러일으켰다.

—네 엄마가……! 네 엄마가 쓰러졌어.

난생처음 듣는 아버지의 울음 섞인 목소리였다. 그토록 강인하고 단단했던 남자의 무너지는 모습은, 좀처럼 상상이 되지 않았다.

—우울증이란다. 지금껏 내색 한 번 않던 사람이 마음에 병을 앓고 있다는데 하늘이 무심한 건지, 내가 무심했던 건지…….

얘기를 전해 듣고, 핏기가 가신 얼굴을 한 그녀만큼 놀랐을까.

부들부들 떨리는 다리로는 견딜 수가 없어 그만 주저앉아 버리고 말았다. 지척에 있던 서연우가 황급히 다가와 일으켜 세워 주었다. 그녀만큼이나 놀란 그의 손끝이 미세하게 떨렸다.

—아프다고 하는 말을 대수롭지 않게 넘긴 내 탓이다. 진즉 상담을 받게 했어야 했는데. 내가 무심해서, 내 사업에 눈이 돌아 미쳐 있어 몰랐구나. 어떡하니, 문영아.

눈물 찬 눈으로 연우를 올려보았다.

어쩔래, 우리. 어떡할까, 우리.

머리마저 굳어 버렸다.

뭘 어떻게 해. 답은 정해져 있었다.

"연우야……."

생전 내 본 적 없는 착한 목소리가 눈물에 섞여 물큰했다. 그의 얼굴이 아프게 일그러졌다.

한 번도 생각해 본 적이 없었다.

그가 없는 삶, 엄마가 없는 삶.

생각에도 없던 일이 불현듯 현실이 되어 실제로 다가오니 공포감은 파도처럼 밀려와 그녀를 덮쳤다.

숨이 잘 쉬어지지 않았다. 마음이 무너졌다.

아버지로부터 엄마의 소식을 전해 들은 이후로 시간이 어떻게 지나가는지 몰랐다. 눈 한 번 깜짝했을 뿐인데 일주일이 지났다.

적금 들 듯 착실하게 모아 둔 연차를 아낌없이 내어 줄 때였다. 언젠가 일에 물려 속세에서 도망치듯 벗어나고 싶을 때 유럽 여행에 나설 생각이었다.

그때가 언제가 될지 몰라 아끼고, 아낀 연차는 해가 바뀔 때마다 숫자로 환산되어 그녀의 통장에 지급됐다. 그렇게 벌어 온 월급이 수백이었다.

다시 연차가 늘었고, 여행에 대한 환상을 품었고, 숫자로 찍혀 남은 통장을 살피고…….

"조금 쉬어야 할 것 같아서요."

느닷없는 문영의 말은 통보에 가까웠다. 사정이 있다고 말하는 그녀의 얼굴에는 표정이 없었다. 시체처럼 죽은 얼굴이 측은했는지, 윤 차장도 더는 묻지 않았다.

"잠시 해외에 나갔다 올 일이 생겨서요, 죄송합니다. 이렇게 갑자기 통보하듯 할 말은 아닌데."

그녀가 참여했던 프로젝트도 끝이 났고, 현재 문영이 도맡은 일 정도야 다른 직원들에게 넘겨도 탈이 없을 테니.

"제가 지금 많이 급해서요."

윤 차장은 어디로 가느냐는 질문을 끝으로 더 묻지 않았다.

파리하게 질린 얼굴을 염려스레 지켜보며 알겠다는 말만 할 뿐이었다.

✦ ✦ ✦

"바로 한국으로 들어오지 않고요. 한국에서 조금 쉬었어도 괜찮았을 것 같은데요."

—네 엄마 고집을 어떻게 꺾겠니. 너도 알다시피 네 엄마, 한평생을 내 사업 뒷바라지하는 데 바친 사람이야.

하필 그날 중요한 미팅이 있다고 했다. 사업차 만나기로 한 기업가의 중역과 만남이 있던 날, 엄마는 그 아픈 몸을 이끌고 아버지를 내조했다.

원체가 아버지밖에 모르던 사람이었다. 그가 하는 사업이야말로 집안의 기둥이라며 어리석을 정도로 믿던 엄마를 그간 문영은 미련하다 생각했다.

몸살을 앓는 와중에도 학부모 참관 수업에 빠짐없이 참여하던 엄마였다. 억지로 분칠을 하고 학교를 찾은 엄마를 문영은 고운 눈으로 본 적 없었다.

엄마는 지독한 마녀의 형상화라고 생각했다. 그게 아니었던가.

—무릎 관절이 손상됐는지도 이제 알았다. 제 몸 하나 간수하는 게 서툴렀던 거지. 너무 걱정하지 말고.

혼이 나갈 지경이었다. 엄마만 생각하면 머리가 지끈거려 서 있는 것조차 힘에 부쳤다. 그놈의 모성애가 뭐라고, 그녀에게 받은 사랑 그대로 베풀어 주는 기분이었다. 그런다고 한들 진정 그녀가 준 마음과 빗댈 수 있겠냐마는.

아니, 애초에 엄마에게 그런 게 있었을까.

—몸은 회복기만 잘 보내면 뒤탈이 없겠지만 마음은 어쩌겠니. 이제 와 회의감이 드는구나.

혼돈으로 엉망이 된 와중에도 어쩌면 그녀에게 집착적인 모습을 보이던 엄마의 사사로운 행동들이 어쩌면 나름의 사랑이었을지 모른다는 생각이 들었다.

그리고 또, 그리고…….

반쯤 정신이 나갔다는 걸 무작정 집으로 돌아와 캐리어를 꺼내는 순간 자각했다. 뭘 넣는지도 모른 채 손에 잡히는 것이라면 닥치는 대로 작은 트렁크 안에 담았다.

사람을 한계치까지 몰아내는 극한의 상황에 누군들 제정신일까. 미치지 않고서는 버틸 수 없는 기분이었다.

딱 그만큼이었다.

그길로 공항을 찾은 문영은 한 시간 뒤 이륙하는 호찌민행 비행기에 몸을 실었다.

연우에게 자초지종을 설명할 경황조차 없어 충동적으로 호찌민을 찾은 문영은 그녀의 다급한 연락을 받고 공항을 찾은 아버지를 대면한 순간 연우의 얼굴을 떠올렸다.

머리가 희끗희끗한 중년의 남자는 깔끔한 정장을 입고 한껏 멋을 내고 있었다. 뼛속까지 사업가 기질이 다분한 아버지는 자신의 하나뿐인

아내가 아프다는 사실조차 전혀 내색하지 않고 표정 관리를 한 채 딸을 맞이했다.

원체 철두철미한 사람이라 어디 가서 가정사를 말하고 다니는 일이 없었는데, 이런 상황에서조차 흐트러짐 없는 모습을 하고 있으니 욕지기를 느끼는 것도 당연했다.

토할 것 같아.

아버지의 칼같은 성격에 질린 나머지 문영은 혀를 내둘렀다. 그를 보며 한시적으로나마 연우를 떠올렸다는 데 자조가 터졌다. 연우를 너무 과소평가했지 싶다. 비교할 걸 비교했어야 했는데.

아버지에 반해 연우는 정이 넘치다 못해 흘렀다. 마음 줄 데 없어 그녀에게 정착했다고 하기에는 개연성이 충분했다.

굳이 그의 감정이 발현된 시기를 떠올려 보자면 10년도 더 된 추운 겨울날로 돌아가야 했다. 문영은 아득한 추억을 되짚어 보았다. 그 시절, 서연우의 얼굴이 선연해 입가에 미소가 걸렸다.

그 겨울, 서연우의 마음에 그녀가 내렸다.

"이렇게 바로 올 줄은 몰랐구나."

그의 어느 면에서 슬픔을 느껴야 할지 모르겠다. 좌절과 절망과 같은 비관적인 감정을 좀처럼 찾아볼 수 없었다.

"엄마가 아프다는데 어떻게 가만히 있어요."

표현이 서툰 자식이라지만 지금껏 문영은 자식으로서 할 도리는 다 했다. 일도 팽개치고 호찌민으로 한달음에 날아오지 않았는가.

문영은 부모의 은혜에 보답하는 사랑을 틀 안에 갇혀 있는 대로 정의했다.

공항을 나가기 전에 유심부터 교체했다. 아무것도 모르는 연우에게 연락 한 통은 남겨야 했다. 말도 없이 결근한 그녀의 행방을 서연우라면 애타게 찾고도 남았다.

병원으로 이동하는 길에 휴대폰 전원을 껐다 켰다. 아니나 다를까

연우의 이름으로 도착한 메시지가 끊임없이 진동을 울렸다. 답장을 하려는데 정적 속에 있던 아버지가 넌지시 말을 걸었다.

“끼니는 잘 챙기고 있는 거니, 살이 많이 빠졌구나.”

“네.”

“일은 할 만하니?”

“그럭저럭요. 굶어 죽기 싫으니 악착같이 매달리는 거죠.”

“그래, 뭐 사람이 하고 싶은 일만 하며 살 수는 없지.”

“아. 하고 싶은 일이요?”

문영은 작게 코웃음을 쳤다.

“아버지는 하고 계시잖아요.”

“그런 것도 같구나. 문영이 너도 알겠지만 이번 사업은 내 평생 숙원이나 다름없다. 하기 싫은 일도 하다 버릇하면 욕심이 생기기 마련이지.”

“…….”

“만나는 사람이 있는 모양이구나.”

그녀의 손가락에 걸린 반지에 아버지의 시선이 닿았다. 문영이 감추듯 손을 덮었다.

“네 엄마의 평생소원이 있다면 아마도 네 결혼이 아닐까 싶어. 달랑 하나 있는 자식새끼, 어떻게든 좋은 집안에 시집보내고 싶었겠지. 괜찮은 혼처만 생기면 그렇게 네 이름을 부르던 사람이다.”

그 마음을 알 것도 같아서 문영은 애써 대답하지 않았다.

이런 주제로 대화를 나눌 만큼 가깝게 지내지 않아 결혼 얘기를 하는 아버지가 막연하게 불편하기만 했다. 그렇다고 대화를 갈무리할 순 없으니 침묵으로 화제가 바뀌기를 기다렸다.

“그래, 만난 지는 얼마나 됐니?”

관심을 갖고 물을 거라는 건 전혀 예상에도 없던 일이었다. 가느다랗게 뜨고 있던 문영의 눈이 놀라움에 커다래졌다.

"왜, 네 엄마가 아니라서 놀란 거냐?"
"네."
문영은 거짓말을 못 했다. 특히 부모님 앞에서는 더욱 그랬다. 거짓말 탐지기가 따로 필요 없을 수준이었다. 아버지의 마른 입가에 버석한 웃음이 떠올랐다.
"녀석도 참."
아버지가 웃을 때마다 깊은 주름이 도드라졌다. 부드러운 원단으로 맞춘 정장을 입고, 점잖게 앉아 있는 아버지의 시간이, 지나온 세월이 얼굴에 남아 있는 듯해 잠깐이지만 문영의 가슴이 찌르르 떨렸다.
타국에 부모님을 두고 무작정 한국으로 돌아온 그녀는 더욱 강인해질 수밖에 없었다. 가끔 부모님께 안부를 물을 겸 연락을 드리긴 했지만, 그것도 1년 중 손에 꼽는 정도였다.
부모님의 생신날이 아니고서야 웬만하면 전화를 하지 않았다. 무소식이 희소식이라는 말을 몸소 실천이라도 하듯.
인자하게 웃는 아버지의 얼굴에서 전에 없던 여유가 느껴졌다. 사업가 특유의 날카로운 눈빛이 아닌, 전보다 한결 부드러워진 눈빛이 그녀에게 충격을 안겨 주었다.
세월을 직격으로 맞은 아버지는 그새 웃음도 늘었다. 문영이 갖고 있던 부모님에 대한 인식을 완전히 뒤집어 놓았다.
"얼마 안 됐어요."
"어디서 굴러먹은 놈팡이만 아니면 됐다."
"……."
"내가 하는 말에 서운해하지 않았으면 좋겠구나. 너도 부모가 되면 알겠지만 금지옥엽 키운 자식을 누군지도 모를 놈에게 맡긴다는 게 그리 쉬운 일은 아니지."
아주 한때는 하루가 모르게 성장하는 딸아이의 시간이 그대로 멈췄으면 좋겠다는 생각을 했다고 말을 이었다.

연이은 충격에 문영은 아무 말도 하지 못했다. 자신의 감정이 흐물흐물 풀어지는 걸 느꼈다. 아버지의 한마디는 커다란 파급력을 가지고 있었다. 무심했던 그녀의 가슴을 살살 흔들어 놓았다. 문영은 두 손을 꽉 말아 쥐었다.

누군지도 모를 그 놈팡이가 연우라는 걸 알면 어떨까.

“잘 아는 사람이면 괜찮고요?”

“그것도 원 불안해서.”

안 된다는 말이었다. 문영이 피식 웃음을 깨물었다.

“그래도 생판 모르는 놈보다는 낫겠지. 알고 지낸 정이 있으니 아무렴.”

“괜찮은 사람이에요.”

자연스레 연우가 떠올랐다. 입가에 녹은 미소가 따뜻했다.

“그래.”

오토바이 군단이 종횡무진하는 복잡한 도로 위를 한참 달리던 택시가 병원 앞에서 멈췄다.

“그럼 다행이다.”

정말 다행이었다. 아버지와의 대화가 생각했던 것만큼 틀에 박히지 않아서. 그래서 정말 다행이었다.

“그 애 정도면 괜찮고말고.”

“네?”

문영이 만나는 사람을 잘 아는 듯한 회답에 문영의 눈이 동그래졌다. 아버지는 포근하게 웃으며 괜찮다는 말만 되풀이했다.

깊게 묻고 싶었으나 병원에 들어서는 순간, 자연스레 긴장감에 온몸이 경직되었다.

할 말도 잊은 채 아버지를 따라 병실에 들어섰다. 그 순간 왈칵 눈물이 차올랐다.

정리되지 않은 머리, 앙상한 손목에 위협적으로 꽂힌 주삿바늘, 창백한 얼굴과 어울리지 않는 환자복을 입은 엄마의 모습에 손끝이 덜덜 떨려 왔다.

수척하다 못해 눈 아래가 파랗게 질려 있는 엄마의 모습은 그녀를 울부짖게 만들었다.

"엄마."

얼마 만에 불러 보는 이름인지 모르겠다. 아무렇게나 캐리어를 두고 곧장 병상 앞으로 다가갔다.

한차례 수술을 마친 엄마의 야윈 얼굴에 가슴이 버석하게 말라 갔다. 볼 위를 타고 주르륵 흘러내리는 눈물을 닦을 새도 없이 빳빳한 엄마의 손을 붙잡았다.

세월도 야속하지. 집 안에서도 화려한 홈드레스를 입고 있던 엄마의 모습이라고 하기엔 도무지 믿기지 않았다.

"내가 못 살아……."

불효자식은 운다 했다. 자고로 옛말은 틀리지 않았다. 뒤늦게 나타난 자식도 자식이라고. 이래서 머리털이 검은 짐승은 거두는 게 아니라고 했다.

문영은 간과하고 있었다. 그녀의 시간이 흐르는 만큼 앞서간 부모의 시간도 한 치 어긋남 없이 정직하게 돌아간다는 사실을.

아름답고 건실했던 지난날의 모습이 오간 데 없이 사라진 엄마의 손을 잡고 문영은 한참을 울었다.

불황 속에서도 우량한 기업은 건실하다 했다. 같은 이치로 투병 중에도 고고한 엄마의 성격은 그대로였다.

"일은 어쩌고 여길 와, 여길!"

투약 시간이 되어 잠에서 깬 엄마는 침대맡 간이 의자에 앉아 안절부절못하는 그녀를 보며 난색을 했다.

"여기까지 온 걸 보면 정말 마음에도 없는 모양이구나."

"그게 무슨 말이에요?"

"너 좋아하는 일 아니라고 시위하는 거잖아."

푹 한숨을 쉰 엄마는 가까이 다가온 문영의 손을 먼저 맞잡았다. 가슴이 엇박자로 뛰는 기분이었다. 속이 울렁대서 눈물이라도 보이지 않고는 참을 수 없었다. 겨우겨우 마른 얼굴이 다시 젖어 들었다.

"네가 누구 딸인데, 주재원 정도는 아무것도 아닌 애가 내내 소식 없는 걸 보면 뻔하지."

참 엄마답다는 생각을 했다. 그녀다운 질책이었다.

"자식을 너무 과대평가하는 거 아니에요? 나 그럴 능력 없어."

"없는 거면 없는 거지, 울긴 왜 울어? 줄초상이라도 치렀니? 얘는."

"엄마, 안 아파? 괜찮아?"

"내가 보기엔 네가 더 아파 보이는데. 밥은 잘 챙겨 먹고 다닌 거야? 왜, 회사에서 능력 없는 사람은 밥도 먹지 말라니? 하긴 그런 거였으면 진즉 죽었지."

"엄마……!"

쯧, 혀를 차는 것과 다르게 맞잡은 손은 떨어질 줄 몰랐다.

"어쩌다 이렇게 됐어요. 어쩌다."

"회사는 어쩌고 온 거니? 설마 해고라도 당한 거야?"

"그런 거 아니에요. 연차 내고 왔어요. 엄마는 진짜……."

여차하면 휴직계라도 낼 생각이었다. 그렇지 않아도 업무에 권태를 느끼고 있었다. 문영은 지금이 시기적절하다고 생각했다. 잠시 쉬어 갈 때였다.

"정 안 맞는다 싶으면 그만둬."

"응?"

"죽을 때가 돼서 그런지 별생각이 다 들더라."

"죽을 때라니. 무슨 말이 그래……."

"저 하고 싶은 것도 못 하고, 부모 성화 못 이겨 억지로, 억지로 돈 벌어 사는 게 과연 행복한 삶일까, 하나밖에 없는 딸을 너무 몰아세운 건 아닐까 얼마나 걱정스럽던지."

"아니에요, 엄만 왜 갑자기 그런 생각을……."

"뒤늦게 가만히 생각해 보니, 우리 딸이 정말 착했던 거 있지."

신기할 정도로 사고 한 번 치지 않던 딸이었다. 학창 시절 내내 작은 말썽조차 부리지 않던 효녀였다.

그땐 그저 탈이 없는 딸애가 워낙 조용조용해서 키우는 게 무던하니 그저 좋기만 했는데 돌이켜 생각해 보면 신기할 정도로 착한 게 희한했다.

깊어진 생각 끝에 얻은 깨달음은 그녀를 한숨짓게 만들었다.

"내가 멍청했던 거야. 부모라고 자식 인생을 쥐고 흔들 자격이 있는 것도 아닌데. 네 인생, 네가 사는 건데 내 욕심에 못 이겨 널 너무 힘들게 했어. 난 네가 결혼하기 싫다고 부득불 우기지 않았으면 끝까지 모를 뻔했다니까."

"엄마도 참. 이제라도 알아서 다행이긴 한데, 일단 몸 생각부터 해요. 다 낫기 전까진 그런 생각 말아요."

다행스럽게도 심각한 상황은 아니었지만, 무엇보다 안정이 중요했다. 우울증에 갱년기로 불면증이 심해지면서 복용하던 약을 조금씩 늘렸다고 했다.

약해진 마음을 약에 의존하기 시작하면서 결국 약물 과다 복용으로 정신을 잃게 된 것이었다. 거기다 이미 몇 년 전부터 제 기능을 잃은 무릎 관절도 문제라면 문제였다.

외중에 사업차 중요한 연락을 받고 나간 아버지는 몇 시간째 돌아오지 않았다. 아마 문영이 있어 안심한 모양인데 문영은 그 사실이 내심 탐탁지 않았다.

"그래서 결혼은 언제 할 거야? 내가 죽고 나서 할 생각은 아니지?"

"또! 또! 자꾸 그런 말씀 하실 거예요?"

"안 그러면 죽어도 안 한다고 박박 우길 것 같아서 그렇지."

"어련히 알아서 할 거예요."

"그래, 앞으론 너 하고픈 거 맘껏 하며 살아."

"엄마, 정말 갑자기 왜 그래요?"

문영의 표정이 한층 어두워졌다. 착잡한 심경이 말끝에 고스란히 묻어났다.

생명 줄이라도 되는 것처럼 손에 꽉 힘을 주었다.

"난 내 딸 원성 듣고 싶지 않다."

할 수만 있다면 엄마의 푸석한 얼굴에, 둔중한 마음에 생기를 불어넣고 싶었다.

곧 죽을 사람처럼 의미심장한 말을 내뱉는 엄마의 모습이 낯설면서도 걱정이 되었다.

문영은 차가운 엄마의 손을 두 손으로 감싸 잡았다. 얼음장 같은 손이 머리를 만져 주는 게 좋아 끝없이 고개를 기울였다.

"얘는, 다 큰 애가 왜 이렇게 울어?"

부러 무심한 척 말하는 엄마의 목이 콱 잠겼다. 냉골 같은 몸이었지만 문영의 눈물로 젖은 어깨만큼은 따뜻했을 것이다.

"그래서, 연우는 잘 지내지?"

말없이 등을 다독여 주는 엄마의 난데없는 질문에 문영이 뚝 눈물을 그치고 고개를 들었다.

잘못 들은 사람처럼 눈을 동그랗게 뜨니 엄마가 쯧, 혀를 찼다.

"넌 어쩜 연우 만났다는 얘기도 안 하니?"

"그건…… 어떻게 알았어요?"

"어떻게 알긴. 내가 창피해서 원! 내가 그런 얘기까지 연우 엄마한테 들어야겠어?"

엄마는 이 넓은 호찌민 1군에서 그의 모친을 마주쳤다고 했다. 어떻게 해서든 만날 사람은 만난다더니. 자식들의 인연은 부모로부터 전해진 모양이었다. 여행차 베트남에 있다는 그들의 소식은 언젠가 연우를 통해 들은 바가 있었다.

설마 마주치기야 하겠어? 머릿속을 잠깐 스쳤던 생각이 현실이 될 줄은 몰랐다.

세상은 그녀가 생각하는 것만큼 넓지 않은 모양이다.

"연우는 잘 지내니?"

"네."

그러고 보니 그에게 연락한다는 걸 잊었다.

잊을 게 따로 있지.

"어쩜 연우는 다 컸는데도 부모한테 그렇게 잘하는지 몰라."

한번 시작된 엄마의 연우 칭찬은 한동안 계속되었다. 겨우겨우 진정시키고, 몸을 눕히자 금세 잠이 든 엄마의 얼굴을 가만히 지켜보다가 병실을 나왔다. 그때쯤 아버지가 돌아왔고, 문영은 복작이는 복도를 지나 휴게실을 찾았다.

너무 갑자기 한국을 떠나온 탓에 어디서부터 말을 꺼내야 할지 모르겠다.

두서없는 말이라 할지언정 자초지종 정도는 알렸어야 했는데. 미안한 마음을 담아 키패드를 누르는 문영의 안색이 파리해졌다.

미안하다는 몇 글자의 메시지를 보냈지만 돌아오는 묵묵부답이었다.

28장

일이 바빠 그런 거라고 넘겨 버리기에는 영 기분이 찜찜했다.

그렇게 하루가 지났고, 일주일이 지났지만 그에게서는 별다른 기별이 없었다.

"뭐야……."

단단히 화가 나서 시위라도 하는 건지 그는 문영의 연락에 내내 묵묵부답이었다. 전화가 안 돼 답답한 건 처음인지라 문영은 어떻게 대처해야 할지 그 방법을 몰랐다.

문영은 호찌민에 있는 동안 부모님의 집에서 생활했다. 병원에서 살다시피 하다가 낮에 잠깐 집에 가서 옷을 갈아입거나 끼니를 해결했다.

엄마가 잠들 때까지 지켜보다가 잠이 들면 고장이 의심스러운 휴대폰을 뚫어져라 쳐다봤다. 꿰뚫을 듯이 쳐다보면 답이 나올 것 같다는 멍청하고도 일차원적인 생각이 그녀를 자조하게 했다.

어쩌다 이런 미친 생각을 하게 됐는지, 그 갑갑함은 수일 째 연락 없는 서연우의 행방에서 비롯됐다.

묘연한 그의 의중이 궁금해서 미칠 지경이 됐을 때였다.

서연우의 지고지순하다 못해 맹목적인 마음은 거의 미친 수준이었다. 그동안의 그를 생각하면 이토록 불안해할 필요가 없는데, 그래도 어쩌면.

막연한 의심이 그녀의 이성을 좀먹었다. 불안에 기인한 버릇까지 생긴 요즘 문영은 틈만 나면 손톱을 물어뜯었다.

왜 하필 이런 순간에 하연이 생각났는지 모르겠다. 저보다 먼저 서연우를 좋아했다고 말하던 당돌한 그녀는 문영이 생각해도 꽤 예쁘장했다. 오밀조밀한 이목구비로 사내에서 화제가 된 적도 있었는데, 열풍처럼 불어온 그녀 생각에 문영의 숨이 점차 흐트러졌다.

휴대폰을 잃어버린 건 아닐 텐데.

"그렇게 보고 싶어 미칠 거였으면 뭐더러 왔어?"

호전 중에 있는 엄마가 도무지 안 되겠는지 날카롭게 일갈했다.

"아. 그런 거 아니에요."

"아니긴, 얼굴에 딱 쓰여 있어, 얘. 속일 걸 속여."

엄마의 핀잔에 문영이 배시시 미소 지었다. 아픈 엄마 앞에서 남자에 미친 사람처럼 굴고 싶지 않았다. 물론 서연우가 궁금하고 보고 싶은 마음은 굴뚝같지만…….

자존심 때문에라도 인정하고 싶지 않은 문영이 휴대폰을 덮었다.

"돌아가서 너 살던 대로 살아. 괜히 내 옆에 있어 발목 잡히지 말고."

"무슨 말이에요. 그런 거 아니라니까. 괜찮아."

"내가 안 괜찮으니 가서 잘 살래도."

"엄마."

"당장 어떻게 될 큰 병에 걸린 것도 아니고, 그깟 간병이 뭐 대수라니. 연차 내고 왔다며? 엄마 퇴원하려면 멀었으니까 돌아가서 쉬어. 사람이 일을 하려면 어느 정도 여유도 필요한 법이야."

"아니야, 엄마. 괜찮아. 나……."

"퇴사하려고?"

아니라는 말이 입에서 떨어지지 않았다. 열 길 물속은 알아도 사람

속은 모른다고 했다. 스스로도 속을 모르니 큰일이었다.

"그래, 잘 생각했다."

"네?"

"올 거면 아예 정리하고 와. 며칠 휴가 내고 와서 사람 신경 쓰이게 하지 말고. 내가 아주 너 때문에 없던 병도 생기겠다, 얘."

부러 강하게 말하는 엄마의 볼멘소리에 문영이 고개를 떨어뜨렸다. 괜히 아파서는 귀한 자식 시간을 잡아먹는다고 생각하는 건 아닐는지, 문영은 아랑곳없다는 걸 말하기 위해서라도 대답을 참아야 했다.

"그만 돌아가. 정신 사납게 하는 건 네 아빠만으로 충분해."

"……."

"요즘 네 덕에 그 양반 설 자리 없어서 병원 밖으로 나도는 것 봐. 아빠 자리 그만 뺏고 넌 너대로 네 할 일 하며 살아."

"엄마."

"그 정도 했으면 됐다, 이미 효녀야. 네 덕분에 나중에 연우 엄마 다시 마주치더라도 어깨 펼 수 있겠어."

그러니까 어서 돌아가라고. 천천히 눈을 맞추는 엄마가 못 이기겠다는 듯 웃음을 터뜨렸다.

"어쩜 그렇게 네 아빠를 닮았는지 모르겠다."

"……."

"내년에 다시 와."

"그때까지 병원에 있을 거 아니잖아요. 그런 거면 나 못 가요."

"누가 여기서 보자고 했니? 얜 가끔 엉뚱한 생각을 하다니까."

잠깐의 침묵이 찾아왔다. 엄마는 곧 떠날 그녀의 얼굴을 물끄러미 바라보았다.

의젓한 사회인이 된 딸애를 언제 또 볼지 모를 일이니 지금의 모습을 오래도록 기억에 남겨 놓으려는 것 같았다. 동그란 이마를 시작점으로 눈, 코, 입에 닿는 시선이 애틋했다. 원하는 만큼 차근차근 뜯어보고는 다시 문영과 시선을 맞췄다.

"얼른 가서 연우한테 안부 전해 줘. 이다음에 올 땐 연우도 데리고 오던지."

그 애 안 본 지도 오래됐다며 보고 싶다는 말을 했다. 그렇게나 너 좋다고 쫓아다니던 그 애와 이렇게 될 줄은 몰랐다는 감탄도 뒤따랐다.

그녀라고 이렇게 될 줄 알았던 건 아니라서 웃으며 그렇다고 대답했다. 상상이 안 된다며, 엄마는 오래 살고 볼 일이라고 했다. 생사 이야기만 나오면 기겁하는 문영은 머리카락이 쭈뼛 서는 기분이었다.

"제발 무서운 소리 좀 하지 말아요!"

"누가 들으면 내일 죽는 줄 알겠다. 호들갑은."

쯧. 버릇처럼 혀를 내두른 엄마가 돌연히 그녀의 손을 잡아 왔다. 여전히 한기가 느껴지는 손이었다. 체열이 전혀 없어 닿기만 해도 눈물이 올라왔다. 눈가가 붉어진 문영이 눈을 비비는 척 눈물을 감추었다.

"문영아. 엄마 말 진심이야. 이제 여한 없이 살아. 엄마 고집에 네 꿈 저당 잡히지 말고, 정말 너 하고픈 대로 살아. 그게 잘 사는 거야."

"……엄마."

이상한 사람이다. 한때는 부모라는 이유로 말 한마디, 한마디가 숨통을 옥죄었던 엄마가 이제는 툭 던진 말로 문영을 눈물짓게 한다.

하얗게 마른 입술뿐일까. 핏기 없는 얼굴을 한 엄마는 정말이지 내일이면 없을 사람 같았다. 연우도 연우지만, 엄마대로 문영을 미치게 하는 기분이었다. 불안해서 마음을 내려놓을 수가 없었다.

"엄마 이상한 생각 안 해. 네 아버지도 이번 사업 기반만 다지고 나면 이제 어디 조용한 곳에서 둘이 살자고 하더라."

무정해 보이지만 잔정 많은 아버지의 곁이 자신의 자리라고 했다. 거기가 엄마의 자리라고.

침상에 누운 엄마가 잠이 들고, 간이침대에 쓰러지듯 누운 문영은 밤새 뒤척였다. 엄마의 소원이라지만 아무래도 병원에 엄마를 두고 떠나는 게 마음에 걸려 발을 뗄 수 없었다.
한 주만 더 있겠다는 그녀의 말은 약속이 되었다.

예정된 시간이 되자 엄마는 잊지 않고 그녀를 밀어냈다. 어서 가라며 성화를 부리는 탓에 제대로 작별 인사도 나눌 수 없었다. 어차피 얼마 안 있다가 다시 올 생각이었지만 어쩐지 매정한 엄마의 태도에 서운함이 들었다.

캐리어를 챙겨 한 번 더 병원에 들른 문영은 잠든 엄마의 얼굴을 고요히 바라보다가 뒤돌아섰다. 다행인지 모르겠다. 소리 없이 우는 엄마를 모른 채로 돌아서서.

아버지의 배웅으로 무사히 공항을 찾은 문영은 출처가 불분명한 슬픔에 목이 잠겨 말을 할 수 없었다. 조심히 가라는 아버지의 말이 세상 그 어떤 말보다도 서글퍼서 할 수만 있다면 통곡하고 싶었다.

"한국 도착해서 연락할게요."

"그래, 건강 조심하고. 네 엄마 너무 걱정하지 말고."

"……갈게요."

아버지는 그녀가 수화물을 부치고, 출국 심사를 마칠 때까지 곁을 지켜 주었다. 시간이 되어 게이트를 찾은 문영은 도착하는 대로 연락드리겠다는 말을 끝으로 뒤돌아섰다.

마음이 흔들릴까 봐 일부러 앞만 보고 걸었다. 게이트를 완전히 통과했을 때 부지런히 그녀를 좇는 아버지의 모습을 발견했다.

마음이 아리면서 동시에 벅찬 감동이 눈앞을 아득하게 했다.

조금 더 따뜻하게 대하지 못했던 게 후회스러웠다. 이다음 번엔 조금 더 가까워져야지. 뒤늦은 다짐과 함께 좌석에 앉은 문영은 조그만 창밖을 내다보았다. 긴 활주로 끝에 있을 서연우를 생각하며 휴대폰을 손에 꽉 잡았다.

애타는 마음을 약 올리듯 비행기는 20분이나 지연됐다. 연착 시간이 길어질수록 그녀의 초조감도 깊어졌다.

한국에 도착하자마자 유심부터 갈아 꼈다. 공항 리무진 버스를 기다리는 시간마저 아득해서 택시를 잡아탄 문영은 집에 도착하는 대로 곧장 연우에게 전화했지만 긴 신호음과 안내 멘트만 그녀를 반길 뿐이었다.

아직 회사에 있을 시간이었다. 혹시나 싶어 지은에게 연락한 문영은 이내 그녀에게서 적잖이 충격적인 소식을 전해 들었다.

—대리님, 모르셨어요? 서연우 씨 갑자기 사직서 제출했잖아요.

"뭐?"

—아. 모르셨구나. 난 알고 계신 줄 알았는데. 대리님 연차 내고, 서연우 씨 사직서 냈어요. 그래서 윤 차장님 발등에 불똥 떨어져서 팀 분위기 장난 아니었는데. 업무량 과다 때문인 줄 알고 일거리 줄여 준다고 한사코 애원했는데도 서연우 씨 되게 무정하게 거절하던데요. 전 그래서 권 대리님이랑 무슨 일 있는 줄 알았는데…….

설마, 두 분 헤어지셨어요?

앙큼한 지은의 직접적인 질문에 문영은 할 말을 잃었다. 어쩌면 그녀의 말대로 헤어진 건지도 모르겠다.

문영도 모르는 이별이었다. 순간 덜컥 겁이 났다. 숱하게 서연우와의 이별을 생각했지만 상상 속에서 안일한 태도를 일관했던 그녀와 달리 실제의 문영은 명치가 확 조여들 정도로 겁에 질렸다.

"……나중에 다시 연락할게요."

가방에서 지갑만 꺼내 급하게 집을 나섰다. 정신없이 큰길가로 달려 나온 문영은 숨 돌릴 틈도 없이 목적지를 말했다.

한적한 시간이라 택시는 한산한 도로를 막힘없이 달렸다.

"감사합니다."

튕겨지듯 차에서 내린 문영은 고층의 아파트가 우뚝 선 단지를 가로질렀다. 숨 돌릴 틈 없이 질주하는 문영은 쌀쌀한 날씨를 거꾸로 밟듯 땀을 잔뜩 흘렸다. 이마에 맺힌 땀을 닦을 새도 없이 집 앞을 찾은 문영은 초조함에 입안이 버석하게 말라 가는 것을 느꼈다.

거기서 그치지 않고, 몸속을 순환하는 피까지 말라가는 기분이었다. 하얗게 질린 얼굴을 하고 초인종을 눌렀다.

"……."

부재중인지 굳게 닫힌 문은 열릴 기미를 보이지 않았다. 할 수만 있다면 문을 부수고 싶었다.

벨을 누르며 생각했다.

가만, 그러고 보니 언제든 와도 좋다며 비밀번호를 알려 주었던 것 같은데. 갑작스런 폭격을 맞은 것처럼 하얗게 탈색된 머리가 딱딱하게 굳어 버렸다.

"미치겠다, 정말……."

모든 게 허무했다. 한순간 많은 것들을 잃은 듯 허탈감에 폐부가 갑갑하게 조여들었다. 숨 쉬는 것조차 망각한 듯 짧게, 짧게 실소하는 게 고작이었다.

황망한 듯 닫힌 문을 바라보다가 다리가 풀려 주저앉고 말았다.

그동안 그와 보낸 시간이 주마등처럼 눈앞을 스치고, 잘게 떨리던 몸이 크게 파들거렸다.

끝을 생각했지만 지금 당장, 이렇게, 이런 식으로 맞이할 줄은 몰랐는데.

그래, 이상했어. 처음 그를 만났을 때부터 기묘했다.

세 살이라는 나이 차부터 걱정스러웠다. 그는 아직 젊고 건실했다. 누군들 그를 보면 홀딱 반하지 않고 버틸 수 있을까.

사실 다정한 성정에 누구에게나 차별 없이 친절한 그가 문영에게 목맬 필요가 없었다.

그래, 그러니까 서연우가 권문영에게 아쉬움을 가질 이유가 없다.

그렇다 해도 이런 식의 이별은…….

매 순간, 매 상황을 형식적으로 생각하고 판단하는 문영에게 그의 이별 방식은 상식의 틀을 한참 벗어난 일이었다. 하다못해 부모의 은애나 충효를 당연한 생활 규범으로 생각하는 그녀였다.

예상 밖의 일이었다. 이제 와 그의 옆에 선 다른 여자의 모습을 상상하는 자신이 한심스러웠다.

다른 여자의 곁에서 입을 맞추고, 살을 맞대고, 몸을 섞고……. 그만의 귀여운 질투와 집착으로 소유욕을 표현하는 서연우가…….

하, 한숨을 쉴 때마다 눈시울이 뜨거웠다. 뜨끈한 눈자위에 아프도록 핏줄이 섰다. 눈을 깜빡이자 눈물 한 방울이 아래 속눈썹에 걸렸다. 미끄러질 듯이 아슬아슬하게 맺힌 눈물을 닦으려는 순간이었다.

꽉 닫힌 문이 디링, 소리를 냈다. 문영은 천천히 열리는 문을 보며 황급히 손등으로 눈물을 훔쳤다. 이윽고 그토록 애가 닳게 하던 장본인이 유유히 모습을 드러냈다.

몇 분간은 앉은 채로 그의 얼굴을 올려보았다. 보고도 못 믿을 얼굴은 자그마치 3주 만에 보는 것이었다.

사람을 여러모로 돌아 버리게 하는 서연우의 얼굴을 보니 머리꼭지가 터질 것처럼 욱신거렸다. 혈압처럼 오른 눈물이 눈을 새빨갛게 충혈시켰다.

황망한 얼굴을 하고서 자신을 보는 그의 동그란 눈이 어이없었지만 한편으론 안도가 되어 한숨이 나왔다.

그런 얼굴을 할 게 누군데.

"서연우."

왜 그동안 연락 한 통 없었느냐고, 정말 헤어지자고 이런 거냐고.

말도 없이 사직서를 내고 도망가면 누가 모를 줄 알았느냐고, 마음 같아선 소리를 지르고 싶었지만 꽉 막힌 듯 목소리가 입 밖으로 나오지 않았다. 반대로 애원하는 말이라면, 어쩌면 술술 입이 떨어질지도 모르겠다.

"뭐예요."

그가 물었다. 그녀가 하고픈 말을 옮겨 놓은 듯 그가 지금 제게 뭐냐고 물었다. 확장된 동공 속에 그녀의 눈부처가 섰다. 그녀만큼 흔들리는 동공은 자꾸만 초점이 어긋났다.

이제 정말 내 얼굴은 보고 싶지 않은 건지.

"그러는 넌 뭔데."

"……왜 여기 있어요?"

충격에 잠긴 듯 묻는 목소리가 낮게 가라앉았다. 탁한 목소리에 그녀에 대한 원망이 담겨 있는 듯했다. 착각일까.

"그러는 넌 왜 여기 있는데."

"그야."

말을 멈춘 그가 혀로 마른 입술을 축이고는 이를 세워 여린 살을 깨물었다. 아프게 일그러진 얼굴을 보니 확신이 섰다. 아직 그에게는 마음이 남아 있다.

미련이라도 좋았다.

"서연우, 나……."

애처롭게 보이려나. 그의 눈썹이 꿈틀거렸다. 다급하게 바닥을 짚고 일어서려는데 불쑥 그가 손을 내밀었다. 원래 같았더라면 단숨에 그녀의 발치로 다가와 일으켜 세워 주고도 남았을 그의 바뀐 태도에 파도처럼 설움이 밀려왔다.

울지 않으려고 했는데, 기어이 눈물이 터졌다.

"손 더러워지잖아요."

딴청 피우듯 다른 말을 하는 그의 목소리가 쌀쌀맞게 느껴졌다. 냉소적인 건 아닌데 그녀 앞에서는 아무것도 모르는 바보 같았던 그에 반해 뜨뜻무레한 지금의 그에게서 상당한 간극이 느껴졌다.

"언제부터 혼자 일어나는 법도 모르는 바보였어."

의구심을 남긴 말끝에 그가 한 걸음 다가왔다. 이내 소리 죽여 흐느끼는 그녀에게 팔을 감아 넣고는 단숨에 일으켜 세웠다.

비틀비틀 바닥에 발을 딛고 섰지만 끌어안은 그의 손은 그대로였다. 바보같이, 그것만으로도 안심이 되어 더욱 서럽게 울음을 터뜨리고 말았다.

"왜 울어요, 여긴 어떻게 왔어요? 왜 여기 있……."

"그러는 넌, 넌 왜 여기 있는데. 어떻게, 어떻게 이런 식으로 사람을 바보로 만들 수 있는데. 어떻게!"

"그게 무슨 말이에요? 권문영 씨, 울지 말고 차근차근 말해 봐요. 침착하게."

"차근차근? 침착?"

바랄 걸 바라라는 듯 문영이 눈꼬리를 치켜세웠다. 새빨간 눈에 힘을 주니 표독스러워 보였다.

"왜 전화 안 받았는데. 바빴다는 말 하지 마. 너 사직서 냈다며. 퇴사한 지 2주나 됐다며. 무슨 생각으로 그런 건데? 헤어질 거면 정정당당하게 말이라도 해 줬어야지, 사람 등신 취급하는 것도 아니고 대체 뭔데!"

"……."

잠깐이지만 그의 얼굴 위로 의아한 빛이 스쳤다.

"사람 바보 천치로 만들면 좋아? 그런 줄도 모르고 난 내내 네 연락만 기다렸어. 말로 할 용기가 없었으면 메시지라도 답장했었어야지. 대체 이게……."

"알았으니까 뚝."

"뭐?"

"그만 울어요, 한꺼번에 몰아서 우는 거 안 좋은데."

와중에 등을 다독이는 그의 손길에 안락함을 느꼈다.

정말 바보 같아.

"서연우, 너……."

"숨 쉬어 봐요, 크게."

정말…….

바보가 된 기분이었다. 그가 시키는 대로 천천히 숨을 내쉰 문영은 천천히 눈물을 그쳤다.

뜨거운 얼굴에 그의 손이 닿았다. 얼굴의 절반을 감싸는 커다란 손이 눈물로 얼룩이 진 얼굴을 성의 있게 닦아 주었다. 그 감촉이 좋아 바보처럼 또 눈물 바람을 일으키고 말았다.

"왜 자꾸 울까. 내가 뭐 잘못했어요?"

기가 막혀.

"춥다. 옷이라도 따듯하게 입고 오지, 카디건이 뭐야."

부드럽게 그녀의 어깨를 잡아끈 그가 그녀를 데리고 집 안으로 들어왔다. 문영은 넓은 거실에 덩그러니 놓인 소파에 앉아 기다리라는 말을 남기고 돌아선 그의 뒷모습을 바라보았다.

따뜻한 유자차를 준비해 온 그가 테이블을 끌어와 그 위에 찻잔을 내려놓았다.

"식으면 마실래요?"

"장난해?"

"왜?"

"네가 이러면…… 내가 뭐가 되는데."

서연우와 정말 헤어지면 어쩌지. 안 돼.

눈앞이 막막한 상황에서도 욕심은 자라났다. 쓸데없이 친절한 그 때문에 미련은 더더욱 몸집을 키워 나갔다.

죽어도 못 헤어질 것 같은데. 너와 헤어지면, 나 정말 어떡하지.

"뭐가 되는데."

옆자리를 두고도 그녀의 다리 사이에 무릎으로 러그를 딛고 선 그가 반문했다.

"등신, 머저리."

"좋은데 기왕이면 병신을 하지 그래요."

"뭐?"

"난 병신인데. 권문영 씨가 이런 식으로 나 찾아올 거라곤 전혀 몰랐던 병신."

"……하."

"알았으면 깔끔하게 준비하고 있었을 텐데."

그러고 보니 그는 가벼운 스웨트 셔츠에 면바지를 입고 있었다. 자고 있었던 건지 머리 한쪽이 삐죽 섰다. 웃으면 안 되는데 실없이 웃음이 났다.

내가 미쳐.

"할 말이 뭐예요?"

얼굴에서 웃음기가 싹 가셨다. 어디 그뿐일까. 핏기까지 확 가셨을게 분명했다.

질린 얼굴로 그를 보니 악을 쓰던 입이 닫혔다. 말문을 잃고 애꿎은 입술을 잘근 씹는데 그의 표정이 자못 어두워졌다.

"그거, 하지 말라니까."

다소 신경질적으로 내뱉은 말이 얼마나 냉소적인지 본인은 모르는 모양이었다. 눈썹을 찌푸리며 손을 뻗은 그가 손가락 하나로 툭툭 그녀의 입술을 건드렸다. 상처 내는 짓은 삼가라는 암묵적인 말이었다.

"해요, 할 말."

"……."

"악쓰더니 목소리가 안 나와요?"

괜히 민망해졌다. 따뜻한 차 한 모금으로 목을 축인 문영이 떨리는 눈빛으로 그를 마주 보았다. 새삼 건실한 그를 보니 안심이 되었다. 마음은 허무할 정도로 나약해져 그만 괜찮다면 막연하게 기대고 싶었다.

"왜 연락 안 받았는데."

겸연쩍은 얼굴과는 어울리지 않는 당돌한 말이었다.

"짜증 나서."

"……."

"화도 나고."

"네가 왜."

"말도 없이 발령 간 줄 알았으니까."

"내가 분명 이전에도 그럴 일 없을 거라고 말했던 것 같은데."

"워낙 말없이 독단적으로 행동하는 사람이니, 이번에도 그런 줄 알았지."

"하."

어처구니가 없어 태연하기가 이를 데 없는 그의 낯짝을 흘겨보았다.

하지만 상황으로 보나, 분위기로 보나 그녀가 화를 낼 입장은 아니었기에 조용히 태도를 바꾸었다.

"엄마가 아팠어. 갑작스레 건강이 안 좋아져서 정신이 없었어."

"그래요."

"미리 말을 했어야 했는데 경황이 없어서 얘기를 못 했어. 자초지종이라도 설명했어야 했는데."

"그래서요?"

"지금…… 말하는 거야. 늦었다는 거 아는데, 지금이라도 너한테 말하고 싶어서."

"그래서."

어쩐지 단조롭게 대꾸하는 목소리가 점점 탁해지는 것 같았다. 그가 원하는 대답이 아니라고 은근하게 눈치를 주는 것 같아 문영은 죄인처럼 눈을 내리깔았다.

"미안해."

그녀도 모르게 울먹이는 목소리가 나왔다. 또 우는 건 계획에 없는 일인데, 오늘 하루만 벌써 몇 번 우는지 모르겠다.

원래 이렇게 눈물이 많았던가. 스스로에 대해 다시 정의를 내려야 할 것 같았다. 문영은 여느 사람처럼 이별 앞에서 겁이 많았다.

생각보다 더 서연우에게 빠져 있다는 건 진작 알았지만, 이 정도일 줄은 몰랐다.

한국으로 돌아오는 내내 무슨 생각을 하고 있었던가.

인사 팀 하연, 그래. 그 여자를 지긋지긋할 정도로 생각하며 다리를 떨었다. 그 여우 같은 여자가 어떤 식으로 서연우에게 말을 건넬지 생각하면 눈앞이 하얗게 됐다. 이성을 제외시킨 사람처럼 본능적인 감정에만 충실해서는…….

미친 사람처럼 불안감만 커졌다.

"미리 말 못 해서 미안해, 연우야."

"잘못한 건 알아요?"

"으……."

응, 한마디가 힘에 겨워 필사적으로 고개를 끄덕거렸다. 말없이 그녀를 응시하는 그의 눈빛은 정적에 맞게 고요할 테다. 눈을 맞출 용기가 나지 않아 셔츠 자락만 꽉 쥐어 잡았다.

"나도 미안해요."

내내 말이 없던 그에게서 뒤늦은 대답이 돌아왔다. 저도 모르게 고개를 치켜든 문영과 눈이 마주친 그가 한숨 쉬며 고개를 흔들었다.

더는 당해 낼 재간이 없다는 것처럼.

문영의 눈이 커다래졌다. 문영은 그의 말에 긴가민가했다. 그 말을 해야 할 사람은 그녀였다. 내내 곁에 있어 준 그에게 무신경했던 문영은 연우를 보며 나붓하게 눈을 감았다 떴다.

누구보다 그녀에게 열렬한 사람이었다. 고요한 눈빛에 언제고 그녀를 가둬 두던 서연우가 다정하게 웃는 얼굴이 못내 아팠다.

한순간도 최선이 아닌 적이 없는 사람. 부드럽게 손등을 어루만지는 그의 손길에 명치가 욱신댔다. 훅, 들이켠 숨이 가슴에 얹힌 기분이었다. 스치듯 했던 손이 과감하게 그녀의 손등을 덮쳐 잡는 순간 하, 한숨이 새어 나왔다.

더는 힘에 부친다는 말이라도 하려는 걸까. 또 한 번 불안이 스멀스멀 고개를 들기 시작했다.

"내가 뭘 어떻게 해 줘야 할지 모르겠어요."

자신의 무능함에 치가 떨린다는 그는 작은 목소리로 고해 성사 했다. 어떻게 나를 외면할 수 있냐며 항변이라도 할 줄 알았는데. 착잡함에 목울대가 잠겼다.

역시, 여기까지인 건가.

"그러니까 내가 어떻게 해 줬으면 좋겠는지, 앞으로는 직접 말해 줘."

"……어?"

서연우는 속도 없이 그녀와 눈을 마주치며 웃었다. 침잠한 그의 눈동자 속으로 속절없이 빨려 들어가는 기분이었다. 서연우는 졸렬한 그녀에게 때맞춰 잘 찾아온 귀인이었다. 운명론자는 아니지만 넓은 회사 안에서 서연우를 마주쳤을 때 머리카락이 빳빳해질 정도로 충격적인 생각이 뇌를 쳤었다.

그와의 재회는 이미 점쳐진 운명이거나, 이렇게 될 숙명이었거나 하는.

대단히 잘난 인연으로 그의 발목을 묶어 놓고 싶었지만 그건 그녀의 이기심이었다.

알면서도 감히 애원하고 싶었다. 사정을 하면서까지 부탁하고 싶었다.

어쩌겠어, 내가 이미 그만큼 네가 좋아졌는데. 그러니까 헤어지지 말자고.

"말 잘 듣는 개처럼 얌전히 기다리고 있으라면 그럴게요. 나 생각보다 참을성 좋아요."

그녀를 대신해 하고 싶은 말을 전달하는 그의 표정이 밝았다.

"서연우, 너……."

이런 상황에서까지 대신 애걸복걸하는 그는 정말 미친놈이었다. 누가 할 소리를 왜 네가 하는데. 왜.

착한 수준을 넘어 멍청한 그 애가 정말 개처럼 보인다면 덩달아 그녀도 미친 건지도 모른다.

"미친놈 같죠? 나도 알아요. 그래도 난 아직도 권문영 씨 발소리만 들어도 가슴이 설레요. 지긋지긋한 첫사랑 후유증이지."

뿌리를 박은 나무와 같았다. 그녀에 대한 감정은 그도 모르는 새 당연시되어 문신처럼 새겨져 있었다. 훅, 숨을 들이쉴 때마다 끼쳐 오는 그녀의 체향에 뇌가 얼얼해진 건지, 원래가 미친놈인 건지.

무너진 적 없는 여자의 어깨가 잘게 떨렸다. 차마 소리는 내지 못하고, 숨죽여 흐느끼는 어깨를 꽉 끌어안았다.

"왜 울고 그래요, 눈물 아깝게. 응?"

힘없이 끌려오는 그녀의 허리에 팔을 감싼 그가 낮은 목소리로 나직하게 속삭였다. 줄줄 흐르는 눈물 한 방울이 간절한 사람처럼 고개를 기울여 물기 어린 얼굴에 입을 맞췄다.

우는 모습조차 살 떨리게 아름다운 여자의 눈가에, 뺨에 닿는 입술이 뜨거웠다. 입술을 빨면서 그녀의 체열까지 모조리 흡수하는지, 그의 피부는 용광로를 삼킨 듯 뜨거웠다.

"울지 마, 응?"

"흐으윽……."

"그럴 일은 없겠지만…… 한눈팔면 죽여 버리겠다고."

정말 그럴 일은 없겠지만, 그녀가 원한다면 기꺼이 눈깔을 도려낼 생각이다. 신념 같은 마음을 갈고 닦으며, 그렇게 시간을…….

누군가 목을 조르는 듯 숨이 막혔다. 고장이라도 난 것처럼 쏟아 내는 눈물에 잠겨 아주 잠시간이라도 좋으니 까무룩 잠이 들고 싶었다.

"그 한 마디만으로도 충분하니까 말해 줘."

진정되지 않은 얼굴에 불이 붙은 듯했다. 홋홋한 뺨을 감싼 그를 보며 문영이 흐느끼듯 말했다.

"한눈팔지 마."

진심은 벼랑 끝에 내몰려서야 숨겨 왔던 모습을 드러내는 모양이다.

"나, 너 많이 좋아해."

때아닌 기습 고백에 흐뭇하게 휘어지는 그의 입술이 그녀의 입술 끝에 내려앉았다.

"그러니까 헤어지지 말자. 헤어지기 싫어. 무섭단 말이야……."

비로소 가까워진 입술에 그의 뜨거운 입술이 열렬하게 맞닿았다. 웅얼대는 소리가 그녀의 입안으로 삼켜졌다. 부서진 말이었지만 그녀의 귀에는 똑똑히 전해졌으리라.

"이렇게 좋아 미치겠는데."

어떻게 헤어져요.

싱긋 웃는 입꼬리를 따라 입이 열렸다. 능숙하게 밀려 들어온 혀가 점액질의 입안을 휘젓고 내숭 부리듯 움츠린 혀를 잡아 섞었다.

농밀하게 휘젓는 혀가 날 것 그대로의 소리를 뽑아냈다. 시간 가는 줄 모르고 타액을 나누는 진득한 입맞춤이 이어졌다.

흔들림 없이 단단한 그의 품에 안겨 와락 목을 끌어안았다. 견고한 성질로 이루어진 것처럼 다부진 허벅지 위에 엉덩이를 대고 앉은 그녀는 조금씩 부풀어 오르는 그를 선연하게 느꼈다. 근육질로 이루어진 피부처럼 묵직한 것이 둔부의 라인을 따라 비벼지는 게 느껴졌다.

"안 보여요? 개처럼 꼬리 치고 있는데."

문영의 손을 그것으로 잡아끈 연우가 손목을 꽉 잡은 채로 아래로 당기니 손아귀에 다 차지 않는 그의 윤곽이 손바닥에 닿았다.

조금 축축한 것이 손에 닿자 순식간에 머릿속을 음험하게 만들었다. 울퉁불퉁한 핏줄까지 버무릴 기세로 쏟아 내고 있을 선단의 체액이 떠올랐다.

안달이 나 정액을 머금은 채로 까딱거리고 있을 그의 남성을 생각하자 저도 모르게 웃음이 났다.

"지금 웃음이 나요?"

그는 자못 기분이 불쾌한 듯했다. 누군 돌아 버릴 것 같은데 웃음이 나냐고 질타하는 것 같아 문영이 천천히 고개를 저었다.

나도 괴롭다고 하니 금세 표정을 고치는 게 퍽 무서웠다.

"통통 부은 눈을 했는데도 예쁘네요."

그윽하게 바라보며 그녀를 품에 안은 그가 무리 없이 자리에서 일어났다. 휘몰아치는 욕정에 아프도록 발기한 것을 달래기도 벅찰 텐데 그의 움직임은 느긋했다.

오열하듯 눈물을 쏟아 내고 나니 남은 건 민망함과 어색함이었다. 곧바로 이어지는 키스에 정신이 팔려 몰랐는데 아마 얼굴도 보기 싫게 부었을 테다. 멋쩍어진 문영이 그의 어깨에 얼굴을 묻었다.

"울 정도로 내가 좋은 건 알겠는데, 취지가 그건 아니잖아."

그랬지. 취지가 어쨌건 그녀가 그의 앞에서 목 놓아 울었다는 사실에는 변함이 없었다.

어쩐지 온몸의 솜털까지 다 젖은 기분이었다.

"어머니, 괜찮을 거예요. 그러니까 너무 걱정하지 마."

권문영에게는 서연우 자체가 위로였다. 매 순간, 매시간 그녀에게 미쳐 있는 남자의 듬직한 한마디에 머리를 장악했던 부정적이고 불결했던 잡념이 언제 그랬냐는 듯 사라지는 것 같았다.

"살다 보니 네가 우리 엄마를 그렇게 부르는 날이 오네."

"난 알았는데, 이런 날."

"되게 자신 있었나 봐."

"근거 없는 자신감은 아니었죠."

씩 웃으며 수척해진 뺨에 그가 쪽 입을 맞췄다.

"권문영 씨가 싫다 했어도 살 정도는 비볐을 거야."

"그건 무슨 자신감이야?"

"자신감 아닌데. 사실이잖아."

"응?"

"나만 권문영 씨한테 취약한 게 아니잖아."

침대 위에 조심스레 그녀를 내려놓고 곧바로 어깨를 짓누르며 올라탄 그가 과감하게 셔츠를 벗어 던졌다. 시선을 잡아 끄는 그의 탄력적인 상체에 그녀의 시선이 박혀 들었다.

완벽한 역삼각형을 이루는 몸은 예술에 가까웠다. 적당한 근육이 알맞게 자리를 잡은 몸은 그저 바라보기만 해도 그 경도가 느껴질 정도였다.

매번 느끼지만 서연우는 굉장했다. 사람이 이렇게까지 완벽할 순 없었다. 온전히 그를 가졌는데도 탐이 나는 건 어디서부터 기인한 욕심인 건지.

"권문영 씨도 나한테 약하잖아요. 성정이 착해서 내가 좆이라도 꺼내 보이면서 아프다고 호소했으면, 어쩔 수 없다는 듯 바로 다리를 벌려 줬을 거예요."

"넌 무슨 그런 말을 아무렇지도 않게……!"

"난 내가 조금 더 나쁜 놈이었으면 좋았을 거라고 생각해요. 그랬으면 조금 더 빨리 권문영 씨한테 먹혔을 텐데."

"허."

기가 막힌 발언에 버석한 웃음이 터졌다.

어느새 하의와 브리프까지 탈의한 서연우가 몸을 낮춰 상체를 맞붙여 왔다. 그녀의 셔츠와 브래지어를 벗기기보다 한꺼번에 밀어 올리는 것을 택한 그는 출렁이며 튀어나온 문영의 가슴을 한 손에 잡아 쥐었다.

"젖꼭지가 섰네요. 음, 아팠겠다."

다른 한 손으로 길게 늘어뜨린 머리카락을 손가락에 돌돌 만 그가 꼿꼿이 선 유두를 혀로 길게 쓸며 말했다.

혓바닥의 돌기가 유두를 간드러지게 자극했다. 달콤한 사탕을 먹듯 정성스럽게 가슴을 애무하는 그의 모습이 더없이 자극적이었다. 문영은 벌써부터 아랫배가 근질거렸다.

젖꼭지가 무를 때까지 빨 생각인지 서연우는 혀끝을 세워 동그랗게 움직였다. 그러더니 돌연 젖가슴을 꽉 쥐었다.

"으음, 하아……."

억지로 삼킨 신음이 온몸으로 퍼져 간 듯했다. 슬슬 배꼽 부근이 뜨거워졌다.

다정한 말만 골라 내뱉던 입술이 야하게 움직였다. 짐승의 눈처럼 밝게 빛나는 눈이 코로 숨을 쉬는 법을 잊어 입술을 벌리고, 뜨겁게 신음하는 문영을 빤히 지켜보았다.

"읏, 흐읏!"

마치 먹잇감을 눈앞에 둔 맹수를 닮은 눈빛이었다. 강렬한 그의 시선은 당장이라도 여린 피부를 태워 버릴 것처럼 뜨거웠다.

연우는 한계에 오를 때까지 아래를 박아 대다가도 흥분에 겨워 문영이 참았던 애액을 쏟아 낼 때면 걱정스러운 듯 손끝으로 부드럽게 그녀의 아래를 비벼 만졌다. 그에게는 아마 두 개의 인격이 있을 것이다.

그게 아니라면 가슴을 빨 때와 핏줄이 독처럼 오른 성기를 쑤셔 넣을 때가 확연하게 다를 수 없었다. 입안으로 빨려 들어간 가슴을 어렵게 떼어 놓은 그가 다문 입술로 젖은 유두를 문질렀다. 가느다란 이성이 차츰차츰 끊어지는 게 여실히 느껴졌다.

야릇하고도 아찔한 감각에 문영의 어깨가 뒤틀리고, 엉덩이가 튀어 올랐다. 머리카락을 쓰다듬는 커다란 손이 그대로 척추를 타고 내려와 보기 좋게 살이 오른 엉덩이를 터뜨릴 듯 쥐어 잡았다. 그 손길에서 가까스로 흥분을 참는 그의 마음이 느껴졌다.

반대편 가슴까지 흥건히 적셔 놓고서 입을 뗀 서연우가 뭉근하게 입을 맞춰 왔다.

골반을 지나쳐 내려온 오른손이 아래의 점막을 꿰뚫었다. 갈고리 모양으로 굽어진 손끝이 내벽을 긁자 괴로울 정도의 쾌감이 쐐기처럼 몸에 박혀 들었다.

"아윽!"

다리를 모아 세운다는 게 아래에 힘이 들어갔다. 성마르게 침투한 손가락이 끝까지 박혔다가 빠질 때마다 한껏 예민해진 질 근육이 그를 빠듯하게 조였다.

그와 동시에 쾌락에 잠식당한 문영의 입에서도 야릇한 말들이 쏟아졌다.

"하, 아아, 좋아……. 더, 조금 더!"

"후……. 좋아요?"

"으응, 조, 좋아, 하아!"

고백 같은 탄성에 그가 울림 있는 목소리로 물으며 축축해진 아래를 빠르게 드나들었다.

"앞으로는 어디 갈 때 가더라도 팬티는 두고 가요."

"으응?"

"다 가져갈 생각이었어요?"

그는 그녀더러 가혹하다 말했다. 기다리는 것도 버거운 사람에게 그 정도 자비는 베풀어야 한다 했다.

"물론 권문영 씨 이름만 곱씹어도 좆이 서긴 서는데 막연하게 상상만으로 하는 자위는 조금 괴로워서."

그렇게 말하는 그의 표정은 노골적인 말과는 달리 평소와 다름없어 보였다. 오히려 문영의 귓가가 금세 붉게 물들었다.

"권문영 씨 냄새라도 맡아야 혼자 하는 재미라도 느끼죠."

푸욱, 푹, 물큰하게 익은 살에 고작 손가락 하나 넣었을 뿐인데 젖은 소리가 방을 가득 채웠다.

문영은 기분 좋은 고문에 무력함을 느꼈다. 숨소리에 가까운 신음이 차츰 고조를 드러내며 커질 때쯤 잔뜩 성이 난 그의 남성이 음핵을 간질이며 강렬한 감각으로 그녀를 몸서리치게 만들었다.

"하, 아아……."

온몸에 땀방울이 맺히는 듯 뜨거운 열기가 전신을 강타했다. 작게 웃어 보인 그가 손가락을 빼고 허한 아래에 곧장 제 것을 밀어 넣었다.

삽입 전 충분히 적셔 놓았음에도 손가락과는 비교조차 불가한 성기가 들어오자 몸이 꿰뚫리는 느낌에 단말마가 터졌다.

"아윽!"

얼얼한 아래에 슬금슬금 감각이 일어났다. 검붉은 성기를 뿌리까지 삼킨 음부는 비로소 공간의 주인을 찾았다는 듯 오므라들며 그를 꽉꽉 물어 댔다.

"하……."

빠듯함을 느끼는 건 그녀뿐이 아니었다. 연우 역시 소리를 내는 것도 잊은 채 빼끔대는 입술처럼 강하게 조여드는 내벽이 성기를 뜯어낼 것처럼 쫀득하게 달라붙어 곤욕이었다.

발개진 눈이며, 욱여넣은 것을 품겠다고 성화를 부리는 아래며, 하여간 사람 미치게 하는 재주 한번 타고난 그녀를 보니 안달이 난 몸이 후끈하게 달아올랐다.

연우는 그녀의 골반을 단단하게 붙잡은 채로 끝까지 제 것을 밀어 넣었다. 약간의 틈도 허용할 수 없어 박아 넣은 탓에 까슬한 음모에 도톰한 그녀의 살이 맞닿았다.

"없는 동안 따가울 정도로 자위만 했더니…… 후, 금방 쌀 것 같아요."

뭉근하게 허리를 돌린 그가 몸을 뒤로 내빼며 말했다.

퍽! 둔탁한 마찰음이 일관되게 울렸다. 이내 침실 공기가 다시 뜨거워졌다. 느긋하게 성기를 뺐다가 거칠게 박을 때마다 문영의 어깨가 뒤틀렸다.

몸을 부술 듯 부딪치는 그의 삽입에 욕망은 더 큰 자극을 갈망하기 시작했다. 문영은 필사적으로 그의 목을 끌어안고 매달렸다. 허공에서 대롱대는 다리로 그의 허리를 감쌌다.

충만하게 박히는 것도 좋았지만 회음부에 부딪치는 두 개의 고환도 좋았다. 터질 것처럼 뜨거운 열을 삼킨 성기보다는 비교적 체열이 낮은 살주머니가 채찍이라도 되는 듯 탁탁, 흰 엉덩이를 때릴 때마다 고삐가 당겨진 경주마처럼 몸이 튕겨 올랐다.

"하읏, 읏!"

"안 되겠어요. 우선 한 번 싸고 해야겠어."

푹! 푹!

깊게 박힌 성기가 난폭하게 움직이며 더욱 몸집을 키웠다. 이미 커질 대로 커진 성기에 맞춰 늘어나는 여린 살은 폭주하는 그에게 잘도 비위를 맞췄다.

이렇게까지 깊이 박힐 줄은 몰랐던 터라 연우는 음탕하게 허리를 돌리면서도 내심 신기했다.

야금야금 먹어 치우다간 큰일이라도 날 것 같았다. 그녀가 완전히 저를 씹어 삼키면 어쩌지, 하는 우스운 상상을 했다.

"아아, 아, 하아……!"

문영은 배를 꿰뚫는 성기에 베개에 파묻힌 머리를 세차게 흔들었다. 신음을 참으려는 입술이 결국 열락에 겨워 벌어졌다. 벌어진 입술 사이로 연이은 교성이 흘러나왔다.

발정 난 수컷처럼 횡포를 부리는 그가 그녀의 허리를 잡아 세웠다. 마주 보고 앉은 채로 머금은 성기는 울퉁불퉁한 핏줄의 느낌까지 점막에 비벼 전달되었다.

움찔대는 질구가 비명을 질러 댔다. 두 쪽의 고환까지 빨아 먹을 기세로 옴쭉대는 탓에 그가 몸서리치는 그녀의 어깨에 진하게 입을 맞췄다.

"조금만 힘 빼요, 전부 다 먹혀 주고 싶은데 그러기엔 여기가 너무 여려서 찢어질 것 같아."

뿌리까지 짓쳐 넣은 그가 뭉근하게 허리를 돌렸다. 뽀얀 엉덩이를 음험하게 주무르며 지껄이는 말이 더러운 상상을 불러일으켰다.

성기만큼이나 크지만 비교적 몽글한 그것까지 삼킨다는 생각은 위험하고도 아찔했다.

"아흣!"

문영은 새빨개진 눈으로 그를 바라보았다. 눈이 마주치자 자연스레 딸려 온 입술이 질펀하게 입을 맞춰 왔다.

입안에 고인 타액은 자연스럽게 그의 목울대로 넘어갔다. 차마 먹지 못한 침이 입가로 줄줄 흘렀다. 물기를 먹은 입술이 닿는 모든 곳이 땀으로, 침으로 눅눅해졌다.

억누른 신음이 터지자 힘입은 그의 것이 격렬하게 움직이기 시작했다. 격정적인 삽입에 몸이고 마음이고 송두리째 흔들리는 기분이었다. 발끝이 곱아들고, 무서울 정도로 강렬한 쾌감에 울부짖을 때 그녀를 다시 눕힌 그가 그녀의 안에서 한차례 파정을 했다.

"자위할 때보다 많이 싼 것 같아."

새어 나온 체액이 질구를 하얗게 적셔 놓았다. 줄줄 흐르는 점액이 누구의 것인지 알 수 없었다.

격한 정사로 둔부 아래가 눅진해졌다. 축축함을 느낄 새도 없이 아래에 얼굴을 박은 그가 코끝으로 빨갛게 부은 음부를 비벼 댔다.

"아, 잠깐! 흐으응."

탐욕스러운 입술이 클리토리스를 집중적으로 핥기 시작했다. 벌써 몇 번째인지 셀 수 없는 절정에 두려운 것도 잠시, 그가 주는 쾌락에 잠식되어 금방 잊게 됐다.

"내가 싼 거니까, 내가 다시 전부 먹어 줄게요."

어차피 또 젖을 거니까 괜찮다고 말하는 그의 입김이 한껏 예민해진 아래를 끊임없이 자극했다.

움찔대는 구멍에 혀가 밀려 들어온 순간, 나른함에 짓이겨진 그녀의 몸이 시트 속에 파묻혔다.

계속 젖게 해 주겠다는 그의 말에 문영은 무작정 고개를 끄덕였다. 작은 머리를 꽉 끌어안은 다리가 그의 어깨를 밟은 채로 벌어졌다.

단단하게 허벅지를 붙잡고, 길게 혀를 내밀어 빨아 대는 그가 정말 개 같았다.

"하, 연우야……, 흐응, 서연우……!"

그로 인해 녹아 없어질 게 분명한 문영은 연우의 이름을 부르며 환희 속에 지그시 눈을 감았다.

장담컨대 오늘만큼은 이불 밖이 위험했다. 침대 밖으로 벗어나야겠다는 생각은 고이 접어 둔 지 오래였다.

✢ ✢ ✢

"후우……."

몇 차례 절정으로 몰아붙이는 섹스가 끝나자 노곤함이 밀려들었다. 몸을 파묻듯 시트 위에 누웠다. 이내 나른함을 견디지 못하고 수마에 빠져들었다.

시간이 어떻게 지났는지도 모른 채로 까무룩 잠이 들었다가 아버지로부터 걸려 온 전화에 눈을 떴다. 그마저도 없었더라면 하루를 꼬박 잠으로 보냈을지도 모르겠다.

"나도 깨우지 그랬어요."

통화를 갈무리하자 말소리에 잠에서 깬 그가 부스스한 머리를 손으로 빗질하며 몸을 일으켰다.

"너무 곤히 자고 있길래."

눈길을 사로잡는 몸에 깊은 탄성이 흘렀다. 새삼스러운 감탄이었다.

정밀하게 세공된 도자기 인형 같은 얼굴을 하고 지극히 남성적인 몸을 하고 있다는 게 몇 번을 봐도 믿기지 않았다.

침대에 떨어진 옷을 주워 입는 것도 잊은 스스로의 안일함에도 적잖이 당황한 상태였다. 까마득한 태초로 돌아간 기분이었다.

손가락 한 번 까딱하기 힘들 정도로 지친 것도 아닌데, 너무도 자연스럽게 맨몸으로 거실을 오고 다니는 서연우에게 저도 모르게 휩쓸린 것 같았다.

벗은 몸이, 아니 정확히 말해 벗은 몸을 보이는 게 부끄럽지 않다니 놀라운 일이었다. 하기야 섹스가 처음인 것도 아니니 얼굴을 붉힐 필요는 없었다.

한국에 들어와서 여태껏 한 끼도 안 먹었다는 그녀의 말을 듣고 짧게 혀를 찬 서연우의 손에 마카롱이 있었다. 부끄럽지도 않은지 홀딱 벗은 몸으로 태연하게 침대맡에 앉은 그는 먹기 좋은 크기로 마카롱을 잘라 문영의 입에 넣어 주었다.

문영은 아무렇지 않은 척 받아먹으면서 눈을 어디에다 두어야 할지 고민하는 중이었다.

발기 전이라기엔 정도가 지나치게 우람한 그것이 자꾸만 시선을 잡아챘다. 민망함은 온전히 그녀의 몫이었다.

"안 되겠어. 대충 씻고 나가서 밥이라도 먹어요, 우리."

탐탁지 않은지 미간을 구긴 그가 심각한 목소리로 말했다. 내내 공복 상태라는 게 그렇게나 충격적인 일인지 서연우는 입가에 묻은 부스러기를 떼어 내며 착잡한 듯 한숨을 내쉬었다.

그럴 만도 한 게 야윈 몸으로 몇 번이고 그를 받아 냈다는 게 문영, 본인도 믿기지 않은 터였다. 어디 하나가 부러져도 이상할 것 없는 몸이 얼마나 앙상한지, 체격 좋은 그의 앞에서 한 줌도 안 되어 보였다.

침대 헤드에 몇 번이나 머리를 찧었던가. 무자비하게 짓쳐 박는 그에게 밀려 몸 성한 데 없는 그녀는 가만히 연우를 바라보았다.

그의 집에 들어선 순간부터 단 한 번도 그녀에게서 떨어진 적 없는 시선이었다. 동공에 박아 넣은 듯 부지런히 그녀에게만 따라붙는 눈길이 좋았다. 그것이 응석받이 같은 집착이라 할지라도.

두 번 다시 그를 못 본다는 생각에 생지옥을 보았다. 가슴이 잘게 조각나 찢어지는 기분이었다. 또 느끼고 싶지 않은 통증이 그녀를 각성시킨 것 같았다.

"맛있어요?"

"응. 달다."

단맛을 좋아하는 그녀에게 최적화된 맛이었다. 입안에서 사르르 녹는 게 더할 나위 없이 달콤했다.

"좋아요?"

고작 마카롱 두 개 정도 먹었을 뿐인데 그가 마뜩잖은 얼굴로 물었다.

"그럼, 좋은데."

"지금 웃음이 나와요?"

"왜? 배 많이 고파? 그럼 당장 준비하고."

배까지 덮은 시트를 거둬 내려는 순간 무심코 돌린 시선이 적나라한 그의 다리 사이로 박혔다.

종전까지 잠잠했던 그것이 불퉁하게 커져 있는 것을 본 문영의 얼굴이 당혹감으로 물들었다. 그가 주는 대로 마카롱을 받아먹은 탓에 미처 모르고 있었다.

아무것도 입지 않은 젖가슴이 그대로 노출되어 서연우의 시야를 어지럽혔다는 것도, 그로 인해 또 한 번 그의 입안이 정염으로 버석하게 말랐다는 것도.

"권문영 씨가 오물거리며 먹는 걸 보니 자연스럽게 야한 상상을 하게 되는 거 있죠."

아무렇지 않은 듯 말하며 그녀의 턱 끝을 잡은 연우가 부드럽게 미소 지었다.

문영은 이어지는 순서를 잘 알고 있었다. 가볍게 시작한 키스가 농밀해지면서 서로의 체온에 갈급한 사람처럼 두 몸이 교차되어 붙을 것이다. 길었던 성교로 아직 아래가 얼얼했다.

"예쁜 입에 당장 내 걸 물리고도 싶은데, 그건 너무 가혹한 것 같아서."

노골적으로 성기를 주무르는 손길이 음험했다. 희고 고운 손이 표피가 벗겨지도록 위아래로 살살 어루만졌다.

섬세한 손만큼 스스로 제 것을 만지는 손짓도 세심했다. 파도의 포말처럼 일어난 체액이 야릇하다 못해 음란했다. 발기한 성기가 흥건히 젖어 박기 좋을 정도로 무르익었을 때 그가 먼저 문영에게 입을 맞춰 왔다.

"……!"

툭, 하고 먹다 남은 마카롱이 침대 아래로 떨어져 부서지는 건 이미 관심 밖의 일이었다.

검푸른 성기가 질구를 찌르며 박혀 들었다. 파도처럼 넘실대는 그것에 아랫배가 지르르 흔들렸다. 문영은 단단한 그의 어깨를 지탱하듯 붙잡았다.

뒤로 넘어간 고개가 베개에 깊이 파묻히고, 튕겨 오른 허리가 아찔한 소감을 대신했다. 뜨거워서 견딜 수 없는 정염에 몸이 타는 듯했지만 그럼에도 그를 놓을 수 없었다. 뭉근하게 내벽을 비벼 주는 몸짓이 좋아 자꾸만 숨이 가빠졌다.

와락 허리를 끌어안은 그와는 한참이 지나 침실을 벗어났다.

집을 나왔을 때에는 어느덧 해가 진 저녁녘이었다.

29장

돌연히 결근한 그녀가 발령을 받았다고 생각할 수밖에 없던 건 심드렁한 윤 차장의 대꾸 때문이었다.

"베트남에 간다더군."

문영의 행적을 묻자 그는 대수롭지 않은 듯 말했다. 군더더기 없이 깔끔하고 명료한 대답에 머리가 비상하게 굴러가기 시작했다.

자성 전자는 베트남 경제를 60% 이상 책임지고 있다 해도 과언이 아니었다. 호찌민 2군에 세운 공장에는 베트남 인구의 1/3이 근무하고 있으며 최근 2천여 명에 가까운 인력을 추가 채용할 것이라는 소식이 보도된 바 있었다.

본사에서 오랫동안 좋은 평가를 받아 온 그녀가 베트남 지사로 발령받는 것도 무리는 아니었다. 여러모로 오해하기 딱 좋은 상황이었다.

미안하다는 그녀의 메시지를 확인했을 때에는 눈앞이 새하얘졌다. 말도 없이 사라진 주제에 잘도 그런 말을 한다고 생각했다.

이기적이고 제멋대로인 문영의 오만한 눈빛이 떠올라 속이 끓었다.

이대로 멍청하게 그녀를 기다릴 생각은 추호도 없었다.
다른 사람을 곁에 둘 엄두가 나지 않았으니 어떻게든 그녀를 붙잡아 두어야 한다는 미련한 생각만 커졌다. 그러다가도 필사적인 자신과 달리 늘 침착해 보이던 그녀의 얼굴이 번번이 상기돼 마음을 바꾸었다.
그녀가 없는 시간은 연우에게 있어 뜨거운 햇볕을 내리쬐다가도 언제 그랬냐는 듯 소나기를 퍼붓는 여름과 같았다.
단순히 서럽고 화가 난다는 말로는 표현할 수 없는 감정이었다.
배신감.
연우는 그녀의 행동을 배반과 반역이라 생각했다. 종국에는 허탈감에 미친 사람처럼 헛웃음만 터뜨렸다.
화가 치밀어 머리꼭지가 터질 것만 같은데도 그녀와 헤어질 생각은 전혀 들지 않는다는 게 충격이었다. 정말 지긋지긋한 첫사랑이었다.
8년 전, 그때도 그를 두고 홀연히 자취를 감추지 않았던가.
"그렇다고 이렇게까지 연락을 피한 건 좀 너무하지 않아?"
가까운 식당을 찾은 문영이 국밥을 떠먹으며 말했다. 그가 연락을 회피했을 때를 생각하면 아직도 온몸에 피가 마르는 기분이었다.
"사직서는 왜 낸 거야?"
"눈이 돌았으니까."
마음 같아선 그길로 베트남으로 떠나려 했다. 가서 보란 듯이 온갖 깽판을 치려고 했다. 그럼 그녀가 창피해서라도 제게 돌아올 것 같았다.
갖은 수모를 겪으면 얼굴 들고 다니기가 민망하지 않을까 하는 굉장히 단순하고 일차원적인 생각에 혀를 내둘렀다. 소름이 끼치도록 무식한 생각이었다.
도무지 그의 머릿속에서 나온 발상이라고는 믿기지 않을 만큼 어리석은 판단이었기에 참을 수밖에 없었다.
이미 한차례 자신의 어리석은 미련함에 그녀가 욕보이지 않았는가.

"감정적인 건 알았지만 이 정도로 충동적인 사람인 줄은 몰랐네. 시간 안 늦었으니까 될 수 있으면 무효해. 윤 차장님한테는 내가 따로 연락할 테니까 수리되기 전에……."

"아뇨, 안 해요."

"왜?"

"사내 연애로 득 볼 게 없는 것 같아서."

"뭐?"

문영이 믿기지 않는다는 듯 휘둥그레진 눈으로 그를 보았다.

"권문영 씨를 매일 보는 건 좋지만 그것 말고는 달리 메리트가 없잖아."

내 마음대로 손을 잡을 수도 없을뿐더러 같이 점심을 먹는 것도 주변의 눈치를 봐야 했다. 특히나 그녀를 아끼는 윤 차장의 눈총이 점점 불편해지던 차였다.

그는 꼭 자신을 그녀의 앞가림에 걸림돌이 되는 것처럼 말했다.

그녀의 능력을 높이 평가하고, 인정하는 건 좋았지만 곁에 있는 자신을 짐짝 취급하는 건 싫었다.

"농담이에요."

"뭐?"

"정원이, 기억하죠? 그 녀석이 동업을 제안했어요. 아직 고심 중이긴 한데 조만간 시작할 것 같아요."

"정말?"

응, 하고 대답해 보인 연우가 웃으며 그녀의 비어 있는 물잔을 채워 주었다. 얹히지 않게 꼭꼭 씹어 먹으라는 걱정스러운 당부가 이어졌지만 문영은 대답하지 않았다.

새 사업을 시작한다니. 그야말로 금시초문이었다. 일전에 친구들과 재미 삼아 개발한 애플리케이션이 성공적인 반응을 보였던 것을 떠올리면 그의 사업적 기질은 의심할 필요가 없었다.

그런데 이 기분은 뭘까.

비밀이라고는 전혀 없을 것만 같았던 그의 이야기를 이제 와 들었다는 게 조금 언짢았다. 우스운 일이었다. 정작 저는 말 한마디 없이 베트남으로 떠나지 않았던가.

어쨌거나 중요한 건 그가 아쉬움 없이 자성에서 돌아선다는 것이었다. 새삼 그의 추진력과 행동력이 부러웠다.

하고자 마음먹은 일을 바로 실행에 옮기는 그와 다르게 문영은 아무런 욕심이 없었다. 이직을 한다 해도 동종 업계 안에서나 움직일 생각이었다.

“잘됐네. 넌 뭐든 잘하니까 괜찮을 거야.”

“그런가요.”

“그럼. 나는 잠시 휴직이나 할까 봐.”

“휴직?”

“응, 엄마가 괜찮아질 때까지만이라도 옆에 있을까 해.”

“아. 어머니는 괜찮으세요?”

문영이 천천히 고개를 끄덕거렸다.

“무릎 수술이라 생명에는 큰 지장 없어. 마취가 조금 걱정되긴 했는데 아직 정정해서 우려했던 것만큼은 아니었나 봐. 문제라면 까맣게 탄 속이겠지.”

연우의 눈의 의외라는 듯 커졌다.

“너도 놀랐지? 나도. 난 사실 우리 엄마가 우울증이랑 거리가 먼 사람인 줄 알았거든. 그런데 아니었나 봐. 누군가의 아내이자 누군가의 엄마라는 이유로 남모르게 속으로 삭이고 감내하는 게 많았던 거지. 바보처럼 아무것도 몰랐어, 난.”

병원에 두고 온 엄마를 생각하니 마음이 아릿했다. 눈앞의 연우를 생각하면 한국에 오기를 참 잘했다고 느끼면서도 혼자 병실에 남은 엄마를 떠올리면 용서받지 못할 불효를 저지르는 기분이었다.

한참 울적해 있던 문영은 자신 때문에 분위기가 흐려지는 것 같아 애써 씩씩하게 화제를 돌렸다.

"참, 우리 엄마가 너 잘 지내냐고 물어보더라. 다음에 올 땐 같이 오라고."

"그래요?"

"응. 베트남에서 너희 어머니 만났나 봐. 아무리 우연이라지만 정말 신기하지 않아?"

"그러게요."

그가 선선히 웃으며 그녀의 입가에 묻은 양념을 닦아 주었다. 더럽게 휴지로 닦지, 뭐 하는 거냐는 핀잔에도 서연우는 방긋방긋 웃기만 했다. 정말이지 비위가 대단했다.

그러니 그녀의 아래도 찰나의 망설임조차 없이 잘 빨아 주는…….

머릿속에 떠오른 엉뚱한 생각에 문영의 얼굴이 삽시간에 뜨거워졌다.

"무슨 생각을 했는데 얼굴이 빨개요?"

아무것도 아니라는 대꾸에 그의 집착적인 성미가 발동됐다.

"내가 빨아 주는 생각이라도 했어요?"

"뭐, 뭐라고?"

새하얀 얼굴에 발그레한 홍조가 번지고, 당황한 목덜미가 빳빳하게 굳었다.

"음, 정말인가 보네."

손을 저으며 아니라고 말하기도 전에 그가 웃으며 말했다. 나직한 목소리가 어찌나 다정한지 귀가 사르르 녹을 것만 같았다.

문영은 방금 막 삼킨 밥알이 목에 걸리는 듯했다. 사레라도 들까 황급히 물을 들이켰으나 여전히 입안은 퍼석했다. 타는 갈증에 물을 두 잔이나 연이어 마셨다.

언제인가부터 서연우는 걷잡을 수 없이 대담했다. 놀리려는 것치고 퍽 진지한 얼굴에 진심이 느껴져 당황하는 건 항상 그녀의 몫이었다.
"내가 좀 잘해요. 그래서 권문영 씨 입장이 이해가 돼."
그녀에게서 별다른 대답이 없자 서연우는 금세 다른 말을 꺼냈다.
"다음엔 같이 가요."
애초에 밥을 먹을 생각이 없었는지 그가 대놓고 턱을 괴고서 그녀를 바라보았다. 뭐 눈엔 뭐만 보인다고, 문영의 눈에는 섬섬옥수 같은 그의 긴 손가락만 들어왔다.
길고 매끈한 손. 여러모로 그녀를 웃고 울리는 손이었다. 별난 손에 한 몸인 양 끼워진 반지가 새삼스럽다. 연우와 이런 사이가 될 줄 몰랐다는 엄마의 말이 불현듯이 떠올라 웃음이 났다.
정말 이렇게 될 줄 누가 알았겠는가.
열여덟의 서연우는 첫 연애를 시작한 그녀의 불행을 바랐다.
스물하나의 그는 첫사랑의 열병을 견디지 못해 부숭부숭한 마음을 부스러뜨리며 다가왔고. 스물여덟의 그는…….
"나도 뵙고 싶어, 어머니."
어느새 그녀의 곁에서 머물며 뿌리를 내리고 있었다. 계절은 바뀌어도 변하지 않는 한 그루의 뿌리 깊은 나무처럼 문영의 곁에 머물렀다.
문영은 그런 그를 물끄러미 바라보다가 그래, 하고 대답했다. 그녀가 잠시 멈췄던 숟가락질을 다시 시작하는 순간이었다.
조심스레 그 손목을 그러잡은 그가 부드럽게 입술을 휘며 말했다.
"가는 건 좋은데 그 전에 해야 할 게 있어요."
말이 어찌나 빠른지 되묻기도 전에 그의 입술이 벌어졌다.
"같이 살아요, 우리."
붙잡힌 손이 그대로 그의 뺨에 닿았다. 서연우는 자신의 얼굴을 감싼 그녀의 손목을 양손으로 붙잡고 애원하듯 말했다. 처연한 눈꼬리와 달리 심지처럼 단단해진 동공이 흔들림 없이 그녀를 향했다.
"그렇게 해 줘요."

은근한 명령은 부탁과 애원이 되어 문영에게 닿았다.

"권문영 씨 손에 물은 묻혀도 눈물 나게 하는 일은 없을 거예요. 그러니까 나랑 살자."

"서연우."

"당장 살자는 거 아니야. 아직 권문영 씨한테 그럴 마음 없다는 건 나도 잘 알아요."

"……보통 그런 말을 국밥집에서 하진 않지."

"어떤 근사한 자리에서 오붓한 분위기를 내며 말했더라도 상황은 지금과 같았겠죠."

그는 그녀를 너무 잘 알고 있었다. 프러포즈하기 좋은 근사한 분위기의 유명 레스토랑이라 할지언정 지금처럼 당황해서 시선을 피할 게 분명했다.

장소에 구애받지 않는 그녀의 생각은 한결같았다. 좋게 말해 주관이 뚜렷한 거고 나쁘게 말하면 지나칠 정도로 고집스러운 것이다. 이쯤 되면 못 이기는 척 넘어와도 될 터였다.

"그것도 그렇네."

하지만 그렇다 해서 그가 열이면 열, 그녀에 대해 속속들이 꿰고 있는 건 아니다. 요즘 그녀가 어떤 생각을 하는지 말을 하지 않았으니 모르는 것도 당연하지만 예전만큼 결혼에 대해 부정적인 생각을 갖고 있진 않았다.

조금은 괜찮을 것 같았다. 그게 서연우라면 더 나을지도 모르겠고.

"그러니까 마지막엔 넘어와 줘요. 권문영 씨 말이라면 몇 년이고 기다릴 수 있으니까."

그것만큼은 나랑 해 줘요.

왁자한 가게 안에서 홀로 초연한 서연우를 보니 웃음이 났다. 왜인지 혼자 심각한 그의 표정이 퍽 우스워서 도저히 웃음을 참을 수 없었다.

"어서 오세요. 두 분이세요? 두 분 창가 자리로 안내할게요."

"여기 순댓국 세 개, 찹쌀 순대 하나요!"

"여기 주문이요!"

손님이 끊임없는 식당은 전체적으로 떠들썩하고 소란스러웠다. 그 자리에서 듣기에는 과분한 고백이었지만 문영은 고개를 끄덕일 수밖에 없었다.

"왜 웃어요?"

그는 눈물을 쏙 빼며 웃는 그녀를 불퉁한 표정으로 쳐다보았다. 그녀가 손을 거두려 하면 세게 힘주어 붙들어 잡는 게 꼭 어리광 피우는 아이 같아서 헛웃음이 났다.

"나 진지해요. 진지하게 이제 그만 불안하고 싶어."

귀여워. 와이프 등쌀에 못사는 남편도 아니고, 애처롭게 소원하는 그의 처지가 왠지 딱했다.

이렇게까지 애걸복걸할 필요는 없는 것 같은데. 이토록 절실하게 애원하는 그가 신기하면서도 내심 기분은 좋았다.

이 모든 건 서연우라서 가능한 일이었다.

"같이 살게 되면 일은 그만둬요, 물 묻히는 건 둘째 치고 펜 잡는 것도 싫어. 난."

못살겠다.

"이제 와 말하지만 난 권문영 씨가 일을 하는 것도 못마땅한 놈이에요. 유 대리고, 조 대리고 이상한 놈들이 주제도 모르고 들이대는 것도 싫고……."

터무니없는 말을 자못 진지하게 하는 그 표정이 어찌나 우스운지 모르겠다.

"옆에 있는 권문영 씨 훔쳐보며 혼자 발기하는 것도 최악이야."

그럴 때마다 알 수 없는 자괴감에 빠져든다는 그였다. 권문영이라는 이름만 들어도 본능적으로 반응하는 그에게 불안이란 평생이 지나도 떼어 놓을 수 없는 분신 같은 것이었다.

그녀와 함께라면 당연히 가질 수밖에 없는 것. 잠시만 떨어져도 분리 불안을 겪는 그에게는 잠에서 깨어나 그녀의 흔적을 찾는 것이 어느 순간부터 버릇이 되었다.

함께 있는 날에는 어김없이 옆을 더듬거려 새벽 동안 떨어져 있던 그녀의 체온을 갈구했고, 그렇게 보충된 열기에 취해 다시 또 그녀를 안기 바빴다.

문영은 뺨에 붙은 머리카락만 봐도 머릿속이 엉망진창이 되어 버린다는 그가 신기해 그저 눈만 깜빡였다.

그녀가 자주 찾는 옥외 공원이나 휴게실에서 질펀하게 박고 싶다는 연우의 말을 끝으로 도저히 견딜 수 없어 문영은 먼저 자리에서 일어났다. 곧장 카운터로 가 카드를 내밀었다. 더는 못 들어 줄 해괴한 말의 연속이었다.

제 카드로 결제하겠다는 그를 말리는 동안 결제가 끝났다. 카드를 돌려받고 가게를 나오자 따듯했던 실내와 달리 차가운 겨울바람이 코를 스쳤다. 코끝이 시려 훌쩍대는 그녀의 어깨를 그가 등 뒤에서 포근히 감싸 안았다.

"이거 캐시미어예요."

춥지도 않은지 코트를 활짝 열어 문영을 끌어안은 그가 고개를 내려 목덜미에 입술을 박았다. 박고 싶었느니, 싸고 싶었느니 떠들어 대더니 결국 소원을 성취했다.

뭉근하게 입술을 비볐다가 새침하게 고개를 든 연우가 그녀의 뺨에 길게 입을 맞췄다.

"따듯해요?"

"응."

"나도."

한 몸처럼 서로에게 달라붙어 돌아가는 길이 즐거웠다.

"여기도 따듯해요. 벌써 열이 오른 것 같아."

엘리베이터를 기다리는 동안 은근하게 다리 사이를 비비며 내뱉는 말조차 평범해서 만족스러운 시간이었다.

못살겠다, 한탄 같은 그녀의 말을 듣고도 꿋꿋하게 입을 맞춰 오는 그를 보니 문득 그런 생각이 들었다.

사랑해 마지않는 그가 미치도록 대단하다는 생각.

이내 집으로 들어서기 무섭게 다시 진한 키스를 퍼붓는 연우의 손이 바쁘게 움직였다. 순식간에 탈의를 마친 두 사람이었다.

무슨 정신으로 침실까지 왔는지는 중요하지 않았다. 어느새 그의 얼굴은 그녀의 다리 사이에 박혔고, 끈질기고 집요하게 그곳을 탐했다.

탐욕에서 비롯된 은밀한 행위였다. 꽃을 좇는 나비처럼 사뿐히 닿은 코끝이 어느 한 곳을 집요하게 자극하자 문영의 허벅지가 덜덜 떨렸다.

"아, 아아……!"

그에 의해 일어나는 모든 통각이 경이로울 정도로 짜릿해서 눈가에 눈물이 맺혔다.

사랑한다고, 끊임없이 고백하는 연우의 잔잔한 음성에 만감이 교차한 탓인지, 절정에 도달해서 느끼는 쾌감 때문인지 알 수 없으나, 온몸을 파괴하는 듯한 강한 열락에 울지 않고서는 버틸 수 없었다.

서연우는 예민한 곳들만을 골라 끈질기게 자극했다. 그럴수록 문영은 숨이 빠듯하게 조여들었다.

"흐읏."

가학적인 그에게 무너져 흐느끼면서도 열렬하게 빨아 주는 자극이 황홀할 정도로 좋아 끌어안은 머리를 놓을 수 없었다. 변태적인 쾌감은 그녀에게 기이한 관능을 심어 주었다.

아래에서 번져 오는 느낌이 좋았다. 이 모든 감각이 서연우로부터 전달되어 온다는 사실이 그녀를 더욱 깊은 열락의 늪으로 빠져들게 만들었다.

넘실대는 쾌락에 점점 목이 메어 왔다. 반대로 아래는 흠뻑 젖은 듯 축축해져 갔다.

마침내 문영은 고개를 추켜세운 그의 목을 와락 끌어안았다.

✦ ✦ ✦

예정보다 일찍 출근한 문영은 퇴사 후 한가롭다 못해 권태로운 일상을 보내고 있을 그를 생각하며 피식 웃음을 흘렸다.

가지 말라고 어찌나 성화를 부리던지. 이럴 거였으면 왜 무턱대고 사직서를 내놓았느냐는 그녀의 말에 그는 보고 싶었으니까, 하는 단조로운 말을 태연하게 내뱉었다. 정말 못 말리는 남자였다. 그런 점이 매력으로 작용하는 걸 보면 독특하기도 남달랐다.

"안녕하세요."

"대리님! 이게 얼마 만이에요!"

모처럼 사무실에 얼굴을 비친 문영을 팀원들은 반색하며 환영했다. 그녀가 없던 지난 시간 동안 죽을 맛이었다며 하소연을 하는 지은은 물론 지극히 개인주의인 박 과장까지 은근히 반가운 기색을 보였다.

동료들은 그녀가 돌아오자마자 연우의 갑작스러운 퇴사를 두고 저마다 이유를 추측하기 바빴다. 그도 그럴 것이 잘 다니던 회사에 돌연히 사직서를 내고 물러났으니 소문이 따라붙는 것도 당연했다.

완벽한 외모만큼이나 훌륭한 학벌의 엘리트를 잃었다며 중반기 프로젝트를 구상 중인 전략 팀은 큰 낙심에 빠졌다.

그뿐만 아니라, 제품 전략 팀을 제외한 사람들의 입에서는 문영과 연우를 엮은 이야기가 숱하게 오르내렸다. 두 사람의 열애설이 기정사실처럼 돌던 탓에 몇몇 사람들은 문영과 연우를 두고 헤어진 게 아니냐는 의문을 제기했다.

하지만 모처럼 출근한 그녀의 손가락에 어김없이 끼워져 있는 반지를 본 그들의 추측은 소문으로 그쳤다.

"권 대리도 서연우 씨 퇴사 소식, 들어서 알고 있지?"

"아, 뭐……."

"대체 왜 그런 거래?"

그렇게 잠식되는가 했더니 직접 확인하지 않고서는 순순히 믿지 못하겠는지 사람들이 호기심 어린 눈빛을 내며 문영을 찾아왔다.

문영은 저를 은근하게 떠보는 것보다 그들의 입에서 서연우의 이름이 너무 쉽게 내뱉어지는 게 더욱 불쾌했다.

"다 아시면서."

문영은 확실한 대답으로 잡다한 소문을 정리했다.

"맞아요, 저 서연우 씨랑 만나고 있어요."

무슨 심경의 변화로 이실직고했느냐는 지은에게 문영은 조용히 미소를 보였다. 사수라는 이유로 온갖 부조리를 자행한 것도 아닌데 연애 사실을 꼭꼭 감추려는 것도 이상했고, 무엇보다 눈에 거슬리는 이들이 한둘이 아니라 좀 더 과감해지기로 마음을 굳힌 것이다.

사내 식당을 찾은 문영은 저 멀리에 있는 하연을 보고 부러 어깨를 폈다. 그녀와 눈이 마주치자 움찔대며 시선을 외면하는 하연이 영 눈엣가시처럼 느껴졌다. 권문영도 결국 서연우 못지않게 유치한 사람이었다.

하연에게 극도로 심한 질투를 느끼는 걸 보면 그와 비슷한 점이 많은 것도 같다. 그녀라고 연우가 다른 여자들과 어울리는 게 좋을 리 없었다. 하연은 물론 같은 팀에 있는 지은과 시시콜콜한 이야기를 주고받을 때면 심통이 사나워지고, 터무니없는 질투를 느끼곤 했으니 한심한 노릇이었다.

가만 생각해 보니, 과거에도 이런 적이 있었다. 대학생이 된 연우를 추종하던 여자들이 많았다. 집 앞까지 쫓아올 정도로 필사적인 그녀들을 창밖으로 내다보며 문영은 어떤 마음을 느꼈던가.

태섭을 만나기 전에는 가슴이 통째로 날아가는 듯했다. 생경한 감각이었다. 그녀밖에 모르는 서연우에게 자신이 아닌 또래의 여자들이, 문영의 가슴에 수십, 수백 개의 가시를 찔러 박았다. 어찌 보면 화려한 외모의 그녀들을 두고도 제게 목을 매는 것은 눈물 날 정도로 감사한 일이었다.

"세상에, 서연우 씨랑 언제 그렇고 그런 사이가 된 거야? 해외 영업팀에 최 대리도 마케팅 성 대리랑 사내 연애 중이라더니, 권 대리마저 서연우 씨랑……!"

"그러니까요. 권 대리님! 어떻게 된 일이에요? 전부터 두 사람 사이에 뭔가 있을 줄은 알았지만 정말 교제 중인 줄은 몰랐는데……."

"뭐야, 서연우 씨 정말 권 대리님 짝사랑했던 거예요? 곧 여자 친구가 생길 거라더니! 그럼 그 사람이 권 대리님이었어요?"

여직원들에게 둘러싸인 문영은 난감했다. 대수롭지 않게 꺼낸 말이 화제가 되어 그녀를 한시도 가만히 못 있게 했다.

"갑자기 이러는 이유가 뭐예요? 서연우 씨가 걱정이 돼서 안 되겠대요? 왜 인사 팀에 조 대리님, 오래전부터 권 대리님 좋아한다고 소문자자했잖아요."

"헐. 정말 조 대리님 때문이에요? 서연우 씨 은근히 질투하는구나. 조 대리님 견제하는 거잖아요."

누군가의 질문에 지은이 난색을 했다.

"그게 무슨 말이에요. 조 대리님 얘기가 여기서 왜 나와요? 그냥 말한 거겠죠. 그냥! 같이 일하는 동안에는 업무에 지장이 생길 수 있으니 조심하려고 했던 거고, 지금이야 시기적절하게 서연우 씨가 퇴사했으니 굳이 숨길 필요 없어서 그렇다고 말씀하시는 거겠죠. 조 대리님이랑은 전혀 무관한 일인데 왜 여기서 조 대리님이 언급되는지 모르겠네. 수정 씨, 입조심해요."

문영의 대변인이 되어 해명에 가까운 설명을 늘어놓는 지은이 기특

했다. 유난히 문영을 잘 따르던 그녀였다.

위험한 신입 사원을 아래에 두고도 알뜰살뜰 연우를 챙기던 그녀야말로 문영과 달리 물욕 없고, 착실한 사람이었다. 회사 돌아가는 사정에 특별히 관심이 많다는 점을 제외하면 그녀는 참 괜찮은 사람이었다.

식사를 마친 문영은 퇴식대에 식판을 두고는 서둘러 지은과 식당을 벗어났다.

"네? 휴직계요?"

휴게실을 찾은 지은의 눈이 동그래졌다. 그도 그럴 것이 인간미라곤 전혀 찾아볼 수 없는 상사가 갑자기 휴직 선언을 하니, 적잖게 충격을 받는 것도 당연했다.

설마, 평소 결혼은 남 일처럼 생각하던 그녀가 갑작스러운 심경의 변화라도 겪은 걸까. 서연우와 결혼이라도 하려는 건지, 지은은 문영의 휴직이 좀처럼 믿기지 않았다.

"아니, 권 대리님 안 계시면 우리 팀 어떡해요? 가뜩이나 믿었던 서연우 씨마저 퇴사해서 저희 얼마나 멘붕이었는데요."

"개인적인 사정 때문에 어쩔 수 없게 됐어요."

베트남 입국 규정상 한 번 출국한 후로는 한 달이나 지나서야 무비자로 입국이 가능했다. 이미 한 번 입국 기록이 남은 문영 같은 경우에는 32일 정도가 지나야 재입국이 가능했다.

문영은 많게는 한 달에 한 번, 적게는 두 달에 한 번 정도 부모님이 계시는 베트남에 다녀올 생각이었다.

여전히 마음의 병을 앓고 있는 엄마가 걱정이 돼 일이 손에 잡히지 않을 것 같았다. 최근 들어 퇴사 생각이 절실해졌지만 구체적인 이직 계획을 세우기 전까지는 부지런히 자성에서 근무할 생각이었다.

"미안해, 지은 씨."

"아뇨, 저한테 미안하실 게 뭐가 있어요. 대리님 뜻이 그렇다면 어쩔 수 없지만……. 아쉬워서 어떡해요."

금세 울상을 짓는 그녀를 문영이 곤란한 얼굴로 바라보았다. 잠시 휴직하는 것뿐인데도 서운해하는 지은의 마음을 모르지 않기에 어떻게 달래 줘야 할지 모르겠다.

"정말 미안해."

엄청난 업무량에 허우적거릴 그녀의 앞날이 문영의 두 눈에도 선했다.

✢ ✢ ✢

퇴사 생각이 간절해진 건 무턱대고 휴직계를 제출한 그녀가 연우와 함께 엄마를 만난 뒤부터였다.

"어머, 연우야!"

그새 퇴원한 엄마는 집에서 기약 없는 요양 중이었다. 극구 만류하는 아버지의 고집을 꺾지 못해 거의 집에 갇혀 살다시피 하던 엄마에게 연우는 뜻밖의 선물이나 다름없었다.

"안녕하세요, 잘 지내셨죠?"

엄마는 훌쩍 자란 그의 손을 한참이나 붙잡았다.

"그때도 훤칠하더니, 어째 더 큰 것도 같고. 잘 지냈지? 어쩜 이렇게 잘 컸니. 얘."

예전 기억이 떠올랐는지, 엄마는 한층 더 성숙해진 서연우를 보며 감회 어린 표정을 지었다. 그러다가도 돌연히 휴직계를 제출한 문영을 탐탁지 않은 눈으로 흘겨보았다.

"계획도 없이 멋대로 휴직한 문영이를 어쩌면 좋니, 연우야. 네가 저 애 밥그릇까지 어떻게 책임지려고."

"문제없죠, 그런데 끼니는 거르지 않고 잘 챙겨 드시고 있는 거죠? 너무 야위셔서 걱정인데요."

"애는, 다 늙은 나야 먹는 것밖에 할 일이 없는데 야위기는."

문영은 언제부터 서연우가 입바른 소리를 재주 삼아 했는지 생각하게 됐다.

"하나도 안 늙으셨어요. 그때나 지금이나 여전히 아름다우세요."

번지르르한 말로 엄마를 사로잡은 그의 말은 과연 청산유수였다. 거기서 그치지 않고 그는 엄마가 평소 가볍게 챙겨 먹을 수 있는 영양제를 선물했다. 그것도 식전, 식후, 취침 전으로 골고루.

엄마는 그런 그의 정성에 크게 감동한 듯했다. 문영은 마치 생생한 휴먼 다큐멘터리 한 편을 보는 기분이었다.

서연우의 성은을 지대하게 생각하는 엄마는 그가 정말 마음에 쏙 든 눈치였다.

"그래, 한결같은 연우 보니 마음이 놓이네. 그래도 결혼 전엔 확실히 피임해야 해."

이어지는 말에 민망함으로 그녀의 귓불이 순식간에 붉어졌다.

"엄마도 참! 무슨 소리를 하는 거예요!"

"왜, 틀린 말도 아닌데. 남자들은 몰라. 임신해서 드레스 입는 게 얼마나 힘든지. 무엇보다 태아한테 안 좋다니까 명심해, 얘."

엄마의 말에 기분이 좋은지 씨익 웃으며 명심하겠다는 서연우의 안색은 얄미울 정도로 환했다.

그러고 보니 요즘 그는 예전만큼 피임에 신경 쓰지 않는 듯했다. 합의 아래, 콘돔을 사용하지 않는 것까지는 좋다 하더라도 언젠가부터 질내 사정을 하는 그를 문영이 의심의 눈초리로 바라보았다.

국밥집에서의 분위기 없는 프러포즈 이후 달리 결혼에 대한 말이 없는 그였다. 그녀가 원할 때 해도 늦지 않다고 호기롭게 말을 하던 서연우에게 어쩌면 다른 속내가 있을지도 모른다는 생각이 머릿속을 스쳤다.

설마…… 아니겠지.

"그래야죠, 저도 이 사람이 힘들어하는 건 최대한 피할 생각입니다."
무슨 큰일이야 있을까.
문영은 가볍게 생각했다.

⁂

하지만 안일한 생각은 후에 큰 화를 불렀다.

정원과의 동업 준비가 한창인 서연우는 비교적 한가했다. 그는 자신이 가진 모든 시간을 문영에게 할애했다.

아주 당연한 일인 것처럼 그녀와 나란히 베트남을 찾는다거나 평소 그녀가 가고 싶었던 여행지에 동행을 하며 따분하고 권태로운 시간을 보냈다.

문영은 쉬는 동안 주기적으로 엄마를 찾아갔다. 그때마다 곁에는 서연우가 있었다. 사업을 준비하며 숨 돌릴 틈 없이 바쁜 것 같은데, 그는 한시도 그녀에게 소홀한 적 없이 언제나 최선을 다했다. 언제고 문영에게 집중했다.

어쩌면 그런 그의 변함없는 모습이 그녀의 마음을 붙잡았는지 모르겠다.

같이 살다시피 서로의 집을 오가다 보니 자연스레 결혼 생각이 들었다. 일생에 한 번인 중대한 경사를 너무도 쉽게 결심한다는 게 조금 우스웠지만 그만큼 그에게 확신이 갔다. 아니, 오히려 조금 서두를 필요가 있다고 생각했다.

그 무렵, 연우의 부모님을 만났다. 오랜만에 만난 그의 부모님은 과거의 향수를 불러일으킬 만큼 그때 그 시절 그대로였다.

여전히 문영을 친딸처럼 생각하는 그들은 잘 자란 그녀가 기특한지 흐뭇한 얼굴로 문영을 바라보았다.

"연우한테서 처음 이야기를 들었을 땐 솔직히 조금 놀랍기도 했어.

어릴 때부터 문영이 너라면 자다가도 벌떡 일어나던 애가 널 다시 만났다고 하니, 이러려고 그렇게 직장 생활을 고집했었나 싶기도 하고."

"네……."

"그나저나 문영이는 이렇게만 봐선 나이를 모르겠네. 어쩜 예전이나 지금이나 피부가 백옥 같니. 어렸을 때 얼굴이 그대로 남아 있네. 예쁘다."

"감사합니다."

수줍게 웃는 그녀의 옆에서 서연우는 부지런히 손을 옮겼다. 그녀가 즐겨 먹는 반찬만 속속 사기에 옮겨 놓는 그는 이제 정말 문영에 대해 모르는 게 전혀 없었다. 뭘 좋아하고, 뭘 싫어하는지, 그 선이 분명해졌다.

"어릴 땐 아빠 닮은 것 같더니 이렇게 커서 보니 틀림없는 외탁이네. 엄마가 기뻐하시겠어. 문영이 이렇게 잘 자란 거 보면. 어렸을 때부터 외로움 많고 허약했던 연우를 네가 참 알뜰살뜰하게 챙겨 줬잖니. 얼마나 잘 돌봐 줬는지 몰라. 네게 고맙다는 말이라도 전했어야 했는데 그렇게 갑자기 떠날 줄은 나도 몰랐지. 참 아쉬웠어."

여전히 저를 아끼고 예뻐하는 그녀의 말에 문영이 꾸벅 고개를 숙여 인사했다. 그저 감사할 따름이었다. 이웃사촌에서 연인으로 경로를 한참 이탈한 그녀를 인정해 준다는 것이야말로 문영에게는 과분한 사랑이었다.

"문영아. 우리 앞으론 자주 만나자, 응?"

"네, 어머니."

연우는 식사를 마치고, 차 한잔하자는 어머니를 꾸역꾸역 아버지의 차에 태워 돌려보냈다. 그 모습에 문영이 핀잔했지만 그는 아랑곳하지 않았다.

굳이 그랬어야만 했냐는 말에 서연우는 언제나 그렇듯 큰 몸을 웅크리며 그녀의 품에 안겨 들었다.

둘만의 시간이 절실하다는 그의 말은 핑계에 불과했다.

매일을 함께 보내는 그들이었다. 잠깐도 떨어지지 않으려 하는 서연우로 인해 문영은 거의 그와 한 몸인 것처럼 붙어 지내야 했다.

시간은 물론이거니와 가지고 있는 옷이나 신발, 침구, 폭넓게는 그녀의 집 전체에 서연우의 흔적이 묻어 있었다.

뭐가 누구의 것이라고 선을 그을 수 없었다. 경계가 허물어진 탓에 그가 그녀의 것이었고, 그녀가 그의 것이었다.

"나 가져요."

그리고 그 말은 요즘 들어 서연우가 버릇처럼 입에 담는 말이기도 했다. 유독 서연우에게 약한 문영은 그가 그 말을 할 때면 늘 마음이 흔들려 무어라 내뱉으려던 입술을 닫곤 했다.

"나 줄게요, 나 권문영 거잖아. 응?"

거대한 응석받이가 그녀의 허리를 꼭 끌어안고 애원하듯 속삭이자 문영은 귀신에 홀린 듯 연우의 사랑스러움에 홀라당 넘어가 버렸다.

"요즘 한가하지?"

"네가 한가하니까."

서연우에게 달라진 게 있다면 전보다 더 자주 반말을 한다는 것이었다. 처음엔 적응이 안 돼 당황하던 문영은 이제 적잖이 익숙해진 탓에 그의 말에도 아무런 감흥이 없었다.

"바빠지면 어련히 알아서 스케줄 조절할 테니까 걱정하지 마."

주차장으로 내려온 그가 조수석의 문을 열며 말했다. 그녀가 타기를 기다리는 그의 눈빛이 차분했다.

문영이 정식으로 제출한 휴직계가 수리되고 나서 그에게는 그간 찾아볼 수 없는 여유가 생겼다. 조 대리나, 유 대리처럼 적수가 안 되지만 은근하게 신경을 거슬리게 만드는, 그녀의 어깨만 스쳐도 머리털을 빳빳하게 하던 놈들이 없으니 자연스럽게 안심이 된 모양이었다.

"얼른 탑시다."

나직하게 채근하는 그의 표정이 사뭇 어두워지는 게 보였다. 서둘러 차에 오르자 그가 문을 닫고 차 뒤편으로 돌아와 운전석에 올랐다.

후진하느라 미러를 확인하는 것 같은데, 그녀가 본 그의 시선은 거울에 얼핏 비치는 젊은 남자를 향하고 있었다.

"뭐든지 과하면 안 될 것 같아."

"그게 무슨 말이야?"

대충 짐작이 됐지만 모르는 척 시치미를 떼며 물었다.

"예쁜 것도 지나치게 과하면 화를 부르는 법이거든."

"화났어?"

"그래 보이지 않아?"

천연하게 반문하며 그녀를 돌아본 그의 표정이 퍽 경직되어 있었다. 문영이 예쁘장한 그에게서 유독 남자다움을 느끼는 부위가 있다면 그건 바로 윤곽이 뚜렷한 턱이었다. 문영과 다르게 각이 진 것 같으면서도 매끈한 서연우의 턱이 단단하게 굳어졌다.

출구를 찾아 천천히 주행하는 차가 주차장을 거니는 남자를 지나치는 순간 연우의 탁한 눈빛이 그를 흘겼다.

"내 눈에만 예뻐 보이면 되는데, 내 눈에도 예쁜 건 다른 사람들 눈에도 그렇게 보일 테니까, 그게 문제인 것 같아."

"요즘 많이 한가한가 보네."

시답잖은 생각이 많은 걸 보면 조금 바쁠 필요성이 있는 것 같다.

"주차장까지 내려와서 차 타는 거 번거롭고 귀찮지?"

"차가 주차장에 있는데 당연히 내려와야지. 번거로울 게 뭐 있어?"

"조금만 기다려. 그땐 사람들이 알아서 주차도 해 주고, 출차도 해 줄 거야."

위트와 거리가 먼 서연우는 요즘 들어 종종 우스갯소리로 문영을 파안대소하게 했다.

"손에 물은 묻힐 수 있어도 힘들게 하진 않을게."

무슨 말인가 했더니 같은 식당에서 식사를 마친 어느 국회 의원을 본 뒤 내뱉는 말인 모양이다.

주차장을 나온 차가 가게 앞을 지나칠 때쯤 의원의 차량을 직접 출차하는 직원을 목격했다. 그야 국회 의원이고, 대단한 유명 인사니 가게 이미지를 위해서라도 각별한 서비스를 제공할 수밖에 없었을 것이다.

너무도 당연한 일을 두고 답지 않은 말을 하는 서연우였다. 아무래도 사업을 준비하는 과정에서 막연한 스트레스를 받는 듯싶었다.

확신할 수 없는 성공이었다. 어쩌면 내색하지 않았지만 그는 불안정한 미래에 대한 극심한 불안감에 떨고 있을지도 모른다.

"하나도 안 힘든데?"

어쨌든 현재 그녀는 휴직 상태로, 정식으로 퇴사한 게 아니었다.

"네가 만날 마사지해 줘서 좋아."

서연우는 하루도 거르지 않고 지극정성으로 그녀의 몸을 마사지했다. 좋은 의도로 시작한 마사지가 퇴폐적으로 변질되어 종국에는 질펀하게 몸을 섞게 되었지만, 어쨌거나 그녀의 피로를 풀어 주고자 시작한 마사지의 취지는 순수하고 좋았다.

"딱딱한 걸로 막 찔러 넣는 데도 좋아?"

"음, 그런 말만 안 하면 더할 나위 없이 만족스러울 것 같은데."

"내가 이렇게 말해도 싫지 않잖아."

"말 한번 잘했네. 싫지 않은 거지, 좋은 게 아니야."

"정정할래, 좋잖아."

가만 보면 서연우는 쓸데없는 일에 고집부리는 걸 좋아했다. 여기서 아니라고 한다면 그는 더한 말로 그녀를 난감하게 할 수 있었다.

대답하기 곤란한 질문을 퍼부으며 끝까지 그녀를 괴롭힐 테고, 그렇게 해서 제가 원하는 대답을 듣고야 마는 집요하고도 고약한 성정을 보여 줄 테다.

"나쁘지 않지."

귀찮은 입씨름은 질색이었다.

"좋잖아. 응?"

"……."

"그렇지?"

가만히 연우의 옆얼굴을 지켜보던 그녀가 억지로 한숨을 삼켰다.

"그래. 뭐, 좋은 것도 같고."

그가 피식 웃었다.

"그나저나 어머니는 잘 지내시지?"

"똑같지, 너희 어머니는 정말 하나도 안 늙은 것 같아. 예전 모습 그대로라 기분이 이상하더라. 나란히 붙어살 적에는 자주 밥도 먹고 그랬었는데."

너무도 오래된 기억은 노랗게 빛바랜 서적 같았다.

벌써 가을이 다가오고 있었다. 얼마 안 있으면 또 한 번 계절이 바뀔 것이고, 또 그렇게 한 해가 지나갈 것이다.

아주 오래전에 그가 선물한 자성환이 꽃을 피웠다. 분홍빛의 싱그러운 꽃잎을 보면 신기할 정도로 복잡한 감정이 고요해졌다. 그렇게 공들여 키운 식물이 자라나는 걸 보면 신기함을 넘어 묘하게 흐뭇하기도 했다.

무언가를 필사적으로 지키려고 했던 그녀의 수고가 헛되지 않았다는 데서부터 벅찬 감동이 차올랐다.

화분에 물을 주고, 따뜻한 차 한 잔을 마시며 가장 재미있는 예능 프로그램을 시청하는 일이야말로 문영이 가장 좋아하는 일이었다. 그 옆에 서연우가 있는 건 말할 것도 없는 당연한 일이었다.

아. 아닌가, 앞에 있었던가. 아래에 있었던가.

엉뚱한 생각에 잠긴 사이, 신호에 걸린 차가 잠시 멈췄다. 그 틈을 타 불쑥 얼굴을 들이민 그가 부드럽게 입술을 맞춰 왔다. 당연한 것처럼 입술을 훔치고, 그새 자란 머리카락을 귀 뒤로 넘겨 주며 노골적으로 귓불을 씹는다.

"아……!"

신호가 언제 바뀔지 몰라 꿋꿋하게 정면을 바라보고 있는 그녀의 턱을 쥐고 억지로 시선을 맞추며 웃어 보인 서연우는 다시금 입술을 머금었다.

어렵지 않게 입술을 열고 혀를 밀어 넣은 그가 가볍게 혀를 빨고는 느긋하게 입술을 떼었다. 동그란 이마에 이마를 맞댄 채 가까이서 빤히 바라보는 그 시선이 부담스러운 건 순전히 그의 완벽한 외모 때문이었다.

이지적인 그의 얼굴은 날이 갈수록 그 미모를 뽐냈다. 자랑스럽다 못해 독보적인 이목구비는 언제 봐도 신선했다.

"하필."

때맞춰 전화가 울렸다. 방해를 받아 못마땅하다는 듯 연우의 미간에 주름이 잡혔다. 대수롭지 않게 통화를 마친 그가 잠시간 액정을 들여다보았다.

"이거 봐."

그러고는 그녀에게로 자신의 휴대폰을 넘겨주었다.

"응?"

얼결에 휴대폰을 건네받은 문영의 시선이 화면에 닿았다. 대문짝만한 인터넷 기사의 헤드라인이 제일 먼저 눈에 들어왔다.

〈국내 굴지 기업 A사, 퇴폐 접대 문화로 논란 일으켜.〉

〈문란한 대기업 임원들의 접대 문화, 청담동 모 유흥업소 출현!〉

이어지는 본문은 무척 흥미로웠다.

모 기업의 상무와 부장, 대리급의 직원이 청담동의 유흥업소를 찾았다는 사실이 적발되었다는 내용이었다.

기업 내 진급과 관련한 부정 청탁이 공공연하게 이루어지고 있다는 이야기만으로도 충격적인데 그 기업이 자성 전자일 줄은 전혀 상상 밖의 일이었다.

때마침 말하기를 좋아하는 지은에게서 메시지가 도착했다.

[헐. 완전 대박! 대리님. 방금 기사 뜬 거 보셨죠. 그 기업이 우리 회사인 건 당연히 알고 계실 거고. 기사 속에 상무가 마케팅 팀 권 상무님이랑 인사 팀 정 상무님이라는 건 모르셨죠? 더 대박인 건 그 부장이 염 부장님이고, 그 대리가 유 대리님이래요! 지금 회사 난리 났어요. 상부에서 기사와 관련된 사람은 물론 재무 팀이고 회계 팀 장부 싹 다 털어서 지금까지 불법 접대한 기록 하나하나 다 잡아냈다니까요. 거기에 관련된 사람들 모조리 보직 해임됐어요. 해임이 뭐야, 영구 제명이죠. 영구 제명! 여하간 대단한 사람들이에요. 그렇지 않아요? 법인 카드 내역도 탈탈 털려서 지금까지 개인적으로 법인 카드를 사용한 사람들까지 다 얻어걸렸다네요? 징계 위원회 소집돼서 다 뒤집어지고 정말 대박이에요. 이런 난장판 속에서도 권 대리님 너무너무 보고 싶어요오…….]

신이 나서 타자를 쳤을 지은의 얼굴이 선연했다. 낄낄 웃고 있을 표정도 그랬지만 묘하게 비아냥대는 말이 어찌나 우스운지 웃음을 참을 수 없었다.

유 대리, 그 저열한 인간이 기어이 사고를 치고 말았구나. 이로써 확인됐다. 지나친 탐욕은 파멸을 부른다는 것을. 유 대리는 그 말의 아주 좋은 본보기가 되었다.

"왜?"

넌지시 묻는 연우에게 지은에게 들은 이야기를 전해 주자 그의 표정이 험악하게 일그러졌다. 눈썹을 한 번 꿈틀거리는 그의 심기가 삽시간에 사나워졌다.

"그럴 줄 알았어, 쓰레기 같은 자식."

소소하게나마 권선징악을 느끼게 된 날이었다.

✧ ✦ ✧

주말마다 꽃 시장에 간다는 연우의 어머님과 만나 함께 찾아간 양재동.

다채로운 색의 고운 꽃들이 단숨에 그녀의 시선을 사로잡았다. 그야말로 문영에게 천국이나 다름없었다. 평소 좋아하던 꽃들 속에 파묻히듯 있자니 그런 생각이 들 법도 했다.

"어머, 문영아. 여기 와서 이 꽃 좀 보렴. 정말 예쁘지 않니?"

"와! 향이 정말 좋아요."

처음 보는 포도나무부터 이름 모를 나무들까지. 익히 알고 있는 식물도 많았지만 처음 보는 생경한 것도 많았다. 과연 진풍경이었다.

이후 문영은 평일에 이틀은 연우의 모친과 함께 꽃꽂이 클래스를 수강했다. 그녀의 유일한 취미 생활이라는 꽃꽂이는 문영에게도 큰 관심사였다.

본업으로 삼을 만큼의 열정은 없는 탓에 가벼운 취미에 그치지 않았지만, 그런 것치고 배움에 대한 욕심은 여느 창업 준비생 못지않았다.

하나를 배우면 둘을 아는 문영은 자신이 생애 처음으로 만든 센터피스를 보며 환하게 웃었다. 강사가 만든 것에 비하면 한참 부족했지만, 앞으로 조금씩 하다 보면 차츰 나아지리라 스스로를 위로했다. 그러면서도 하고 싶은 일보다는 자신이 할 수 있는 일을 하는 것이 현명하다는 사실을 새삼 깨달았다.

—왜, 예쁜데.

영상 통화 중인 서연우의 무조건적인 칭찬을 들으니, 순간 오만한 자신감이 충만해졌다.

"정말?"

—응, 누가 만든 건데. 그런데…….

구상 중인 사업이 본격적으로 진행되면서 부쩍 바빠진 그는 지금 개발자와 미팅 중이었다.

친구, 정원과 보안 사업을 한다는 것 같은데, 잘 모르겠다. 프로그래밍 언어 쪽으로는 그다지 해박하지 않아서.

"왜? 역시 별로지?"

—아니. 이렇게 보니 뭐가 꽃인지 알 수 없어서.

문영의 표정이 급격하게 흐려졌다. 못 들을 걸 들은 사람처럼 오만상을 찌푸리는 그녀는 진심으로 궁금했다.

"서연우. 눈이 어떻게 된 거 아니야?"

그럼에도 화면 속 서연우는 뭐가 그리 좋은지 통화를 시작한 후로 내내 함박웃음이었다.

날이 갈수록 그의 사랑은 강렬해졌다. 부담스러울 정도로.

30장

엄마의 병세가 많이 좋아졌다는 소식을 들었다. 조금씩 아버지를 내조한다는 엄마의 말에 그나마 한시름 덜은 문영은 진심으로 안도했다.

무뚝뚝한 아버지가 알뜰살뜰 챙겨 준다는 사실이 처음에는 잘 믿기지 않았지만, 두 분이 함께 웃으며 찍은 여러 장의 사진을 보고 나서야 비로소 의심을 거두게 됐다. 천만다행이었다.

어느덧 겨울이었다. 역삼에 조그마한 사무실을 얻은 연우는 본격적으로 사업을 시작했다. 그리 길진 않았지만, 어쨌거나 직장 생활을 정리하면서까지 준비한 새로운 도전이기에 문영은 진심으로 그의 성공을 기원했다.

축하하는 마음을 담아 그에게 직접 만든 꽃바구니를 보냈다. 바쁜 와중에도 지고지순한 서연우는 그녀가 보낸 꽃바구니를 사진으로 찍어 메시지로 전송했다. 워낙 바쁜 탓에 고작 하트 이모티콘 하나가 나란히 전달되었지만 그것조차 웃음이 났다.

[나도 이제 그만 돌아가야겠어.]

슬슬 복직을 준비할 때가 된 것 같아 솔직한 마음을 그에게 메시지로 전한 문영이 침대에 몸을 뉘였다.

그의 연락을 기다리는 동안 눈꺼풀이 무거워지는 걸 막을 수 없었다. 한동안 게으른 생활을 해서 그런지 최근 들어 부쩍 잠이 많아졌다. 이따금 빈혈까지 와 어떤 날에는 문영을 침대 밖으로 꼼짝도 못 하게 만들었다.

어지럼증은 드문드문 찾아왔지만 그때마다 문영은 곧 죽을 것처럼 괴로웠다. 눈앞이 핑 도는 탓에 속까지 뒤집어졌다. 화장실까지 가기가 어려워 꼼짝없이 침대 위에 누워 헛구역질만 하는 일이 빈번했다.

병원에 가 봐야겠단 생각을 하면서도 그러다 언제 그랬냐는 듯 괜찮아지니, 대수롭지 않게 넘어가는 시간이 길어졌다.

서연우의 만류에도 꿋꿋하게 복직에 성공한 문영은 자신을 온몸으로 반기는 윤 차장과 지은이 그렇게 반가울 수 없었다.

"내가 정말 그동안 권 대리가 사직서라도 낼까 봐 얼마나 노심초사했는지 알아? 영영 쉬겠다고 통보라도 하면 어떡하지, 무서워서 하루하루가 지옥 같았다고!"

"에이, 설마요."

"다른 기업에서 스카우트라도 받은 건 아닌가 불안해서, 원."

윤 차장은 지나친 노파심에 하루하루 배로 늙는 기분이었다고 덧붙였지만 사실 이미 그는 쉰이 넘은 나이였다.

"그럴 리 없잖아요."

복지만큼은 훌륭한 기업이 자성이었다. 그런 자성을 두고 다른 기업으로 이직한다는 건 꿈도 꿀 수 없었다. 아, 물론 아주 가끔 꿈은 꾸곤 한다. 언제까지고 상사가 저지른 사고를 뒷수습만 할 순 없으니.

"참, 서연우 씨 사업 시작했다며?"

이어지는 윤 차장의 환영 인사를 빙자한 수다는 그로부터 한 시간이 지난 뒤에야 비로소 막을 내렸다.

✢ ✢ ✢

업무 프로세스는 그대로였다. 다만 그사이 조금 달라진 게 있다면 멀리에 있던 지은이 비어 있는 연우의 자리로 이동했다는 것과 타 부서에서 급히 충원된 인력이 지은의 자리에 버젓이 터를 놓았다는 것, 그 정도였다.

덧붙여 그간 탐탁지 않던 유 대리가 사라지고, 해바라기 같던 조 대리의 마음이 다른 여자에게로 꺾였다는 것. 내후년에 결혼식을 치르겠다는 최 대리의 소식을 전달받은 것.

사실 최 대리의 결혼식이 내후년으로 밀렸다는 데 무척 중차대한 이유가 있다는 걸 문영은 그날 퇴근 후 알게 됐다.

"나 임신했어. 처음엔 요즘 갑자기 몸이 계속 욱신대고, 잠이 많아져서 어디 아픈 건 아닌가 싶었거든. 혹시나 해서 병원을 찾았는데, 글쎄 임신이라는 거 있지? 그새 애가 들어선 거야. 나도 이럴 줄은 몰랐는데, 내가 뭐 사고 쳐서 결혼할 나이도 아니고. 나이에 쫓겨 결혼하는 게 맞긴 하지만 정확히는 우리 축복이 덕에 쫓겨 결혼하는……. 나 지금 뭐라니."

겸연쩍게 웃는 그녀를 문영은 빤히 바라보았다. 쏟아지는 말들 중에 유독 몸이 욱신대고, 잠이 많아졌다는 말만 뇌리에 속속 박혔다.

오늘 하루만 하더라도 그녀는 쉴 새 없이 쏟아지는 잠과 치열한 사투를 벌였다. 정신을 차리고자 탕비실에서 직접 커피를 내렸지만 고작 한 모금에 속이 매스꺼워서 마시지도 못했다.

왜인지 최 대리의 말을 들은 직후부터 알 수 없는 초조감을 느꼈다.

그럴 리 없을 텐데, 괜히 마음이 싱숭생숭해져 자꾸만 다른 생각을 하게 됐다.

"권 대리는? 서연우 씨랑 아직 뭐 없어?"

퇴근 준비 중인 성 대리를 기다리는 최 대리처럼, 데리러 오겠다는 연우를 기다리는 동안 시간이 남아 그녀 곁을 지켜 주는 문영에게 최 대리가 넌지시 물었다.

"우리야, 아직 뭐가 있기에는 조금 이르죠."

"이르긴. 권 대리 곧 서른셋이야. 늦어도 한참 늦은 나이라고."

"음, 그렇긴 하죠?"

"동거 안 해? 서연우 씨도 독립하지?"

"네."

"권 대리도 혼자 산 지 꽤 됐잖아. 그럴 바엔 그냥 합치지 그래. 공과금이며 세금이며 이중으로 빠져나갈 텐데, 좀 아깝지 않아?"

그렇긴 하지만 아직 연우와 결혼에 대해 구체적으로 대화를 나눠 본 적이 없었다. 결혼이라는 게 하겠다는 마음만으로 이루어지는 일이 아니라서 이것저것 준비해야 할 것도 많은데, 당장 그와 문영에게는 그럴싸한 계획이 전혀 없었다. 그래서 당장 결혼은커녕 동거조차 추진하기도 어려웠다.

최 대리처럼 임신이라도 했으면 얘기가 달라질까?

그런 것도 아니었다. 문영은 혼전 임신을 원치 않았다. 아이 때문에 어쩔 수 없이 쫓겨서 하는 억지성 결혼은 행복하지 않을 거라는 강한 믿음 때문이었다. 계획도 없이 덜컥 애가 들어서 마지못해 결혼한 지인들을 주변에서 숱하게 봐 온 문영이 난처한 얼굴을 했다.

"그렇긴 한데 아직 준비가 안 돼서요. 때가 되면 하지 않을까요?"

"뭐 사람마다 생각하는 게 다르긴 하지만, 아까도 말했듯이 난 혼전 임신이 계획 없이 저지른 무책임한 사고라고 생각하지 않아. 제대로 된 직업도 갖추지 않고, 아이를 키울 능력도 없을 뿐만 아니라 경제적인 여력이 없는 것도 아니고, 꼭 갖춰야 할 사회성만 있다면 혼전 임신도 나쁘진 않다고 보는데. 솔직한 말로 내 나이가 나이인지라 이제는 애가 아니면 결혼하기도 어려울 것 같단 말이지."

그녀의 말에 문영이 작게 고개를 끄덕였다. 최 대리의 말에도 일리가 있었다. 혼기가 한참 지난 그녀나 문영에게는 결코 아이가 짐은 아니었다. 뜻밖의 행운이라면 모를까.

결혼을 주제로 시작된 만담은 문영에게 걸려 온 연우의 연락으로 흐름이 뚝 끊겼다.

"서연우 씨?"

"네."

지이이잉, 끈질기게 울리는 전화기를 쥐고 자리에서 일어난 문영이 미안한 얼굴로 그녀를 내려 보았다.

"나 괜찮으니까 얼른 가 봐."

"네, 먼저 가 볼게요. 내일 봬요, 최 대리님."

"응, 내일 보자. 서연우 씨한테도 안부 전해 줘."

아직은 편편한 배를 소중하게 감싼 그녀가 나붓나붓 손을 흔들었다. 돌아선 문영이 쏜살같이 로비를 가로질러 나오자 익숙한 차량이 갓길에 정차 중이었다.

한때는 자신을 오매불망 기다리던 그의 차만 봐도 소스라치던 그녀였다. 다른 사람들의 눈에 띄어 괜한 구설에 오르고 싶지 않다던 그녀였는데.

이제는 운전석을 열고 나와 앞 보닛을 지나쳐 오는 서연우만 봐도 가슴이 뭉클해졌다. 바쁜 와중에도 꼬박 그녀를 데리러 오는 남자의 헌신은 매번 그녀를 감동하게 만들었다.

1년 365일이 기념일처럼, 하루하루가 특별하게 느껴졌다.

그녀가 다가오자 시중이라도 드는 것처럼 자연스럽게 조수석의 문을 열어 주는 그의 사랑은 푸른 바다처럼 드넓었다.

"누가 보면 네가 내 시중이라도 드는 줄 알 거야."

차에 오른 그가 후방을 살피며 천천히 차를 움직였다. 문영의 말에 그게 무슨 말이냐고 되물으며 그녀를 돌아보는 건 그다음 일이었다.

"바쁘지 않아? 이제 막 사업 시작해서 정신없을 텐데 꼬박꼬박 데리러 오는 거 보면."

"음, 그래서 더 기특하지 않아?"

말허리를 자르고 대뜸 묻는 그의 입가에 볼우물이 깊이 팼다.

그녀의 말투를 그대로 따라 읊조리는 게 재미있는지 작게 웃는 그를 문영이 눈을 가늘게 떠 지켜보았다.

"기특하다고 칭찬 좀 해 줘. 시중이라도 좋고, 몸종이라도 좋으니까."

발 닦개를 자처한 그의 말에서 문영을 향한 한결같은 진심이 엿보였다.

"미치겠다."

"몸은 괜찮아요?"

자못 피로해 보이는 얼굴이 수척했다. 끼니를 제때 챙기는 게 어려운 일인 줄 알면서도 문영은 한사코 부탁했다.

건강이 우선이라는 잔소리에 알겠다며 사르르 눈웃음을 치던 그는 상황이 여의치 않은지 어쩐지 볼수록 말라 가는 기분이었다. 그런 주제에 잘도 그녀의 건강을 묻는다.

"너부터 챙겨, 내가 보기엔 네 건강이 우선인 것 같은데."

"어제도 어지럼증 때문에 힘들어했잖아. 반차 쓰고 일찍 퇴근하래도."

"너야말로 점심은 제때 챙겨 먹은 거야?"

"저녁은 아직이지?"

어쩐지 대화가 안 되는 기분이다.

"연우야."

"나 괜찮아요."

"……."

"권문영 씨가 안 괜찮아도 난 괜찮으니까, 권문영 씨야말로 사람 피 말리게 하지 마."

"넌 정말……."

"걷기 힘들 정도로 어지러운 거면 문제 있다니까. 일 좀 쉬면 안 돼? 꼭 고집을 부려야 돼? 일 좀 쉬면 어디 덧나나?"

도무지 이해가 안 된다는 듯 그가 다소 짜증스러운 투로 말했다.

"그만둘 게 아니니까. 언제라도 일은 시작했어야 했어. 그동안 충분히 휴식을 가졌고, 적당한 시기에 복귀한 것뿐인데."

"내가 못 미더워요?"

내 일이 너와 무슨 상관이냐고 물으려다 입을 닫았다. 의도와는 상관없이 공격적인 투가 그에게 상처가 될 것 같았다.

"이번 일이 실패라도 할까 봐? 가진 것 하나 없는 비렁뱅이라도 될까, 그게 무서워서 모른 척하는 거야?"

그러고 보면 문영은 그의 사업에 대해 잘 묻지 않았다. 가뜩이나 바쁜 그에게 따져 물어 더 한 스트레스를 주고 싶지 않아서였다.

전반적인 흐름이 나쁘지 않는 걸로 보아 비교적 문제없이 진행되는 듯싶었으나, 거기에 대해서도 일절 얘기하지 않았다. 그가 먼저 말을 해 주면 고맙지만 굳이 운을 떼지 않아도 그러려니 넘어갈 생각이었다.

새롭게 시작하는 일인 만큼 내색하지 않아도 그도 나름대로 예민해져 있는 상태일 것이다. 그런 그에게 어떤 식으로든 자극을 주고 싶지 않았다.

그런 그녀의 배려가 서연우에게는 무관심으로 보인 모양이었다.

"그런 거 아니야."

이런 식으로 오해를 하게 되면 토라진 그를 어르고 달래는 건 언제나 그녀의 몫이었다. 혹여나 문영이 떠나갈까, 아직도 불안하다는 서연우는 그녀가 먼저 일어나 자리를 비우기만 해도 두려움에 하얗게 질린 얼굴을 했다.

언제인가부터는 그녀보다 한 시간은 일찍 일어나 잠든 문영의 얼굴을 물끄러미 바라보는 그였다. 실날같은 그녀가 홀연히 흩어질까 봐.

"여러모로 바쁜 너한테 이것저것 묻는다는 게 스트레스를 키운다고 생각했어. 묻고 싶은 건 많은데 나도 모르게 질문을 삼키게 되는 거지, 네가 하는 일에 전혀 관심이 없다거나 혹시라도 일이 잘못될까, 하는 생각에 모르는 척하는 게 아니라……."

분만기에 접어든 산모처럼 예민해진 그가 힘껏 세운 눈초리를 처연하게 늘어뜨리며 그녀를 바라보았다.

"사실 보안 사업의 본질이 정확히 뭔지도 모르겠어."

그가 심심찮게 들여다보는 서류도 이해하지 못하는 그녀에게 연우의 사업은 어려운 벽이었다. 그 분야에 대해 희박하게나마 지식이 있어야 질문이라도 쉬울 텐데, 같은 IT 계열이라도 엄연히 다른 부문이었기에 문영이 모르는 게 당연했다.

"요즘 내가 얼마나 불안했는지 알아요?"

버릇처럼 존댓말을 구사하는 그의 말끝이 가늘게 떨렸다.

"아프다는 사람이 복직하겠다고 고집 피우는 것도 모자라 며칠 내내 나만 보면 시큰둥한 얼굴을 하는데. 난 권문영 씨가 나한테 싫증이라도 난 줄 알았어."

"그럴 리가 없잖아."

"그럴 수도 있지. 형편없는 응석받이로 자라 관심을 독점하려는 내가 한순간 싫어질 수도 있는 거잖아."

"그런 건 아닌데, 설마 그렇다고 한들 순순히 헤어지기는 어려울 것 같고. 넌 아니야?"

그의 불안감에 문영이 서둘러 대꾸했다.

"아니. 그럴 일은 없을 거예요."

"응?"

"내가 싫어졌어도 우리가 헤어지는 일은 없을 거니까, 마음이 돌아선 거면 적당한 시기에 다시 되돌려 놔요."

다른 건 몰라도 그녀와의 이별은 절대로 일어나지 않을 거라고 경고하는 그의 목소리는 낮고 음산했다.

허어, 웃음이 나 대놓고 소리를 냈다. 대체 무슨 생각을 어떻게 하면 이렇게 진지한 얼굴로 심각성을 띤 목소리를 낼 수 있는지 모르겠다.

"그럴 일 없다니까."

문영이 슬그머니 팔을 뻗어 그의 뺨을 어루만졌다. 자연스럽게 기울어진 얼굴이 따듯한 그녀의 손에 밀착해서는 아양을 부리듯 문질러졌다. 수척해 보이는 것과 달리 부드러운 피부와 까칠한 턱이 문영의 손바닥을 동시에 긁었다.

"참, 최 대리님 결혼 날짜 잡혔대."

"성 대리님이랑?"

"응, 아이가 생겼나 봐. 갑작스러운 일이라 놀랄 만도 한데 의연하게 잘 대처하는 것 같아서 부럽더라."

평소 문영을 제외한 타인에게 달리 관심이 없는 그가 웬일인지 총명한 눈빛을 내며 그녀를 바라보았다.

문영은 서연우의 속을 훤히 꿰뚫었다.

"아니야."

은근히 문영의 혼전 임신을 바라는 듯했으나 이내 돌아오는 대꾸에 실망한 기색을 여지없이 드러냈다.

"아직은 아니야, 너 일 시작한 지 얼마나 됐다고. 일이 어느 정도 안정기에 접어들면 그때 다시 얘기해 보는 게 좋을 것 같아."

"이런 식으로 내 생각해 주는 척하면 내가 엄청 고마워할 것 같아?"

"네가 무슨 생각하는지 알겠는데 나도 복직한 지 얼마 안 됐고, 네 말대로 어차피 우리는 같이 살게 될 텐데 그게 언제가 되든 상관없잖아."

그건 당신 생각이고. 그가 묘하게 삐뚜름한 투로 중얼거렸다.

여기서 의외인 건 그에게서 아이에 대한 거부감이 달리 느껴지지 않는다는 것이었다. 외동으로 태어나 외롭게 자란 탓에 형제에 대한 욕심이 남다른 생각이 이런 쪽으로 이어지는 걸까.

"몇 주나 됐대요? 결혼식은 언제쯤 치른다는데. 임신했는데, 드레스를 입어도 되나?"

너무 무리가 되는 거 아니냐는 그에게 차분하게 대답하고서 손을 거둔 문영이 잠시간 눈을 붙였다. 괜찮은 줄 알았는데 돌연 눈앞이 핑 돌았다.

"괜찮아요?"

갑작스레 울렁이는 속을 부여잡고, 대충 고개를 끄덕인 문영은 얼마 안 가 원인을 알게 됐다. 평소에는 아무렇지도 않던 그의 차량 방향제가 오늘따라 유난히 역하게 느껴졌다. 숨을 쉴 때마다 스며드는 향기에 기어이 헛구역질을 한 문영이 다급히 창문을 내렸다.

"몸이 이런데 복직을 하겠다고?"

하, 코웃음을 친 그는 위험하게 차선을 넘어 갓길에 차를 세웠다.

"나 죽는 꼴 보기 싫으면 관두든지, 휴직하든지 해야 할 거야."

그새 창백해진 그녀의 얼굴을 감싸고는 무섭게 엄포하는 그가 손을 떼었다. 이내 빠르게 차를 몰며 근거리에 있는 병원을 찾았다.

병원을 찾은 문영은 긴 기다림 끝에 진료를 보았다. 이러다 사람 잡겠다는 서연우를 진정시키고 의사를 대면한 문영은 간단한 피검사와 소변 검사를 마쳤다.

자못 의아해하는 그는 선뜻 엑스레이나 CT 촬영 같은 방사선 촬영을 권하지 않았다. 그 점이 의아하게 다가왔지만 다 의사의 뜻이겠거니 생각하며 초음파 검사를 마친 문영은 초조해하는 연우의 곁에서 그로부터 또 한 시간 정도를 대기했다.

연우가 잠깐 전화를 받으러 응급실을 나섰을 때 눈코 뜰 새 없이 바쁜 담당의가 다가와 검사 결과에 대해 소상히 설명했다. 비교적 짧고 단순한 말이었지만 문영에게는 이해가 어려울 만큼 복잡하게 들렸다.

세상에서 가장 심오한 이야기를 전해 들은 사람처럼 의사를 보는 문영의 표정은 황망했다.

글쎄…….

예고에도 없는 일에는 면역이 없는 탓에 어느 때보다 충격이 컸다.

"확실한 건 산부인과 진료를 봐야 알 수 있겠지만……. 음, 꼭 큰 병원이 아니라 자택 근처에 있는 산부인과도 괜찮으니까 내일이라도 다시 검사해 보시는 게 좋겠습니다."

그러니까 정신이 복잡하게 얽혀 들었다.

언제나 기쁜 일은 갑자기 찾아오는 법이었다. 하지만 지금 문영은 자신이 어떤 심정인지 제대로 파악하지 못한 상태였다. 쇼크에 가까운 공황 상태에 빠져 있는 탓에 웃어야 할지, 울어야 할지 몰랐다.

"특히나 임신 초기에는 약뿐만이 아니라 평소에 먹는 음식도 조심해야 하니까요. 피검사 결과로만 봐선 임신은 확실하고요. 빈혈 증세가 보통 여성분들에 비해 심한 편이에요. 철분제 복용을 추천드립니다. 아직은 초기라 괜찮지만 중기부터는 더 힘들 수 있으니 지금부터라도 꾸준하게 챙겨 드시고……."

무슨 말을 들었었는지도 모른 채로 아무런 감흥이 없는 아랫배를 내려다보았다.

임신이 우려돼서 약 처방이 조심스럽다는 의사의 간결한 소견을 끝으로 모든 진료가 끝났다. 뒤늦게 돌아온 서연우가 부리나케 그녀의 곁으로 다가왔지만 문영은 걱정스런 눈빛으로 자신을 보는 그에게 아무런 말도 해 줄 수 없었다.

괜찮으냐는 물음에 그저 괜찮다는 말만 덧댈 뿐이었다.

결과를 묻는 그를 데리고 병원을 나오는 길이 험난했다. 수난 같은 그가 온갖 소란을 피우는 바람에 몇 번이고 애원해야 했다.

진료 결과에 관해 묻는 그에게는 내일 다른 병원에 가 봐야 할 것 같다고 에둘러 말했다. 퍽 믿는 눈치는 아니었으나 개의치 않은 문영은 자못 무정하게 그를 외면했다. 지금은 그에게서 풍기는 은은한 향수 향마저 역하게 느껴져 죽을 맛이었다.

집으로 돌아온 그녀 곁에 어김없이 서연우가 따라붙었다. 꼬리처럼 살랑대는 그를 두고 대충 샤워를 마친 문영은 곧장 침실로 들어와 몸을 눕혔다.

그 옆에서 그녀의 아랫배를 부드럽게 다독이는 그가 염려스레 문영을 바라보았다.

임신.

그 생각이 강렬해지자 평상시에도 곧잘 그녀를 어루만지던 그의 손이 위험하게 느껴졌다. 가뜩이나 아랫배가 욱신거려 죽겠는 통에 그의 손이 닿으니 저절로 경기가 일어났다.

"만지지 마."

생전 본 적 없는 그녀의 격렬한 반응에 연우의 표정이 충격으로 굳어졌다.

"아니, 그게 아니라……."

흠잡을 데 없는 얼굴에 균열이 일어났다. 말도 안 되는 상황에 헛웃음을 터뜨리는 그의 어깨가 표정만큼이나 딱딱하게 굳어졌다. 당황한 문영이 서둘러 입을 뗐다.

"연우야, 그게 아니라."

"아니, 권문영 씨 마음 잘 알겠어. 알겠는데 아까도 말했지만 헤어지는 건 안 돼."

심상치 않은 얼굴로 굳건한 의지를 엿보이는 그가 겨우겨우 그녀의 가는 팔목을 붙잡았다.

"나 못 해, 그러니까 나 버릴 생각은 추호도 마요. 그것만큼은 절대 못 해 주겠으니까."

그런 게 아니라고 말을 해야 하는데 이어지는 그의 말에 기가 차 말문이 턱 막혔다.

"바랄 걸 바라. 그런 게 되는 놈이었으면 미친 새끼처럼 네 옆에 붙어 있지도 않았어."

"서연우, 내 말 좀 들어 봐. 나는 그게 아니라."

"이해했죠, 나 그것만큼은 죽어도 못 하겠으니까, 자신 없으니까 꿈도 꾸지 말아요."

으스러지게 힘주어 잡은 손목이 욱신거렸다. 뻐근한 통증에 그녀의 미간이 움푹 팼다.

"내가 권문영 씨한테 얼마나 미친 새끼인지 꼭 보여 줘야 알겠어요?"

"내가 미안해. 그러려고 그런 게 아니었는데 나도 모르게 무심결에."

"무심결?"

하, 그가 대놓고 코웃음을 쳤다. 시린 눈빛이 삽시간에 뜨거워졌다. 욕정이 희석되어 있는 눈빛이 어찌나 강렬한지 얼굴이 꿰뚫리는 기분이었다. 분명한 그녀의 실수였다. 모질게 그의 손을 쳐 낼 필요는 없었다. 암만 그녀도 모르게 발동한 보호 본능이라지만.

"그런 거 아니야."

어질어질한 머리를 꾹꾹 지압하며 비스듬히 몸을 세운 문영이 팔을 뻗어 그의 어깨를 붙잡았다.

"미쳤어요?"

이 와중에도 그녀 생각뿐인 그가 과할 정도로 소스라쳐서는 안겨 오는 그녀의 허리를 단단하게 붙잡아 지탱했다.

마음 같아선 꽉 끌어안고 싶은데, 계속되는 현기증에 몸도 채 가누지 못하는 그녀가 안쓰러워 보르르한 솜털이라도 난 듯 부드러운 허리를 하염없이 쓸어 만지기만 했다.

얼마나 서운한지 모르겠다. 최근 들어 그에 대한 관심이 현저히 줄어든 그녀 때문에 잠을 자도 자는 것이 아니며, 밥을 먹어도 먹는 게 아니었다.

몸무게가 3kg이나 줄었는데, 이는 온전히 문영 때문이라고 연우는 믿어 의심치 않았다. 날이 갈수록 달라지는 그녀만 생각하면 거짓말처럼 입맛이 가셨다.

억지로 쑤셔 넣다가도 느닷없이 이별을 선언할 그녀를 떠올리면 멀쩡하던 속이 토기를 느꼈다. 그러니까 다 권문영 때문이다.

그러게 왜 갑자기 복직을 해서는, 담뿍 담아 놓은 감정을 줄줄이 폭발하게 하는지.

문영은 자신을 소중하게 품에 안는 그의 목을 스스럼없이 감싸 안았다.

"나한테 미안하긴 해요?"

그는 먼저 안겨 오는 그녀의 스킨십을 이상하게 받아들인 듯했다.

"그런 게 아니래도."

"그런 게 아니래도 그런 거라고 해. 나한테 미안하고, 내가 불쌍하면 동정이라도 좋으니 그거라도 줘요."

사랑이 아니어도 된다는 그의 말에는 필사적인 그의 마음이 가득 담겨 있었다.

"자꾸 이상한 소리 할래?"

"왜 이젠 내가 하는 말이 다 미친 소리처럼 들려?"

"말 좀 예쁘게 할 수 없어?"

"이 와중에 제정신 박힌 놈처럼 털끝 하나 안 건드리는 것만으로도 다행인 거, 모르겠어요?"

언제는 그녀 앞에서 제정신이었던 적이 있을까.

평소 같으면 은근하게 아양을 부리는 그녀를 기쁘게 안아 주는 그였다. 다정하게 꼭 끌어안다가도 과열된 몸을 문지르며 강한 욕정을 드러내던 그가 웬일인지 잠잠했다. 아픈 그녀를 생각해 애써 감내하는 그의 손은 문영의 허리에 붙어 꼼짝도 하지 않았다.

기특하게 여겨야 하는지, 웃어야 하는지 모르겠다. 이상한 쪽으로 곧잘 해석하는 그를 위로해 주기 위해서라도 하고 싶은데.

지금 상황에서는 각별히 조심할 수밖에 없었기에 관계하는 게 조심스러워졌다. 그렇다고 정확히 임신인지 확인이 안 된 상태에서 무턱대고 그에게 말할 수는 없는 노릇이었다.

결국 문영은 자신의 난처한 상황을 부디 너그럽게 이해해 주길 바라며 연우의 머리를 쓰다듬었다.

"개처럼 기겠다느니, 동정이라도 하겠느니, 그런 말은 하지 마."

"그럼 어떡해, 사랑한대도 내가 싫다는 사람한테 무슨 말을 해."

"난 그런 말 듣고 싶지 않다니까."

"그럼 무슨 말이 듣고 싶은 건데, 말만 해. 뭐든 다 해 주겠다고 했잖아."

으스러지게 그러안은 그가 가느다란 목덜미에 얼굴을 파묻고는 애원조로 중얼댔다. 뭉그러진 목소리였지만 귓전에 똑똑하게 닿았다.

"안 되면 회유라도 할 거예요. 협박도 할 거야, 그것마저도 안 되면 자해라도 할 거라고. 내 말, 이해했죠?"

그렇게 해서 그녀가 돌아본다면 위협도 마다치 않을 그의 진심을 어떻게 받아들여야 하나.

공포감을 조성하는 무서운 말에 주눅이 들 법도 한데 이상하게 문영은 웃음이 났다. 그저 귀여워서 하릴없이 그의 머리를 쓰다듬었다.

어떻게 하든 좋으니 제발 예쁜 말만 했으면.

간곡한 부탁을 끝으로 눈을 감았다. 그의 품에 안긴 채로 정신없는 수면에 잠겨 들었다. 그날 꿈속에 말끔한 얼굴로 감동 어린 표정을 짓고 있는 서연우가 나타났다. 그의 주변에는 농익은 복숭아가 어지럽게 떨어져 있었다. 복사꽃이 만발한 걸로 보아 어느 과수원인 것 같았다.

문영은 옅은 분홍빛을 띤 그의 뺨을 보고는 눈을 크게 떴다. 백옥처럼 하얀 그의 얼굴에 웬일인지 불그스름한 빛이 번져 있다. 가만 보니 그의 품에는 자그마한 알이 있었다.

황금빛인 것도 같고, 망울진 복사꽃인 것도 같고. 문영은 가까이서 확인하기 위해 천천히 걸음을 옮겼다. 그와 가까워지자 서연우는 기다렸다는 듯 품은 알을 그녀에게 건네주었다.

이걸 왜 주느냐는 말에 허무맹랑한 대꾸가 돌아왔다.

“잘 품어서 부화시켜야지.”

“뭐?”

“연분홍빛으로 몽우리 진 복사꽃처럼 예쁠 거야. 계속 품다 보면 도톰하게 부풀어 올라 엄청 황홀할 것 같아.”

미친 소리였다. 문영은 당최 그가 무슨 말을 하는지 이해가 되지 않았다. 싫다고 몸부림치는 그녀를 꼭 끌어안은 그는 흥분한 문영이 진정될 때까지 부지런히 등허리를 다독여 주었다.

괜찮다고 말하는 그의 목소리에 거짓말처럼 안정을 찾은 문영은 겨우 손바닥만 하게 자란 알을 보며 눈물을 글썽거렸다. 달착지근한 복숭아 같은데, 왜 자꾸 서연우는 알이라고 고집하는지 모르겠다.

이해되지 않았지만 그렇다고 손에 잡은 이것을 선뜻 버릴 수도 없었다. 그럴 마음이 없었기 때문이다. 계속 보고 있자니 묘하게 마음이 울렁거렸다.

고요에 잠긴 봄밤이었다. 이상하게 고요한 복숭아밭에 서연우의 웃음소리만 희미하게 울려 퍼졌다. 깊은 바다처럼 침묵한 사위가 고요했다.

얼마 뒤 문영의 품 안에서 꼼지락대던 알에 심각한 균열이 생겼다. 가뭄으로 마른 논바닥처럼 갈라진 알을 깨고 작은 용 한 마리가 나타났다.

심장이 쿵, 쿵 큰 박자로 울려 댔다. 너무 놀라 하마터면 알을 손에서 놓을 뻔했지만 겨우 그런 상황을 피할 수 있었다.

문영은 넋이 나간 채로 손안의 용을 바라보았다. 한참 꿈틀대던 그것이 갑자기 하늘을 향해 용솟음쳤다. 높이 오를수록 거대해지는 그것을 보며 경악하는 순간, 거짓말처럼 꿈에서 깨어났다.

기이하고, 심오한 꿈이었다.

문영은 본능적으로 옆을 더듬어 잠든 연우의 손을 잡았다. 이마에 묻어난 땀을 닦으며 벽시계를 확인했다.

이제 고작 새벽 3시였다. 온기를 찾는 강아지처럼 너른 그의 품에 파고들어 억지로 잠을 청했다. 한 번 잠에서 깬 탓에 쉬이 잠이 들지 않았지만 고집스럽게 눈을 감고 있었다. 그녀도 모르는 순간, 스르르 잠이 든 건 천만다행이었다.

평소보다 일찍 눈을 뜬 문영은 연우의 당부에도 출근을 강행했다. 처리해야 할 서류가 있어 오전 중에 해결하는 대로 병원에 갈 생각이었다.

오전 업무를 마치고 회사에서 조금 떨어진 곳에 있는 산부인과를 찾았다. 보는 눈이 많으니 특별히 조심할 생각에 번거로움을 감내하기로 했다. 접수를 마치고 대기하는 동안 가만가만 오늘 꾼 꿈을 더듬었다.

누가 봐도 태몽이었다.

그렇게 생각하는 순간 알 수 없는 초조감에 몰려들었지만 그마저 순순히 받아들일 수 없었다. 혹시라도 태아에게 위험이 될 만한 요소가 있다면 사전에 제거하고 싶었다.

이를테면 초조감이나, 불안감이나 하는, 그녀의 불안정한 심리에서 파생된 감정들.

아이라……. 결혼도 전에 임신이라니, 부주의한 서연우의 탓으로 돌리기엔 피임에 무심했던 그녀에게도 책임이 있었다.

정말 아이가 생긴 거라면 서로의 잘잘못을 따질 필요도 없지만, 그래도 문영은 서연우에게 취해 무방비했던 자신을 자책할 수밖에 없었다.

복직한 지 얼마나 됐다고 임신을 했단 말인가.

"하아."

한숨이 절로 나왔다. 한편으론 아이를 품에 안고 기뻐하는 서연우의 모습에 덩달아 웃음 짓게 됐다.

작은 알을 소중한 듯 품고 있던 꿈속의 그를 떠올리면 이상하게 마음이 아렸다. 행복에 겨운 얼굴로 방싯 웃던 그 모습이 10년 전의 서연우를 연상해서인가. 실제처럼 생생하면서도 아련한 꿈결 같은 무의식의 세계에서도 서연우의 순정은 여전했다.

바보같이.

[병원 갔어?]

[전화 좀 줘.]

[바빠?]

[언제 끝나? 마치는 대로 연락 줘.]

[왜 답장이 없어?]

득달같이 덤벼드는 그의 성마른 메시지를 보고 살며시 미소 지은 그녀가 간략하게나마 답장을 하려는 찰나 애석하게도 그녀의 순서가 돌아왔다.

"권문영 님."

상냥한 목소리로 그녀를 부르는 간호사를 따라 탈의실로 이동했다. 상의만 갈아입은 문영은 진료실에 들어가기 전에 간단한 검사를 진행했다.

모든 검사를 마치고 진료실에 들어선 문영은 곧장 베드에 몸을 눕혔다. 조금씩 상의를 거두어 내는 간호사를 그저 올려만 보는데 가슴이 터질 것처럼 뛰어 댔다. 이러다 가슴을 뚫고 튀어 오르는 건 아닌지 불안정한 맥동이 그저 두렵기만 했다.

"걱정하지 마세요."

친절함으로 중무장을 한 간호사가 웃으며 말을 했지만 긴장된 몸에 여유는 보이지 않았다. 이윽고 차가운 젤을 듬뿍 바른 의사가 집중적으로 초음파 검사를 시작했다.

여기저기 살펴보던 그녀의 표정에는 달리 변화가 없었다. 임신이 아닐지도 모른다는 생각이 하필이면 그 순간에 번쩍 들었다. 알 수 없는 실망감에 젖어 든 건 그다음 일이었다.

신기하기도 하지. 사람의 마음이 어쩜 이리도 간사할 수 있을까.

임신일까 걱정이 되면서도 응급실 당직의의 오진일지도 모르는 상황이 되니 이유 없이 그를 원망하게 됐다.

이내 검사를 마친 의사의 얼굴이 한층 밝아졌다.

"축하드려요, 벌써 5주 차에 접어들었네요. 피검사와 소변 검사에서 나타난 수치로도 이미 확인이 됐지만 초음파 검사에서 확실히 아기집을 확인했어요."

아기씨를 품은 산모를 축복하듯 환히 웃는 그녀를 문영은 멍청한 얼굴로 바라보았다. 그녀는 문영이 산모로서 궁금해할 주의 사항이나 현재 상태에 대한 설명을 덧대며 열정적으로 문진했다.

"정말 축하드려요, 산모님."

"아, 네. 감사합니다."

진료를 마치고 병원을 나온 문영은 혼이 빠진 사람처럼 멍한 얼굴로 도로변을 거닐었다. 나이가 나이인지라 누구도 혼전 임신이라고 생각지 않는다는 사실에 꽤나 충격적이었다.

최 대리의 말이 입증되었다. 문영쯤 되는 나이에는 결혼 전 임신이 단순히 피임 실수로 인해 발생한 '사고'가 아니었다. 결혼하기 좋은 핑곗거리라면 모를까.

그나저나 서연우에게는 어떤 식으로 운을 떼면 좋을는지.

아이가 생겼다는 말에 막연히 기뻐할 그를 생각하니 살며시 걱정이 되었다. 애어른 같은 서연우가 혹시라도 울진 않을까, 펑펑 눈물을 쏟아 내는 모습을 보면 가관이 아닐 것도 같으면서 한편으론 뿌듯할 것도 같았다.

과연 그를 닮은 예쁜 딸일까, 그와 문영을 반반 닮은 귀여운 아들일까. 문영은 내심 그를 닮은 딸이기를 바랐다. 서연우의 얼굴을 그대로 옮겨 놓은 딸은 그녀가 생각하는 것 이상으로 사랑스러워 키우는 재미가 있을 것 같았다. 그녀의 성격을 고스란히 타고 자란 아들은, 왠지…….

"……딸이면 어떻고, 아들이면 어때."

누가 더 예쁘다고 단정 지을 수 없었다.

복잡한 생각을 정리하며 한창 걷고 있는데 애가 탄 서연우에게서 전화가 왔다. 액정에 뜬 그의 이름을 물끄러미 바라보다가 천천히 전화기를 들었다.

—뭐야? 왜 연락이 없어요? 사람 피 말라 죽는 꼴을 봐야 직성이 풀리는 거야?

다짜고짜 윽박을 지르는 그의 모습이 상상이 돼 소리 내어 웃음을 터뜨렸다.

—권문영 씨 원래 이렇게 가학적인 사람이었나? 동정해 달랬더니 사람을 정신적으로 괴롭히면 어쩌자는 거야?

"연우야."

—이러니 내가 미치는 게 당연한 거잖아.

그가 울컥한 감정을 여지없이 표현했다.

"서연우."

나긋나긋하게 이름을 부르자 그제야 말을 멈춘 연우에게서 거친 숨소리가 흘러나왔다. 아마 그녀만큼이나 엉망이 된 호흡을 정리하기 위해 가슴을 펴고 숨을 길게 빨아들이고 있을 것이다.

눈앞에 있는 듯 선연한 그의 얼굴이 떠오르자 배 속에 있는 아이의 생김새가 그려졌다.

서연우를 닮은 반듯한 이마, 가로로 긴 눈, 가을을 닮아 넣은 듯한 연갈색 눈동자. 희고 부들부들한 피부까지. 영락없이 그를 닮은 아이가 그녀의 막연한 상상 속에서 아름답게 창조되었다. 그녀의 가슴에 잉태된 서연우의 반쪽이 비로소 그녀 안에 자리 잡았다니.

—……왜 말이 없어.

그의 말결에 고스란히 녹아 있는 불안감을 감지한 문영은 차분하게 숨을 들이마셨다. 내뱉는 숨소리에도 예민하게 반응하는 서연우가 돌연히 조용해졌다.

"할 말 있어, 잘 들어 봐."

딱 한 번만 말할 생각이었다.

그의 반응이 심히 궁금한 순간이었다.

너무 놀라 기절하는 건 아닐는지 염려가 되었지만 어쩌겠는가.

"딱 한 번만 말할 거야."

—…….

"서연우."

너무 좋아하지 않았으면 하는 게 솔직한 그녀의 심정이었다. 안 그래도 지극정성인 그의 애정은 유난에 가까웠다. 지금보다 더 극성이라면 앞으로 곤란한 일들이 생길 것 같아 문영은 애써 차분한 투로 말했다.

"……나."

고저 없는 목소리였지만 평상시와 판이하게 다르다는 걸 그가 모를 리 없었다. 드러내지 않으려 했으나 긴장으로 갈라진 문영의 음성에서 서연우는 분명 기묘한 감정을 읽었을 것이다.

기쁘지만 두렵고, 겁이 나지만 행복한, 복잡한 마음.

교차하는 만감에 입술이 더디게 떨어졌다. 이윽고 휴대폰을 꽉 쥔 문영에게서 조용한 목소리가 흘렀다.

아주 잠깐 시간이 멈춘 듯한 착각에 빠져들었다. 말이 없는 그로 인해 침묵이 흘렀다. 적막감을 더한 침묵에 불현듯 두려움이 몰려들었다.

더는 견디기 힘든 침묵 속에서 그의 가라앉은 목소리를 들었다.

—지금 어디예요?

그의 물음에 꾹 다문 그녀의 입술이 꽃봉오리처럼 벌어졌다.

"어, 여기가 어디냐면……."

서늘한 바람이 불었다. 양옆으로 늘어선 가로수를 따라 움직이는 그녀의 걸음이 조심스럽다. 사뿐히 한 걸음을 옮길 때마다 자연스럽게 배를 감싼 손이 더없이 애틋했다.

높디높은 하늘이 청명한 날.

곱게 물든 단풍잎이 흐드러진 거리가 물결을 이루는 날.

비로소 축복이 찾아왔다.

✤ ✤ ✤

14평 남짓 사무실에서 고작 직원 다섯 명을 두고 시작한 보안 사업은 거대한 벤처 기업으로 성장해 테헤란로에 당당히 건물의 뿌리를 내렸다.

20층의 대형 오피스 빌딩 전체가 스틸백의 본사로 자리매김한 건 기업 설립 후 고작 5년 만에 있는 일이었다. 단기간에 쾌거를 이룬 스틸백은 다양한 보안 기술을 보유한 업체로 최근에는 몸 캠 피싱 피해 예방을 위한 맞춤형 솔루션을 개발해 모바일 앱으로 제공했다.

국내 보안 시장의 확대로 수요가 증가하면서 많은 중소기업과 파트너십을 체결해 각 사의 보안과 효율성을 강화하여 정보 유출 및 보호에 앞장서고 있다.

현재는 스틸백에서 직접 개발한 보안 프로그램 CTV를 미국, 유럽 등 세계 각지에 공급하며 그 수요와 영업 이익을 작년 대비 11.2% 상승시켰다. 공모가 6만 원으로 확정되며 코스닥 상장을 앞두고 있는 스틸백의 전무후무한 성장력과 상승세에 언론은 관심을 보였다.

무서운 행보로 기업 유치에 나선 스틸백은 수차례 대기업과 비교되어 언론의 갈채를 받은 바 있었는데, 언론은 대기업의 족벌 경영과 순환 출자 문제, 급물살을 탄 그룹 승계 작업 등을 직접적으로 지적하며 사회적인 비난을 퍼부었다. 반대로 도덕적인 분쟁 속에서 스틸백은 꾸준히 입지를 다졌다.

한국 대학교 컴퓨터 공학과 출신으로 글로벌 해킹 대회에서 수차례 우승을 거머쥔 화이트 해커 윤정원을 필두로 연구 개발자 5인, 경영 일선에서 진두지휘하는 경영인 2인으로 구성된 스틸백은 20대 청년들이 꼽은 최고의 기업으로도 통했다.

'일하기 좋은 회사, 엄마가 보고 있다'를 사훈으로 둔 스틸백은 전체적으로 밝고 영한 분위기를 조성했다.

그래, 엄마가 보고 있다는 사훈만큼 피부에 와닿는 사훈도 없을 것이다.

박 실장은 생각했다. 엄마가 보고 있다. 어디선가 보고 있을지도 모른다는 생각에 느슨하게 풀린 몸이 곧추섰다.

10층, 대표실.

"안녕하세요, 실장님."

그가 나타나자 대표 전속 비서실 직원들이 너 나 할 것 없이 일어나 묵례했다.

"대표님은?"

박 실장의 하루는 하루가 28시간이어도 부족한 대표님의 상태를 묻는 것으로 시작됐다.

"나쁘지 않은 것 같아요. 아침에 들어오실 때 표정 좋아 보이시던데요?"

그렇다는 것은 댁에 계신 사모님과의 관계에 우려할 만한 이상점이 없었다는 것이다.

그가 모시는 상사는 꽤 까칠했으며 예민했다. 특히 사모님과 관련된 일에는 감정 조절에 난항을 겪어 촘촘하게 짜인 일정을 어그러뜨리기 마련이었다.

고로 사모님과의 돈독한 관계는 언제나 유지되어야 했다. 화목함과 애틋함은 필수였다. 대표의 행복은 곧 박 실장의 행복으로 귀결되었으니.

"박 실장님, 파이팅!"

퍽 귀여운 윤 비서의 응원에 박 실장이 결의에 찬 눈빛을 빛냈다.

닫힌 문 앞으로 가 노크를 했다.

"대표님, 박 실장입니다."

"들어와요."

곧 문 너머에서 기분 좋은 목소리가 건너왔다. 마른침을 삼킨 박 실장이 옷매무새를 살폈다.

결벽증도 아닌데 유난히 각 잡힌 걸 좋아하는 그의 상사는 박 실장의 커프스가 조금이라도 어긋나 있으면 그렇게 눈썹을 꿈틀대며 눈치를 줬다. 눈치인지, 무안인지는 박 실장도 헷갈리는 터였다.

넥타이 이상 무, 커프스 이상 무.

재킷, 구두 이상 무.

꼼꼼하게 확인한 후에 대표실의 크고 두꺼운 문을 앞으로 밀어 당긴 박 실장은 앤티크한 마호가니 책상 앞에 앉아 살살 눈웃음을 짓고 있는 상사를 보았다.

나사 하나 풀린 사람처럼 헤벌쭉 웃는 그의 통화 상대가 사모님이라는 것은 바보가 아닌 이상 대번에 알 수 있었다.

그가 눈치껏 조용히 하라는 듯 발치에 있는 박 실장에게 턱짓했다. 접대실로 가 있으라는 뜻이었다.

"응, 다빈이는?"

다빈이는 눈에 넣어도 아프지 않을 대표의 딸이었다. 서다빈.

문득 대표의 책상 위에 놓인 크리스털 명패가 눈에 들어찼다. 명패에 새겨진 대표 이사 서연우의 이름은 언제 봐도 부드러운 느낌을 주었다. 걸릴 것 없이 굴려지는 이름과 달리 어찌나 과민한지 모르겠다. 자수성가 타입의 사업가로 이름을 널리 알린 그는 어떤 때에도 자만하지 않았다.

충분한 부와 명예를 손에 쥐었음에도 무소불위의 권력을 무기처럼 사용하지 않는 그는 겸손하면서도 누구에게나 친절했다. 그런 사람이 어째서 자신에게는 이토록 까다롭게 구는지 정말 모를 일이었다.

다 자신의 업보려니 생각하며 돌아선 그의 눈에 서연우 대표의 모습은 이를 데 없이 우스꽝스러웠다.

“응, 이따 차 보낼게. 다빈이는 어머니가 봐주시기로 했잖아.”

유난히 아내에게 약한 상사의 모습은 익숙한지라 달리 감흥이 없었다.

“응? 그래도 모처럼 단둘이서 갖는 저녁 식사잖아. 다빈이는 잠깐. 그래, 그래. 맞지. 응? 복직? 굳이? 아니, 난 반대야. 굳이 일을 해야 돼? 뭐가 아쉽고 부족해서. 내가 더 열심히 한 대도.”

어쩐지 두 사람의 언쟁이 쉽게 끝날 것처럼 보이지 않았다.

외려 갈등이 더 깊어진다고나 해야 할까.

“다빈이 낳고 육아 휴직한 건 알겠는데, 당신 한 사람 없다고 회사가 전혀 안 굴러가는 건 아니잖아. 아니, 난 인정 못 하겠는데? 그럴 거면 내가 사표 쓰고 말지. 어떻게 우리 딸을 다른 사람 손에 맡길 수가 있지?”

예전부터 알아봤지만 상사의 연기력은 일품이었다. 동정심을 유발하는 물큰한 눈동자며, 안아 주지 않고는 못 배기는 측은한 표정이며.

실로 대단한 표정 연기였다. 본판부터가 예사가 아닌 것이 과연 박 실장이 여자였어도 정신 못 차리고 넘어갈 법한 미모였다.

그런 생각을 하고 있는데 잠깐 어두웠던 대표의 표정이 언제 그랬냐는 듯 환해졌다.

"그럼 그 시간 맞춰 차 보낼게. 응, 그래. 응. 사랑하는 거 알지?"

갑자기 토기가 올라오는 건 기분 탓일 것이다.

긴긴 사랑 고백 끝에 전화를 끊은 그가 휴대폰을 내려놓기 무섭게 차갑게 식은 얼굴을 하곤 박 실장을 응시했다.

"무슨 일?"

창업주인 윤정원 대표의 대학 동기로 공동 사업자인 서 대표는 공식적인 경영 선상에 올라 안정적이고 저돌적인 경영력을 보여 주었다. 타 사와의 경쟁력 강화를 통해 발전 가능한 기업으로 만든 그가 스틸백의 전체적인 경영에 참여하고 있다면 윤정원 대표는 보안 프로그램 개발 및 지원을 통괄하고 있었다.

두 사람의 화합은 엄청난 시너지 효과를 자아냈다. 불안정했던 기업을 바로 세웠고, 차세대 보안 리더 양성 프로그램으로 우수한 인재를 끊임없이 발굴했다.

물론 스틸백이 지금의 기업으로 성장한 데에는 두 대표를 믿고 따른 직원들의 지혜와 열정도 한몫했다. 그들의 노력이 발현된 데에는 당연히 돈이 따랐다.

"오늘 일정에 대해 간결하게 브리핑하겠습니다. 오전 11시 스태프 PU와 소회의가 첫 번째 일정으로……."

그 외에도 교육 지원 팀에서 올린 결재 검토 보고서에 이상점이 발견되어 확인 및 간략한 브리핑이 있을 것이며 오후 1시에는 파트너사 임원들과 오찬이 약속되어 있다.

오후 3시에는 연구 개발 팀의 프레젠테이션에 참석해야 했으며 오후 5시에는 또 다른 파트너사와 미팅이 약속되어 있는데, 모르겠다. 점점 굳어지는 상사의 얼굴을 보니 좀체 입이 떨어지지 않았다.

"그 정도 일정은 메일로 전달해도 되지 않나?"

"예?"

"박 실장님."

그를 부르는 연우의 목소리가 자못 음산했다. 침을 삼키는 박 실장의 목울대가 크게 꿀렁댔다.

"혹시 내가 천재 같아 보입니까?"

그게 무슨 말이냐는 듯 박 실장의 눈이 커다래졌다.

"박 실장이 토씨 하나 안 틀리고 일일이 보고하는 그 일정들을 내가 속속들이 꿰고 외울 거라고 생각하는 거면 그거 되게 큰 착각이고, 오산이에요."

그는 염려스러운 얼굴로 이상한 소리를 했다. 가끔 그의 상사는 미친놈처럼 굴 때가 있었다.

당일 일정을 일목요연하게 정리해서 메일로 송신해도 보는 둥 마는 둥 하면서 꼭 브리핑하는 박 실장을 마뜩잖은 얼굴로 본다.

지금처럼.

"내 소프트웨어가 그렇게 좋지 못해요. 하드웨어도 형편없는 놈이라 너무 많은 일정은 소화하기가 어려울 것 같은데."

불현듯 그가 매혹적인 눈웃음을 쳤다. 남자인 박 실장도 꼼짝 못 하게 만드는 마력의 눈웃음이었다.

30대 중반이라는 사실이 믿기지 않을 만큼 동안을 유지하고 있는 서연우는 사내에서 알아주는 미남으로 통했다.

훤칠한 키와 두껍고 단단한 근육에 비해 슬림한 체형으로 어떤 옷을 입어도 하나의 스타일로 창조하곤 했다. 자연스레 사내 여직원들의 관심 어린 시선을 받기 일쑤였다.

회사의 규모를 조금씩 키워 나갈 적에는 사내 화보 모델로 활동하며 입사 지원자 수를 배로 늘리는 효과까지 일으켰다.

뿐만 아니었다. 박 실장이 보기에도 그는 다방면으로 대단한 사람이었다.

자성 전자 출신, 그것도 외모만큼 눈에 띄는 실력으로 탄탄대로가 예정되어 있던 그가 돌연히 사직서를 던지고 사업가의 길로 접어든 건 말 그대로 신의 한 수였다.

부드럽게 휘어지는 눈이 다시금 원래대로 돌아왔다. 웃는 얼굴을 할 때면 더없이 청량하고 부드러운 인상을 주는 그는 이중적인 분위기가 공존하는 사람이었다. 무감한 얼굴을 하고 있을 때에는 그렇게 차갑고 냉소적으로 보일 수 없었다.

구김 없는 슈트와 가볍게 멋을 내듯 가슴께 꽂아 넣은 행커치프는 이지적인 그의 외모에 묻혀 화려함을 뽐내지 못했다. 그에게서 풍기는 은은한 향수 향은 시원시원한 그와 잘 어우러져 한층 높은 격을 만들어 냈다.

"하지만 오늘 일정은 한 달 전부터 예정되어 있던 약속이라 당장 무르기가 어려울 것 같습니다. 자칫 그간의 교섭이 결렬될 수도 있어……."

"계약이 결렬되지 않게 일정을 변경하는 건 박 실장의 몫이죠."

또 나왔다. 선뜩하게 웃는 얼굴.

박 실장은 혹여나 이마에 핏대가 설까 노심초사하며 표정 관리에 힘을 썼다. 최근 들어 무책임하게 일정을 변경하는 일이 잦아졌다.

그의 아내는 알까. 그가 자신의 말 한마디로 갈팡질팡하는 갈대 같은 사람이라는 걸.

꽤 오랜 눈 맞춤이 이어졌다. 눈싸움에서 단 한 번도 져 본 적 없는 사람들처럼 용호상박의 팽팽한 신경전이 이어졌다. 먼저 시선을 회피한 건 박 실장이었다.

"……예, 그렇게 하겠습니다."

"잘 생각했어요."

착잡한 얼굴로 돌아선 박 실장이 문을 닫고 나가자 거짓말처럼 그의 입가에서 미소가 사라졌다.

탑처럼 쌓인 결재 보고서를 보다가 푹 한숨을 쉰 그가 의자 뒤로 깊이 몸을 돌렸다. 뱅글, 의자를 돌리며 천장을 응시하는 그의 머릿속이 온통 아내 생각으로 범벅이 되어 있다는 걸 아마 지척에서 그를 지켜봐 온 박 실장은 잘 알 터였다.

자나 깨나 지극한 아내 사랑으로도 사내에서 이슈가 되었던 서연우였다. 그는 최근 들어 시들해진 아내의 태도에 잔뜩 실망한 터였다. 한순간 저를 향한 그녀의 사랑과 신뢰의 일각이 댕강 잘려 나간 기분이었다.

그러니까 딸 다빈이가 태어나고 문영의 최대 관심사는 아이에게로 옮겨 갔다.

그밖에 모르던 사람이 태어난 젖먹이에게 모든 사랑을 쏟아 내니 집안에서의 그의 입지는 점점 약해져만 갔다.

이제 막 다섯 살이 된 딸애에게 투기를 느낄 만큼 한심한 가장은 아니라고 생각했는데.

가만 생각해 보면 그는 그런 한심스러운 놈이 맞았다.

일주일간 감기를 앓은 다빈이 밤새 고열에 시달리느라 매일같이 병원 신세를 지고 있는 문영은 며칠 새 몰라보게 수척해졌다.

자택과 병원을 오가며 아이를 정성스레 간호하던 그녀의 기도가 하늘에 닿았는지, 가는 숨소리조차 심장을 덜컥 내려앉게 하는 딸애는 차차 호전의 기미를 보였다.

밤낮없이 부모를 괴롭히던 아이의 가슴 아픈 기침 소리가 줄고, 희미했던 숨소리가 또렷해지자 비로소 한시름 놓은 듯 안도하던 아내의 표정을 잊을 수 없다.

연우에게도 그렇지만 문영에게는 특히나 더 소중한 아이가 다빈이었다. 달리 결혼 생각이 없던 그녀에게 예고 없이 찾아온 선물이었다. 기적처럼 잉태된 그 애를 문영은 모호한 마음으로나마 보듬었다. 애매했던 마음이 확실해진 건 아이의 태동을 느낀 후부터였다.

출산 시기도 아닌데 산통을 느낀 문영은 갑작스러운 상황에 놀랄 겨릴도 없이 곧장 출산 준비를 해야만 했다. 한데 어떻게 된 영문인지 아이의 머리가 나오지 않았다. 산모와 아이, 두 생명에 위태로운 상황이었다.

아직도 그때를 회상하면 등골이 오싹했다. 오금마저 얼어붙는 듯한 공포감에 웬만해선 그날을 기억에서 잊고 싶었다.

더없이 경이로운 순간이었지만 연우에게는 아내와 자식을 동시에 잃는 극한의 상황이었다. 그때 얼마나 고군분투했는지 모른다.

그녀는 차가운 수술대 위에 올라 다급히 수술 방으로 옮겨졌다. 배를 가르고 어렵사리 태어난 아이는 2.8kg으로 보통의 신생아보다 한참이나 작았다.

좋게 말해 요정이었지, 막 태어난 아이를 지켜보던 연우의 심정은 천 길 낭떠러지로 떠밀리는 기분이었다.

정상 개월 수를 다 채우지 못해 한동안 인큐베이터에서 머물던 아이였기에 문영이 다빈에게 지나치게 애착하는 것도 이해는 하지만, 남편의 자격을 상실한 듯해 허무감에 빠진 그의 입장에선 그저 섭섭하기만 하다.

물론 저를 쏙 빼닮은 딸아이를 사랑해 주는 건 아버지로서, 남편으로서도 기쁜 일이지만.

"후."

얼마 만인지 모르겠다. 문영과 단둘이서 갖는 저녁 식사가.

모처럼 보내는 둘만의 시간이었다. 진작 프라이빗한 원 테이블 레스토랑과 호텔을 예약한 연우는 두 번 없을 오늘을 충만하게 보낼 생각이었다. 생각만으로도 아래가 꽉 조이는 게 예사가 아니었다. 발끝을 타고 오른 전율이 온몸으로 퍼지는 기분이었다.

"하."

다빈이라면 꼼짝 못 하는 사람들이야 주변에 태산이었다.

그녀의 친정 식구들은 물론 연우의 가족들도 곧잘 재간을 부리는 다빈만 보면 미치도록 사랑스러워 까무러쳤다.

그러고 보면 요즘 그의 휴대폰 갤러리도 온통 다빈의 사진으로 도배되어 있었다.

서다빈, 서다빈, 서다빈.

태어나 줘서 그저 고맙기만 한 존재지만 미안하게도 연우에게는 자식보단 아내가 우선이었다.

✣ ✣ ✣

퇴근 시간을 손꼽아 기다리던 연우는 그녀와 만나기로 한 약속 장소로 곧장 차를 몰았다.

보통의 남자들에 반해 사업적인 욕심이나 야욕이 없는 그가 독을 품고 사업을 성공으로 이끈 데에는 문영의 덕이 컸다. 어떻게든 살아야겠다는 신념이 집념이 되어 그를 끈질긴 사업가로 만들었다. 전에 없던 승부사 기질이 빛을 본 순간이었다.

사실 스틸백이 이렇게까지 성장할 줄은 그도, 동업자인 정원도 예상 못 한 터였다.

막강한 부를 목적으로 설립한 회사가 아니기에 부담스러울 정도로 불어난 자산은 아직도 어렵기만 했다.

이런저런 생각을 하다 보니 벌써 약속 장소에 도착했다.

운전석에서 내린 연우는 오랜만에 찾아오는 부모님의 자택 외관을 멀거니 바라보았다. 다빈을 맡기고 나올 문영을 잠자코 기다리고 있는 그의 눈에 어렴풋이나마 아내의 실루엣이 보였다.

흰 셔츠에 벨벳의 블랙 플리츠스커트를 입고, 앞코가 네모난 플랫슈즈를 신은 그녀는 오늘따라 유난히 산뜻했다.

그런 그녀를 빤히 지켜보는 그의 목울대가 빳빳해졌다. 멀리 보이는 것만으로도 그녀가 주었던 온갖 쾌감과 희열이 떠올라 온몸이 열감을 호소했다. 빳빳해진 건 목뿐만이 아니었다.

아까부터 참았던 아래가 울먹거리며 분출을 준비하고 있었다. 꿀렁대며 아우성치는 그것이 앞섶을 찢을 듯이 부피를 키워 가는 게 연우에게도 여실히 느껴졌다. 괴롭다 못해 울고 싶은 심정이었다.

아프도록 커진 그것이 헐떡대고 있을 게 뻔해 조심스럽게 한숨을 내뱉는 순간, 그녀가 열 보 정도 되는 거리에 다다랐다.

환하게 웃으며 그에게로 걸어오는 그때였다.

쾅, 문이 열리는 소리가 고요한 동네를 찢어지게 울렸다.

"엄마아아아!"

안쓰러울 정도로 울먹이는 목소리를 내는 딸애가 난데없이 나타나 버선발로 그녀의 뒤를 쫓았다.

"다빈아!"

놀란 문영은 당연히 막 뛰쳐나온 아이를 감싸 안았다. 뭐가 그리 서러운지 엉엉 우는 아이의 등을 하염없이 쓰다듬는 모습에 연우는 직감했다.

저 조그마한 애가 다 자라기 전까지는, 결코 부부의 시간을 기대해서는 안 된다는 것을.

뒤늦게 아빠를 본 딸애의 표정이 만개했다.

"아빠아!"

진달래 반 소속의 꽃 같은 딸애가 히죽 웃으며 짧은 두 팔을 번쩍 들었다. 만세 하며 뛰어오는 아이가 혹여나 엎어질까 걱정이 돼서 서둘러 걸음을 뗀 연우가 아이의 눈높이에 맞춰 무릎을 굽혔다.

우뚝하게 선 앞섶의 사정을 봐줄 때가 아니었다. 하지만 괜히 민망한 건 어쩔 수 없는 노릇이었다.

그새 곁으로 다가온 문영이 딱한 눈빛으로 그를 내려다보았다. 눈이 마주치자 어깨를 으쓱해 보인 그녀가 입속말을 속살댔다.

"어쩔 수 없지."

그래, 정말 어쩔 수 없는 일이었다. 아이를 떼 놓을 수 없는 것도, 멋대로 선 그것도 어쩔 수 없는 일이었다.

모처럼 기대했던 그의 얼굴이 묘하게 일그러졌지만 일찍이 아빠를 본 딸애의 표정만은 해맑았다. 매번 저녁녘이 돼야 만날 수 있는 아빠를, 딸애는 무척이나 사랑했다.

그런 아이를 잠시나마 떨어뜨리려고 했던 자신이 얼마나 한심한지, 연우는 방금 막 깨달은 터였다.

“우리 다빈이 아빠랑 맛있는 거 먹으러 갈까?”

번쩍 아이를 안아 들고 다정스레 눈을 맞추는 그는 적어도 아이에게 있어 가장 멋진 아빠로 통했다.

진달래 반 친구들 사이에서도 유명한 아빠니까.

“응. 다빈이 돈가스 먹고 싶어요.”

정말 어쩔 수 없었다.

“엄마도 같이 가도 돼? 엄마도 다빈이가 먹고 싶은 돈가스 먹고 싶어요.”

등 뒤로 바짝 붙은 그녀의 손이 은근하게 그의 등을 쓸어 만졌다. 가벼운 손길에도 휘몰아치는 정염이 얼마나 뜨거운지 그녀는 모를 터다.

애석하게도 바지 속이 흐물흐물 녹을 듯이 젖은 것도 지극히 개인적인 그의 사정이었다.

정말 어쩔 수 없는 일이었다.

—*Fin*